Sybille Baecker

DER VERRÄTER

Falsches Spiel im Stuttgarter Kessel

SUTTON KRIMI

Über die Autorin

Sybille Baecker, geb. 1970 in Niedersachsen, studierte BWL in Münster/Westf. und lebt heute südlich vor den Toren Stuttgarts. Sie arbeitete mehrere Jahre als IT-Prozessingenieurin und später als Pressereferentin eines Württembergischen Sportfachverbandes. Sie veröffentlichte mehrere Kriminalromane, 2013 erschien mit »Das Recht zu töten« der erste Krimi der Kirstin-Schwarz-Reihe.

Sutton Verlag GmbH
Hochheimer Straße 59
99094 Erfurt
www.suttonverlag.de
www.sutton-belletristik.de

Lektorat: Stefanie Höfling, Wiesbaden
Gestaltung und Satz: Sutton Verlag
Umschlaggestaltung: der uhlig, Augsburg, www.deruhlig.com
Titelbild: Shutterstock/Luisa Fumi
Druck: CPI books GmbH, Leck

ISBN: 978-3-95400-568-0

Dieses Buch wurde vermittelt durch BookaBook,
die Literarische Agentur Elmar Klupsch, Stuttgart.

Für Frank

Prolog

»Wer sind Sie?« Ein leichtes Zittern lag in der Stimme.

Er trat in den Raum, musterte den Mann auf der Bettkante, der sich einen Eisbeutel an die Schläfe presste. Unter dem dunkelgrauen Anzug hing die Krawatte lose um seinen Hals.

Mit Bedacht schloss er die Tür hinter sich und trat auf das Bett zu, setzte sich dicht neben den Anzugträger.

»Nenn mich Bruno«, erklärte er, ohne den anderen anzusehen. Er spürte den Mann, roch die Nervosität und die Angst, die sein Körper absonderte. Warm und kalt und verwirrt. »Was ist passiert?«

»Ich weiß es nicht.«

»Hat der Kleine dich zu Boden geschlagen?« Ein Hauch Spott lag in der Frage.

»Nein, da war jemand anderes.«

»Wer?«

»Ich weiß es nicht. Es ging so schnell. Er schlug mich und drückte mir etwas Stinkendes aufs Gesicht. Ich verlor das Bewusstsein. Als ich wieder zu mir kam, war der Junge verschwunden.«

Der Ton des Mannes gefiel Bruno nicht. Er klang trotzig, nicht kooperativ.

»Wer hat dich geschlagen?«

»Ich weiß es nicht.« Die Stimme des anderen wurde ungeduldig. Frag mich nicht, tu etwas, schien sie zu fordern.

Bruno neigte den Kopf zur Seite. Ein verschissener Anzugträger, der meinte, mit ihm umgehen zu können, wie mit einem kleinen Angestellten. Vielleicht war er ein Verräter. Vielleicht hatte der Junge ihn weichgekocht. So etwas gab es immer wieder. Sein Blick wanderte zum Fenster. Die dichten Vorhänge waren zugezogen. Dahinter verbarg sich schweigend der Wald.

»Woher kam der andere?« Er sah wieder zu dem Mann, der jetzt ganz deutlich schwitzte. Trotz des Eisbeutels, den er an seine Schläfe hielt.

»Ich weiß es nicht.«

»Woher kam der andere?«

»Ich weiß es nicht! Was wollen Sie von mir? Suchen Sie nach dem Jungen! Wenn der Kleine auspackt, komme ich in Teufels Küche!«

Nicht nur er.

Ben würde nicht erfreut sein. Er mochte keine Komplikationen. Sie machten zu viel Arbeit.

Der Anzugträger wollte aufstehen. Bruno riss ihn zurück, packte seine Rechte, krallte seine Hand um den Zeigefinger. Nur die Fingerspitze guckte noch hervor, färbte sich rot durch den festen Druck. Der Mann versuchte, ihm die Hand zu entziehen, sah nicht Brunos zweite Hand, die jetzt eine spitze Nadel hielt. In einer schnellen, routinierten Bewegung stieß er sie ihm unter den Fingernagel.

Ein Schmerzensschrei gellte durch das Zimmer.

»Wo ist der Junge?«

»Ich weiß es nicht. Oh Gott, ich weiß es nicht.«

Bruno bewegte die Nadel, schob sie noch ein Stück tiefer in den Finger.

Der Mann wand sich, rang nach Luft. Je mehr er sich wehrte, desto tiefer drückte Bruno die Nadel.

»Bitte«, flehte das Würmchen. »Bitte …« Er hielt jetzt ganz still, wimmerte, sein Gesicht war schweißnass, keine Farbe war mehr darin, Tränen rannen ihm über die Wangen.

Einen kleinen Jungen in den Arsch ficken und sich groß fühlen, aber wenn man ihn mit einer simplen Nadel in den Finger stach, heulte er wie ein Baby. Bruno hatte Lust, ihm mehr wehzutun, aber das musste warten. Erst musste er wissen, was in diesem Zimmer geschehen war. Er ließ die Hand los und stand auf. Kreidebleich starrte der Mann auf die Nadel, die noch unter seinem Nagel steckte.

»Ich will, dass du mir jetzt ganz genau erzählst, was in diesem Zimmer passiert ist.« Ebenso schnell, wie er ihm die Nadel hineingestoßen hatte, zog er sie jetzt wieder heraus. Der Mann schrie, wurde so blass, als wollte er wieder das Bewusstsein verlieren.

Brunos Augen waren kalt, während er auf das Häufchen Elend herabsah und die blutige Nadel zwischen seinen Fingern tanzen ließ. »Erzähl mir alles.« Er blickte auf den Schoß des Mannes. »Jede Einzelheit.«

1

Geschafft. Zweiundzwanzig Uhr vierundfünfzig. Ein Datenbankumzug auf einen neuen Großrechner war immer eine spannende Sache – zumindest für den Administrator. Ich loggte mich auf das Überwachungssystem ein, um das Monitoring des Datenbankservers zu aktivieren, und bestätigte mit der Entertaste. Der Überwachungsmonitor färbte sich rot. Verflucht. Eine Fehlermeldung jagte die nächste. Jedoch nicht von dem Server, auf dem ich gearbeitet hatte. Es war eine andere Kiste. Die Oregon-12. Immens hoher Netzwerkverkehr. Der Rechner wurde mit so vielen Anfragen bombardiert, dass er sie kaum bewältigen konnte. Versuchte da jemand, sich einzuhacken? Dominik kam mir in den Sinn. Er liebte diese Spielchen.

Ich hatte Dominik vor wenigen Monaten kennengelernt. Er gehörte zu einer Untergrundorganisation, die mich angeheuert hatte, und war so etwas wie mein Mentor in Sachen nicht unbedingt legaler Informationsbeschaffung. Dominik war ein begnadeter Hacker, und er machte sich einen Spaß daraus, sich immer mal wieder in einen der Rechner, die von der DMC betreut wurden, einzuhacken und mit mir Katz und Maus zu spielen. Allerdings könnte es auch eine externe Attacke sein.

Ich griff zum Telefon und hatte kurz darauf einen sehr nervösen Inder am Apparat. Der First-Level-Support war vor zwei Jahren nach Bangalore verlagert worden. Ich sprach Englisch wie meine zweite Muttersprache. Dennoch hatte ich Mühe, das abgehackte Stakkato des Mannes zu verstehen. Ich erklärte ihm, dass ich den Fall übernehmen würde, als der Angriff abrupt endete.

»Dominik, das war billig«, murmelte ich genervt vor mich hin. Aber ich konnte nicht hundertprozentig sicher sein, dass es tatsächlich nur eine Spielerei von ihm gewesen war. Ich begann, die Logfiles des Rechners zu durchforsten.

Ein Pop-up auf meinem Monitor beendete meine Suche: *»Still at work, darling?«*

Ich hatte es gewusst! »Du Blödmann«, schimpfte ich leise vor mich hin und erhielt die nächste Nachricht: *»check /etc/7up.«*

Er machte sich nicht die Mühe, mir zu sagen, welchen Rechner er meinte. Die Attacke auf die Oregon musste von ihm gekommen sein. Ich durchsuchte den Rechner. Im Verzeichnis »/etc« gab es keine Datei mit Namen »7up«. Ich zählte die Dateien ab. Nummer sieben brachte mich nicht weiter. »7up.« Die Siebte von unten aufwärts. Ich öffnete die Datei. Treffer.

»00:00 vai-station east/ meet boy salim / need place to stay.«

Was sollte das bedeuten? *»00:00 vai-station east«* – damit meinte er vermutlich den Vaihinger Bahnhof. Die DMC – »Data-Management-Company« – hatte ihren Sitz in Stuttgart-Vaihingen, und ich würde ohnehin mit der Bahn nach Hause fahren. Aber wer brauchte einen Platz zum Übernachten? Und das ausgerechnet bei mir? Ich lebte in einer kleinen Zwei-Raum-Wohnung in Stuttgarts Stadtteil Rotebühl. Gut, es gab schlechtere Gegenden, um zu leben. Aber ich würde sicherlich keinen Fremden in meiner Wohnung übernachten lassen. Auch keinen Jungen namens Salim.

Ich löschte den Text und schrieb stattdessen: *»Tell me more«* – Erzähl mir mehr. *»Later«*, war die wenig befriedigende Antwort. Zwecklos weiter nachzufragen. Er würde mir nicht mehr verraten. Nicht auf diesem Weg. Ich sah auf die Uhr. Mir blieben noch knapp vierzig Minuten, um seine und meine Spuren auf dem Rechner zu verwischen und zum Bahnhof zu laufen.

Seit Monaten hatte ich Dominik nicht mehr gesehen, und jetzt diktierte er mich kurzerhand zu einem mitternächtlichen Treffen mit einem fremden Jungen an den Bahnhof. Warum? Was war mit dem Jungen? Ich war so vertieft in meine Grübeleien, dass ich zusammenzuckte, als das Telefon auf meinem Schreibtisch klingelte. Im Reflex griff ich zum Hörer.

»Ja?«

»Warum bist du noch im Büro?« Patrick Wichert, mein Teamleiter.

»Der Datenbankumzug hat länger gedauert …«

»Der ist seit einer halben Stunde beendet.«

Ich verlagerte meine Konzentration vom Monitor auf das Telefon. »Kontrollierst du mich?«

»Nein ... ja ... vielleicht.« Patrick seufzte leise. »Kirstin, du hast Überstunden ohne Ende. Das muss aufhören. Du arbeitest zu viel.«

»Es gab ein Problem auf der Oregon ...« Das war nicht einmal gelogen.

»Dafür gibt es die Bereitschaft.«

»Ja, aber ...«

»Die werden dafür bezahlt, dass man sie nachts anruft, wenn es Probleme gibt. Und jetzt will ich, dass du dich von der Kiste abmeldest und nach Hause gehst. Ruf dir ein Taxi.«

»Wenn ich mich beeile, kriege ich noch die Bahn.«

»Nimm dir ...«

»Ich komme morgen später«, unterbrach ich ihn und legte auf. Ich meldete mich vom System ab, schnappte meine Jacke und verließ das Gebäude.

Zu dieser späten Stunde war nicht mehr viel los im Vaihinger Industriegebiet. Ich lief die Industriestraße runter zum Bahnhof. Auf Höhe des Rewe-Markts verlangsamte ich mein Tempo und hielt nach Dominik Ausschau. Ich war zu früh. Der Supermarktparkplatz lag leer und dunkel zu meiner Rechten, eine Europcar-Reklame tauchte den verlassenen Platz vor mir in mattgrünes Licht. Ein paar Fahrräder warteten einsam auf ihre Besitzer. Bis zum Eintreffen der nächsten Bahn waren es noch einige Minuten.

Ein Schrei gefolgt von einem lauten Aufstöhnen ließ mich erschreckt innehalten. Ich hörte ein dumpfes Plumpsen, als wäre etwas zu Boden gefallen, Geraschel, Getrampel. Ich versuchte zu orten, aus welcher Richtung die Geräusche kamen, schlich vorsichtig weiter und lauerte um die Hausfassade der Autovermietung herum. Im fahlen Licht einer Straßenlaterne sah ich zwei Männer hinter einer Hecke. Sie hatten mir den Rücken zugewandt, Bomberjacken, kahlgeschoren. Mein Herzschlag verdoppelte sich. Sie traten und schlugen auf etwas am Boden Liegendes ein. Das, was da am Boden lag, stöhnte schmerzvoll auf.

Ein Schauer lief mir über den Nacken. Ich bin furchteinflößende eins sechsundsechzig groß, schlanke sechzig Kilo schwer und mitten in der Nacht allein unterwegs. In meiner Jackentasche befand sich weder Pfefferspray noch eine SigSauer. Und trotz meiner acht Jahre Kickbox-Training rechnete ich mir allein gegen zwei Skinheads keine Chancen aus.

Hektisch sah ich mich um. Noch immer keine Spur von Dominik. Ich zog meinen Kopf zurück, nahm eilig mein Handy aus der Jackentasche. Mit klammen Fingern wischte ich über das Display. 110. Ich hatte gerade die grüne Taste ausgewählt, als mich jemand von hinten an den Schultern packte und zurückriss. Mein Telefon fiel zu Boden. Ich strauchelte, fing mich, drehte mich um die eigene Achse und verpasste wem auch immer einen Tritt in die Seite. Meine Gegenwehr hatte meinen Angreifer überrascht.

Aber er fing sich sofort wieder, trat mir mit dem Fuß in den Magen. Ich krümmte mich, würgte. Er packte meine Haare, riss mich hoch, schleuderte mich zur Seite, gegen die Stäbe einer vergitterten Tür. Meine Stirn schlug schmerzhaft gegen das kalte Eisen. Ich wandte mich um. Er drückte seinen Körper gegen mich, presste die Hand auf meinen Mund. Ich zerrte an seinem Arm, trat nach ihm.

»Verschwinde«, zischte er.

Seine Kapuze war verrutscht. Die Firmenreklame beleuchtete sein Gesicht. Ich sah seine Augen. Sein Griff lockerte sich einen winzigen Moment. Unsicherheit. Dann gefror sein Blick. »Du hast nichts gesehen, sonst bist du tot.«

In der Ferne erklang ein Martinshorn. Ruckartig ließ er mich los und stürmte davon. Ich schickte ihm ein tonloses »Arschloch« hinterher, stützte die Hände auf die Oberschenkel und rang hustend nach Luft. Wo zur Hölle war Dominik?

Blaulichter erfüllten das Areal auf der Ostseite des Vaihinger Bahnhofs. Zwei Krankenwagen, mehrere Polizeiwagen, dazu ein paar wenige Schaulustige, die mit der letzten S-Bahn aus Stuttgart gekommen waren. Ein Sanitäter hatte mir ein Kühlpad für die Beule an meiner Stirn gegeben. Die Übelkeit ließ langsam nach. Ein paar blaue Flecken, nichts gebrochen. Ich war mehr oder weniger mit dem Schrecken davongekommen.

Dem Opfer der Skins ging es schlechter. Er war nicht bei Bewusstsein. Ich hatte versucht, Erste Hilfe zu leisten, war aber völlig überfordert gewesen. Er blutete und reagierte nicht. Der Junge lag einfach nur am Boden in seiner eigenen Kotze. Notarzt und Sanitäter versuchten, ihn zu stabilisieren, damit man ihn in die Klinik bringen konnte. Er war ein schmächtiger Teenager. Seine dunkle Hautfarbe verriet eine ausländische Herkunft.

Ein Uniformierter trat an den Krankenwagen. Kurze Haare, blaue Uniform, irgendwo zwischen fünfzig und sechzig Jahre alt, schätzte ich.

»Ich bin Polizeioberkommissar Markus Böhm. Wie geht es Ihnen, Frau …?«

»Schwarz. Kirstin Schwarz.«

Er notierte sich meinen Namen und sah wieder zu mir. »Darf ich Ihnen ein paar Fragen stellen?«

Ich deutete ein Nicken an. Mein Nacken war verspannt. Vermutlich würden mir am nächsten Tag sämtliche Muskeln wehtun.

Er hielt ein Asservatentütchen hoch. »Ist das Ihr Smartphone?«

»Mein Firmenhandy, ja.« Das Display war zerschlagen. Ich würde wohl ein neues beantragen müssen. »Sie werden keine Fingerabdrücke darauf finden. Es ist mir aus der Hand gefallen.«

»Ich würde es trotzdem gern unseren Technikern geben. Können Sie mir erzählen, was geschehen ist?«

»Ich hatte etwas gehört, dann habe ich da vorn bei den Bänken zwei Skins gesehen, die den Jungen zusammenschlugen. Ich rief die Polizei und dann war da plötzlich noch ein Typ, der mich angegriffen hat.«

»Können Sie mir den Mann beschreiben?«

»Er war groß. Um die eins neunzig vielleicht. Er trug ein dunkles Kapuzenshirt und hatte ein Tuch vor dem Gesicht. Also, über Mund und Nase. Wie die Banditen im Western.« Du hast nichts gesehen, echoten die Worte des Mannes in meinem Kopf. Hatte ich schon zu viel erzählt?

»Würden Sie ihn wiedererkennen?«

»Vermutlich nicht. Es ging alles so schnell …« Abgesehen davon hatte er mir mit dem Tod gedroht. Würde *er* mich wiedererkennen?

»Und die anderen zwei?«

»Es war zu dunkel, und ich habe sie nur einen winzigen Moment lang gesehen. Sie standen mit dem Rücken zu mir.« Mein Blick wanderte zu der Häuserfront und der Tür mit den Gitterstäben. Von wo war der dritte Mann eigentlich gekommen?

»Die drei sind dann Richtung Schockenriedstraße geflüchtet?«

»Wenn die Straße da hinten so heißt, ja. Also, der Typ, der mich überfallen hat, ist in die Richtung gerannt. Mir war schlecht, und als ich mich wieder bewegen konnte, waren die anderen zwei auch fort.«

Der Beamte sah auf seine Notizen und kratzte sich grübelnd mit dem Kuli am Kopf. »Trug der Mann, der Sie überfallen hat, Handschuhe?«

»Ich weiß nicht. Vielleicht. Sehr wahrscheinlich, oder?«

Böhm hob den Blick wieder. »Dann müssen wir Ihre Jacke auf Fingerabdrücke untersuchen.«

Hinter Böhms Rücken wurde der Junge von den Sanitätern auf einer Trage zum Krankenwagen transportiert. Salim, ging es mir durch den Kopf. War das der Junge, den ich treffen sollte? Wo war Dominik? Warum hatte er mich hierher bestellt und tauchte dann selbst nicht auf? »Kommt er durch?«

Böhm sah zum Krankenwagen. »Das kann ich Ihnen nicht sagen.« Er wandte sich wieder mir zu. »Kennen Sie den Jungen?«

Ich schüttelte den Kopf.

»Fällt Ihnen sonst noch etwas ein, was für uns wichtig sein könnte?«

Die Türen des Krankenwagens schlossen sich.

»Nein.«

»Könnten Sie in den nächsten Tagen zu uns in die Dienststelle kommen, um das Aussageprotokoll zu unterschreiben?«

»Ich arbeite hier in Vaihingen. Reicht es, wenn ich morgen Mittag vorbeikomme?«

»Ja. Kommen Sie in die Robert-Leicht-Straße. Mit etwas Glück bekommen Sie dann auch schon Ihre Jacke und das Smartphone wieder.« Er reichte mir eine Visitenkarte. »Können wir jemanden informieren, der Sie abholt?«

Mir fielen drei Menschen ein: Annabella, deren Striplokal vermutlich gerade die letzten Gäste in die Nacht ausspuckte und die, so wie ich, kein Auto besaß. Giorgio Paradi, der im Moment gut zweitausend Kilometer entfernt in Sciacca auf Sizilien seine letzte Urlaubsnacht verbrachte. Und Dominik. Von Dominik besaß ich keine Telefonnummer.

»Mir reicht ein Taxi.«

Stuttgart ist nicht unbedingt die Stadt, die niemals schläft. Dennoch herrschte auf den Straßen bereits einiger Verkehr, als das Taxi mich gegen vier Uhr morgens vor der Haustür absetzte. Zeitungsausträger, Hundebesitzer und ein betrunkener Partygast huschten als dunkle Schatten über den Gehsteig. Ich betrat das Treppenhaus. Nach der hektischen Geschäftigkeit und den vielen Menschen am Vaihinger Bahnhof, umfing mich eine Stille, die mir nicht behagte. Ich schlich hinauf in die dritte Etage. Je näher ich meiner Wohnung kam, desto schwerer wurden meine Schritte. Am letzten Absatz starrte ich auf die verschlossene Tür. Das Licht ging aus. Ich verharrte stumm in der Dunkelheit. Lauschte.

Vor vier Monaten war ich, als ich nachts nach Hause gekommen war, in meiner Wohnung überfallen, zusammengeschlagen und fast vergewaltigt worden. Der Fall war längst erledigt, dennoch überkam mich immer wieder dieses schlechte Gefühl, wenn ich allein vor meiner Tür stand. War jemand in meiner Wohnung und wartete auf mich? Manchmal brauchte ich eine halbe Ewigkeit, bis ich den Mut fand, die Schlüssel ins Schloss zu stecken und aufzuschließen. Die Begegnung mit den Skins vor wenigen Stunden hatte nicht zu einer Verbesserung beigetragen.

Ich seufzte kopfschüttelnd und schaltete die Treppenhausbeleuchtung wieder ein. Wie groß war die Wahrscheinlichkeit, innerhalb weniger Stunden gleich zweimal überfallen zu werden? Der Skin kannte weder meinen Namen noch meine Adresse. Er würde mir wohl kaum in meinem Wohnzimmer auflauern. Warum auch?

Ich schloss die Tür auf und wich sicherheitshalber sofort zwei Schritte zurück. Nichts geschah.

Ich starrte in die Dunkelheit, trat wieder näher heran und schaltete das Flurlicht ein. Nichts. Einsame Stille. Es sah alles genauso aus, wie ich es am Morgen verlassen hatte. Ich ging hinein, lief durch sämtliche Zimmer und knipste die Deckenleuchten ein. Dann setzte ich mich in die Küche und wartete, dass die Angst vorüberging.

2

Ich hatte schlecht geschlafen, den Vormittag mit zwei Tassen Kaffee vertrödelt und mich gefragt, was in der Nacht zuvor eigentlich geschehen war. Ich hatte keine Möglichkeit, Dominik zu kontaktieren. Ich hatte weder Telefonnummer, E-Mail noch sonst einen Weg, ihn zu erreichen. Er musste sich bei mir melden. Ich schaltete meinen Laptop ein, in der Hoffnung auf eine versteckte digitale Botschaft. Fehlanzeige. Kein einziges Lebenszeichen von ihm.

Erst mittags konnte ich mich überreden, Hemd und Jeans anzuziehen und mit der S-Bahn nach Vaihingen zu fahren. Das Protokoll bei der Polizei war schnell unterschrieben. Bei der Gelegenheit erfuhr ich, dass der Junge schwere Kopfverletzungen erlitten und man ihn in ein künstliches Koma versetzt hatte. Seine Identität konnte noch nicht geklärt werden. Ich behielt den Namen Salim für mich – ich wusste ja nicht, ob er es war. Um zwei Uhr mittags kam ich an meinem Arbeitsplatz an.

»Du siehst aber nicht gut aus«, begrüßte mich mein Teamleiter.

»Schlecht geschlafen.«

»Deine Überstunden reichen bis zum Ende des Jahres. Du hättest heute auch mal zu Hause bleiben können.«

Ich schüttelte den Kopf und legte ihm mein kaputtes Smartphone auf den Tisch. »Ist gestern runtergefallen«, flunkerte ich. Patrick musste nicht wissen, was in der Nacht geschehen war. Er wusste von dem Überfall in meiner Wohnung und sollte nicht annehmen, dass Prügeleien mein neuer Zeitvertreib waren.

Seit dem Überfall war er überfürsorglich zu mir. Seine Sorge um mein Wohlergehen war zwar ganz nett, aber ich mochte es nicht, wenn sich jemand in mein Privatleben einmischte.

»Dafür brauchen wir eine Schadensmeldung.«

Ich verzog das Gesicht.

»Ich bereite es dir vor, soweit ich kann, okay?«

»Danke.« Ich schenkte ihm ein Lächeln und schlurfte weiter durch das Großraumbüro, vorbei an den mannshohen Stellwänden, zu meinem Schreibtisch. Als ich meinen Rechner startete, war ich bereits wieder mit den Gedanken bei den Geschehnissen der vergangenen Nacht. Die Polizisten hatten mir ein Foto gezeigt, in der Hoffnung, dass ich das Opfer kannte, aber es war schwer, hinter dem zerschlagenen Gesicht sein wahres Aussehen zu erahnen. Er hatte tiefschwarze Haare und eine dunkle Hautfarbe. Vielleicht arabischer oder indischer Herkunft.

Da ich die drei Männer als Skins beschrieben hatte, gingen die Beamten von einem fremdenfeindlichen Überfall aus. Wie ich diese rassistischen Schweine hasste. Erwachsene Männer, die auf einen wehrlosen Teenager einschlugen. Die Augen des vermummten Typen tauchten vor mir auf. Würde ich sie wiedererkennen, wenn der Kerl mir noch einmal gegenüberstünde? Ich lehnte mich zurück, strich mir den langen Pony aus der Stirn und starrte grübelnd vor mich hin.

Es war kurz nach fünf, als das Telefon auf meinem Schreibtisch klingelte. Ich kannte die Nummer auf dem Display, nahm ab und begrüßte den Anrufer mit einem schwungvollem »*Ciao*«.

»*Ciao, bellezza mia*«, kam es vertraut vom anderen Ende der Leitung, und ich konnte ein erfreutes Lächeln aus seiner Stimme heraushören. »Mach Feierabend, du bist verabredet.«

»Mit wem?«, fragte ich scheinheilig.

Giorgio Paradi seufzte enttäuscht.

Ich grinste ins Telefon. »Wo bist du?«

»Geschätzte zwanzig Meter Luftlinie entfernt. Ich parke auf der Straße direkt vor dem Firmeneingang.«

Poolposition.

»Gib mir fünf Minuten.«

Giorgio Paradi war der Boss der Untergrundorganisation »Georg Zake«, Region Süddeutschland. Dreiunddreißig Jahre, einen Kopf größer als ich, dunkle Haare, hellbraune Augen, dazu ein sexy Body durch regelmäßiges Kampfsport- und Ausdauertraining. Er hatte ein kantiges, sehr männliches Gesicht, dessen Züge weich wurden, wenn er lächelte. Ich mochte ihn. Sinnlos, das zu leugnen. Er hatte mir vor einiger Zeit das Leben gerettet und es bei der Gelegenheit gleich mächtig auf den Kopf gestellt. Wir hatten eine kurze Affäre, und allein der Gedanke an unsere erste gemeinsame Nacht entfachte in mir jedes Mal erneut ein Verlangen bar jeglicher Vernunft.

Aber er hatte mir auch sehr wehgetan, und das verhinderte, dass ich bereit war, meine Gefühle für ihn noch einmal zuzulassen. Das machte unsere Freundschaft etwas kompliziert. Das und sein Hang, immer alles unter Kontrolle haben zu müssen. Ich bin ein Mensch, der sich nicht gern kontrollieren lässt.

Dennoch, ich freute mich, dass er so schnell nach seiner Rückkehr aus dem Urlaub bei mir anrief. Ich meldete mich von den Rechnern ab, auf denen ich gearbeitet hatte, und packte meine Sachen zusammen. Patrick kam zu meinem Schreibtisch, er war ebenfalls gerade im Begriff zu gehen.

»Endlich machst du mal pünktlich Feierabend«, lobte er mich. »Ich kann dich mitnehmen, wenn du möchtest.«

»Danke, aber ich werde abgeholt.«

Mein Teamleiter schien ein wenig enttäuscht. Wir gingen gemeinsam zum Ausgang, und er hielt mir galant die Tür auf. Sein Blick fiel auf den schwarzen Toyota, der auf der gegenüberliegenden Straßenseite parkte und gegen den ein smarter Italiener in Bluejeans, dunklem Hemd und mit Sonnenbrille im Gesicht lehnte. Patricks Augen wanderten von Gio zu der Beule auf meiner Stirn. »Ich wünsche dir einen schönen Abend.«

»Dito, bis morgen.« Ich ließ ihn stehen und überquerte die Straße. Da Gio die dunkle Sonnenbrille trug, war ich nicht sicher, ob er mir entgegensah oder an mir vorbei zu meinem Teamleiter, der vor dem Gebäude stehen geblieben war, um sich noch mit einem Kollegen zu unterhalten. Etwas befangen blieb ich vor Gio stehen. Wir hatten noch keine Begrüßungsrituale entwickelt. Er schien ebenso unsicher zu sein, wie wir vorgehen sollten.

»Hat was Kleingangstermäßiges«, schwafelte ich und deutete mit dem Kopf auf den dunklen Wagen und seine Sonnenbrille.

Er schob die Brille in seine Haare und sah auf sein Gefährt. »Ja, der Avensis ist ein richtiges Zuhälterauto.« Er hatte keinen italienischen Akzent, da er in Deutschland aufgewachsen und seine Mutter Deutsche war. Seine Stimme war warm und vertraut. Er schenkte mir ein schiefes Grinsen, und in meinem Magen begannen kleine Schmetterlinge zu flattern. Oh Mann, ich hatte ihn vermisst.

»Dich kann man keine zwei Wochen allein lassen, ohne dass du in Schwierigkeiten gerätst, oder?«

Und schon war der zärtliche Moment dahin. Gio dirigierte mich um den Wagen herum und öffnete die Beifahrertür. »Ich koche uns was, und du erzählst mir, was passiert ist, okay?«

Gio besaß ein Haus in Bad Cannstatt, Stuttgarts ältestem Stadtbezirk mit entsprechend schönen Altbauten verschiedener Epochen in unterschiedlichen Restaurierungs- und Verfallsstadien. Seines war liebevoll saniert und mit allerlei Sicherheitskomfort ausgestattet. In der unteren Etage befand sich der Sitz seiner Firma – GP Security Objekt- und Personenschutz –, in der Mitte waren einige Besprechungsräume und im Obergeschoss eine geräumige Mansardenwohnung mit Dachterrasse inklusive herrlicher Aussicht auf die umliegenden Weinhänge.

Allein um in diesem Haus zu leben, hätte sich eine Beziehung mit Giorgio Paradi gelohnt. Zu allem Überfluss konnte der Mann auch noch verdammt gut kochen. Dieses Talent hatte er von seinen Eltern mitbekommen. Sie hatten ein Restaurant in Ulm betrieben, das mittlerweile Gios älterer Bruder Marco übernommen hatte.

»Kevin hat mich informiert«, begann Gio, nachdem wir gegessen hatten. Wir waren auf die Terrasse gegangen, saßen in bequemen Gartenstühlen und genossen die milde Abendluft, die für Anfang Oktober eigentlich viel zu warm war.

Kevin Killig war Polizist, der einzige bei »Georg Zake«, und damit ein wichtiger Mann für uns. Allerdings war er dienstlich nicht für Stuttgart-Vaihingen zuständig, sondern arbeitete im Revier an der Hauptstätter Straße direkt in Stuttgarts Zentrum.

»Er konnte mir nur berichten, was er aus den Ereignismeldungen wusste«, fuhr Gio fort. »Sag du mir, was genau passiert ist.«

Ich erzählte es ihm, bemüht darum, kein Detail zu vergessen.

»Wo kam der dritte Mann her?«, hakte Gio nach, als ich geendet hatte.

»Keine Ahnung. Er war einfach plötzlich da.«

»Du hast dem Polizisten nicht gesagt, dass der Typ dir gedroht hat, richtig?«

Ich nickte.

»Warum nicht?«

Ich hob die Schultern.

Gio musterte mich abschätzend. »Gibt es noch irgendetwas, was ich wissen sollte?«

»Ich habe dir alles erzählt.«

»Sicher?« Sein Blick wurde prüfender. »Du vergisst ganz gern mal kleine Wichtigkeiten, wenn die Anspannung nachlässt.«

»Was soll das denn heißen?«, brauste ich auf.

»Nichts …« Er hob abwehrend die Hände, beugte sich zu mir und strich mit dem Daumen sanft über meine Wange. »*Scusa, bellezza mia.* Ich hatte mir unser Wiedersehen auch anders vorgestellt.«

Ich sah in seine braunen Augen, entdeckte wieder die kleinen grünen Sprenkel. Mein Herzschlag beschleunigte sich. Unser Wiedersehen. Wo sollte das hier hinführen?

»Ich will dich nicht provozieren. Ich will nur verstehen, was genau passiert ist.« Einen Moment lang verharrte er und schien zu überlegen, wie weit er gehen konnte. Dann lehnte er sich wieder zurück. Ich wandte den Blick ab und atmete durch. Ich sehnte mich nach seiner Nähe und hatte gleichzeitig Angst davor. Dieser Widerspruch in mir war anstrengend – für uns beide.

»Du weißt nicht genau, was Dominik wollte?«

»Einen Jungen treffen, Salim.«

»Salim …«, wiederholte Gio nachdenklich. »Hat Dom sich später bei dir gemeldet und gesagt, warum er nicht gekommen ist?«

»Nein. Ich vermute, es war ihm zu viel Polizei vor Ort.«

»Gut möglich. Habt ihr euch öfter in den letzten Monaten getroffen?«

Ich hob die Augenbrauen. »Ohne dein Wissen? Ein Ding der Unmöglichkeit, oder?«

»Würdest du bitte meine Frage beantworten?«

»Ich habe ihn das letzte Mal vor Monaten hier in deiner Wohnung gesehen.«

»Ich versuche, ihn zu erreichen. Wir müssen überlegen, welche Informationen du an die Polizei gibst.«

»Ich werde bei meiner Aussage bleiben: Ich kann die Kerle nicht identifizieren. Ich habe keinen Bedarf, den Skins noch einmal im Dunkeln zu begegnen.«

»Das ist sehr vernünftig.« Wieder sah er mir forschend ins Gesicht.

»Was denn noch?«

»Mein Gefühl mag mich trügen, aber kann es sein, dass du den Typen, der dich bedroht hat, vielleicht doch wiedererkennen könntest?«

»Ich weiß es nicht. Vielleicht …« Die Stimme, die Augen, der flüchtige Blick im grünen Licht. Würde ich dieses Schwein wiedererkennen? Ich war mir nicht sicher. Aber war ich es dem Jungen im Krankenhaus nicht schuldig, dass ich der Polizei mit allen Mitteln half, die Täter zu finden, die ihm das angetan hatten?

3

Das Klingeln meines Telefons riss mich aus unruhigen Träumen. Ich hatte wieder im Wohnzimmer auf dem Sofa geschlafen und tastete blind über den Couchtisch.

»Ja?«, murmelte ich müde in den Apparat.

»Landeskriminalamt Stuttgart, Hämmerling, spreche ich mit Frau Kirstin Schwarz?«

LKA? Ich starrte verwirrt auf den Hörer in meiner Hand.

»Hallo? Sind Sie noch dran?«

»Hm? Ja … ich …« Ich schielte auf meine Armbanduhr. Kurz nach sieben. Hatte der Kerl noch alle Tassen im Schrank? »Wer ist da?«

»Kriminalhauptkommissar Friedrich Hämmerling, LKA Stuttgart. Frau Schwarz, wir würden gern mit Ihnen sprechen.«

»Jetzt?«, fragte ich entgeistert.

»Ich habe Sie geweckt, oder?«, drang es bedauernd an mein Ohr. Die sonore Stimme klang sympathisch.

»Ja.«

»Entschuldigen Sie bitte, Frau Schwarz. Ich hatte Sie gestern nicht erreicht und deswegen der frühe Anruf heute Morgen.«

»Ich … lassen Sie mich gerade mal wach werden.« Ich rieb mir über die Augen und versuchte, meinen Verstand einzuschalten. Was wollte das LKA von mir? »Worum geht's denn?«

»Es geht um den Überfall von Mittwochnacht. Wir müssten diesbezüglich noch einmal dringend mit Ihnen sprechen.«

Ich stöhnte innerlich auf. Ich wollte nicht schon wieder zu einer Polizeidienststelle. Ich mochte Polizeidienststellen nicht, und ich hasste diese Befragungen. »Wie geht es dem Jungen?«

»Frau Schwarz, wir würden gern persönlich mit Ihnen sprechen. Könnten Sie heute noch zu uns kommen?«

Warum wich er meiner Frage aus? Was war mit dem Jungen? »Ich muss arbeiten. Reicht es heute Nachmittag?«

»Vierzehn Uhr?«

»Ich versuch's.«

»Sie wissen, wo Sie uns finden?«

»Wenn Sie mir die Adresse sagen, geb ich's in mein GPS ein.«

»Taubenheimstraße fünfundachtzig. Melden Sie sich am Empfang.«

LKA Stuttgart. War es normal, dass die sich bei so einer Sache einschalteten? Ich schleppte mich in die Küche, schaltete meine altertümliche Filterkaffeemaschine ein und verschwand im Bad. Nach einer heißen Dusche und einem starken Koffeingetränk fühlte ich mich einigermaßen wach. Ich schlüpfte in Jeans und Hemd, griff zum Telefon und rief Gio an.

»*Buon giorno, bella mia*«, meldete er sich verwundert nach dem zweiten Klingeln. »Was ist passiert?«

»Friedrich Hämmerling, LKA Stuttgart, kennst du den?«

Ich musste mich gedulden, bis Gio mir eine Antwort gab. Er hatte einige Jahre bei der Polizei in Stuttgart gearbeitet und – obwohl sein Dienstausstieg nicht besonders angenehm gewesen war – auch heute noch gute Kontakte zu ehemaligen Kollegen. »Ja, ich hatte schon mit ihm zu tun. Warum fragst du?«

»Der hat mich gerade aus dem Bett geschmissen und will mich sprechen.«

»Soweit ich weiß, ist der beim OK …«

»OK?«

»Dezernat für organisierte Kriminalität. Was wollen die von dir? Ich dachte, die gehen bei der Tat von einer fremdenfeindlichen Aktion aus?«

»Und? Die Rechten sind doch auch organisiert.«

»Aber dafür ist die Abteilung Staatsschutz zuständig. OK kümmert sich um Rauschgift, Waffenhandel, Menschenhandel und so was.«

»Aha.«

»Du bist nur eine Zeugin. Vielleicht haben die eine Spur und wollen deshalb noch mal mit dir sprechen«, überlegte Gio. »Wann triffst du dich mit ihm?«

»Ich soll um zwei Uhr da sein.«

»Ich recherchiere mal ein bisschen. Um zwölf Uhr hole ich dich von der Arbeit ab.«

»Okay.«

Ich wollte schon auflegen, als ich Gios Stimme noch einmal hörte: »Kirstin?«

»Ja?«

»Es ist gut, dass du mich sofort informiert hast.«

Ich wollte mir auch nicht wieder vorwerfen lassen, dass ich wichtige Dinge vergaß, sobald die Anspannung nachließ.

»Georg Zake« ist eine international tätige Organisation, deren Mitglieder als eine Art verdeckte Ermittler arbeiten, jedoch in der Regel ohne direkten Kontakt zur Polizei. Sie sammeln Informationen und Beweise – häufig auf illegalen und oft auch auf gefährlichen Wegen – und spielen diese anonym der Polizei oder manchmal auch der Presse zu.

Die Mitglieder von »Georg Zake« verüben niemals Selbstjustiz. Vor einigen Monaten hatten sie verhindert, dass ich einen Bordellbesitzer tötete. Mit der Folge, dass ich plötzlich um mein Leben fürchten musste. Giorgio und seine Leute hatten mir geholfen. Sie versuchten, mich zu einer Mitarbeit in ihrer Organisation zu bewegen.

Es ging ihnen um meine Fähigkeiten im Bereich Informationstechnik. Da die Cyberkriminalität immer stärker zunahm, brauchten sie mehr Leute, die sich mit kleineren und größeren Hackereien auskannten. Dominik – ein undurchsichtiger Mann Mitte dreißig mit osteuropäischen Gesichtszügen, abgeklärter Kaltblütigkeit und einem subtilen Humor – wurde mein Mentor.

Pünktlich um zwölf hielt Gios Avensis auf der Straße vor mir. Ich war schon zeitig aus dem Büro verschwunden und hatte vor dem Gebäude auf ihn gewartet. Ich lehnte mit dem Rücken an der von der Sonne angewärmten Hauswand und hatte mir die Zeit damit vertrieben, die nicht besonders reizvolle Umgebung zu betrachten: Graue Firmengebäude, eine Baustelle, zugeparkte Straßenränder und ein mit Schlaglöchern übersäter Firmenparkplatz, der kaum zur Hälfte belegt war. Es war Mittagszeit, und viele Kollegen machten sich bereits auf den Weg ins Wochenende. Andere wanderten zu den umliegenden Restaurants zum Essen.

Gio stieg aus, um mir die Tür zu öffnen. Ich stieß mich von der Mauer ab und überquerte die Straße.

»Der Junge liegt noch im Koma. Seine Identität konnte bisher nicht geklärt werden«, berichtete Gio, während er seinen Wagen über die B14 Richtung Zentrum lenkte. »Vermutlich hält er sich illegal in Deutschland auf. Er hatte keine Papiere bei sich und ist offensichtlich nirgends als vermisst gemeldet. Allerdings hatte er einiges an Drogen bei sich. Irgendwelche synthetischen Pillen. Könnte ein Kleindealer gewesen sein.«

Ein Dealer, der von Skinheads zusammengeschlagen worden war. Die Informationen gefielen mir nicht.

»Deswegen der Hämmerling?«, erkundigte ich mich.

»Gut möglich.«

»Was bedeutet das für mich?«

»Du bleibst bei deiner Aussage: Du hast keinen der drei Männer erkannt, du kannst niemanden identifizieren, es ging alles zu schnell, du hattest Angst, basta.«

»Okay.«

»Erzähl ihm nicht, dass der Kerl dich bedroht hat. Dann wissen sie, dass du die Stimme des Typen kennst und könnten vermuten, dass du aus Angst etwas verschweigst. Der Hämmerling ist ein heißer Hund. Wenn der meint, dass du ihm etwas verheimlichst, nimmt er dich in die Mangel.«

»Na prima«, stöhnte ich auf. »Mann, ich hab den Jungen doch nicht zusammengeschlagen.«

Gio setzte den Blinker und lenkte den Wagen in eine Seitenstraße. Er fuhr an den Straßenrand und drehte sich zu mir. »Kirstin, ich will nur, dass du vorbereitet bist. Du bist oft sehr impulsiv, und wenn du weißt, was dich erwarten könnte, reagierst du vielleicht etwas besonnener.«

Ich seufzte abgrundtief. »Aber wäre es nicht besser, wenn ich einfach mit offenen Karten spiele und alles versuche, um der Polizei bei der Tätersuche zu helfen?«

»Der Hämmerling kümmert sich nicht um Peanuts. Lass uns erst einmal rausfinden, was da los ist. Dann schauen wir, inwieweit wir die Polizei bei den Ermittlungen unterstützen können.«

Mir gefiel das Ganze nicht. »Warum diese Vorsicht? Es ist doch kein Projekt von uns. Die Organisation hat nichts damit zu tun. Ich bin da in was reingeschlittert und mehr nicht.«

»Das ist nicht sicher. Immerhin hat Dominik dich dorthin bestellt.« Er sah mich abschätzend an. »Es steht dir natürlich frei, selbst zu entscheiden, was du der Polizei sagen willst. Es wäre mir aber trotzdem lieber, wenn du meinen Rat befolgen würdest.« Er fädelte den Wagen wieder in den Verkehr ein.

Ich ahnte, dass die Befragung von Hämmerling nicht die einzige an diesem Tag sein würde.

Mir war nicht besonders wohl, als ich mich auf den Weg zum Landeskriminalamt machte. Viel zu oft in meinem Leben hatte ich mit Uniformierten zu tun gehabt, und nur wenige haben bei diesen Begegnungen positiv abgeschnitten. Ein Grund mochte sein, dass ich nicht immer besonders kooperativ im Umgang mit der Obrigkeit bin. Es lag aber auch daran, dass ich früh gemerkt hatte, dass der Arm des Gesetzes kurz war und mich nicht schützen konnte. Weder vor meinem prügelnden Vater, der versucht hatte, mich zu missbrauchen, noch vor meiner saufenden Mutter, die dafür sorgte, dass man mich von meinen Pflegeeltern zurück in den Schoß der Familie holte und sich dann einen Scheiß um mich scherte. Ich drängte die Erinnerung zurück und konzentrierte mich auf die bevorstehende Befragung.

Das Gebäude des Landeskriminalamts Stuttgart war ein hässlicher dunkler Kasten mit orange-braunen Fensterrahmen im Stile der Siebzigerjahre. Der Plattenbau stand zwischen Reihenhäusern inmitten eines Wohngebiets in Bad Cannstatt. Bäume säumten die Straße, dazwischen standen ein paar Holzbänke und ein kleiner Spielplatz. Man könnte sagen, es lag recht idyllisch.

Ich betrat mit flauem Magen das Gebäude und meldete mich bei einem der Beamten an. Während ich auf Hämmerling wartete, strich ich unruhig durch den Eingangsbereich. Meine Nervosität wuchs von Sekunde zu Sekunde, und ich fragte mich, woher diese Unruhe kam. Ich war in diesem Fall lediglich eine Zeugin. Ich würde meine Aussage machen, das Gebäude wieder verlassen und die Sache war erledigt.

Hoffentlich.

»Frau Schwarz?« Ein Mann, Mitte fünfzig, groß, sportlich, grauer Anzug, graue Haare, Dreitagebart, trat auf mich zu und streckte mir die Hand entgegen. Sein Händedruck war fest, sein Blick freundlich und aufmerksam. »Friedrich Hämmerling. Ich muss mich noch einmal für meinen frühen Anruf heute Morgen entschuldigen.«

Aha, er versuchte die nette Tour.

»Jetzt bin ich ja wach«, entgegnete ich, ohne sein Lächeln zu erwidern.

»Kommen Sie bitte mit.«

Ich folgte ihm durch die Flure. Schließlich öffnete Hämmerling eine Tür und ließ mich vor sich eintreten. Helle Wände, hellgrauer Teppich, ein Tisch mit einem zugeklappten Laptop, Stühle drum herum, ein jungfräuliches Whiteboard an der Längsseite, die Lamellengardinen vor der Fensterfront waren nur halb geschlossen.

»Kann ich Ihnen etwas anbieten? Kaffee oder ein Glas Wasser?«

»Wasser, bitte.«

»Setzen Sie sich. Ich bin gleich wieder da.«

Er ließ mich allein. Statt mich zu setzen, trat ich ans Fenster und schaute durch die Schlitze der Lamellen auf den Vorplatz. Menschen kamen und gingen, alle in Zivil, keiner in Uniform. Ein älterer Typ mit Anzug und Aktenköfferchen steckte sich eine Zigarette an und eilte über den Weg. Staatsanwalt, tippte ich. Ich wippte unruhig mit den Füßen und spielte mit dem Gedanken, einfach wieder zu gehen. Doch bevor ich die Idee in die Tat umsetzen konnte, kehrte Hämmerling mit Getränken und einem Kollegen im Schlepptau zurück.

»David Willer«, stellte dieser sich vor. Der Mann war jünger als Hämmerling, vielleicht Mitte dreißig. Statt Anzug trug er Bluejeans und gestreiftes Hemd, darüber ein dunkles Sakko, die braunen Haare kurz geschnitten. Die Mitte seines Gesichts zierte eine schmale spitze Nase, die etwas zu lang geraten war. Es entsprach sicherlich nicht dem gängigen Schönheitsideal, machte sein Gesicht aber interessant.

»Nehmen Sie bitte Platz.« Er deutete auf den Stuhl vor sich und setzte sich selbst auf die andere Seite des Tisches.

Hämmerling gesellte sich dazu und hatte anscheinend beschlossen, seinem Kollegen die Befragung zu überlassen. Mit verschränkten Armen lehnte er sich zurück und sah mich an. Es trug nicht dazu bei, dass ich mich in diesen vier Wänden wohler fühlte.

»Frau Schwarz, es geht um den Vorfall von Mittwochnacht«, begann Willer. »Bitte erzählen Sie uns noch einmal, was genau geschehen ist.«

»Das steht doch alles in dem Protokoll, das ich unterschrieben habe.«

»Das stimmt, wir würden es aber gern noch einmal von Ihnen hören.«

Ich tat ihm den Gefallen und wiederholte meine Aussage. Hämmerlings prüfender Blick gefiel mir immer weniger, und ich konzentrierte mich auf Willer.

»Der Mann hat Ihnen also in den Magen getreten und Sie dann gegen die Gitterstäbe einer Tür gestoßen«, wiederholte Willer. »Haben Sie irgendetwas erkennen können? Sein Gesicht? Seine Frisur ...?«

»Nein, mir war speiübel.«

Willer verzog mitfühlend das Gesicht. »Das tut mir leid. Haben Sie sich irgendwie gewehrt?«

»Ja, ich habe meine Magnum rausgeholt und sie ihm vor die Nase gehalten.«

Weder Willer noch Hämmerling fanden meine Bemerkung witzig. »Besitzen Sie eine Waffe?«

»Nur meinen Charme.«

Diese Bemerkung entlockte meinem Gegenüber ein kleines Schmunzeln, das aber nicht lange blieb. Er beugte sich ein Stück zu mir. »Frau Schwarz, Sie mögen diese Angelegenheit vielleicht auf die leichte Schulter nehmen, aber hier geht es um versuchten Mord. Der Junge im Krankenhaus kämpft um sein Leben.«

Ich wich seinem Blick aus. »Ich nehme gar nichts auf die leichte Schulter. Aber ich kann Ihnen nicht mehr sagen als das, was ich Ihnen bereits gesagt habe. Und ich bin nicht gern hier.« Ich deutete mit den Händen auf die Wände um mich herum.

»Das ist nicht zu übersehen.« Willer lehnte sich wieder zurück. »Der Mann, der Sie überfallen hat, hat er vielleicht irgendetwas zu Ihnen gesagt?«

»Nein.«

»Und Sie? Haben Sie etwas gesagt?«

»Ich wollte schreien, aber er hat mir den Mund zugehalten.«

Willer sah in seine Unterlagen. Verflixt. Das hatte ich vor zwei Tagen nicht zu Protokoll gegeben.

»Er hat Ihnen den Mund zugehalten? Davon steht hier nichts.«

Der Mann konnte lesen. »Kann sein«, gab ich zu.

»Und hat er da vielleicht irgendetwas zu Ihnen gesagt?«

»Nein.«

»Sind Sie sicher?«

»Hören Sie, das Ganze hat ein paar Sekunden gedauert.« Ich schnippte ungeduldig mit den Fingern. »Was hätte er mir erzählen sollen?«

»Hat er Ihnen gedroht?«

»Er hat nichts gesagt.«

Willer und Hämmerling tauschten einen Blick miteinander. Sie glaubten mir nicht. Was hofften die beiden, was der Skin mir zugeflüstert hätte: Hallo, ich bin der Peter und schlage gerade einen kleinen Dealer tot, aber sag's nicht weiter?

»Der Platz war schwach beleuchtet«, fuhr Willer fort. »Konnten Sie vielleicht sein Gesicht erkennen?«

Die Frage hatten wir doch schon! »Nein, außerdem hatte er ein Tuch vor dem Gesicht. Das habe ich Ihnen bereits gesagt, und es steht da übrigens auch im Protokoll.«

»Welche Farbe hatte das Tuch?«

»Keine Ahnung ... dunkel ... schwarz vielleicht.«

»Konnten Sie sonst etwas erkennen? Die Augenfarbe?«

War der Typ senil? Ich hob beide Hände zur Decke und schüttelte den Kopf.

»Die Zeugin weiß es nicht«, diktierte Willer in das Aufnahmegerät. »Von wo ist der Mann gekommen?«

»Die Zeugin weiß es nicht«, imitierte ich ihn und erntete dafür erneut einen tadelnden Blick des Beamten. Kirstin, reiß dich zusammen, ermahnte ich mich innerlich. Eine Panikattacke wollte aufsteigen. Ich musste raus aus diesem Raum. »Ich weiß es wirklich nicht. Er war plötzlich da, riss mich herum, trat mich ... ich wusste gar nicht, wie mir geschah.«

»Könnte es sein, dass er Ihnen bereits auf dem Weg zum Bahnhof begegnet ist? Vielleicht haben Sie ihn unbewusst schon vorher wahrgenommen?«

»Nein, ich war in Gedanken noch bei der Arbeit und habe nicht auf meine Umgebung geachtet.«

Es entstand eine kurze Pause, in der Willer anscheinend abwog, wie er weiter vorgehen sollte.

»Wir würden Ihnen trotzdem gern ein paar Bilder zeigen«, erklärte er schließlich und klappte seinen Laptop auf. Nach kurzem Hin-und-her-Klicken drehte er den Bildschirm zu mir. »Bitte schauen Sie sich diese Fotos an und sagen Sie uns, ob Ihnen vielleicht einer der Männer bekannt vorkommt.«

Ich hob zu einem Protest an, erklärte mir dann aber selbst, dass dieses Gespräch schneller beendet war, wenn ich kooperierte. Ich klickte mich von Bild zu Bild. Eine Menge unsympathische und ein paar wenige sympathische Gesichter starrten mir entgegen. Willer und Hämmerling saßen schweigend dabei. Schließlich war ich am Ende der Diashow angelangt und sah wieder auf.

»Tut mir leid. Ich kann Ihnen nicht helfen.« Ich hob resigniert die Schultern. »Sie können es sich vielleicht nicht vorstellen, aber es ging alles sehr schnell. Es war dunkel, ich war allein und ich hatte Angst.«

Willer sah bedauernd zu seinem älteren Kollegen. »Es war einen Versuch wert.«

Nun endlich regte sich auch etwas in Hämmerling. Er richtete sich in seinem Stuhl auf und klopfte auf die Mappe, die vor ihm auf dem Tisch lag. Bevor er jedoch etwas sagen konnte, wurde er durch einen Brummton unterbrochen.

Willer nahm sein Handy aus der Sakkotasche und sah aufs Display. »Fischer …«, seufzte er wenig begeistert. »Bin gleich wieder zurück.« Er ließ uns allein.

»Wer ist Fischer?«, fragte ich, um von mir abzulenken.

»Niemand, den Sie kennen … vermutlich.« Ganz sicher schien sich der Herr Kommissar nicht. Er klopfte erneut auf die Mappe vor sich. »Das ist Ihre Akte.«

»Aha.« Was kam denn jetzt?

»Sie sind vor einigen Monaten schon einmal überfallen worden.«

»Aber nicht auf offener Straße.«

Hämmerling nickte. »Die Männer damals wurden verhaftet, aber Sie haben Ihre Anzeige wieder zurückgezogen.«

»Es … es war …« Ich kam ins Straucheln. Das Blut floss schneller durch meine Adern. »Wir haben uns außergerichtlich geeinigt. Die beiden Männer haben sich bei mir entschuldigt, und ich habe Schmerzensgeld bekommen.« Das war schlichtweg gelogen, aber die Wahrheit konnte ich dem Herrn Kommissar nicht einmal ansatzweise erzählen.

Hämmerling brummte vor sich hin und sah auf seine Mappe. »Interessant.«

»Was?«

»Hier steht nichts von Schmerzensgeld. Hier steht nur, dass Sie die Anzeige zurückgezogen haben.«

»Ja und? Da kann ich ja nichts für.« Ich verdrehte die Augen zur Decke. »Worauf wollen Sie eigentlich hinaus?«

Der Kommissar musterte mich grübelnd, schließlich stützte er seine Ellenbogen auf den Tisch, legte die Hände ineinander und beugte sich noch ein Stück näher zu mir vor. »Haben Sie Angst, uns konkretere Angaben zu machen?«

»Nein. Sie haben doch meine Akte. Lesen Sie, was noch darin steht.«

»Das habe ich. Opfer häuslicher Gewalt, Straßenkind, ein paar Anzeigen wegen Ladendiebstahl, einige Male als Jugendliche nachts aufgegriffen, mit zwanzig untergetaucht …« Er sah mich forschend an.

Mit zwanzig untergetaucht. Ich hatte zwei Jahre in Colorado gelebt. Das würde ich nicht als »untertauchen« bezeichnen. Ich hatte mein verkorkstes Leben hinter mir lassen wollen. Ein Neuanfang. Er war nicht geglückt. Ich schwieg abwartend.

»Sie sind unsere einzige Zeugin, und ich möchte Sie darauf aufmerksam machen, dass Sie sich strafbar machen, wenn Sie Informationen zurückhalten, die zur Aufklärung einer Straftat beitragen könnten.«

In mir brodelte es gefährlich. Ich möchte, dass du vorbereitet bist, echoten Gios Worte in meinem Kopf. Ich biss die Zähne zusammen und erwiderte grimmig Hämmerlings forschenden Blick. »Ich möchte mal wissen, woran Sie sich erinnern, wenn Sie aus heiterem Himmel von einem Kerl, der viel größer und stärker ist als Sie, mitten in der Nacht aus dem Hinterhalt überfallen werden.«

Hämmerling lehnte sich wieder zurück und griff in die Innentasche seiner Jacke. »Ich würde Ihnen gern noch ein …« Er brach abrupt ab, als Willer zu uns zurückkehrte. Sein Kollege sah aus, als hätte Fischer keine guten Nachrichten gebracht. »Friedrich, wir müssen …«

»Ja.« Hämmerling erhob sich. »Ich bringe Sie zu meiner Kollegin, damit Sie das Protokoll noch unterschreiben.« Während Willer eilig wieder verschwand, führte Hämmerling mich durch einen Flur.

»Sie sind mit Herrn Paradi liiert?«, erkundigte er sich unterwegs im Plauderton.

»Wir sind befreundet.«

»Woher kennen Sie sich?«

Was sollten denn jetzt diese Fragen? »Ich glaube nicht, dass Sie das etwas angeht.«

»Entschuldigung, ich wollte nicht indiskret sein. Er hat mal bei uns gearbeitet.«

»Ich weiß.« Ich blieb stehen und sah in Hämmerlings wässrige Augen. »Und ich weiß auch, warum er aufgehört hat.«

+++

Ich stieg in die U-Bahn und fuhr zurück in meine Wohnung. Ich schaltete die Türklingel ab, stöpselte das Telefon aus und stellte mein Smartphone auf stumm. Ein neues Firmenhandy hatte ich zum Glück noch nicht bekommen. Ich holte eine Zitrone aus der Küche, schnitt sie auf und sog den frischen Duft ein. Dann presste ich den Saft in ein Glas Leitungswasser, verzog mich aufs Sofa und kuschelte mich unter eine Decke. Draußen schien die Sonne, aber ich wollte nur noch die Augen schließen und von der Welt in Ruhe gelassen werden.

Warum hatte der Kommissar den Überfall in meiner Wohnung ausgegraben? Was wusste er darüber, was damals geschehen war? Die Ereignisse brachen mit Gewalt über mich herein. Ich bekam keine Luft mehr, wie damals, als die Kerle mir den Sack über den Kopf gestülpt und die Schlinge um den Hals gelegt hatten. Meine Kehle war wie zugeschnürt. Meine Haut brannte. Mein Herz raste. Ich rang nach Atem, presste die Augen fest zusammen.

Alles war gut. Der Überfall war Vergangenheit. Ich war eine starke Frau. So etwas würde nicht wieder geschehen. Ich leerte das Glas mit dem Zitronensaft in einem Zug, aber auch der saure Geschmack konnte die schlechten Gedanken nicht vertreiben.

Die Albträume waren zurück. Ich wurde verfolgt, flüchtete durch dunkle, leere Gänge, rüttelte an verschlossenen Türen. Niemand war zu sehen, unsichtbare Hände griffen nach mir, waren überall, betatschten, schlugen, kratzten mich. Ich rannte und rannte. Irgendjemand schlug gegen eine Tür, rief meinen Namen.

»Kirstin?«

Ich stürmte weiter.

»Kirstin, mach bitte auf. Ich bin es, Gio.«

Gio? In meinem Traum? Nur mühsam wurde ich wach. Das Klopfen begleitete mich.

»Kirstin, ich komme jetzt rein.« Ein Schlüssel wurde ins Schloss geschoben.

Gio hatte damals eine neue Tür mit Sicherheitsschloss einbauen lassen, und natürlich hatte er einen Ersatzschlüssel behalten. Alles andere wäre auch wider die Natur des Giorgio Paradi gewesen, dachte ich mürrisch. Ich richtete mich auf. Mein T-Shirt war schweißnass, und auch meine Haare waren feucht. Ich zog die Knie zur Brust und blieb auf dem Sofa sitzen. »Wenn ich die Tür nicht aufmache, bedeutet das, dass ich nicht gestört werden will«, raunzte ich ihn an, als er wenig später vor mir stand. »Könntest du dir bitte einmal angewöhnen, meine Privatsphäre zu achten?«

»Ich habe mir Sorgen gemacht. Du bist nicht ans Telefon gegangen …«

»Himmel Herrgott, ich brauchte einfach etwas Ruhe!«, schrie ich ihn an.

»War die Befragung so schlimm?«

»Leckt mich doch alle am Arsch!« Ich legte die Stirn auf meine Knie und schloss die Augen.

Gio setzte sich neben mich. Er berührte sanft meine Schulter. »Kann ich irgendwas für dich tun?«

»Nein. Ich will jetzt nicht reden. Ich will meine Ruhe.« Hämmerlings Fragen hatten zu viele Erinnerungen in mir aufgewühlt.

»In Ordnung«, kam es ungewohnt diplomatisch von Gio. »Was hältst du davon, wenn du dich ein bisschen frisch machst, dann fahren wir zu mir, ich koch uns was Gutes und wir machen uns einen gemütlichen Fernsehabend?«

»Warum bleiben wir nicht bei mir?«

»Weil ich in deiner Küche vermutlich nur eine Packung Müsli, einen Liter Milch und zwei Zitronen finde. Ich bin ein guter Koch, aber kein Zauberer.« Er berührte leicht meine Wange. »Und wenn du hungrig bist, bist du bissiger als ein wütender Kampfhund.«

Gegen meinen Willen musste ich lächeln.

4

Gio hatte Wort gehalten und den ganzen Abend kein einziges Wort über die Befragung durch die LKA-Beamten verloren. Ich hatte in seinem Gästezimmer übernachtet und wurde am nächsten Morgen mit Cappuccino und frischen Brötchen verwöhnt. Nach dem Frühstück war die Schonfrist vorbei.

»Was wollte Hämmerling von dir wissen?«

Ich wollte nicht darüber sprechen. Um abzulenken, zog ich einen Zettel aus einem Stapel Papier, der neben mir auf der Bank lag. Ich erkannte Gios Handschrift. Er hatte einige Stichpunkte mit zahlreichen Kürzeln notiert, die ich auf die Schnelle jedoch nicht entschlüsseln konnte.

»Was ist das?«

»Ich hab gestern ein wenig recherchiert, was während meines Urlaubs in Stuttgart los war. Ich wollte wissen, warum der Hämmerling an der Sache mit dem Jungen dran ist.«

»Hm … Und?« Ich studierte die Kürzel genauer.

Er nahm mir den Zettel aus der Hand. »Beantworte bitte meine Frage.«

Schweren Herzens tat ich ihm den Gefallen. Als ich geendet hatte, rieb Gio sich grübelnd über das frisch rasierte Kinn. »Da hoffen wir mal, dass Hämmerling keinen Zusammenhang zwischen dem Überfall damals und dem vor drei Tagen sieht. Wenn er da anfängt herumzustochern, könnten wir in Schwierigkeiten geraten.«

»Meinst du, die rollen die Sache wieder auf?«

»Ich hoffe nicht.« Er ließ unwohl die breiten Schultern kreisen. Unter dem rechten Ärmel lugten die Ausläufer eines Tattoos hervor.

Ich zupfte einen Krümel von meinem Hemd und ging die Geschehnisse von Mittwochnacht noch einmal gedanklich durch. Hatte ich etwas übersehen? Da waren die zwei Schläger und das Opfer. Ich hatte mich zurückgezogen, mein Handy genommen, die 110 gewählt. Dann war der dritte Mann aufgetaucht.

»Die Polizei …«

»Hm?« Gio hob fragend den Blick.

»Der Typ hielt mich fest und drohte mir, und ich hörte Polizeisirenen.«

Schweigend wartete Gio auf eine Fortsetzung.

»Ich hatte die 110 gewählt, aber ich bin nicht mehr dazu gekommen, mit jemandem zu sprechen. Ich weiß nicht einmal, ob ich die grüne Taste noch betätigen konnte, bevor mir das Handy aus der Hand fiel. Ich konnte der Polizei also gar nicht sagen, was los ist, geschweige denn, wo ich mich befand. Selbst mit Handyortung wären die doch niemals innerhalb von ein, zwei Minuten vor Ort gewesen, und das Ganze hat nur wenige Sekunden gedauert. Wäre die Streife zufällig dazugekommen, hätte man nicht schon vorher das Martinshorn gehört. Woher wussten die, wo sie hinkommen müssen?«

Gio nickte zustimmend. »Das ist eine verdammt gute Frage.«

»Das heißt doch, es muss einen Zeugen geben, der noch vor mir die Polizei gerufen hat.« Ich zog verständnislos die Stirn in Falten. »Warum tun die dann so, als wäre ich die einzige Zeugin?«

»Wir brauchen mehr Informationen.« Gio begann, das Frühstücksgeschirr zusammenzuräumen. »Ich spreche mit Kevin, und für heute Abend werde ich ein Treffen einberufen.«

Während Gio duschte, blätterte ich durch den Stapel Papier neben mir. Es waren Ausdrucke von Pressemitteilungen verschiedener Polizeidienststellen, dazwischen weitere in Kürzel gefasste Notizen. Ich hatte keine Lust, die ganzen Berichte zu lesen, um Gios Geheimcode zu entschlüsseln, und nahm mir stattdessen die Tageszeitung vor. In einer Marginalspalte fand ich eine Pressemitteilung der Polizei, die nach weiteren Hinweisen auf die Täter suchte, die vor drei Tagen einen Teenager in der Nähe des Vaihinger Bahnhofs zusammengeschlagen hatten. Dazu war eine Skizze vom Gesicht des Jungen abgebildet, dessen Identität noch immer nicht geklärt werden konnte.

Auf der gleichen Seite wurde von einem Mann berichtet, der am Freitagnachmittag tot in seiner Wohnung aufgefunden worden war. Bei dem Toten handelte es sich um einen Bankmanager, Florian A., gegen den vor wenigen Tagen der Verdacht erhoben worden war, ein Kind sexuell missbraucht zu haben. Die Polizei vermutete Selbstmord. Sogleich stieg der alte Zorn in mir auf. Ich legte das Blatt zur Seite. Ich brauchte frische Luft.

Ich stand auf und klopfte an die Badezimmertür. »Gio, ich bin weg. Ich will noch eine Runde joggen gehen.«

Ich war schon an der Wohnungstür, als er aus dem Bad kam. »Das hättest du auch zehn Minuten eher sagen können«, beschwerte er sich. Die dunklen Haare glänzten feucht, um die Hüften hatte er ein Handtuch geschlungen. Über seine rechte Schulter verlief das Tattoo. Ein Treibel aus in sich verschlungenen Ornamenten. In mir stieg die Erinnerung an einen sehr zärtlichen Moment zwischen uns auf. Ich verdrängte sie.

»Gio, ich brauche keinen Bodyguard.« Ich gönnte mir noch einen letzten Blick auf seinen durchtrainierten Körper und verabschiedete mich mit einer Kusshand. »Wir sehen uns heute Abend.«

Mittags besuchte ich Annabella im Leonhardsviertel – Künstlerecke und sündige Meile Stuttgarts. Annabella betrieb dort ein kleines Striplokal mit Hinterzimmern und wohnte direkt neben dem Lokal in einem Anbau des alten Gebäudes. Sie strahlte über das ganze Gesicht, als sie mich vor ihrer Haustür stehen sah, und drückte mich herzlich an ihren ausladenden Busen.

»Meine Kleine, ich koche uns einen Kaffee«, erklärte sie und verschwand, mein »Nein, danke« ignorierend, wieder in ihrer Wohnung. Mir graute vor ihrem ungenießbar starken Kaffee. Da halfen weder Zucker noch Milch. Aber er gehörte zu Annabella wie ihre robuste Herzlichkeit. Sie war zwanzig Jahre älter als ich und so etwas wie eine mütterliche Freundin. Als ich als Teenager gerade begann, als Straßenkind Karriere zu machen, war sie es, die mir wieder ein Zuhause gab und dafür sorgte, dass ich meinen Schulabschluss machte.

Ich setzte mich auf einen der Plastikstühle neben der Haustür. Der Eingang lag geschützt in einem Innenhof jenseits der Straße. Ich schloss die Augen und genoss die Sonnenstrahlen. Nach wenigen Minuten erschien Annabella mit Kaffee und Gebäck.

»Und habt ihr Wiedersehen gefeiert, du und dein Giorgio?«, erkundigte sie sich augenzwinkernd.

»Er ist nicht mein Giorgio. Und ja, wir haben Wiedersehen gefeiert: Er hat für mich gekocht.«

»Ist das alles?« Sie war enttäuscht. »Halt ihn nur nicht zu lange hin.«

Die Beziehung zwischen Annabella und Giorgio hatte in den letzten Monaten eine seltsame Wandlung durchgemacht, von »Ich kann dich nicht leiden, Giorgio Paradi« zu »Du gehörst jetzt zur Familie und pass auf meine Kleine auf«. Ich war mir nicht sicher, welche Neigung mir besser gefiel.

»Was gibt es bei dir Neues?«, wechselte ich das Thema.

»Hast du das von dem Aichroth gehört?«

»Wer ist Aichroth?«

»Florian Aichroth, er war irgendwas Höheres bei irgend so einer Privatbank. Hin und wieder war er mit Kunden oder Kollegen bei mir im Laden. Anscheinend hat er sich umgebracht.«

Ich erinnerte mich an den Zeitungsbericht, den ich am Morgen in Gios Wohnung gelesen hatte. Florian A. »Gegen ihn wurde ermittelt.«

»Ja, ist das nicht schrecklich? Der soll ein Kind missbraucht haben. Weißt du, der sitzt hier abends in meiner Bar, trinkt sein Bier, schaut meinen Mädels zu … und dann so was. Er sah überhaupt nicht danach aus.«

»Wie soll denn so einer aussehen?«

Sie seufzte schwer. »Das ist ja das Schreckliche. Sie sehen so normal aus. Er war immer nett zu meinen Mädchen, hat ihnen Schampus und Cocktails spendiert.«

»Es ist ja nicht bewiesen, dass die Anschuldigung stimmt.«

»So ein Verdacht kommt nicht ohne Grund auf. Meine Kleine, Giorgio soll nur gut auf dich aufpassen.«

»Ich bin dreißig, Annabella.«

»Für mich bleibst du meine Kleine.« Sie beugte sich zu mir vor und tätschelte liebevoll meine Wange. »Woher hast du die Beule?«

»Ich ... ähm ... ich bin vor ein paar Tagen mit einem Skin aneinandergeraten.«

»Wie bitte? Um Gottes willen!« Annabella richtete sich alarmiert auf. »Und da kommst du erst heute zu mir? Wann ist es passiert? Was hat er dir angetan?«

»Annabella ...« Ich hob beschwichtigend eine Hand und berichtete ihr knapp von dem Vorfall. Dass der Kerl mir gedroht hatte, ließ ich vorsichtshalber unerwähnt.

»Und man hat die Kerle nicht gekriegt?«, fragte sie schließlich fassungslos. »Was ist mit dem Jungen?«

»Der liegt noch im Krankenhaus, im Koma ...« Ich starrte zum blauen Himmel. »Ich glaube, ich würde ihn gern besuchen, aber ich weiß nicht, ob das gut ist. Ich meine, er hat hier anscheinend niemanden ...« Salim. War der Junge dieser Salim, den Dominik erwähnt hatte?

»Wie – er hat niemanden?«

»Die Polizei weiß nicht, wer er ist, und anscheinend hat sich bisher niemand gemeldet, der den Jungen vermisst.«

»Das ist traurig.« Ihre Aufregung hatte sich wieder gelegt. »Wenn du meinst, ihn besuchen zu wollen, dann tu es. Vielleicht hilft es ihm.«

+++

Krankenhäuser rangierten auf meiner persönlichen Skala ungeliebter Institutionen auf Rang drei direkt hinter Polizei und Sozial- und Jugendämtern. Ich fuhr zum Olga-Krankenhaus. Gio hatte mir verraten, dass der Junge dort war. Am Empfang wies man mir den Weg zur Intensivstation – das Krankenhaus war nicht unbedingt klein und überschaubar. Nach einigem Hin und Her fand ich mich schließlich vor einer verschlossenen Tür wieder. Ich klingelte. Eine junge Frau in Weiß öffnete mir, und ich erklärte mein Anliegen.

»Sind Sie eine Angehörige?«, erkundigte sie sich.

»Nein, aber ich war dabei, als man ihn zusammengeschlagen hat.« Noch während ich sprach, wurde mir meine ungeschickte Formulierung bewusst. »Also, ich kam dazu … ich habe ihm geholfen.«

»Ach so …« Die Schwester haderte mit sich. »Eigentlich dürfen wir nur Angehörige zu ihm lassen.«

»Und wie viele waren schon da?«

Sie hob zu einer Erwiderung an, als jemand nach ihr rief. Sie sah sich um. Ein rotes Lämpchen leuchtete über einer Tür.

»Ich möchte doch einfach nur sehen, wie es dem Jungen geht«, versuchte ich es etwas diplomatischer. »Vielleicht tut es ihm gut, wenn er merkt, dass da jemand ist, der sich um ihn sorgt.«

Die Schwester sah erneut hinter sich. Schließlich gab sie sich einen Ruck und öffnete die Tür, sodass ich den Flur betreten konnte. In einer kaum sichtbaren Geste deutete sie mit dem Kopf auf eine Zimmertür. »Aber bleiben Sie nicht zu lang.« Sie eilte davon zu ihrem nächsten Einsatz.

Ich ging zu der angewiesenen Tür und klopfte sinnloserweise an. Ich wusste doch, dass er im Koma lag. Was erwartete ich? Ein fröhliches »Herein«?

Nachdem ich die Tür geöffnet hatte, hätte ich sie am liebsten umgehend wieder geschlossen. Der Junge lag im vorderen Bett, angeschlossen an Schläuche und Beatmungsgeräte. Leises Piepen und Pumpen bildete eine Geräuschkulisse, und Striche und Zahlen leuchteten in verschiedenen Farben an den Geräten. Der Geruch von Desinfektionsmittel und verschwitztem Körper hing in der Luft. Das zweite Bett im Zimmer war leer.

Ich schlich an das Fußende heran und sah auf den Jungen. Die geschlossenen Augenlider waren geschwollen, um den Kiefer herum war ein Gestell. Ein Bein und ein Arm waren eingegipst. Trotz der dunklen Hautfarbe und der Blutergüsse im Gesicht wirkte er blass. Was hatten die Skins dem Jungen angetan? Ich trat an die Seite des Bettes, berührte vorsichtig seine Finger. Sie waren kühl.

Eine zarte Jungenhand. Nichts regte sich in ihm. Er lag vor mir wie eine Puppe.

»Salim?«, flüsterte ich. »Es tut mir leid, was dir passiert ist.« Ich strich über seine kalten Finger. Er war so schmächtig. »Wenn du Salim bist, dann haben wir einen gemeinsamen Freund.« Hörte er mich? Ich war nicht sicher, ob er überhaupt irgendetwas verstand, was ich in den Raum wisperte. Vielleicht sprach er gar kein Deutsch?

Ich stand eine Weile stumm neben ihm und strich weiter über seine Finger. Die bedrückende Atmosphäre schnürte mir die Brust zu. Wäre ich doch nur ein paar Minuten früher dort gewesen. Hätte ich doch gleich laut geschrien oder irgendetwas getan, damit die Kerle von ihm abließen. Würde er wieder aufwachen? Würden seine Wunden heilen? Wer war dieser Junge? Er sah so zart und zerbrechlich aus. Die Erinnerung an den Überfall in meiner Wohnung kam wieder hoch. Gios Hand, die meine hielt. Tröstend. Beruhigend. Ich drückte sanft die Hand des Jungen, spürte einen Kloß im Hals.

»Ich … ich komme wieder, okay?« Ich wandte mich ab und verließ eilig das Zimmer.

Im Gang stieß ich mit Kriminalhauptkommissar Willer zusammen.

»Frau Schwarz?«, begrüßte er mich verwundert.

»Oh … hallo.« Der Mann hatte mir gerade noch gefehlt.

»Was machen Sie hier?«

Er musste doch gesehen haben, aus wessen Zimmer ich gekommen war.

»Ich wollte sehen, wie es dem Jungen geht.«

Er nickte verstehend. Ich meinte sogar, so etwas wie Mitgefühl in seinem Blick zu erkennen. »Nicht besonders gut.«

»Ja.«

»Darf ich Sie zu einem Kaffee einladen?«

Ich sah in seine hellen, wachen Augen. Das Mitgefühl war wieder verschwunden, und die Einladung machte er sicher nicht aus privatem Interesse.

»Nein.« Ich wollte so schnell wie möglich raus aus den Fluren mit ihrem Geruch nach Krankheit, Schmerz und Desinfektionsmittel. »Ich … ich muss dann auch los.« Ich drängte an ihm vorbei.

Zwei Schritte weiter blieb ich stehen und drehte mich noch einmal zu ihm um. Er stand noch an derselben Stelle. Anscheinend hatte er mir hinterhergesehen.

Ich zögerte. »Es … es muss noch einen zweiten Zeugen geben.«

Seine Augenbrauen zogen sich zusammen, verursachten eine Falte über seiner langen Nase. »Wie kommen Sie darauf?«

»Der Notruf. Als der Typ mich überfallen hat, fiel mir das Handy aus der Hand. Ich hatte noch mit niemanden gesprochen. Ich konnte niemandem sagen, wo ich war. Jemand muss schon vor mir einen Notruf abgesetzt haben. Sonst wären Ihre Kollegen doch nicht so schnell vor Ort gewesen, oder?«

In Willers Kopf begann es sichtbar zu arbeiten. Ich konnte seinen Blick nicht klar deuten. Misstrauen? Zweifel? Verwunderung? Es war eine Mischung von allem. War es richtig gewesen, mit ihm zu reden? Ich wusste nichts über diesen Kommissar.

»Ist Ihnen sonst noch etwas eingefallen?«

»Nein … das … das war alles. Ich muss dann …«

»Frau Schwarz …«

Ich wandte mich ab und eilte davon.

+++

Ich war etwas früher zu Gio gefahren, um vor dem offiziellen Treffen mit ihm zu sprechen und ihm von meinem Krankenbesuch zu erzählen. Ich ahnte, dass er nicht begeistert sein würde.

»Du bist zu früh«, begrüßte er mich erstaunt.

»Ich wollte dich überraschen.«

Er ließ mich herein und deutete auf das Wohnzimmer. »Mach's dir gemütlich. Ich komme gleich.«

»Gio, ich war im Krankenhaus.«

Er brauchte einen Moment, bis er verstand. »Bei dem Jungen.«

»Ja.«

Sein Blick verfinsterte sich. »Mir wäre es lieber gewesen, wenn du mich informiert hättest. Wir wissen nichts über den Jungen.«

»Es muss dieser Salim sein, wer sonst?«

»Und was weißt du über Salim?«

»Nichts.«

Gio nickte ernst.

Ich musterte ihn abschätzend. »Worüber denkst du nach?«

»Nicht wichtig.«

»Erzähl nicht! Was geht da gerade vor?« Ich deutete mit dem Zeigefinger auf seine Stirn.

Seine grübelnden Gesichtszüge wandelten sich zu einem unschuldigen Lächeln. »Wenn ich deine hübschen blauen Augen sehe, immer nur das eine …«

Es war ein billiges, plumpes Ablenkungsmanöver. Doch bevor ich zu einer Erwiderung ansetzen konnte, wurden wir durch ein Klingeln an der Haustür unterbrochen.

Wir waren zu fünft. Kevin Killig hatte seine Uniform gegen Cordhose und Sweatshirt getauscht. Die kurzen rotblonden Haare standen wie gewohnt wirr in alle Himmelsrichtung und sein Gesicht war noch vom Sommer mit Sommersprossen übersäht.

Tony Bergmann war der Älteste in unserer Runde, vierundvierzig Jahre, die dunklen Haare schon leicht ergraut. Er arbeitete als Chirurg in einer Privatklinik außerhalb Stuttgarts und machte keinen Hehl daraus, dass er mich als Mitglied der Organisation für einen unkalkulierbaren Risikofaktor hielt.

Mit ihm kam meistens eine Frau namens Sabrina. Von ihr wusste ich nicht viel. Sie hatte einen dunklen Teint, dunkle Augen und kurze schwarze Haare. Ich vermutete, dass sie südländische Wurzeln besaß. Sie war vielleicht ein, zwei Jahre jünger als ich und ein sehr lebensfroher Mensch.

»Hast du irgendetwas herausfinden können?«, erkundigte sich Gio bei Kevin.

»Leider nicht. Ich komme nicht an die Akten ran. Die haben den Fall komplett unter Verschluss genommen. Alle eingehenden Informationen gehen direkt an Hämmerlings Team. Kirstin weiß vermutlich mehr als ich.«

»Es müssen Mittwochnacht mindestens zwei Notrufe eingegangen sein. Das habt ihr doch bestimmt irgendwo dokumentiert?«, fragte ich.

»Klar wird das dokumentiert. Aber ich habe nichts gefunden. Vielleicht haben sie die Info auch gesperrt, oder der Notruf kam anders zustande.«

»Wie denn?« Ich verzog skeptisch das Gesicht.

Kevin hob ratlos die Schultern.

»Und wie sollen wir jetzt mit der Sache umgehen?«, fragte Tony.

»Ich bin nicht sicher«, gestand Gio.

»Also warten wir erst einmal ab, was Hämmerling und seine Leute unternehmen«, schlug Tony vor. »Kirstin hat ihre Aussage gemacht, und solange keiner der Täter sie für eine Bedrohung hält, hat sie auch nichts zu befürchten.«

Das war ja sehr beruhigend.

»Der Junge hatte Drogen bei sich, oder?«, meldete sich Sabrina zu Wort.

»Ja«, bestätigte Kevin.

»Ich werde mich bei meinen Kunden mal umhören, vielleicht wissen die, ob da jemand verschwunden ist.«

Ich sah sie mit großen Augen an. »Kunden? Dealst du etwa?«

Sabrina brach in schallendes Lachen aus.

Tony warf mir einen finsteren Blick zu. »Mein Gott, ist deine Fantasie begrenzt.«

»Ich arbeite bei der Drogenberatung«, klärte Sabrina mich auf.

»Im Ernst?« Sabrina sah nicht aus wie jemand, der täglich mit Junkies zu tun hatte, viel zu brav und zu gepflegt. Gut, wie eine Dealerin sah sie noch weniger aus. Mit meiner unbedachten Frage hatte ich mal wieder keine Pluspunkte bei Doktor Bergmann gesammelt.

»Sabrina, hör dich mal um«, bat Gio. »Aber sei vorsichtig.«

»*Si, Signore.*« Noch immer zierte ihr Gesicht ein breites Grinsen. Sie war eine Frohnatur.

»Hat irgendeiner von euch etwas von Dominik gehört? Er wollte sich Mittwochnacht mit Kirstin treffen, ist aber nicht gekommen, und seitdem gab es kein Lebenszeichen mehr von ihm.«

Kevin und Sabrina schüttelten die Köpfe.

»So etwas ist bei Dominik ja nichts Neues, oder?«, kommentierte Tony.

»Dass er untertaucht, ja. Aber er hat Kirstin zu einem Treffen bestellt und ist nicht gekommen – das ist neu«, gab Gio zurück. Tony quittierte es mit kühlem Blick.

»Wenn ihr irgendetwas von ihm hört, will ich es umgehend wissen.« Gio wandte sich Kevin wieder zu. »Ist während meines Urlaubs sonst irgendwas vorgefallen, was für uns interessant sein könnte?«

Kevin verzog abwägend das Gesicht. »Also, eine Sache, aber die hat sich vermutlich mehr oder weniger erledigt ...«

»Erzähl.«

»Letzten Sonntag erhielten wir nachts einen Notruf: Ein kleiner Junge würde bewusstlos in einem Hinterhof liegen. Der Anruf kam anonym, und die Stimme war verzerrt. Eine Streife fuhr raus und fand tatsächlich an der beschriebenen Stelle diesen Jungen. Er war vielleicht sieben oder acht Jahre alt. Er war nackt. Jemand hatte ihn betäubt und in eine Decke gewickelt.«

»Und weiter?« Auf Gios Stirn bildeten sich kleine Fältchen, ein Zeichen dafür, dass er sehr aufmerksam zuhörte.

»Wir fanden einen Zettel bei ihm, auf dem Stand: Djadi aus Syrien wurde von Florian Aichroth sexuell missbraucht.«

»Aichroth?«, entfuhr es mir, und die Köpfe schnellten zu mir herum.

»Was weißt du von Aichroth?«, fragte Kevin perplex.

»Nichts ... also ... das ist doch der Typ, der sich umgebracht hat, oder? Gegen den liefen Ermittlungen ... Annabella hat es mir erzählt. Es stand doch auch heute in der Zeitung.« Allerdings ohne den Namen des Mannes.

Die Fältchen auf Gios Stirn vertieften sich zu kleinen Furchen.

»Annabella kannte ihn?«, hakte Kevin nach.

»Er war hin und wieder zu Gast in ihrem Club. Da gibt's aber keine kleinen Jungs!«, schickte ich sofort hinterher.

»War der Zettel handgeschrieben?«, fragte Gio.

»Computerausdruck.«

»Fingerabdrücke?«

»Auf dem Ausdruck? Nein.«

Ich beobachtete Gio aus den Augenwinkeln. Er schien inzwischen unter Hochspannung zu stehen.

»Und sonst? Auf der Decke?«

»Diverse Fingerabdrücke, DNA, alles Mögliche. Aber bisher konnte nichts zugeordnet werden.«

»Auch nicht zu Aichroth?«

»Soweit waren wir noch nicht. Wir haben ihn zunächst nicht erreicht. Er war abgetaucht. Gestern Nachmittag haben ihn dann die Kollegen tot in seiner Wohnung gefunden.«

Gios Kiefer arbeitete. Was ging in ihm vor? Wusste er etwas von der Sache? Er war doch auf Sizilien gewesen. Oder?

»Was ist mit dem Jungen?«, setzte er die Befragung fort.

»Er wurde ins Krankenhaus gebracht. Er hatte Druckstellen an Armen und Beinen, und es fanden sich tatsächlich Spuren, die einen sexuellen Übergriff vermuten lassen. Spermaspuren auf der Haut. Allerdings scheint es zum eigentlichen Geschlechtsakt nicht gekommen zu sein. Die Blutuntersuchung ergab, dass man ihm verschiedene Drogen und Betäubungsmittel verabreicht hatte. Fragen hat er nicht beantwortet. Nach drei Tagen war er plötzlich weg. Er ist vermutlich aus dem Krankenhaus abgehauen. Er sprach kein Deutsch und hatte sicher Angst.«

»Das heißt, der mutmaßliche Täter ist tot und das Opfer verschwunden.«

»Ja.«

»Und wo kam das Opfer her?«, mischte ich mich ein. »Jemand muss dem Schwein das Kind doch besorgt haben.«

»Wir wissen nur, dass sein Name vermutlich Djadi ist und er höchstwahrscheinlich aus Syrien kommt. Er ist nicht der einzige syrische Flüchtling, der sich zurzeit in Deutschland aufhält. Und wenn er illegal hier ist, dann verrate mir mal, wo wir anfangen sollen zu suchen?«

»Das sollte kein Vorwurf sein.« Mir kamen diverse Berichte über Menschenhändler in den Sinn, die junge Frauen und Kinder nach Deutschland lockten. Man nahm ihnen ihre Papiere ab, zwang sie zur Prostitution, hielt sie als Sexsklaven oder ließ sie für sich arbeiten. Moderner Sklavenhandel. Ein achtjähriger Junge …

»Es gibt keine Hinweise auf den anonymen Anrufer?«, fragte Gio.

»Nein, nichts.«

»Wie geht es jetzt weiter?«, hakte ich nach.

»Aichroth wird obduziert werden. Man wird prüfen, ob er tatsächlich etwas mit dem Jungen zu tun hatte. Aber wenn wir das Kind nicht wiederfinden, wird der Fall keine Prio bekommen, es wird ein Fall von vielen werden …«

»Eine Karteileiche«, resümierte ich frustriert.

Ich wartete, bis die anderen gegangen waren, dann stellte ich Gio zur Rede. »Was weißt du über die Geschichte?«

»Was? Welche Geschichte?«, fragte er naiv.

»Der Junge. Djadi. Du weißt etwas darüber.«

»Wie kommst du darauf?«

»Jetzt spiel doch nicht den Ahnungslosen. Ich habe dein Gesicht gesehen, als du Kevin befragt hast. Du weißt etwas!«

Ich hatte die Hände in die Hüften gestemmt und wartete fordernd auf eine Erklärung. Er schwieg.

»Was weißt du? Warum hast du es den anderen nicht erzählt? Warum erzählst du es mir nicht?«

»Es gibt nichts zu erzählen …«

Er log. Ich konnte es deutlich in seinen Augen sehen.

»Ach so, Tony und Sabrina wissen Bescheid? Bin nur wieder ich die Einzige, die von nichts weiß?« Ich war umgehend auf Hundertachtzig. Dieses Spiel hatte er schon zu oft mit mir gespielt.

»Nein, Kirstin … es ist nicht so …«

»Natürlich nicht. Es ist nie so! Du versuchst wieder einmal, mich aus allem herauszuhalten. Warum? Weil es um Misshandlung geht? Weil die sensible Kirstin so traumatisiert ist?«, fragte ich höhnisch. Seit Monaten versuchte er, mich zu einer Therapie zu überreden, damit ich mein »Kindheitstrauma« aufarbeitete. Ich hatte es aufgearbeitet. Auf meine Weise.

»Kirstin, jetzt beruhig dich …«

»Weißt du, warum?«, fauchte ich zornig. »Du vertraust mir nicht. Nicht so weit!« Ich drückte Daumen und Zeigefinger gegeneinander und hielt ihm die Hand vor das Gesicht. Dann schnappte ich meine Jacke und schlug die Tür hinter mir zu.

Zu impulsiv. Er hatte es mir oft genug vorgeworfen. Verflucht, so war ich eben. Die Wut hatte sich etwas gelegt, als ich nach Hause kam. Vielleicht hatte ich Gio Unrecht getan. Vielleicht hatte ich etwas in seine Reaktion hineininterpretiert, was gar nicht da war, weil ich mir wünschte, dass Gio etwas über dieses Kind wusste. Weil ich mir wünschte, dass wir Djadi und anderen Kindern helfen könnten. Die Wut wich einer resignierten Erschöpfung. Warum tat man diesen Kindern das an? Warum zerstörte man die Seele dieses kleinen Jungen? Ich verstand es einfach nicht.

Ich ging ins Treppenhaus, nahm die Post aus meinem Briefkasten und sah sie auf dem Weg nach oben durch. Eine Rechnung, jede Menge Werbung, ein weißes Blatt. Ich faltete es auseinander. Ein Computerausdruck. In der Mitte des A4-Zettels stand ein einzelner Satz geschrieben:

»HALT DICH VON DEM JUNGEN FERN.«

Ich sah hinauf zu meiner Wohnung, blickte das Treppenhaus hinunter, ob sich irgendjemand versteckt hatte. Dann machte ich auf dem Absatz kehrt und fuhr mit der nächsten Straßenbahn zu Annabella. Ich wusste, dass ich in dieser Nacht nicht den Mut finden würde, meine Wohnungstür zu öffnen.

5

Annabella hatte sich abgewöhnt, nach dem Grund zu fragen, wenn ich wieder einmal mitten in der Nacht auftauchte und bat, bei ihr schlafen zu dürfen. Ich hatte es in meiner Jugend getan. Jetzt tat ich es wieder.

Ich übernachtete bei ihr, wir frühstückten gemeinsam, und wenn ich bei Tageslicht vor meiner Wohnungstür stand, sah sie gar nicht mehr so bedrohlich aus.

Am späten Sonntagvormittag kehrte ich in meine vier Wände zurück. Es gab keinerlei Spuren eines unerwünschten Besuchers, und es waren weder weitere anonyme Briefe in meinem Briefkasten noch irgendwelche Botschaften auf meinem Anrufbeantworter. Leider auch kein Anruf von Gio, was mich einerseits ärgerte, andererseits beunruhigte. Hatte ich mich getäuscht?

Ich setzte mich ins Wohnzimmer und legte den Zettel auf den Couchtisch. War es eine Drohung oder ein gut gemeinter Rat? Wer wusste, dass ich im Krankenhaus gewesen war?

Willer kam mir in den Sinn. Aber ein Polizist würde mir wohl kaum so einen Zettel in den Briefkasten werfen. Gio? Nein, der sagte es mir ins Gesicht, wenn er wollte, dass ich etwas sein ließ. Andererseits ... ich erinnerte mich an seinen grübelnden Blick, als ich ihm von meinem Besuch im Krankenhaus berichtet hatte. Sein plumpes Ausweichmanöver. Worüber hatte er nachgedacht? Aber was es auch war, er würde nicht mit meinen Ängsten spielen und mir eine anonyme Nachricht schicken.

Was war mit Dominik? Er hatte sich seit der Mittwochnacht nicht mehr bei mir gemeldet. Wo steckte er? Warum war er nicht gekommen? Er hätte auch bei meiner Wohnung auf mich warten können – er wusste, wo ich wohnte. Konnte er mir diese Botschaft geschickt haben?

Ich holte eine Plastiktüte aus der Küche, steckte den Zettel hinein und strich die Folie glatt. Es waren noch zahlreiche andere Menschen im Krankenhaus gewesen – der Mann am Empfang, die Krankenschwester, mit der ich gesprochen hatte, ihre Kolleginnen, Besucher ... Ich hatte nicht auf jeden einzelnen geachtet. Irgendjemand hatte anscheinend den Jungen beobachtet. Aber warum?

Ein Computerausdruck.

Kevin hatte gesagt, dass man einen Computerausdruck mit einem einzelnen Satz bei dem kleinen Jungen gefunden hatte. Mein Verstand zögerte. Ich strich erneut über die Folie. Das konnte nicht sein.

Oder doch?

Standen das Auffinden und Verschwinden von Djadi und der Überfall auf den anderen Jungen in einem Zusammenhang? Ich startete meinen Laptop, öffnete die Suchmaske meines Rechners und durchforstete das Internet nach Informationen zu beiden Fällen.

Ich hatte Listen angefertigt. Jeweils eine Liste mit allen Informationen zu Djadi und dem zusammengeschlagenen Jungen und eine mit Gemeinsamkeiten in beiden Fällen. Sie waren beide keine Deutschen. Beide hatten keine Papiere, beide waren minderjährig, vermutlich illegal eingereist. Sie wurden von niemandem vermisst. Beide hatten dunkle Haut, dunkle Haare. Djadi kam anscheinend aus Syrien. Auch der andere Junge könnte arabischer Herkunft sein. Beiden war Gewalt angetan worden. Beide waren im Krankenhaus. Djadi war irgendwann am Mittwoch verschwunden, der Junge lag seit Mittwochnacht im Koma.

Ich seufzte frustriert. Es war nicht viel, was ich am Ende des Tages herausgefunden hatte. Letztlich waren es die Informationen, die ich ohnehin schon besaß, nur dass ich sie jetzt fein säuberlich handschriftlich in Listen eingetragen hatte. Dieser fremde Junge musste Salim sein. Aber warum hatte Dominik uns zu diesem Treffen bestellt und war dann selbst nicht aufgetaucht?

Ich lehnte mich zurück und starrte an die Decke. Ein sieben- oder achtjähriges Kind. Wohin würde es gehen, in einem fremden Land, dessen Sprache es nicht verstand und in dem es vermutlich niemanden kannte? Ohne Geld, ohne Papiere, ohne irgendwas. Ganz allein in einer völlig fremden Umgebung, einer ganz anderen Kultur.

Ein Junge, der Schreckliches erlebt hatte. Er wäre wahrscheinlich fürchterlich ängstlich und misstrauisch. Wem würde er vertrauen?

Was würde ich in so einer Situation tun? Ich würde nach Leuten suchen, die aussahen wie ich, deren Sprache ich verstand.

In Stuttgart gab es viele Menschen aller möglichen Nationalitäten. Ein Spaziergang über die Königstraße reichte, um sich dessen bewusst zu werden: Türken, Italiener, Russen, Polen, Kroaten, Tschechen … Wie viele Syrer gab es in Stuttgart? Und wo?

Ich grübelte eine Weile vor mich hin. Schließlich verließ ich mein bequemes Sofa, zog meine Sneaker an, nahm die Lederjacke vom Haken und machte mich auf den Weg ins Leonhardsviertel.

Kai war Türsteher eines Nachtclubs, der sieben Tage in der Woche geöffnet hatte. Er war ein gut aussehender Bodybuilder-Typ mit Goldkettchen, Solarium gebräunt und mit vielen Kontakten. Es war früher Abend, und er saß gelangweilt auf einem Barhocker vor dem Club und rauchte eine Zigarette, als ich zu ihm kam.

»Süße, dich hab ich ja lange nicht mehr gesehen«, begrüßte er mich mit breitem Grinsen. »Hättest mal zwischendurch anrufen können. Ich mach mir immer Sorgen um dich.« Er hatte einen Teil meines Ärgers vor einigen Monaten miterlebt.

»Du weißt doch, Unkraut vergeht nicht.«

»Süße, du bist eine Rose.« Er warf mir einen Kuss zu und deutete mit dem Kopf zum Eingang. »Willste rein?«

»Nee, lass mal.«

»Tu nicht so prüde. Ich weiß, wer du bist.«

»So? Weißt du das?« Ich hatte ihm meine wahre Identität nie verraten. Als wir uns kennenlernten, hatte ich behauptet, ich hieße Lilly.

»Du bist Annabellas Mädchen, Kirstin.« Er zog meinen Namen in die Länge und grinste anzüglich.

Mich durchfuhr ein feiner elektrischer Schlag. Er hatte hinter mir her spioniert. Ich zwang mich zur Ruhe.

»Sie ist meine Freundin, ich arbeite nicht für sie«, zerstörte ich seine wilden Fantasien. »Ich brauche deine Hilfe.«

»Was auch sonst. Süße, irgendwann wird dein nettes Lächeln nicht mehr reichen.«

»Aber bis dahin …« Ich schob die Mundwinkel freundlich nach oben.

Er schüttelte schmunzelnd den Kopf, warf die Zigarette auf den Boden und trat sie aus. »Was kann ich für dich tun?«

»Ich …« Ich verstummte und wartete, bis ein Passant an uns vorbeigegangen war. »Ich suche einen Jungen. Er heißt Djadi, ist vielleicht sieben oder acht Jahre alt …«

»Da bist du hier an der falschen Adresse.«

»Schon klar. Er ist vermutlich illegal in Deutschland, kennt hier niemanden. Ich weiß nicht, wo ich anfangen soll zu suchen.«

»Warum suchst du ihn?«

»Ich will ihm helfen. Vermutlich wird er versuchen, Landsleute zu finden. Er ist Syrer.«

»Da gibt's ein paar hier. Ich kann mich mal umhören.«

»Danke. Du hast meine Nummer noch?«

»Klaro.« Er tippte aufmunternd auf seine Wange. Ich gab ihm ein Bussi.

6

In den Nachrichten gab es keine neuen Informationen, weder zu Djadi noch zu dem Jungen im Krankenhaus. Lediglich im Fall Florian Aichroth brachten die Stuttgarter Zeitungen Neuigkeiten. Die Obduktion hatte ergeben, dass der Mann höchstwahrscheinlich nicht, wie zunächst vermutet, Selbstmord begangen hatte. Details wollte die Polizei aus ermittlungstaktischen Gründen nicht herausgeben. Ob es einen Zusammenhang zwischen Aichroth und dem Jungen Djadi gab, wurde ebenfalls nicht erwähnt.

Ich spielte mit dem Gedanken, Kevin anzurufen. Er könnte mir vielleicht ein paar Insiderinformationen geben, aber er würde sicher umgehend Gio über meine Recherchen informieren, und dann war es nur eine Frage von Minuten, bis er an meiner Tür klingelte und wir die nächste Diskussion miteinander hatten. Er mochte meine Alleingänge nicht. Also verwarf ich den Gedanken und versuchte, mich auf meine Arbeit zu konzentrieren.

Die Oregon fiel mir wieder ein. Vielleicht hatte Dominik mir inzwischen eine Nachricht auf der Kiste hinterlassen, um mir zu erklären, wo er in der Mittwochnacht geblieben war. Ich loggte mich auf den Server ein und suchte im Verzeichnis »/etc« nach einer versteckten Nachricht für mich. Fehlanzeige.

So einfach wollte ich nicht aufgeben. Ich startete ein Suchprogramm und durchsuchte die Logdateien nach ungewöhnlichen Aktivitäten in den letzten Tagen. Vielleicht hatte Dominik irgendwo eine kleine Spur hinterlassen, mit der ich ihn finden konnte. Während das Programm lief, arbeitete ich meine Aufträge ab. Eine Stunde später stand Richard an meinem Schreibtisch.

»Was machst du auf der Oregon?«

Mist, ich hätte meine Suche auf den Feierabend verschieben sollen. Ich lächelte entschuldigend. »Das Problem von letzter Woche … ich wollte mal schauen, ob ich nicht doch noch irgendeinen Hinweis finde, was da los war.«

»Du musst ja Zeit haben.« Er hielt eine Tasse hoch. »Kaffee?«

Man nahm Richard seine vierunddreißig Jahre nur schwer ab. Er war eine fast zwei Meter große Bohnenstange, trug meistens ausgebeulte, verschlissene Jeans und schlecht gebügelte Hemden. Seine aschblonden Haare waren immer einen Tick zu lang und er hatte ein jungenhaftes Gesicht. Seit knapp zwei Jahren war er in unserem Team. Soweit ich wusste, war er Single und ernährte sich in der Hauptsache von Kaffee und Sandwiches, die er sich auf dem Weg zur oder von der Arbeit an der Tankstelle kaufte.

Wir gingen in die Pausenecke, füllten unsere Tassen und stellten uns an einen der Stehtische.

»Und? Hast du schon was rausgefunden?«, erkundigte er sich.

»Das Programm läuft noch.«

»Wonach suchst du denn?«

»Verdächtige Dateien, auffällige Zeitstempel … Irgendwas, das anders als normal ist.«

Mein Kollege nippte an seiner Tasse. »Du verschwendest deine Zeit. Wahrscheinlich hatte irgendein kleiner Nerd Langeweile und ist über die Kiste gestolpert.«

Kleiner Nerd. Die Beschreibung würde Dominik gefallen. »Hast du mal versucht, die Spur zurückzuverfolgen?«, erkundigte ich mich.

»Ja, aber …« Er schüttelte bedauernd den Kopf. »Reicht ja schon, wenn der übers Tor-Netzwerk kam, da muss er nicht mal besonders pfiffig sein, um seine Spuren zu verwischen.«

Das Tor-Programm konnte sich jeder Mensch mit Internetzugang auf seinem Rechner installieren. Es anonymisierte die Aktivitäten des Nutzers dadurch, dass es nicht den direkten Weg zum gewünschten Ziel suchte, sondern Datensendungen aufsplittete und über mehrere andere Server verschickte, die zum Tor-Netzwerk gehören. Eine Rückverfolgung ist kaum möglich. Richard würde ohnehin nichts finden, dafür hatte ich Mittwochnacht noch gesorgt.

»Wem gehört die Kiste eigentlich?«

»Einem Kunden in Möhringen. Will Meyer GmbH.«

»Und was ist da drauf?

»Spiele.«

»Was für Spiele?«

Er hob erstaunt die hellen Augenbrauen. »Du bist ja gar nicht neugierig.«

»Nur ein bisschen.«

»So genau hab ich mir das nicht angeguckt.« Er versteckte sich hinter einem ausgiebigem Schluck Kaffee.

Ich hatte das Gefühl, dass er nicht ganz die Wahrheit sagte. Befürchtete er, ich würde ihn bei unserem Teamleiter verpfeifen, dass er gegen unsere Datenschutzrichtlinien verstoßen hätte?

»Erzähl«, forderte ich.

»Betaversionen«, erklärte Richard. »Ist ein Testserver, auf dem neue Spiele getestet werden.«

»Programmieren die selbst?«

»Ein wenig, das meiste kaufen sie ein.«

»Betaversionen-Tester ... auch kein schlechter Job«, sinnierte ich.

Richard verzog das Gesicht. »Gibt eine Menge Schrott, den will man gar nicht testen. Gib mir Bescheid, falls du doch noch was Interessantes auf der Kiste findest.«

Betaversionen. War Dominik insgeheim ein kleiner Zocker? Manipulierte er Spiele und sicherte sich so seinen Lebensunterhalt? Oder welchen Grund gab es, dass er sich diesen Rechner ausgesucht hatte, um mit mir Kontakt aufzunehmen?

+++

Im Treppenhaus war es ungewöhnlich still. Mein Briefkasten war leer. Keine neuen anonymen Botschaften. Dennoch stieg in mir mit jeder Treppenstufe die bekannte Unruhe weiter auf. Ich musste diese Ängste endlich in den Griff kriegen. Ich sah die Treppen hinauf, lauschte in der unsinnigen Wahnvorstellung, dass mir jemand von oben auflauern könnte. Ich atmete ein paar Mal tief durch, zuckte zusammen, als hinter meiner Wohnungstür das Telefon läutete.

»Scheiße!«, zischte ich wütend über mich selbst. Entschlossen steckte ich den Schlüssel ins Schloss und stieß die Tür auf. Das Telefonklingeln erstarb. Rigoros trat ich ein, ging durch sämtliche Zimmer und schaltete die Deckenleuchten ein. Niemand war in meiner Wohnung. Natürlich nicht! Diese verfluchten Ängste wuchsen sich langsam zu einer Paranoia aus.

Ich ging in die Küche, durchsuchte meine Schränke nach Nahrung. Müsli, Milch, ein trockener Kanten Brot, ranzige Butter, ein mickriger Rest alter Käse. Das reichte nicht für ein Gourmetmahl. In meine kulinarischen Überlegungen drang erneut das Klingeln des Telefons. Das Display zeigte eine Handynummer an, die ich nicht kannte.

»Ja?«

»Frau Schwarz?«, meldete sich eine männliche Stimme, die ich schon einmal gehört hatte, aber so schnell nicht zuordnen konnte.

»Wer ist da?«, fragte ich statt einer Antwort.

»Kriminalhauptkommissar Friedrich Hämmerling.«

Ich fluchte innerlich. Warum war ich ans Telefon gegangen?

»Kann ich kurz zu Ihnen kommen?«

»Nein.«

»Ist Ihnen eine Einladung in mein Büro morgen früh lieber?«

Was wollte dieser nervige Kommissar schon wieder von mir? Ich hatte denen doch alles gesagt. Mein Blick glitt über mein bescheidenes Abendmahl. »Ich wollte gerade rüber zum Türken und Abendessen holen. Wir treffen uns da.«

Hämmerling wartete bereits, als ich den Imbiss betrat. Er stand mit dem Rücken zur Wand an einem Stehtisch, den Blick auf die Glasfront samt Tür gerichtet. Ich bestellte ein Pide mit Spinat und Schafskäse und gesellte mich zu ihm.

»Sie haben sich Zeit gelassen.«

Er sollte froh sein, dass ich überhaupt gekommen war. Hämmerling richtete sich ein Stück weit auf, straffte die Schultern. »Frau Schwarz, mein Kollege hat mir von Ihrer Vermutung erzählt, die Sache mit dem zweiten Zeugen.«

»Und? Haben Sie ihn?«

»Vielleicht war die Streife gerade in der Nähe und hat gesehen, dass Sie bedroht wurden«, wich er einer Antwort aus.

Ich schüttelte den Kopf. »Ich habe das Martinshorn gehört, da konnten die uns noch gar nicht gesehen haben. Es muss einen zweiten Zeugen geben. Wie sonst hätten Ihre Kollegen so schnell vor Ort sein können?«

Der Kommissar gab ein missfallendes Brummen von sich und klopfte mit den Fingern auf der Tischplatte. »Haben Sie irgendjemanden gesehen? Kam Ihnen jemand entgegen auf dem Weg zum Bahnhof?«

»Wie oft soll ich diese Frage noch beantworten? Ich kann mich an keine Person bewusst erinnern. Ich habe nicht darauf geachtet.«

»Aber Sie sind sicher, dass Sie das Martinshorn gehört haben, bevor Sie den Streifenwagen sahen?«

Ich kniff die Augen zusammen. »Worauf wollen Sie hinaus?«

»Sie waren aufgeregt. Sie hatten Angst. Es ging alles sehr schnell …«

»Es muss noch einen Zeugen geben!« Ich schnaufte zornig. »In Ihrem Verein, da wird doch jeder Furz protokolliert. Da wird es doch auch eine Aufzeichnung von dem ersten Anrufer geben.«

Hämmerling verfiel in Schweigen. Als ich schon hoffte, dass das Gespräch damit beendet war, wandte er seine Aufmerksamkeit wieder mir zu. »Ich möchte Ihnen noch zwei Fotos zeigen«, erklärte er zögernd. Er schien sich nicht sicher, ob er mir die Bilder tatsächlich zeigen wollte.

»Ich habe keinen der Täter erkannt.«

Er zog eine Servierte aus einem Spender und wischte über den Stehtisch. Sein Blick glitt durch den Verkaufsraum, durch die Fenster auf die Straße, dann nahm er einen Umschlag aus der Jackentasche und legte sorgfältig ein Foto vor mich auf den Tisch. Ich sah das grimmige Gesicht eines glatzköpfigen Typen mit Stiernacken und schüttelte den Kopf. »Noch nie gesehen.«

Hämmerling legte ein zweites Foto darüber. Ein junger Typ, Mitte zwanzig, dunkle Iris, buschige Augenbrauen, die Haare an den Seiten kahlgeschoren. Sein harter Blick brannte sich in meine Augen. Ich hätte gern mit der Hand Mund und Nase abgedeckt, um zu prüfen, ob ich mich täuschte. War das tatsächlich der Kerl, der mich überfallen hatte?

Warum zeigte Hämmerling mir diese beiden Bilder erst jetzt und hier statt am Freitag bei der Befragung? Ich sah wieder zu meinem Gegenüber. »Nein, tut mir leid, wie gesagt … Ich habe niemanden erkannt.«

Im Gesicht des Kommissars vernahm ich keine Regung. Er steckte beide Fotos wieder sorgfältig zurück in den Umschlag.

»Haben Sie diese Theorie von dem zweiten Zeugen schon jemand anderem erzählt?«

»Nein.« Außer Gio, aber das ging den Herrn Staatsdiener nichts an.

»Ich möchte, dass Sie Ihre Theorie bis auf Weiteres für sich behalten.«

Ich warf ihm ein tonloses »Was?« entgegen.

»Ihr Essen ist fertig.« Er ging zum Tresen, zahlte mein Pide und nickte mir im Hinausgehen zu.

7

Dienstagnachmittag meldete sich Kai auf meinem Handy.

»Pass auf, ich hab was für dich, nichts Konkretes, aber …« Er verstummte, und ich hörte, wie er sich eine Zigarette anzündete. »Du bist nicht die Einzige, die nach diesem Djadi sucht.« Er blies geräuschvoll den Qualm aus den Lungen.

Mir kamen die Skins in den Sinn, und mein Herz machte einen erschreckten Aussetzer. »Wer noch?«, fragte ich atemlos.

»'n Junge. Auch so 'n Typ aus der Wüste.«

»Woher weißt du das?«

»Hat mir einer gesteckt.«

»Wer?«

»Jemand.«

»Und was hat dieser Jemand noch gesagt?«

»Nichts.«

Das war nicht viel. Richard kam mit einem Kollegen vorbei und hielt mir seine Kaffeetasse entgegen. Ich schüttelte den Kopf und wartete, bis die beiden weitergezogen waren. »Ich will mit diesem Jemand sprechen.«

Kai hustete. »Halt ich für keine gute Idee.«

»Bitte, kannst du ein Treffen arrangieren?«

»Süße, das ist nichts für dich. Das ist 'n völlig abgefuckter Afrikaner …« Es war einer der Momente, in denen Kai sein Machogehabe ablegte, und seine Beschützerinstinkte erwachten.

»Ich habe mich falsch ausgedrückt: Ich *muss* mit ihm sprechen.«

Schweigen am anderen Ende.

»Du kannst ja mitkommen und Bodyguard spielen«, schlug ich vor.

Kai schwieg weiter und rauchte seine Zigarette. »Okay«, willigte er schließlich wenig begeistert ein. »Ich schau, was ich machen kann.«

Zwei Stunden später meldete er sich wieder. »Komm heut Abend um neun zum Club. Ich bring dich zu ihm.«

Es war das erste Mal, seit wir uns kannten, dass ich zu Kai ins Auto stieg. Er fuhr einen tiefergelegten feuerroten Sportwagen mit Wegwerfspoiler und überdimensionierter Soundanlage. Ich war dankbar für die getönten Scheiben, die mich vor der Öffentlichkeit verbargen, während Kai seinen roten Blitz durch den Verkehr auf der B14 schlängelte.

»Verrätst du mir, wohin wir fahren?«

Die Ampel sprang auf Grün, und er beschleunigte. »Der Typ, zu dem wir fahren, heißt Tayo, wohnt im Hallschlag. Du musst vorsichtig sein. Er saß schon wegen Totschlag im Knast.«

»Wen hat er umgebracht?«

»'ne Nutte. Er war stoned und hat sie totgeprügelt.«

»Und da saß er nur wegen Totschlag?«

»Er hat's ja nicht mit Absicht gemacht.«

Ich stieß wütend die Luft aus. Es war ja auch nur eine Nutte und nicht die Frau des Justizministers.

Kai fuhr die Altenburger Steige hinauf, bog in ein Wohngebiet ein und suchte einen Parkplatz. Wir gingen zu einem mehrstöckigen, grau verputzten Haus, das schon bessere Zeiten gesehen hatte. Er klingelte. Der Türsummer wurde betätigt, und mein Bodyguard dirigierte mich durch ein muffiges Treppenhaus zu einer Wohnung im ersten Stock. Die Tür war nur angelehnt. Kai drückte sie auf. »Tayo?«

»Komm rein, mein Freund, komm rein mit deutsche Frau«, trällerte aus dem Inneren eine fröhlich-schräge Singsang-Stimme.

Der Flur war dunkel, was nicht nur an der mangelnden Beleuchtung lag, sondern auch an den schwarz gestrichenen Wänden. Ich fragte mich, ob Tayo so etwas wie ein afrikanischer Grufti war. Es gab keine Türen, die abgehenden Zimmer waren mit schweren Vorhängen vor neugierigen Blicken geschützt. Von irgendwoher erklang afrikanische Trommelmusik, und der süßliche Geruch von zahlreichen Joints hing in der Luft. Wir steuerten auf einen Vorhang am Ende des Ganges zu. Die Trommelmusik war durchdringend und hektisch. Sie machte mich nervös. Ich war froh, Kai an meiner Seite zu haben. Er schob den Vorhang zur Seite, und ich blinzelte in die unerwartete Helligkeit.

Eine riesige dunkelrote Sofagarnitur nahm den größten Teil des Zimmers ein, mehrere Shisha-Pfeifen waren im Zimmer verteilt. Die Wände waren in bunten Farben gestrichen und mit Kreismustern verziert. Schon allein vom Hinsehen fühlte man sich bekifft. Das Atmen in diesem verqualmten Raum trug sein Übriges dazu bei.

»Ahhhh! Kai, mein Freund. Und schöne deutsche Frau!« Tayo breitete die Arme aus, seine Zähne strahlten zwischen den dunklen Lippen. Er war nur wenig größer als ich, kurze, drahtige Locken auf dem Kopf, dünne, sehnige Figur.

Er tänzelte durch das Zimmer auf uns zu, blieb breit grinsend vor mir stehen. Er hatte eine Zahnlücke zwischen den Schneidezähnen. »Willst du ficken?«

Ganz bestimmt nicht. »Nein!«

»Ohhhh ... ich bin gut. Ich habe lange Schwanz. Willst du sehen?«

»Nein!« Das Adrenalin schoss ungesund durch meine Adern. Selbst Kais Anwesenheit half nicht, meine Nerven zu beruhigen. »Ich will Informationen von dir.«

»Ahhhh!« Er machte große Augen. »Erst Geschäft, dann ficken.«

»Tayo«, schaltete sich Kai ein.

Der Mann drehte sich zu ihm. »Was denn?«

»Hör auf mit dem Scheiß. Sie will nur ein paar Informationen von dir.«

»Kriegt sie.« Er sah wieder zu mir. »Aber nicht umsonst.« Seine Zungenspitze schnellte anzüglich hervor. »Willst du Megaorgasmus? Ich kann gut lecken. Schnell wie eine Schlange.« Wieder züngelte seine Zunge zwischen den Lippen hervor.

»Tayo ...«

»Ah, geh, lass mich allein mit schöne deutsche Frau.« Er wollte mich an den Hüften packen. Ich wich zurück, zog blitzschnell eine Dose Tränengas aus der Jackentasche und hielt sie ihm vors Gesicht. »Fass mich nicht an!« Eine Walther PKK wäre vermutlich eindrucksvoller gewesen.

Er lachte unbekümmert, kam hüftschwingend gleich wieder näher. Ich drückte auf den Knopf.

Tayo schrie auf. Die Ladung hatte ihn voll erwischt. Er hielt sich die Hände vors Gesicht. Ich trat ihm gegen die Brust. Er plumpste auf seinen Hintern.

»Bist du bescheuert?« Kai starrte mich entgeistert an.

»Schluss mit ficken!«, schrie ich Tayo an. »Ich will ein paar Informationen, kapiert?«

»Verschwinde! Verschwindet alle beide.«

»Was weißt du über den Jungen?«

»Ich kann nicht sehen. Ich bin blind«, jammerte der Mann vor mir.

»Tayo, ich helf dir, du musst das auswaschen.« Kai wollte sich zu ihm beugen.

Ich streckte bremsend den Arm vor. »Erst will ich wissen, was du über den Jungen weißt.«

»Welche Junge? Ich weiß nichts von Junge.«

»Djadi. Ein kleiner syrischer Junge. Wer sucht nach ihm?«

Tayo versuchte aufzustehen. Ich stampfte hart mit dem Fuß vor ihm auf den Boden. »Bleib wo du bist!«

»Ist Araberjunge. Salek … Salem Aleikum …«

»Salim?«

»Ja, Salim. Sucht seine kleine Bruder. Sagt, böse Männer haben ihn.« Er rieb sich unaufhörlich die Augen. »Kai, warum bringst du die Schlampe in meine Haus?«

»Wann und wo hast du ihn gesehen?« Meine Stimme lag noch immer einige Dezibel über normal.

»Irgendwo. Irgendwann. Verkauft Pillen. Ah, verpisst euch! Beide! Weg! Weg!« Er blinzelte, rieb sich immer wieder durch das Gesicht. »Ich bin blind. Ich fick die Schlampe tot.«

»Tayo, du bist auf Bewährung draußen, du darfst sie nicht umbringen, sonst musst du wieder in den Knast«, erklärte Kai.

Na, das war ein Argument. Ich sah ungläubig zu meinem Begleiter. Der wedelte mit der Hand vor seiner Stirn, um mir zu zeigen, was er von meiner Aktion hielt. Dann half er Tayo auf die Beine. »Ich bring dich ins Bad, wir waschen das aus, dann geht's dir wieder besser.«

»Ich bring die um. Ich fick die Schlampe …«

»Bevor du mich anfasst, tret ich dir die Eier zu Brei«, knurrte ich.

Kai gab mir zu verstehen, dass ich die Wohnung besser verlassen hatte, wenn er mit seinem Patienten aus dem Bad zurückkehrte.

»Wieso hast du das gemacht? Du bist ja wohl völlig durchgeknallt!«, schimpfte Kai, kaum dass wir im Wagen saßen.

»Ich lass mich von so einem Arsch nicht einfach begrapschen.«

»Mann, ich stand doch direkt neben dir. Der hätte dir doch gar nichts tun können.« Er schlug mit der Hand aufs Lenkrad. »Verfluchte Scheiße, du bist völlig durchgeknallt!«

Ich ließ seinen Wutausbruch über mich ergehen. Nach fünfzehn Minuten Fahrt hatte er sich wieder etwas beruhigt. »Soll ich dich nach Hause bringen?«

»Nein, fahr zum Club, ich geh zu Fuß.«

Er schnaufte ratlos. »Ich dachte, du bist so 'n nettes Mäuschen, und dann ziehst du so eine Nummer ab. Was ist los mit dir? Warum machst du so was?«

»Der Junge liegt im Krankenhaus. Er wurde halb tot geschlagen. Und sein kleiner Bruder wurde missbraucht. Er ist allein und braucht Hilfe.«

»Süße, die Sache geht dich nichts an. Überlass das der Polizei.«

So einfach war das nicht.

Ich lag auf dem Sofa. Mein Körper stand so unter Spannung, dass die Muskeln in meinen Armen und Beinen schmerzten. Ich ärgerte mich über mich selbst. Kai hatte recht. Ich hatte völlig überreagiert, und gebracht hatte die ganze Aktion so gut wie gar nichts, abgesehen von dem Ärger, den Kai jetzt sicher am Hals hatte.

Salim und Djadi. Salim suchte nach seinem kleinen Bruder. Es schnürte mir die Kehle zu. Sie waren hilflose Kinder in einem fremden Land.

Ich starrte in die Dunkelheit und versuchte, irgendwie zur Ruhe zu kommen. Tayos gierige Augen tauchten vor mir auf, vermischten sich mit anderen Augen. Der Gestank von Alkohol, Zigaretten und Schweiß kroch in meine Nase. Ich wedelte nervös abwehrend mit den Händen durch die Luft.

»Vorbei, vorbei, vorbei«, flüsterte ich in die Stille meiner Wohnung. Schlafen konnte ich nicht.

8

Das Klingeln hörte nicht auf. Ich schielte auf meine Armbanduhr. Zehn vor sechs. Durch die Vorhänge vor meinem Fenster ließ sich der Tagesanbruch noch nicht einmal erahnen.

Müde quälte ich mich vom Sofa und schleppte mich in den Flur. Ich warf einen Blick durch den Türspion, seufzte genervt und öffnete die Tür.

»Weißt du, wie spät es ist?«, brummte ich übellaunig.

»*Scusa,* ich brauche deine Hilfe.« Gio schob die Tür ein Stück weiter auf, um sich selbst hereinzulassen.

»Klar.« Ich drehte mich um und verzog mich wieder auf das Sofa, in der Hoffnung, er würde einfach gehen und später wiederkommen. Stattdessen folgte er mir.

»Steh bitte auf. Wir müssen reden.«

Ich schleuderte ihm mein Kopfkissen entgegen. »Nicht jetzt.«

Sein Blick fiel auf die Dose Tränengas, die in der Ritze zwischen Armlehne und Sitzfläche steckte. »Doch, jetzt.«

Ich ergab mich murrend in mein Schicksal. Wenig später hatte ich mich gekämmt, gewaschen und mein Schlafshirt gegen Sweatshirt und Jogginghose getauscht. In meiner altertümlichen Kaffeemaschine blubberte das Wasser. Gio saß am Küchentisch und studierte meine Notizen.

»Du kannst nicht einfach immer in meinen persönlichen Sachen schnüffeln«, schimpfte ich.

Gio hob unschuldig die Hände. »Das lag hier offen herum …«

Offen? Ich hatte die Papiere sorgfältig in eine Mappe gelegt. »Privatsphäre, Giorgio! Privatsphäre! Schnüffle ich in deinen Sachen herum?«

Er hob einen Mundwinkel zu einem spöttischen Grinsen. »In der Tat, ich habe dich schon mehrfach dabei erwischt«, erinnerte er mich daran, dass ich vor gar nicht allzu langer Zeit seinen Computer gehackt und seine Wohnung durchsucht hatte.

Eigentor. Ich sank auf einen Stuhl. »Ich brauch 'nen Kaffee.«

»Kommt sofort.« Gio stand auf und stellte eine dampfende Tasse vor mich auf den Tisch. Er blieb neben mir stehen. Ich hob fragend den Blick. Der Spott war aus seinen Augen gewichen. »Kirstin, ich brauche deine Hilfe und ich muss mich in dieser Sache hundertprozentig auf dich verlassen können.«

Ich sog hörbar die Luft ein. »Fangen wir doch mal damit an, dass du anfängst, mir zu vertrauen.«

»Natürlich vertraue ich dir.«

Ich verzog skeptisch den Mund.

»Ich brauche manchmal einfach etwas Zeit, um über eine Angelegenheit in Ruhe nachzudenken. Ich bin nicht so spontan wie du.«

Spontan. Das klang zumindest positiver als impulsiv oder unüberlegt. Wie lange er über diese Formulierung wohl nachgedacht hatte? Ich sah in seine Augen. Erinnerungen stiegen in mir auf, Momente, in denen er mir so nah gewesen war wie kein anderer Mensch je zuvor.

»Du solltest langsam kapiert haben, dass du dich auf mich verlassen kannst.« Meine Stimme klang nicht mehr ganz so abweisend.

»Ich weiß.« Auch ihn plagten Dämonen der Vergangenheit, die ihn nicht immer rational handeln ließen. Er schluckte trocken und setzte sich wieder. Wir waren beide etwas verlegen. Schließlich deutete er mit seiner Rechten auf meine Notizen von Sonntag. »Du hast nach Parallelen gesucht zwischen Djadi und dem Jungen.«

»Ja.«

»Das ist ein interessanter Ansatz. Eines verstehe ich allerdings nicht: Was meinst du damit, dass es in beiden Fällen eine anonyme Botschaft gab?«

Und die nächste Diskussion stand bevor. Ich ging ins Wohnzimmer, nahm die Klarsichtfolie, in die ich die Nachricht gesteckt hatte, und legte sie vor Gio auf den Küchentisch.

»Woher …«

»Lag Samstagnacht in meinem Briefkasten.«

»Samstag?« Gio schloss die Augen.

»Hör auf, dir irgendwelche Horrorszenarien auszumalen. Ich lebe. Mir geht's gut. Und ich war seither nicht wieder im Krankenhaus.«

Er stieß die Luft aus den Lungen und sah mich wieder an.

»Ich hätte dich schon früher informiert, aber ich war einfach sauer auf dich.«

»*Bellezza mia*, nächstes Mal rufst du mich sofort an. Egal, wie sauer du auf mich bist. Nicht auszu…«

»Gio, warum bist du hier? Morgens um sechs, zu einer Zeit, in der ich normalerweise jeden Menschen erschieße, der an meiner Wohnungstür klingelt.«

»Es geht um Dominik. Wie nimmst du Kontakt zu ihm auf?«

»Gar nicht, er meldet sich bei mir. Er hackt sich auf einen unserer Kundenrechner ein und schickt mir ein kurzes Pop-up: *Have fun, darling.* Und dann kann ich schauen, was er angestellt hat. Mindestens ein Servercrash geht auf sein Konto. Wenn mein Chef je von seinen Spielchen erfährt, kann Dominik sich warm anziehen. Und ich werde vermutlich meinen Job verlieren.«

Gios Gesichtszüge entspannten sich ein wenig. »Er nennt dich immer noch *darling*?«

»Gewöhn mal einem Hund das Betteln ab.«

»Netter Vergleich.« Er lächelte kurz, wurde aber umgehend wieder ernst. »Du hast also keine Möglichkeit, ihm irgendwie eine Nachricht zukommen zu lassen?«

»Nein, warum?«

»Er ist in Schwierigkeiten. Und das sollte er so schnell wie möglich erfahren.« Gio strich sich über das stoppelige Kinn. Er hatte sich am Morgen nicht die Zeit für eine Rasur genommen. »… wenn es nicht schon zu spät ist.«

»Wie nimmst du denn zu ihm Kontakt auf?«

»Twitter.«

Ich hatte gerade einen Schluck Kaffee trinken wollen und sah ihn über den Rand der Tasse hinweg an. »Twitter?«

»Ja, wir verabreden eine Nachricht, und wenn ich ihn brauche, schickt Cynthia diese Nachricht auf ihren Twitteraccount. Für alle Welt lesbar und keiner weiß, was es tatsächlich bedeutet, wenn sie zwitschert, dass sie ein paar blaue Wildlederschuhe gekauft hat.«

Cynthia. Sofort stellte sich ein schlechtes Gefühlt bei mir ein. Cynthia war die Verlobte von Gios bestem Freund Marius gewesen. Sie arbeitete damals als Fotomodell. Heute lebte sie in einer schicken kleinen Villa in Hamburgs Nobelviertel Blankenese und war mit einem russischen Im- und Exporthändler liiert. Eine schöne Frau war sie immer noch, und die Vertrautheit mit der sie und Gio miteinander umgingen, brachte mich jedes Mal erneut in Rage. Eifersucht. Ein Scheißgefühl.

»In der Regel meldet er sich innerhalb von dreißig Minuten.«

»Und wann habt ihr ihm die Nachricht geschickt?«

»Letzten Samstag.«

Vor vier Tagen.

»Vielleicht musste er untertauchen?«, schlug ich vor.

»Dominik *lebt* im Untergrund. Und er meldet sich immer innerhalb kürzester Zeit.«

»Wann hattest du denn zuletzt Kontakt zu ihm?«

Ich musste mich eine Weile gedulden, bis Gio sich zu einer Antwort durchringen konnte.

»Vor zehn Tagen. Dominik ist schon seit einiger Zeit einer Schlepperbande auf der Spur. Soweit ich weiß, besorgt die Bande auf Bestellung irgendwelchen pädophilen Arschlöchern kleine Kinder für ihr Privatvergnügen.« Gio schnaufte grimmig, bevor er fortfuhr: »Dominik sagt, es gäbe vielleicht einen Kronzeugen, aber der wäre noch nicht bereit zu reden. Er wollte, dass Dominik ein Kind befreit. Dom bat mich um Hilfe.«

Ich brauchte nicht lange, um auf den Namen des Kindes zu kommen: Djadi. »Also habt ihr den Jungen befreit und der Polizei übergeben?«

Gio nickte.

»Ich fasse es nicht!« Mein Gefühl hatte mich nicht getäuscht. Ich sprang auf und stampfte durch die Küche. »Du warst dabei! Und dann tust du letzten Samstag so, als würdest du zum ersten Mal von der Geschichte hören, als Kevin uns davon berichtet. Du hast ihn ausgehorcht!«

»Kirstin, das ist alles ziemlich kompliziert, und alles, was ich dir sage, muss unter uns bleiben.«

Ich blieb aufgebracht vor ihm stehen. »Was ist los mit dir, Giorgio Paradi? Gibt es überhaupt irgendeinen Menschen, dem du vertraust?«

»Mehr, als du denkst. Und du bist einer davon.« Er sah mir fest in die Augen. »Aber im Moment geht es nicht um mich, sondern um Dominik.«

»Was ist mit Tony und Sabrina, wissen die Bescheid?«

»Nein. Dominik verlangte absolute Geheimhaltung.«

»Das glaub ich nicht! Wer predigt mir eigentlich immer wieder, dass ich keine Alleingänge machen soll?«

»Das ist was anderes.«

»Ach, ja?«

»Du bist emotional, unbeherr–« Er unterbrach sich selbst, schüttelte energisch den Kopf. »Kirstin, ich will jetzt keine Diskussion. Dominik und ich haben ein Kind aus den Händen einer Schlepperbande befreit. Du solltest die Letzte sein, die sich darüber aufregt.«

Ich atmete tief durch und bemühte mich, wieder ruhiger zu werden. Gio war zu mir gekommen, weil er meine Hilfe brauchte, und die würde ich ihm nicht verweigern. »Was ist schiefgegangen?«

»Ich weiß es nicht. Die Aktion, um den Jungen zu befreien, lief völlig problemlos. Zumindest hat Dominik nichts gesagt, und ich war nur der Außenposten. Ich hab draußen aufgepasst, dass ihm niemand dazwischenfunkt. Ich kann nicht sagen, was sich im Haus abgespielt hat.«

»Wo war das Haus?«

»Ein Wochenendhaus am Rand vom Schönbuch, zwischen Herrenberg und Tübingen.«

Der Schönbuch – Naturpark und Stuttgarts Naherholungsgebiet. Da hatte anscheinend jemand eine ganz besondere Art, sich in einer Waldhütte zu erholen. »Du warst also gar nicht auf Sizilien?«

»Doch, aber nicht die ganze Zeit. Können wir uns jetzt bitte auf das Wesentliche konzentrieren?«

»Das wäre?«

»Aichroth war in dem Haus. Er war mit dem Jungen zusammen. Und jetzt ist Aichroth tot, und die Obduktion hat ergeben, dass er anscheinend vor seinem Tod gefoltert wurde.«

»Aber Aichroth war nicht Dominiks Zeuge?«

»Nein. Ich weiß nicht, wer der Zeuge ist. Dom hat es mir nicht verraten.«

»Das bedeutet, Aichroth kannte euch nicht und hätte wem auch immer nichts von euch beiden sagen können.«

»... wenn es denn einen Dritten gab, der ihn gefoltert hat.«

Ich blinzelte Gio verwirrt an. »Was soll das denn heißen?«

»Die Polizei hat anscheinend Beweise gefunden, dass ein ehemaliger polnischer Agent Aichroth gefoltert hat. Die Vorgehensweise würde einen gewissen Stempel tragen. Angeblich hätte man auch verwertbare Fingerabdrücke gefunden, die auf eine ganz bestimmte Person hindeuten. Dieser Agent wurde jedoch vor vier Jahren für tot erklärt.«

»Ein toter Agent hat Aichroth gefoltert?«

»Du kennst Dominiks Vergangenheit?«

Ich duschte, während Gio zum Bäcker ging, um mein Frühstücksbüfett aufzupeppen. Müsli mit Milch war nicht seine Vorstellung von einem guten Start in den Tag. Zwanzig Minuten später saß ich an einem mit Brötchen, Croissants, Butter, Marmelade und Orangensaft gedeckten Tisch.

»Dominik hieß früher Pawel Wojcik«, begann Gio. »Seine Mutter starb bei der Geburt, seinen Vater kennt er nicht. Er wuchs in einem Waisenhaus auf, aus dem er mit zwölf Jahren abgehauen ist. Mit dreizehn wurde er vom polnischen Geheimdienst angeheuert, erst als kleiner Spitzel, einige Jahre später hat man seine Qualitäten erkannt und ihn ausgebildet. Mit zweiundzwanzig haben die Russen ihn abgeworben. Für die war er bis vor vier Jahren tätig.«

Ein Agent. Dominik hatte mal so etwas angedeutet, als ich ihn nach seiner Vergangenheit gefragt hatte. »Und dann hat er gekündigt?«

Gio lächelte schwach. »Nicht direkt … Dominik war Spezialagent. Dass er ein begnadeter Hacker ist, hast du ja schon mitgekriegt. Aber er hat auch eine militärische Ausbildung. Und er lernte, Menschen zu foltern, um an Informationen zu kommen – physisch und psychisch. Er ist ziemlich abgebrüht.«

Ich kaute nachdenklich auf meinem Brötchen. Ich hatte Dominik als einen smarten und sehr höflichen Mann kennengelernt. Sein trockner Humor hatte mir gefallen, genauso wie seine direkte Art, Dinge anzusprechen. Ich erinnerte mich an seinen festen Händedruck, an seinen Blick, wenn er prüfte, ob ihm jemand die Wahrheit sagte, an die routinierten Bewegungen, als er jemandem eine Spritze in den Arm gedrückt hatte …

»Wie ist er dann ausgestiegen?«

»Er hat seinen eigenen Tod vorgetäuscht. Pawel Wojcik starb vor vier Jahren im Mittelmeer. Er ging bei einem Segelturn über Bord.«

Gios Blick ging einen Moment lang in die Ferne, dann kehrte er zu mir zurück. »Aichroth ist gefoltert worden und angeblich mit genau den Methoden, die zu Pawels, also Dominiks, Spezialitäten zählten: kaum sichtbar, verdammt schmerzhaft.«

Das passte zu Dominik. Er konnte lächelnd neben jemandem sitzen und sich nebenbei in dessen Rechner einhacken und ihm seine Daten klauen. »Aber wie kommen die darauf, dass es Dominik war? Woher kennen die seine Handschrift? Agenten stellen doch keine Vita mit ihren besonderen Fähigkeiten auf eine Homepage.«

»Ich weiß es nicht – vielleicht ist er damals enttarnt worden. Es muss einen Grund geben, warum er seinen Tod vorgetäuscht hat. Angeblich haben sie ja auch seine Fingerabdrücke gefunden. Aber vielleicht sind die Beweise fingiert. Vielleicht will – wer auch immer – ihm etwas anhängen. Es ist jedenfalls nur eine Frage der Zeit, bis sein Foto durch sämtliche Medien gehen wird, und deswegen muss ich ihn so schnell wie möglich finden.«

Ich schob grübelnd die Krümel auf meinem Teller zusammen. »Die Nachricht in meinem Briefkasten wurde im selben Stil verfasst wie die Botschaft, die ihr bei dem Jungen für die Polizei hinterlassen habt …« Ich sah zu ihm auf. »Die war nicht von dir, oder?«

»*Dio mio, no!* Ich würde dir doch keine anonyme Botschaft schicken.«

»Aber sie könnte von Dominik gewesen sein«, überlegte ich weiter. »Das heißt, er ist noch irgendwo hier in der Gegend.«

»Nein, das heißt, dass er letzten Samstag noch hier in der Gegend gewesen sein könnte. Hast du eine Ahnung, wie weit man innerhalb von vier Tagen reisen kann? Er kann überall auf der Welt sein.« Der Tadel, der in seiner Aussage steckte, war nicht zu überhören.

»Mein Gott, woher hätte ich denn wissen sollen, was hier los ist?« In mir begann es wieder zu brodeln. Wie sollte ich richtig handeln, wenn man mir wichtiges Wissen vorenthielt? Mühsam schluckte ich meinen Ärger runter. Wir halfen Dominik nicht, wenn wir uns stritten. »Warum warnt er mich vor dem Jungen? Warum soll ich mich von ihm fernhalten?«

Gio deutete auf meine Notizen. »Deine Überlegungen scheinen in die richtige Richtung zu gehen. Es gibt eine Verbindung zwischen dem Jungen und Djadi.«

»Sie sind Geschwister.«

»Wie bitte?«

»Djadi ist Salims kleiner Bruder.«

»Woher weißt du das?«

»Ich hab ein bisschen recherchiert.«

»Ein paar mehr Details, bitte.«

»Ich war gestern Abend bei einem Afrikaner. Er heißt Tayo, wohnt im Hallschlag.« Ich nagte an meiner Lippe. »Er ist allerdings vermutlich nicht mehr besonders gut auf mich zu sprechen.«

»Das heißt …?« Gios Pupillen weiteten sich Unheil ahnend.

Ich holte tief Luft und berichtete ihm von meiner Aktion.

»*Dio mio!* Warum tust du so etwas? Ruf mich an, wenn du dich mit solch schrägen Vögeln triffst.«

»Vielleicht ist Salim der Zeuge, von dem Dominik gesprochen hat?«, lenkte ich seine Gedanken in eine andere Richtung. Darum war er vielleicht am Bahnhof gewesen, um sich dort mit Dominik und mir zu treffen. Aber wir waren zu spät gekommen.

»Ja.« Gio stieß mit einem tiefen Seufzer den letzten Ärger aus sich raus. »Ja, das könnte gut sein.«

Wir sahen uns an. Der Junge lag allein in einem Krankenhauszimmer. Er lag im Koma. Es war ein Leichtes, ungesehen zu ihm zu gehen und dafür zu sorgen, dass er aus dem Koma nie wieder erwachte.

Gio machte sich auf den Weg ins Krankenhaus. Er konnte nicht den ganzen Tag am Bett des Jungen Wache halten, aber er wollte sich ein Bild von der Umgebung machen, schauen, wer dort ein- und ausging. Salim hatte jetzt bereits eine Woche überlebt. Vielleicht spekulierten die Täter darauf, dass er sich an nichts erinnern konnte, wenn er wieder erwachte oder zu eingeschüchtert wäre, um etwas auszusagen. Vielleicht hatten Hämmerling und seine Leute aber auch schon ähnliche Rückschlüsse gezogen wie wir und Vorkehrungen getroffen. Wir wussten nicht, was sie wussten.

Hämmerling. Ich hatte Gio nichts von dem Treffen in der Dönerbude erzählt. Das sollte ich bei nächster Gelegenheit nachholen. Ob er Hämmerling auch zu den schrägen Vögeln zählte?

Ich räumte meine Küche auf und fuhr mit der S-Bahn zur Arbeit. Es war elf Uhr vormittags, als ich das Büro erreichte, aber ich hatte das Gefühl, schon einen ganzen Tag hinter mir zu haben. Die Menge an Neuigkeiten, die ich in den letzten Stunden bekommen hatte, wirbelte in meinem Kopf umher, und ich suchte nach einer Möglichkeit, wie ich Dominik erreichen könnte.

Konnte es tatsächlich sein, dass er Florian Aichroth gefoltert hatte, um Informationen aus ihm herauszuholen? War es zu viel für Aichroth gewesen? War er an den Folgen der Folter gestorben? Und eine andere Frage ließ mir keine Ruhe: Würde die Organisation Dominik fallen lassen, wenn er den Tod des Mannes zu verantworten hätte? Ich hatte nicht gewagt, Gio danach zu fragen.

Ich startete meinen Rechner. Hatte ich eine Möglichkeit, Dominik irgendwie zu erreichen? Twitter. Ich hatte keinen Twitteraccount. Würde er es erkennen, wenn ich mir einen Account anlegte und ihm auf dem Weg eine Botschaft über neue Schuhe oder was auch immer für einen Unsinn schickte? Oder konnte ich eine Nachricht auf einem unserer Rechner hinterlassen, in der Hoffnung, dass er sie zufällig entdeckte? Ich könnte eine Datei auf der Oregon anlegen. Ich könnte sie dort ablegen, wo er seine Nachricht an mich hinterlegt hatte. Welche Botschaft sollte ich ihm schicken? »*Call me, asap.*« – Ruf mich an, so schnell wie möglich.

Es war einen Versuch wert. Ich meldete mich auf dem Rechner an und erstellte eine Datei im Verzeichnis »/etc.« Anschließend öffnete ich die Datei mit den Ergebnissen meines Suchlaufs vom Montag. Ich hatte noch keine Zeit gehabt, einen Blick darauf zu werfen. Dieses Mal achtete ich darauf, meine Aktionen umgehend zu maskieren, sodass Richard nicht sofort erkannte, dass ich wieder einmal auf diesem Kundenrechner herumspielte.

Ich hätte mir die Datei mit den Suchergebnissen schon eher anschauen sollen, denn ich entdeckte eine interessante IP-Adresse, die auf einen Rechner im Ausland hindeutete, genauer gesagt,

Tonga. Google verriet mir, dass es sich hierbei um einen Inselstaat im Südpazifik handelte, der zu Polynesien gehörte. Zahlreiche Bilddateien waren am Wochenende via FTP von der Oregon auf diesen anderen Rechner übertragen worden. Was war das für ein Rechner? Er wurde nicht von uns betreut.

Ich schrieb ein kleines Programm, das nach den Bilddateien suchen sollte, die von der Oregon auf den Tonga-Rechner kopiert worden waren, ließ es im Hintergrund laufen und wandte mich meiner offiziellen Arbeit zu. Als ich nach einer Viertelstunde wieder auf die Oregon schaute, war das Programm verschwunden.

Mist. Hatte Richard mich wieder erwischt? Ich setzte ein Kommando ab, um zu prüfen, wer auf dem Rechner eingeloggt war. Niemand außer mir schien darauf zu arbeiten. Ich starrte grübelnd auf den Monitor, als ein Fenster aufpoppte: *»Stop searching!«* – Hör auf zu suchen.

Das Fenster blieb gerade mal so lange offen, dass ich die Nachricht lesen konnte, dann verschwand es wieder.

Dominik. Die Nachricht konnte nur von ihm gewesen sein. Er musste meine Botschaft entdeckt haben. Vielleicht meldete er sich jetzt endlich bei Gio. Ich versuchte, seine Spur zurückzuverfolgen. Aussichtslos. Schon bei unserem ersten Treffen hatte Dominik mir gezeigt, was schnelles, unsichtbares Arbeiten bedeutete. Er bereitete seine Hackereien stets gut vor, sodass er umgehend seine Spuren wieder löschen konnte. Die Umgebung der Rechner, auf denen ich arbeitete, kannte er inzwischen so gut, als hätte er das Environment selbst aufgebaut. Frustriert gab ich nach einer halben Stunde auf. Zeitverschwendung, es weiter zu versuchen.

Gios Anruf riss mich wenig später aus meinen Grübeleien.

»Hat er sich gemeldet?«, fragte ich sofort.

»Was? Wer?«

Ich sah mich um, ob gerade einer meiner Kollegen in der Nähe war. »Dominik.«

»Nein, leider nicht. Ich brauche dich. Denkst du, du kannst dir den Rest der Woche freinehmen?«

»Genug Überstunden habe ich.«

»Ich hol dich in einer Stunde ab.«

»Ist was …?«

»Schau dir die News an.« Er hatte aufgelegt.

Es war auf diversen Nachrichtenseiten. Der vor vier Jahren für tot erklärte ehemalige polnische und später russische Spezialagent Pawel Wojcik lebte und hatte mutmaßlich den gewaltsamen Tod eines Managers einer deutschen Privatbank zu verantworten. Wojcik war damals kurz vor seinem angeblichen Tod aus dem Dienst entlassen worden und galt als gefährlich, skrupellos und äußerst gewaltbereit. Die Polizei bat um Hinweise aus der Bevölkerung.

Der Exagent sei dreiunddreißig Jahre alt, einen Meter achtundachtzig groß, über sein derzeitiges Aussehen gab es keine aktuellen Informationen. Ein altes Archivfoto war dem Beitrag angehängt worden. Auf dem Foto waren Dominiks Gesichtszüge etwas hagerer als heute. Hellgraue Augen, blonde Haare. Die Frisur hatte er zwischenzeitlich geändert, blond war er noch immer.

»Stop Searching.« Verdammt, wo steckte der Kerl? Ich schloss den Internetbrowser, loggte meinen Rechner, ging zu Patrick und nahm mir den Rest der Woche frei.

Gio wartete bereits vor dem Gebäude, als ich die Firma verließ.

»Hast du es gesehen?«

»Ja.« Ich legte den Sicherheitsgurt an. »Er hat mir eine Nachricht geschickt.«

Gio war gerade angefahren und trat mit voller Wucht auf die Bremse. Ich wurde unsanft durchgerüttelt.

»Wann?«

»Sag mal!« Ich rieb mir über die Schulter. »Kurz bevor dein Anruf kam.«

»Wieso sagst du mir das nicht?«

»Du hattest so schnell wieder aufgelegt.«

Gio knurrte verärgert – widersprechen konnte er mir nicht. »Was wollte er?«

»Er hat mir eine Nachricht geschickt: *Stop searching.*«

»Warum schickt er dir so eine Nachricht?«

»Ich hatte versucht, seine digitale Spur aufzunehmen.«

»Und?«

»Ich hatte kaum angefangen, da hat er mir die Nachricht geschickt. Ich habe keine Ahnung, wie er das anstellt. Er ist zu gut, ich krieg ihn nicht.« Ich war frustriert.

»Nur *Stop Searching* – sonst nichts?«

»Sonst nichts.«

Gio startete einen zweiten Fahrversuch.

»Was machen wir jetzt?«

»Wir treffen uns mit Sabrina. Sie hat Informationen für uns. Danach möchte ich zu dem Ferienhaus fahren, wo Dom den Jungen rausgeholt hat.«

»Warum willst du dahin?«

»Ich muss mir ein genaueres Bild von der Sache machen. Ich frag mich, ob irgendetwas bei der Aktion schiefgelaufen ist.«

Stumm starrte ich eine Weile auf die vorbeiziehende Landschaft. Ich hatte in den letzten Stunden verdrängt, worum es bei dieser Geschichte eigentlich ging. Es war nicht die Suche nach Dominik. Es ging um eine Schlepperbande, die Kindern grausame Gewalt antat.

»Wie war es im Krankenhaus?«, erkundigte ich mich, um mich nicht in einem zornigen Gedankenstrudel zu verlieren.

»Ich hab mich als Mitarbeiter der Ausländerbehörde ausgegeben, und die Schwestern haben mir alles erzählt, was sie über den Jungen wussten. Das war zwar nicht viel, aber es zeigt, dass er in dem Krankenhaus nicht sicher ist. Ich weiß aber auch nicht, wie wir ihn schützen können. So viel Manpower haben wir nicht.«

»Wie geht es ihm?«

»Er ist noch im künstlichen Koma, aber stabil. Die Ärzte versuchen, ihn langsam wieder aufzuwecken.«

»Das ist schlecht«, überlegte ich. »Solange er im Koma liegt, haben die Täter nicht viel zu befürchten. Aber wenn er wieder zu Bewusstsein kommt …« Ob wir mit der Polizei reden sollten, damit sie die Bewachung des Jungen veranlassten? Apropos Polizei … da gab es noch etwas, was ich Gio berichten sollte. »Ich habe Hämmerling vorgestern getroffen.«

Gio warf mir einen nervösen Seitenblick zu. »Was wollte er von dir?«

»Mit mir reden. Ich hab ihn beim Türken bei mir um die Ecke getroffen.«

»Und?«

»Er hat verlangt, dass ich die Theorie mit dem zweiten Zeugen für mich behalte.«

Gio setzte den Blinker und parkte den Wagen vor seinem Haus. »Jetzt noch mal langsam. Er hat was?«

Ich wiederholte meine Worte.

»War er allein? Ohne Kollegen?«

»Ja.«

»Hat er dir gedroht?«

»Nicht offensichtlich … Er hat mir noch zwei Fotos gezeigt. Zwei Typen. Einer davon war der Kerl, der mich am Bahnhof überfallen hat.«

»Du hast ihn wiedererkannt?«

»Ja, ich glaub schon … Ich hab Hämmerling aber gesagt, dass ich die beiden Typen noch nie gesehen hätte.«

»Hat er dir geglaubt?«

»Vermutlich nicht. Danach hat er mich jedenfalls aufgefordert, die Sache mit dem zweiten Zeugen für mich zu behalten.«

Gio rieb sich unwohl über den Nacken. »Die Geschichte wird irgendwie immer verworrener, findest du nicht?«

»Da kann ich dir ausnahmsweise mal nicht widersprechen.«

Gio machte keine Anstalten, aus dem Wagen zu steigen, sondern sah mich eindringlich an. »Kirstin, bitte, informiere mich, wenn solche Sachen passieren. Und zwar sofort und nicht erst Tage später.« Er hob beschwichtigend eine Hand, als ich gleich wieder aufbrausen wollte. »Ich will dich nicht bevormunden. Aber jeder direkte Kontakt mit der Polizei ist gefährlich für unsere gesamte Organisation. Insbesondere wenn die Person so störrisch und impulsiv ist. Und damit meine ich nicht Hämmerling.«

»Wen denn dann?« Ich funkelte ihn grimmig an und stieg aus.

Sabrina wartete bereits im Vorzimmer von Gios Firma in der unteren Etage. Jeans im Used-Look, ausgetretene Cowboystiefel, ein langärmliges T-Shirt, die kurzen Haare waren gekonnt struppig frisiert. Eine Frau zum Pferdestehlen. Gios Mitarbeiter Udo leistete ihr Gesellschaft und schien sichtbar enttäuscht, als wir sein nettes Plauderstündchen unterbrachen.

Udo Bendel war Gios rechte Hand in der Firma. Zweiundfünfzig Jahre, bullig, tätowiert wie ein Hell's Angel und dabei gutmütig wie ein alter Seebär, der schon eine Menge in seinem Leben gesehen hatte. Ich mochte ihn.

»Frau Bergmann, entschuldigen Sie die Verspätung«, begrüßte Gio sie förmlich mit freundlichem Händedruck. »Kommen Sie bitte mit.« Er dirigierte sie in sein Büro.

Bergmann. War sie Tonys Frau? Ich winkte Udo zu und folgte den beiden.

»Warum hast du uns nichts von eurer Aktion erzählt?«, zischte Sabrina Gio wütend an, kaum dass er die Tür geschlossen hatte.

Endlich war ich mal nicht die Einzige, die sich beschwerte.

»Dominik wollte nicht, dass irgendjemand im Vorfeld von der Sache erfährt.«

»Ist Dominik neuerdings der Boss?«

»Nein, ist er nicht. Aber ich bin es«, erklärte Gio bestimmt. »Wir mussten vor zehn Tagen schnell handeln, da konnte ich nicht vorher eine Sitzung einberufen. Ich war froh, dass er wenigstens mich informiert hat.« Er setzte sich an seinen Schreibtisch und wies uns mit einer Geste an, auf der anderen Seite Platz zu nehmen. Er strich sich durch die dunklen Haare. »Was hast du über den Jungen rausgefunden?«

Ende der Diskussion. Ich sah abwartend zu Sabrina, aber sie schien Gios Antwort zu akzeptieren.

»Ein junges Mädchen, das ich betreue, meint, ihn zu kennen. Sie sagt, er hätte ihr schon mal Pillen verkauft. Sie glaubt, dass er noch nicht so lange in Stuttgart ist, ein paar Wochen vielleicht. Er spricht kaum Deutsch, ein wenig Englisch und sonst eine Sprache, die sie nicht kennt. Er hat ihr mal ein Foto gezeigt, auf dem er mit einem kleinen Jungen zu sehen war. Sie vermutet, dass es sein Bruder ist. Er sucht ihn.«

»Wann hat sie ihn das letzte Mal gesehen?«

»Das konnte sie nicht genau sagen. Sie hat kein gutes Zeitgefühl. Es können drei Tage oder auch drei Wochen gewesen sein.«

»Drei Tage wohl kaum. Er liegt seit einer Woche im Krankenhaus«, warf ich ein.

»Zu einer Aussage bei der Polizei können wir sie vermutlich nicht bewegen, oder?«, fragte Gio.

»Garantiert nicht.«

»Eine Schlepperbande, ein Kleindealer, ein verschwundenes Kind, ein ermordeter Bankmanager und die Auferstehung eines totgeglaubten Exagenten«, fasste Gio zusammen. »Wie passt das zusammen? Worum geht es hier?« Er lehnte sich zurück und verschränkte die Hände hinter dem Kopf. Das Hemd spannte an den Schultern.

»Sabrina, versuch, mehr über den Jungen herauszufinden. Vielleicht kannst du in Erfahrung bringen, wie er nach Deutschland gekommen ist? Wo hat er sich aufgehalten? Zu wem hatte er Kontakt? Aber sei bitte vorsichtig. Wir wissen nicht, mit wem wir es zu tun haben.«

Sabrina sah Gio entschlossen an. »Das wissen die aber auch nicht.«

Ich zog die Augenbrauen hoch. Man sollte seine Gegner nie unterschätzen. Eine Lektion, die ich vor wenigen Monaten schmerzhaft gelernt hatte.

Wir hatten Stuttgart hinter uns gelassen und fuhren mit dem Auto über die A81 Richtung Herrenberg. Bei Daimler war Schichtwechsel, und der Berufsverkehr verstopfte die Straßen, sodass wir nur langsam vorankamen. An der Ausfahrt Herrenberg verließen wir die Autobahn und fuhren über die Bundesstraße Richtung Tübingen. Zur einen Seite lag das Ammertal, zur anderen erhoben sich die Hänge des Naturparks Schönbuch. Dazwischen lagen links und rechts der Straße Streuobstwiesen, die Blätter der Bäume waren herbstlich verfärbt. Zwischen zwei Dörfern bog Gio links in einen

Landwirtschaftsweg ein, der sich nach wenigen hundert Metern den Hang hinaufschlängelte.

»Ganz schön weit weg von Stuttgart«, bemerkte ich.

»Die wollten sichergehen, dass ihnen nicht zufällig ein Nachbar begegnet.«

Der Weg war jetzt von Bäumen gesäumt. Irgendwann tauchte dazwischen eine kleine Steinmauer auf.

»Dahinter liegt das Haus«, erklärte Gio, während er daran vorbeifuhr.

Wir parkten ein ganzes Stück entfernt auf einem kleinen Wanderparkplatz. Gio nahm einen Rucksack von der Rückbank, und wir spazierten in der Abenddämmerung über den geschotterten Waldweg zurück zur Hütte. Ein paar Walker und Feierabendjogger kamen uns entgegen, Vögel flatterten zwitschernd zwischen den Ästen, und unter unseren Sohlen knirschten Kies und kleine Zweige. Die Sonne stand tief und warf dunkle Schatten in den Wald. Es hätte ein romantischer Abendspaziergang sein können.

»Was ist in der Nacht abgelaufen?«, erkundigte ich mich, als wir nicht mehr allzu weit von dem Haus entfernt waren.

Gio blieb stehen und zog mich ein Stück zur Seite, sodass wir nicht mitten auf dem Weg standen. »Wir waren frühzeitig hier, bevor die Leute gekommen sind. Wir haben erst das Terrain gesichtet, um sicherzugehen, dass wir nicht irgendwo einen Außenposten übersahen. Aber da war niemand. Ich habe draußen einen Posten bezogen, von dem aus ich den Weg und den Eingang gut im Blick hatte. Dom ist ins Haus rein. Als Erstes kam Aichroth. Er parkte und ging zielstrebig in die Hütte. Knapp zehn Minuten später fuhr eine Limousine mit Frankfurter Kennzeichen vor. Ich habe das Kennzeichen später prüfen lassen, es war natürlich gefälscht. In der Limousine waren zwei Männer und der Junge. Einer der Männer blieb im Wagen, der andere brachte das Kind ins Haus. Der Junge ging anstandslos mit dem Kerl mit. Vermutlich stand er da bereits unter Drogen.«

»Wie sah der Kerl aus, der mit dem Jungen ins Haus gegangen ist?«

»Etwas kleiner als ich, bullig, helle Haut, Glatze.«

»Glatze?«

»Ja.«

»Könnte also einer von den Typen gewesen sein, die den Jungen am Bahnhof zusammengeschlagen haben«, überlegte ich. »Wie sah der andere aus?«

»Er war schlanker als der Bullige. Relativ groß, genau konnte ich das nicht erkennen, er saß die ganze Zeit im Auto. Vermutlich war er jünger als der andere.«

»Hatte der auch den Schädel rasiert?«

»Kann ich nicht sagen. Er trug ein Kapuzenshirt.«

Da hatten wir die nächste Parallele. Der Typ, der mich bedroht hatte, trug auch ein Kapuzenshirt.

»Wie ging es weiter?«

»Ich habe gewartet. Die Fensterläden und Vorhänge waren zugezogen, ich konnte nicht ins Innere schauen. Der Typ im Auto hörte Musik und rauchte. Nach wenigen Minuten bekam ich ein Signal von Dominik. Er war über ein Fenster, das nach hinten ging, ausgestiegen. Er hatte das Kind bei sich. Er hatte es betäubt und in eine Decke gewickelt.«

»Und dann?«

»Wir fuhren nach Stuttgart, legten den Jungen in einen geschützten Hauseingang und informierten die Polizei.«

»Und von wem kam der Zettel?«

Gio presste kurz die Lippen zusammen. »Ich vermute von Dom. Ich wusste nichts davon.« Er sah an mir vorbei die Straße entlang, prüfte den Sitz seines Rucksacks. »Dann schauen wir uns mal ein bisschen um.«

Ich folgte ihm vom Weg ins Dickicht. Wir liefen durchs Unterholz zur Rückseite der Hütte. Während vorn nur eine kleine Steinmauer gestanden hatte, umgab die restlichen drei Seiten ein zwei Meter hoher altersschwacher Maschendrahtzaun. Kein wirklicher Schutz vor Einbrechern, aber er hielt vermutlich das Wild davon ab, den kleinen Garten zu verwüsten.

Der Rasen war erst vor Kurzem gemäht worden. Die Hütte war ein Bau aus massivem Holz mit Schrägdach, ähnlich einer norwegischen Blockhütte. Ich fragte mich, wie viele Bestechungsgelder für die Baugenehmigung geflossen waren. Immerhin befanden wir uns in einem geschützten Naturpark.

»Wem gehört die Hütte?«

»Einer dreiundneunzigjährigen semi-dementen Frau in einem Herrenberger Altersheim«, wusste Gio. »Außer einer Tochter, die mit Mann und Kindern in Spanien lebt, gibt es keine lebenden nahen Verwandten. Vermutlich weiß sie nicht, was in ihrer Hütte vor sich geht. Vielleicht weiß sie nicht einmal mehr, dass sie so eine Hütte besitzt.«

Ich ließ den Blick durch den Zaun über die Hausseite gleiten. Die Fensterläden waren verschlossen, sodass wir nicht ins Innere schauen konnten. Es schien jedoch niemand im Haus zu sein. Die Sonne war hinterm Horizont verschwunden, und die anbrechende Nacht brachte kühle Luft mit sich. Auf dem Land hielt sich die Wärme nicht so lange wie im Stuttgarter Kessel. Ich rieb mir fröstelnd über die Arme. Hätte ich gewusst, dass es so spät wird, hätte ich eine Jacke mitgenommen.

»Und jetzt?«

»Wir gehen rein.«

Wir versteckten uns etwas abseits und warteten einen günstigen Moment ab, in dem weder Spaziergänger noch Freizeitsportler den Weg entlangliefen. Dann stiegen wir vorn über die Steinmauer. Wir umrundeten die Hütte und versuchten, durch die Fensterläden etwas zu erkennen. Aussichtslos. Gio nahm den Rucksack von den Schultern und reichte mir ein paar Handschuhe und zwei Plastiktüten mit Gummizug. »Die ziehst du dir gleich über die Schuhe, damit wir keinen Dreck im Haus hinterlassen.«

Gut so, da würden wir der fleißigen schwäbischen Hausfrau bei der Kehrwoche nicht unnötig viel Arbeit machen. Eines musste man Giorgio Paradi lassen: Er war stets bestens vorbereitet. Wir gingen zur Haustür. Mit seinem Dietrich brauchte er nur wenige Sekunden, um die Tür zu öffnen. Wir schlüpften hinein. Durch die geschlossenen Fensterläden drang kaum Licht. Ein Hauch von feuchtem Holz lag in der Luft. Gio zückte eine Taschenlampe und leuchtete durch den Raum. Hier drinnen war es noch kälter als draußen. Ich schüttelte mich.

»Alles klar?«

»Mir ist kalt.«

»Wir bleiben nicht lang.«

Wir standen in einem kleinen Vorraum. Rechts ging eine Tür zur Toilette, daneben war eine Art Wohnküche: eine Sofagarnitur samt Fernsehschrank, ein Holztisch mit drei Stühlen, eine kleine Küchenzeile mit Gasofen. Alles im Stile der frühen Achtzigerjahre. Sogar die Hirschgeweihe an der Wand fehlten nicht. Während Gio sich die Zimmer links des Vorraums ansah, ging ich in den Wohnraum.

Eine Zeitschrift lag auf dem Tisch. Jemand hatte sich an einem Kreuzworträtsel versucht. Ich fragte mich, ob es der Kerl war, der das Kind hergebracht hatte. Saß er hier und löste in aller Seelenruhe ein Kreuzworträtsel, während direkt nebenan ein kleiner Junge von einem Mann missbraucht wurde? Lief nebenbei vielleicht der Fernseher, der die gepeinigten Schreie aus dem Nebenzimmer übertönte? Oder geilte er sich hier im Stillen daran auf?

Unwillkürlich hatten sich meine Hände zu Fäusten verkrampft. Ich schnaufte zornig und wandte mich ab. Außer dem Heft lag nichts weiter herum. Natürlich hatten die Täter hier aufgeräumt, nachdem das Kind verschwunden war. Vermutlich war die Zeitschrift nicht einmal von ihnen. Ich verließ den Raum und suchte Gio.

Er war im Schlafzimmer. Mein Blick fiel sofort auf das Bett. Es war nicht bezogen und die fleckige Matratze starrte mir entgegen. Sie lag auf einem Metallgestell. Um das Bett herum war nicht viel Platz. Kein Raum, um jemandem auszuweichen. Ein Einbauschrank befand sich an der Längsseite. Gio hatte die Türen geöffnet. Die Regale waren leer.

»Vielleicht hatte Dom sich hier versteckt«, grübelte er.

»Er könnte auch unterm Bett gelegen haben«, schlug ich vor.

Gio hob skeptisch die Augenbrauen. »Liegend unter einem Bett ist eine denkbar schlechte Ausgangsposition.«

Ich kniete mich auf den Boden und sah unter das Gestell. »Möglich wär's.« Ich leuchtete über die Dielen. Kaum Staub. Keine Frage, jemand hatte hier gründlich sauber gemacht.

Ein Motorengeräusch, das direkt vor dem Haus erstarb, ließ uns zusammenschrecken. Gio zog mich eilig auf die Füße. Er öffnete das Fenster, ließ mich vor sich hinausklettern. Draußen wurde eine Autotür zugeschlagen. Wir zogen das Fenster heran und schlossen die Holzläden vorsichtig wieder. Uns blieben vermutlich wenige Sekunden, bis sie bemerkten, dass jemand im Haus gewesen war. Wir pressten uns an die Hauswand, dankbar für die Dunkelheit, die uns umgab. Schritte auf dem Kies. Anscheinend war der Mann allein.

Die Haustür wurde geöffnet, das Licht eingeschaltet. Wir schlichen die Hauswand entlang nach vorn, sprinteten das kurze Stück zur Mauer, setzten hinüber und verschwanden gleich wieder im Dickicht. Ich wollte weiterrennen, aber Gio hielt mich zurück. Er legte einen Finger auf die Lippen. Es wäre zu laut, durch das Unterholz zu rennen. Wir verkrochen uns hinter einem Busch und beobachteten das Haus. Es dauerte nicht lange, dann kam ein Mann heraus. In der rechten eine Pistole, links eine Taschenlampe. Ich hoffte, dass er das Hämmern meines Herzens nicht hörte.

Er leuchtete die Umgebung ab, wanderte einmal ums Haus herum. Schließlich steckte er die Waffe in den Hosenbund, nahm sein Handy und telefonierte. Der Kegel seiner Taschenlampe glitt weiterhin unruhig über die Umgebung, sodass sein Oberkörper im Dunkeln lag und wir sein Gesicht nicht erkennen konnten. Er sprach in einer fremden Sprache, die ich nicht zuordnen konnte. Ich kauerte mich fröstelnd zusammen. Gio legte wärmend einen Arm um meine Schultern und zog mich an sich. Endlich verschwand der Kerl wieder im Haus.

»*Avanti, amore mio.*«

Wir liefen noch ein ganzes Stück verborgen im Unterholz, dann wagten wir uns zurück auf den Hauptweg und joggten zu Gios Wagen.

»Hast du verstanden, welche Sprache er gesprochen hat?«

Gio zuckte die Achseln. »Ich würde auf Russisch tippen. Sicher bin ich aber nicht.« Er warf mir die Schlüssel zu.

»Was soll ich damit?«

»Du brauchst Fahrpraxis.«

»Wenn du nachher eine Beule im Auto hast, bist du selbst schuld.«

Ich hatte Gios Auto wohlbehalten zurück in seine Garage gebracht. Zur Belohnung bekam ich einen heißen Tee und ein Sweatshirt, damit ich nicht mehr so fror. Die Kälte hatte sich in mir festgesetzt.

»Der Typ hatte eine Glatze. War das der, den du mit dem Jungen gesehen hattest?«, fragte ich, während der Tee mich langsam von innen wärmte.

»Schwer zu sagen.« Gio hatte sich ein Glas sizilianischen Nero d'Avola eingegossen und drehte das Glas zwischen den Fingern. »Jetzt wissen die, dass wieder jemand in der Hütte war. Vielleicht macht sie das ein bisschen nervös und unvorsichtig.«

»Oder noch aufmerksamer und vorsichtiger. Ich werde Kevin bitten, das Kennzeichen zu überprüfen. Vielleicht war das ja ausnahmsweise mal kein falsches.« Gio trank einen Schluck und stellte das Glas zurück auf den Tisch. »Ich wüsste gern, was sich in dem Haus abgespielt hat. Wie hat Dominik das Kind befreit?«

»Denkst du, dass er tatsächlich für Aichroths Tod verantwortlich ist?«

Ich musste mich gedulden, bis ich eine Antwort bekam.

»Indirekt ist er es vermutlich irgendwie schon.«

»Wie meinst du das?«

»Die Polizei musste der Anschuldigung der Kindesmisshandlung nachgehen. Wenn sie Aichroth etwas nachgewiesen hätten, hätte er die Schuld vermutlich nicht allein auf sich nehmen wollen. Die Leute, die ihm den Jungen besorgt hatten, mussten sicher sein, dass er nicht redet.«

Ich nickte nachdenklich. »Wenn diese Leute Aichroth töten …« Ich hatte Mühe, meine Gedankengänge zu sortieren. Der Schlafmangel der vorangegangenen Nacht machte sich bemerkbar. »Dann hätten sie das doch auch einfach so machen können. Einen Selbstmord vortäuschen, einen Unfall, ihn verschwinden lassen, was weiß ich. Warum dieser explizite Hinweis auf Dominik, also Pawel Wojcik?«

»Dafür gibt es zwei Möglichkeiten: Dominik war es tatsächlich, oder einer aus der Bande hat ihn bei der Befreiungsaktion erkannt.«

»Also hat es etwas mit seiner Vergangenheit zu tun. Die Nachrichten sagen, er wurde vor vier Jahren aus dem Geheimdienst entlassen. Warum?«

»Er hat gesagt, er ist ausgestiegen.«

»Aber warum?«

Gio nippte an seinem Glas. »Ich weiß es nicht.«

Ungläubig riss ich die Augen auf. »Du weißt es nicht?«

»Ja, mein Vater und ich haben ihn damals halbtot aus dem Meer gefischt. Unsere Familie machte gerade Urlaub in Sciacca. Er war verletzt und kaum bei Bewusstsein, wollte aber auf keinen Fall ins Krankenhaus. Wir haben ihn mit in unser Ferienhaus genommen, seine Wunden versorgt und gepflegt, so gut es ging. Er sprach nicht viel, schlief die meiste Zeit.«

»Ihr habt einfach so einen fremden Kerl mit in euer Haus genommen?«

»Hätten wir ihn am Strand liegen lassen sollen? Er war verwundet, dehydriert … er brauchte Hilfe.«

So war Gio. Wenn er sich in den Kopf gesetzt hatte, jemandem zu helfen, dann tat er es. Mit allen Mitteln, mit allen Konsequenzen.

»An einem Abend habe ich mit Tony telefoniert. Wir hatten einen schwierigen Fall und kamen nicht an die notwendigen Informationen. Und dann stand Dominik plötzlich im Zimmer und sagte: Ich kann euch helfen. Und das hat er dann auch getan. Seitdem gehört er zu uns.«

»Interessant. Und bei mir habt ihr so einen Aufstand gemacht.«

»Du wolltest ja auch einen Bordellbesitzer erschießen.«

9

»Ich will Salim besuchen«, erklärte ich Gio am nächsten Morgen beim Frühstück. Ich hatte wieder einmal in seinem Gästezimmer übernachtet und einigermaßen ruhig geschlafen. Seine Wohnung wurde mir langsam vertrauter als meine eigenen vier Wände. Eine Entwicklung, bei der ich mir nicht sicher war, ob sie mir gefiel.

»Das halte ich für keine gute Idee. Wenn der Zettel von Dominik kam, hat er das nicht ohne Grund getan.«

»Vielleicht war es gar nicht Dominik.«

»Auch dann ist das sicher nicht grundlos geschehen. Ich will nicht, dass du zu ihm gehst.«

»Du hast gesagt, dass die Ärzte ihn aufwecken wollen. Vielleicht kann ich mit ihm reden. Vielleicht kann er uns helfen. Er muss doch irgendwie Kontakt zu Dominik gehabt haben.«

»An welcher Stelle habe ich mich unklar ausgedrückt?«

Ich löffelte grimmigen Blickes den Milchschaum von meinem Cappuccino. »Was ist mit Djadi? Wo kann er sein? Er verschwand quasi zu selben Zeit, zu der die Skins seinen Bruder zusammenschlugen.«

»Wann genau er verschwand, wissen wir nicht. Er könnte schon vorher aus dem Krankenhaus geflüchtet sein.«

Ich sah zu ihm. »Oder sie haben ihn geholt.«

»Ich hoffe nicht.« Ein Schatten legte sich auf sein Gesicht, dann verdrängte er die Befürchtungen. »Sabrina kümmert sich darum. Sie wird mich informieren, sobald sie etwas Neues weiß. Außerdem habe ich ein paar Kontakte angesetzt, die sich in den Flüchtlingsheimen umhören.«

»Aber …«

»Kirstin, wir können uns nicht um alles auf einmal kümmern.«

»Ein kleiner Junge oder ein Exagent – wer braucht unsere Hilfe da wohl eher?« Ich funkelte ihn zornig an. »Er ist ein Kind. Er ist allein.«

Warum fand niemand den Jungen? Was, wenn er tatsächlich wieder in den Händen der Bande war? Was würden sie ihm antun? Erinnerungen an meine eigene Kindheit stiegen auf. Die Ohnmacht. Das Wissen, dass niemand half. Unwillkürlich kratzte ich mit den Fingern über meinen Unterarm, drückte die Fingernägel fest in meine Haut.

»Hey!« Gio legte seine Hand auf meine, hielt sie fest. »Schau mich an, Kirstin, schau mich an.«

Ich hob den Kopf und konnte meine Verzweiflung nicht verbergen.

»Wir werden unser Bestes tun, um ihm zu helfen. Vielleicht ist der Junge bei Dominik. Vielleicht hat er ihn aus dem Krankenhaus geholt, um ihn zu schützen.«

Mein Blick klammerte sich an seinen. Ich hoffte so sehr, dass er recht hatte.

Dominik hatte keinen festen Wohnsitz. Er nistete sich manchmal bei Freunden ein, hin und wieder, wenn er länger an einem Ort bleiben wollte, mietete er eine möblierte Wohnung unter einem Decknamen, häufig lebte er unter falschem Namen in teuren Hotels. An diesem Punkt setzten wir an. Wir nahmen systematisch, sämtliche mehr oder weniger schicken Hotels in Stuttgart und Region unter die Lupe. Während Gio für mich die Buchungssoftware der Hotels in Erfahrung brachte und vor Ort die Angestellten aushorchte, hackte ich mich in die Systeme ein und durchforstete die Gästelisten. Eine Sisyphusarbeit. Wir wussten nicht, wonach wir eigentlich suchen sollten. Männer um die dreißig, die sich einige Tage allein in einem Hotel aufgehalten hatten. Davon gab es viel zu viele. Zudem wollten wir vermeiden, Aufmerksamkeit zu erregen. Wenn Hämmerling von unserer Suche erfuhr, würde er uns ruck, zuck in sein Büro zitieren und sich wundern, was wir mit einem Exagenten zu tun hätten.

Freitagabend setzte Gio mich vor meinem Wohnblock ab. Wir hatten beide in den letzten achtundvierzig Stunden kaum geschlafen.

»Er ist ein Meister«, kam es frustriert von meinem Chauffeur.

»Denkst du, dass ihm etwas zugestoßen sein könnte?«

Gio zögerte, schüttelte schließlich entschieden den Kopf. »Nein, er ist abgetaucht.« Er strich sich mit beiden Händen durch die Haare. »Die Spur dieser Schlepperbande führt nach Stuttgart. Aichroth, Djadi, Salim, alle waren hier … Wir brauchen mehr Infos über diese Bande, einen anderen Ansatzpunkt sehe ich im Moment nicht.«

Ich starrte mutlos durch die Frontscheibe. »Hat Kevin keine Informationen, wie die Ermittlungen von diesem Hämmerling laufen? Haben die eine Verbindung zwischen Salim, Djadi und Aichroth gezogen?«

»Keine Ahnung. Ich werde mit ihm reden. Aber wenn die die Daten unter Verschluss halten, sehe ich wenig Chancen für uns.«

»Warum tun sie das wohl?«

»Weil es eine weitaus größere Sache ist als das, was wir im Moment überblicken.« Er deutete mit dem Kopf hinauf zu meiner Wohnung. »Bist du sicher, dass du nicht bei mir übernachten willst?«

»Gio, ich hab 'ne eigene Wohnung. Wozu zahl ich denn Miete?«

Ein zärtliches Lächeln legte sich auf sein Gesicht. »Bei mir würdest du billiger wohnen … und schöner.«

Die Botschaft, die in seinen Worten lag, ließ mich nervös schlucken. »Ich, ähm … Ich brauche jetzt ganz dringend ein paar Stunden Schlaf.« Ich streckte die Hand zum Türgriff.

»Kirstin, warte …«

Ich zog die Hand wieder zurück.

»Ich hätte dich gern aus dieser Sache rausgehalten. Es ist ein dreckiges, grausames Geschäft. Wenn es dir zu viel wird, dann sag es mir bitte. Ich will nicht, dass du daran zerbrichst.«

»Sei nicht so dramatisch.«

»Das bin ich nicht. Kirstin, wir haben noch gar nicht richtig angefangen, in diesem Sumpf zu stochern.« Er strich mir zärtlich ein paar Haarsträhnen aus dem Gesicht, suchte meinen Blick. Seine Hand verharrte sanft auf meiner Wange. »Du … du steigerst dich manchmal in Sachen rein …«

Seine Sorge war sicher nicht ganz unberechtigt. »Um mich rauszuhalten, ist es längst zu spät. Das weißt du so gut wie ich.«

»Ja.« Er schien noch etwas sagen zu wollen, überlegte es sich aber wieder anders. »Ich bring dich noch rauf.«

»Warum? Hast du Angst, dass ich auf dem Weg zu meiner Wohnung verloren gehe?«

»Vielleicht.«

»Wir sehen uns morgen früh. Acht Uhr. Bring Brötchen mit.« Ich versuchte ein aufmunterndes Lächeln und sprang aus dem Wagen.

Der Tanz vor meiner Wohnungstür dauerte dieses Mal keine fünf Minuten, dann war ich drin. Ich machte Fortschritte. Ich schaltete die Deckenleuchten ein, ging in die Küche, füllte ein Glas mit Leitungswasser und starrte aus dem Fenster. Unter mir auf der Straße startete Gio seinen Wagen. Anscheinend hatte er so lange gewartet, bis er Licht in meiner Wohnung sah. Ich winkte ihm hinterher, obwohl er es vermutlich nicht sehen konnte.

Wie sollten wir Dominik finden? Und was war mit Djadi? Sieben oder acht Jahre alt. Ein Kind. Woher war er gekommen? Von wo hatte man ihn entführt? Dominik hatte ihn von Aichroth befreit. Er war in ein Krankenhaus gekommen und wieder verschwunden. Seitdem war der Junge wie vom Erdboden verschluckt. War er wieder in der Gewalt dieser Leute? Er war ein Zeuge und könnte wahrscheinlich Mitglieder der Bande identifizieren. Ich dachte an Salim, der schwerverletzt im Krankenhaus lag. Er wollte seinem Bruder helfen und hätte fast mit seinem Leben dafür bezahlt. Wie hilflos mochte er sich fühlen?

»Djadi, wo bist du, Kleiner?«, flüsterte ich in die Nacht.

Er war ein Kind. Er hatte Schlimmes erlebt. Er hatte Angst.

Der Flashback traf mich mit voller Wucht. Bilder blitzten vor mir auf. Die Küche. Der Tisch. Ein süßlicher Geruch vermischt mit säuerlichem Schweiß und Alkohol stieg mir in die Nase. Dieses ekelhafte Stöhnen. Mein Herz raste. Ich rang nach Luft, kämpfte gegen die aufsteigende Übelkeit. Das Glas fiel zu Boden.

»Nein!« Ich schlug die Fäuste auf die Fensterbank. Ich hatte mich gewehrt. Er hatte mir nichts antun können. Er war tot.

Ich presste die Augen fest zusammen. Atmen. Es war vorbei. Atmen. Die Bilder verschwanden. Das Gefühl der Ohnmacht blieb. Ich stand noch einen Moment zitternd am Fenster, dann gab ich mir einen Ruck, holte Besen und Kehrblech aus dem Schrank und fegte die Scherben zusammen.

Ich ging ins Bad, stieg unter die Dusche, ließ heißes Wasser über meinen Rücken laufen und schloss erschöpft die Augen. Ich brauchte unbedingt eine Pause. Ein paar Stunden Schlaf, dann würde es mir wieder besser gehen. Wir würden Djadi finden. Wir würden dieser Bande das Handwerk legen.

Ein Geräusch an meiner Wohnungstür ließ mich sofort wieder aufschrecken. Ich horchte angespannt in den Flur. Die Tür wurde geöffnet, Schritte. Das konnte nicht wahr sein! Adrenalin schoss in meine Adern. Gio, hoffte ich. Aber der hätte vorher geklingelt. Hektisch huschte mein Blick durchs Bad. Gab es etwas, womit ich mich verteidigen konnte? Das Tränengas lag im Wohnzimmer. Mein Nageletui. Die Feile, die Schere. Ich ließ das Wasser weiterlaufen und stieg leise aus der Duschkabine, als es an die Tür klopfte.

»*It's me, darling.*«

Einen winzigen Augenblick atmete ich erleichtert auf, dann brandete in mir unbändige Wut auf. Ich wickelte ein Badetuch um meinen Körper und riss die Tür auf.

»Du Arschloch! Du verfluchtes Arschloch! Das ist hier kein Scheißstraßencafé, in das jeder verdammte Hund …«

Der Rest erstickte unter Dominiks Hand auf meinem Mund. Gleichzeitig verdrehte er mir mit einem brutalen Ruck einen Arm auf den Rücken und hielt mein Handgelenk so hart fest, dass meine Gegenwehr unter dem Schmerz erstarb.

»*Quiet, please.*«

Ich starrte in seine kalten Augen. Mein Herz raste vor Wut und Schreck.

Er löste seinen Griff, hob das Handtuch auf, das bei dem kurzen Gefecht auf den Boden gefallen war, und reichte es mir. Ich hielt es vor meinen Körper.

»*You better get dressed.*«

Er wandte sich ab und ging ins Wohnzimmer.

Ich kehrte ins Bad zurück, schloss die Tür hinter mir und stützte mich auf den Rand des Waschbeckens. Meine rechte Schulter schmerzte. Der Adrenalinüberschuss in meinen Adern ließ mich zittern. Ich brauchte ein paar Atemzüge, um wieder ruhiger zu werden. Ich ging ins Schlafzimmer und schlüpfte in Wäsche, Jeans und Sweatshirt. Als ich das Wohnzimmer betrat, hatte ich noch immer das Gefühl, Dominiks brutalen Griff auf meiner nackten Haut zu spüren.

»Ich wollte dich nicht erschrecken.«

»Dann benutz das nächste Mal die Klingel, wie jeder normale Mensch!«

Er saß auf dem Sessel, trug wie immer einen gut sitzenden grauen Anzug, war rasiert und gekämmt. Er sah aus, wie ich ihn kannte. Nicht ganz. Ich betrachtete ihn genauer. Sein Gesicht war verschlossen, distanziert ... kalt.

»Ihr sucht mich.«

»Ja, und nicht nur wir.« Ich setzte mich ihm gegenüber aufs Sofa.

»*Yeah, I know.*«

»Was ist passiert? Wo zur Hölle warst du?«

Ich erhielt keine Antwort. Ich sollte auf der Stelle Gio anrufen. Die Art, wie er mich musterte, verunsicherte mich. Dass war nicht der Dominik, den ich kannte.

»Ich habe euch gesagt, ihr sollt aufhören zu suchen.«

»Gesagt hast du gar nichts. Ein beschissenes Pop-up hast du mir geschickt!« Mein Blut kochte noch immer. »Du hast mich ins offene Messer rennen lassen, ist dir das eigentlich klar? Die haben den Jungen halb tot geprügelt.«

»*I know.*«

Ich weiß. War das alles, was ihm dazu einfiel? »Die hätten mich auch zusammenschlagen können.«

»Haben sie aber nicht.«

Ich traute meinen Ohren nicht. »Verdammt noch mal, du hättest mich warnen können! Wer waren die Typen? Warum haben die den Jungen überfallen? Das waren keine Skins, oder?«

Dominik hob minimal die Schultern. »Du warst dabei, nicht ich.«

Die Härte mit der er sprach, jagte mir Schauer über den Rücken. Ich wollte nicht allein mit ihm in meiner Wohnung sein. Mein Blick ging unwillkürlich in den Flur zu meinem Telefon.

»Ich will, dass ihr aufhört, nach mir zu suchen.«

»Und ich will wissen, was hier gespielt wird. Gehören die Skins zu dieser Schlepperbande?«

Misstrauen blitzte in seinen Augen auf. »Was weißt du davon?«

»Gio hat mir von eurer Aktion erzählt.«

»*Damn, I told him!*« Sein Kiefer malmte. »Wem hat er noch davon erzählt?«

Ich zögerte unter Dominiks lauerndem Blick mit einer Antwort. »Mir, Tony, Sabrina. Er macht sich Sorgen. Wir suchen dich seit Tagen. Was ist los? Warum hast du mich zu diesem Treffen bestellt? Wo warst du? Wo ist Djadi?«

»*Darling*, du fragst zu viel.« Er lehnte sich zurück, rieb sich über den Nacken.

»Was ist mit diesem Aichroth? Hast du etwas damit zu tun?«

Er schwieg, kein Muskel bewegte sich in seinem Gesicht. Das konnte alles bedeuten.

»Was sollte dieser Scheißzettel in meinem Briefkasten? Warum hast du dich nicht direkt bei mir gemeldet?«

»Welcher Zettel?«

Ich holte die Plastiktüte mit dem Blatt und reichte sie ihm. Er starrte eine Weile schweigend auf die Worte.

»Das ist nicht von mir.«

»Von wem ist es dann?« Ich glaubte ihm nicht.

»Wann hast du den Zettel bekommen?«

»Samstag vor einer Woche.«

»Und warst du noch einmal bei dem Jungen?«

»Nein.«

»Gut, halt dich von ihm fern. Halt dich von allem fern, okay?«

»Warum?«

»Damn, stop asking!«

Ich schüttelte verständnislos den Kopf. »Warum bist du dann überhaupt hergekommen?«

»Weil ich will, dass ihr aufhört, nach mir zu suchen. *Well*, …« Er räusperte sich. »Bekomme ich etwas zu trinken?«

Dominik verwirrte mich. Ich ging in die Küche, füllte den Rest des Orangensaftes vom Frühstück mit Gio in zwei Gläser und kehrte ins Wohnzimmer zurück.

Dominik trank einen Schluck. »Ich bin draußen.«

»Was?« Was war denn jetzt los?

»Sag Gio, dass ich draußen bin. Ich steig aus.«

»Sag es ihm selbst.«

»*Darling*, du weißt, wie er ist.«

»Ja, und? Er ist dein Freund.« Und er konnte sehr beharrlich an einer Freundschaft festhalten.

»Ich habe meine Entscheidung getroffen.«

»Warum willst du nicht, dass wir weiter an dem Fall arbeiten?«

»Hör auf zu fragen.« Seine Stimme wurde messerscharf. »Ich bin draußen, mehr musst du nicht wissen.«

Ich zwang mich, seinem Blick standzuhalten. Ich würde mich nicht einschüchtern lassen.

Er griff in seine Jackentasche, zog einen Umschlag hervor und nahm ein Foto heraus. Er legte es zwischen uns auf den Tisch.

»Merk dir das Gesicht dieses Mannes. Schau ihn dir genau an.«

Er gab mir Zeit, das Foto zu betrachten. Der Mann auf dem Foto mochte Mitte vierzig sein. Er war gut trainiert, dem Aussehen nach wirkte er osteuropäisch, vielleicht war er Pole, so wie Dominik. Die Haare waren auf wenige Millimeter kurz geschoren, die Gesichtszüge streng, aber um die Augen hatte er kleine Fältchen, als würde er gern und viel lachen.

»Das Foto ist nicht aktuell. Er hat eine Narbe auf der Stirn. Solltest du ihm je begegnen, geh ihm aus dem Weg.«

»Wer ist das?«

»Das musst du nicht wissen.«

Die Melodie meines Handys erklang aus dem Flur. Ich hoffte, dass es Gio war und dass Dominik mich nicht hindern würde, das Gespräch entgegenzunehmen.

»Entschuldige mich.« Ich stand auf, spürte seinen Blick in meinem Rücken. Als ich das Handy auf der Kommode fand, hatte der Anrufer bereits aufgegeben. Ich checkte die Anrufliste. Rufnummer unterdrückt. Na toll. Ich wählte Gios Nummer im Adressbuch.

»*Later, darling.*«

Dominik war mir gefolgt. Er packte mein Handgelenk, hielt es so fest, als wollte er es zerquetschen. Mit der anderen nahm er mir das Telefon ab.

»*No fight.*« Mein Handy verschwand in seiner Jackentasche.

»Du tust mir weh«, knurrte ich wütend.

Seine Augenschlitze verengten sich. »Nein, das sind keine Schmerzen. Noch lange nicht.«

Er gab meine Hand wieder frei und schob mich zurück ins Wohnzimmer aufs Sofa. Er setzte sich auf den Sessel gegenüber und hob sein Glas. »*Cheers.*«

Ich trank einen kräftigen Schluck Orangensaft und versuchte zu verstehen, was mit ihm los war. Er machte mir Angst.

»*Well, listen …* Hört auf, nach mir zu suchen, okay? Die Sache geht euch nichts an.«

»Was ist mit dem Zeugen?«

»Welcher Zeuge?«

»Salim.«

Dominik beugte sich vor, stützte die Unterarme auf die Oberschenkel, die Finger ineinander verschränkt. »*Darling, it's not your business anymore.*«

»Ich versteh das alles nicht.« Ich war erschöpft. Die Müdigkeit kam mit Gewalt zurück. Ich wollte mit Dominik nicht streiten. Ich wollte mit ihm zusammenarbeiten. »Was ist los? Wer ist dieser Typ?« Sein Gesicht verschwamm vor meinen Augen. Ich brauchte unbedingt etwas Schlaf.

»Er wird sterben.«

Es war nur ein Flüstern, kaum hörbar. In meinem Kopf begann sich alles zu drehen. Ich leerte das Glas, blinzelte ihn an. »Was hast du gesagt?«

»Hör mir genau zu: Ich weiß, dass Gio mit meinem Entschluss nicht einverstanden sein wird, und ich kenne auch deine Hartnäckigkeit. Dies ist meine letzte Warnung. Haltet euch raus. Es ist ganz allein meine Angelegenheit.«

»Was … was redest du da?« Der Schwindel wollte nicht weichen. Ich rieb mir über die Schläfen. Hatte Dominik gesagt, dass dieser Mann sterben wird? »Was für eine Warnung?«

»Merk dir das Gesicht, okay?« Er saß plötzlich neben mir und hielt mir das Foto vor die Augen. »Dieser Mann ist gefährlich. Geh ihm aus dem Weg, wenn du ihn siehst. *Got me?*«

»Ja.« Ich hatte Mühe, ihn anzusehen. Meine Augenlider wollten zufallen.

»Ihr müsst euch aus diesem Fall raushalten.«

»Wir sin' doch 'n Team«, nuschelte ich. Verflucht, meine Stimme wollte mir nicht mehr richtig gehorchen.

»Nein, sind wir nicht. *Stop searching. They will kill you.*«

Ich hörte ihn, aber verstand den Sinn seiner Worte nicht mehr.

Dominik legte den Arm um meine Schultern.

»Hey, Fin'er weg«, protestierte ich und schüttelte seine Hand wieder ab. Ich versuchte aufzustehen. Dominik hielt mich zurück. Ich zog die Stirn kraus, der Schwindel wurde stärker.

»Verflucht, mir is' so komisch ...«

»Das ist normal.« Dominik zog mich zu sich. Ich wehrte mich halbherzig. Sein Griff war sanft und bestimmt zugleich. Es fühlte sich irgendwie gut an. Es war besser als die Kälte in seinem Blick. Er drückte meinen Kopf behutsam an seine Schulter. Ich war so müde.

»*Darling*, du wirst morgen ziemlich starke Kopfschmerzen haben. Du musst viel trinken, *got me*? Viel trinken.«

Seine Finger strichen zärtlich über mein Gesicht, über meine Augen, schlossen meine Lider. Mein Herz schlug Alarm. Was tat er? Ich musste die Augen öffnen. Ich durfte jetzt nicht einschlafen. Himmel, was war denn mit mir los?

»*Relax.*«

Ich spürte seine Hände auf meiner Haut. Er hielt mich fest, streichelte mich. Aufhören!

»*You're beautiful, you know?*«

»Nein, Dom, lass mich ...«

»Pscht.«

10

Ich fror und zitterte am ganzen Körper, kauerte mich eng zusammen. Mein Kopf fühlte sich an, als wäre statt meines Gehirns nur noch Stahlwolle darin, die an meinem Schädel kratzte. Ich stöhnte, öffnete mühsam die Augen. Mir war so kalt. Ich suchte tastend nach der Bettdecke. Ich brauchte einige Augenblicke, um zu verstehen, dass ich nicht in meinem Bett lag. Im Schneckentempo bewegten sich meine Hände zum Kopf. Ich rieb mir über die Augen, über die Stirn. Übelkeit stieg auf. Ich quälte mich aus dem Bett, konnte kaum aufrecht stehen, torkelte durch den Raum auf eine Tür zu. Das Bad.

Zum Glück. Gerade noch rechtzeitig erreichte ich die Toilette, bevor ich mich übergab.

Erst als ich erschöpft auf den Fliesen kniete, merkte ich, dass ich nackt war. Ich starrte auf meinen zitternden Körper. Nackt.

Mühsam sammelte ich meine Kräfte, zog mich am Waschbecken hoch, spritzte mir Wasser ins Gesicht, würgte erneut. Aber mein Magen war leer. Minutenlang verharrte ich in gekrümmter Haltung vor dem Becken. Irgendwann hatte ich den Mut, den Kopf zu heben und in den Spiegel zu schauen.

Mein Gesicht war aschfahl, schwarze Ringe unter den Augen, die Lider geschwollen, die Iris von roten Äderchen durchzogen. Ich trank vorsichtig ein paar Schlucke Leitungswasser, würgte es gleich wieder heraus.

Was war passiert?

Mühsam schleppte ich mich zurück ins Zimmer, setzte mich aufs Bett und schlang die Decke um mich. Die Vorhänge waren zugezogen, aber der Tag hatte längst begonnen. Ich sah mich um. Ein steriles Hotelzimmer: Bett, Nachttisch, Schrank, Tisch, Stuhl.

Keine Kleidung.

Kein Grund zur Panik. Ich behielt die Bettdecke um meine Schultern, stand auf, suchte im Kleiderschrank. Leer. Im Badezimmer hingen ein paar Handtücher. Sonst nichts. Keine Hose, kein Sweatshirt, keine Wäsche. Keine Erinnerung.

»Verdammt, oh verdammt«, wisperte ich ungläubig.

Ich füllte den Zahnputzbecher mit Wasser und schlich zurück zum Bett. Ich saß nackt irgendwo in einem fremden Hotelzimmer und hatte keine Ahnung, wie ich hergekommen war. Das Denken tat so weh, dass ich es einen Moment lang aufgab und erschöpft die Augen schloss.

Reiß dich zusammen, Kirstin Schwarz. Erinnere dich.

Dominik war gekommen. Wo war er? Was hatte er getan? Bilder blitzten auf, raubten mir den Atem. Scham breitete sich in mir aus, schickte heiße Wellen wie glühende Lava durch meinen Körper, hinterließ eine Gänsehaut.

Was zur Hölle war passiert?

Ich zwang mich, die Augen wieder zu öffnen, wischte die Tränen weg, die sich hinter den Lidern gestaut hatten. Mein Blick wanderte durch das Zimmer. Wie sollte ich hier wegkommen?

Wo war ich überhaupt?

Auf dem Schreibtisch entdeckte ich ein Telefon. Ich setzte mich in die Decke eingewickelt auf den Stuhl. Eine Mappe lag neben dem Apparat und verriet mir den Namen eines Hotels in Filderstadt.

Filderstadt, das war nicht allzu weit von Stuttgarts Zentrum entfernt. Timbuktu oder Mumbai wären komplizierter geworden, tröstete ich mich. Theoretisch hätte ich mit der nächsten S-Bahn nach Hause fahren können. Theoretisch. Schwarzfahren wäre noch irgendwie gegangen, aber nackt? Ein hilfloses Lachen kam aus meiner Kehle, während mir Tränen über die Wangen liefen. Ich kämpfte mit Schwindel und Übelkeit, starrte minutenlang auf die Schreibtischplatte, ohne einen klaren Gedanken fassen zu können.

Ich brauchte Hilfe.

Es dauerte eine weitere Ewigkeit, bis ich die Kraft fand, den Hörer vom Hoteltelefon abzunehmen und Gios Nummer zu wählen.

»Paradi«, hörte ich seine geschäftliche Stimme, kaum, dass es einmal geklingelt hatte. Motorengeräusche im Hintergrund. Er war unterwegs.

»Ich bin's.«

»Kirstin!«

Ich verzog gequält das Gesicht. »Nicht so laut.«

»*Oh Dio,* wo bist du?«

Es tat gut, seine Stimme zu hören. *Oh Dio.* Ich liebte es, wie er diese Worte aussprach. *Oh Dio.* Ich sehnte mich nach ihm.

»Kirstin? Wo steckst du?«

»Ich … ich bin in einem Hotel …«

Ich hörte Gio tief durchatmen. »Wie heißt das Hotel?«

Ich nannte ihm Namen und Adresse und sah an mir herunter. »Ich … ich brauche ein paar Klamotten …«

»Du … Was genau brauchst du?«

»Alles … ich … ich hab nichts …« Ich hatte einen Kloß im Hals, konnte nicht weitersprechen. Es war so erniedrigend.

»Kirstin, ich bin gleich bei dir, okay?« Seine Stimme war ganz sanft. »Ich hole dich ab. Verrate mir noch die Zimmernummer, ja?«

Ich suchte nach einem Hinweis. »Zwei eins acht steht auf dem Telefon.«

»Bin gleich da.«

Ich musste nicht lange auf Gio warten. Er hatte mir einen Jogginganzug mitgebracht, der zwar etwas zu groß war, mir aber wenigstens meine Blöße nahm.

»Was ist passiert?«, fragte er, nachdem ich aus dem Bad gekommen war und mich wieder einigermaßen menschlich fühlte.

»Dominik kam gestern Abend zu mir.« Gestern? Ich sah zu Gio. »Welchen Tag haben wir heute?«

»Samstag.« Er sah auf seine Uhr. »Vierzehn Uhr zwanzig.«

»Gut, also war es gestern.« Ich hatte sicherlich nicht eine ganze Woche nackt in diesem Zimmer verbracht. Ich sah zu Gio, der mich aufmerksam beobachtete und auf meine Erklärung wartete. Ich mochte diesen konzentrierten, ernsten Blick. Er weckte Sehnsüchte in mir. Himmel, was für ein Teufelszeug hatte Dominik mir gegeben?

»Dominik hat gesagt, er steigt aus. Wir sollen uns aus der Sache mit dem Jungen raushalten, und das sei die letzte Warnung.« Das klang alles so wirr. Eine letzte Warnung. Ich sah mich im Zimmer um, als hätte er eine geheime Botschaft an die Wand geschmiert, die ich bisher übersehen hatte.

»Letzte Warnung«, knurrte Gio. »Dem werde ich ordentlich in den Arsch treten.«

Ich sah ihn fragend an.

»Ich war heute Morgen, wie verabredet, um acht Uhr bei dir. Du warst nicht da. Bei Annabella warst du auch nicht. Ich habe dein Handy geortet.« Er atmete tief durch und strich sich durch die Haare. »Ich war gerade auf dem Weg zur Müllverbrennungsanlage, als dein Anruf kam.«

»Ach, du Scheiße.« Ich sank aufs Bett. Gio musste Todesängste um mich ausgestanden haben.

»Du hast keine Ahnung, wie du hergekommen bist?«

»Nein ... mir sind plötzlich die Lichter ausgegangen. Als ich wieder zu mir kam, war ich hier in diesem Zimmer.«

»Hat er dir irgendwas gegeben?«

»Nein. Wir haben geredet. Er saß auf dem Sessel und ich auf dem Sofa.«

»Hast du was getrunken?«

»Orangensaft. Es war der, den du mitgebracht hattest. Ich hab ihn selbst eingegossen. Da kann nichts drin gewesen sein. Er hat auch davon getrunken.«

»Bist du sicher? Hast du vielleicht mal kurz das Zimmer verlassen?«

»Nein ...« Ich stockte. Ein Bild blitzte auf. Mein Handy hatte geklingelt. Nummer unterdrückt. Ich schloss die Augen, mir wurde schlecht vor Wut. »Dieser Hund! Dieser verfluchte Hund! Er hat mir irgendeinen Scheiß in den O-Saft gemixt! Dieser ... dieser ...« Mir fehlten die Worte. Wie konnte Dominik so etwas tun?

»Ich bring dich zu Tony. Vielleicht kann er feststellen, was Dom dir gegeben hat.«

»Was wird er mir gegeben haben? Irgendwelche verfluchten K.-o.-Tropfen.«

Gio kam zu mir, nahm meine Hände und zog mich vom Bett hoch. Er hielt mich einen Augenblick lang fest in seinen Armen. »Wir fahren trotzdem in die Klinik.«

Tony arbeitete in einer Privatklinik, die sich außerhalb des Stuttgarter Kessels nordwestlich am Rande eines Waldgebietes befand. Er empfing uns in seinem Büro, führte ein paar Routineuntersuchungen durch und nahm mir Blut ab. Es war ein geräumiges Büro mit edlen Holzmöbeln, und ich fragte mich, ob er in der Klinik einen Chefarztposten innehatte.

»Ich glaube nicht, dass wir noch etwas finden werden«, erklärte er, während er einen beschrifteten Aufkleber auf das Röhrchen mit meinem Blut drückte. »K.-o.-Tropfen sind in der Regel nur wenige Stunden im Blut nachweisbar. Und wenn ich es richtig verstehe, sind seit der Einnahme inzwischen mindestens sechzehn Stunden vergangen.«

»Ich möchte sichergehen, dass er ihr nicht irgendwelche harten Drogen verabreicht hat«, erklärte Gio.

»Das wollen wir mal nicht hoffen.« Er legte die Blutprobe auf ein Tablett und setzte sich wieder an seinen Schreibtisch. »Ich würde gern kurz allein mit Kirstin sprechen.«

»Warum?«, fragten Gio und ich im Chor.

»Um die Privatsphäre meiner Patientin zu wahren.« Er deutete auf die Tür. »Wenn du bitte draußen warten würdest.«

»Seit wann bist du besorgt um meine Privatsphäre?«, fragte ich Tony verwundert, als wir allein waren.

»Du bist ja nicht zum ersten Mal meine Patientin«, erinnerte er mich daran, dass ich sonst immer sehr viel Wert auf ein Vieraugengespräch legte. »Also, du hast dich übergeben, du hast Kopfschmerzen, dir ist schwindelig, du hast noch leichte Kreislaufprobleme«, fasste er meinen aktuellen Gesundheitszustand zusammen. »Sonst noch irgendetwas? Tut dir noch etwas weh?«

»Was sollte mir denn wehtun?«

»Gut, frag ich anders …« Er lehnte sich zurück und musterte mich abschätzend. »Hast du blaue Flecken, Druckstellen oder Blutergüsse an Stellen, die ich jetzt nicht untersucht habe?«

Ich zuckte die Achseln. Ein flaues Gefühl machte sich in meinen Eingeweiden bemerkbar. Worauf wollte Tony hinaus?

»Kannst du dich an irgendetwas erinnern, was während deiner … in den letzten Stunden geschehen ist?«

»Nein.«

»Deine letzte Erinnerung?«

Dominik, der plötzlich neben mir auf dem Sofa saß. »Ich habe mit Dominik geredet.«

»Geredet?«

Ich zog die Augenbrauen zusammen. »Was willst du von mir? Könntest du bitte deutlicher werden?«

Er räusperte sich und beugte sich wieder vor, die Chirurgenfinger auf seinem Schreibtisch ineinander verschränkt. »Hat Dominik mit dir etwas getan, was du nicht wolltest ... was du unter normalen Umständen nicht erlaubt hättest?«

Mir war, als würde ich eine Achterbahn runterrasen. Mein Herz hämmerte gegen meine Brust. Dominiks Finger, die über mein Gesicht strichen. Ich hatte mich gegen die zärtliche Berührung gewehrt. Ich sah auf die Hände in meinem Schoss, etwas zwickte mich unangenehm in den Unterleib. Nein.

Nein. Nein. Nein.

Ich stand auf, ging ans Fenster und starrte eine Weile schweigend durch die Vorhänge hinaus. Tony gab mir Zeit.

»Wenn er ... wenn er das getan hätte, das müsste ich doch spüren, oder? Da müsste etwas sein, oder?«

»Vermutlich. Ich kann es dir nicht sagen. Man kann viel verdrängen, und du bist eine Meisterin darin.«

Ich presste die Lippen zusammen und schüttelte den Kopf. Das würde er mir nicht antun. Wir waren Freunde. Ich sah mich im Flur nackt vor ihm stehen. *You better get dressed* ... In meinen Ohren rauschte das Blut. Ich schloss die Augen. Nein! Nichts war geschehen. Nichts.

Ich sammelte meine Kräfte und drehte mich wieder zu Tony um. »Da ist nichts. Er hat mich betäubt. Aber mehr war nicht. Er hat mich einfach nur betäubt.«

»Ich kann dich zu einer Kollegin ...«

»Nein!«

Tony hob kapitulierend die Hände. »In Ordnung.« Er nahm eine Visitenkarte aus einem Kästchen, notierte eine Handynummer auf der Rückseite und reichte sie mir. »Wenn du reden möchtest, wenn je etwas sein sollte, ruf mich an. Jederzeit.« Es war das erste Mal seit wir uns kannten, dass Tony mir solch ein persönliches Angebot machte.

Ich nickte, ohne ihn anzusehen, und drehte das Kärtchen zwischen meinen Fingern.

»Kirstin, er hat dir irgendeine Droge gegeben. Nichts, was geschehen ist, geschah mit deinem Einverständnis. Es gibt nichts, wofür du dich schämen musst.«

»Ganz genau! Es gibt nichts!« Ich steckte die Karte in die Hosentasche. Mir war zum Heulen.

+++

Ich hatte so lange geduscht, bis Gio irgendwann an die Tür klopfte und wissen wollte, ob ich zum Fisch geworden sei. Er hatte keine Fragen zu dem Gespräch mit Tony gestellt, und ich war froh, als er anbot, dass ich bei ihm übernachten könnte. Ich wollte nicht allein in meiner Wohnung sein.

Wir waren kurz dort gewesen. Es gab kaum einen Hinweis darauf, dass Dominik bei mir gewesen war. Er hatte die Gläser gespült und zurück in den Schrank geräumt. Allerdings waren meine Notizen und der Computerausdruck mit der Warnung verschwunden.

Ich hatte eine Tasche gepackt, und jetzt war ich bei Gio. Die Zeit, die ich im Bad verbracht hatte, hatte gereicht, eine schnelle Hühnerbrühe zu kochen. Gios Fürsorge tat mir gut. Dennoch war da noch immer das Gefühl der Demütigung, und die Scham wollte nicht weichen.

»Wir müssen über gestern Abend reden«, begann Gio, nachdem ich etwas gegessen hatte.

Die Schonzeit war vorüber.

»Woran kannst du dich erinnern?«

»Nicht viel …« Ich legte den Kopf in den Nacken. Die Verabreichung von K.-o.-Mitteln kann zu Gedächtnislücken führen. Ich wollte mich nicht erinnern.

»Bitte, Kirstin, es ist wichtig.«

Ich schloss die Augen, tastete mich vorsichtig zurück.

»Dominik ist in meine Wohnung gekommen«, begann ich zögernd. »Er war irgendwie verändert.«

»Kannst du das genauer beschreiben?«

»Er war kalt … fremd … Erst als ich ihm von der anonymen Nachricht in meinem Briefkasten erzählt habe, ist er etwas aufgetaut. Er sagte, die Nachricht sei nicht von ihm. Dann erklärte er, dass er aussteigen würde und wir nicht weiter an diesem Fall arbeiten sollten. Es sei seine Angelegenheit. Das sollte ich dir sagen. Und er … er hat mir ein Foto gezeigt.« Ich beschrieb Gio den Mann, so gut ich es konnte. »Er sagte, er sei gefährlich und ich sollte ihm aus dem Weg gehen. Er wollte mir den Namen nicht verraten. Warum?«

»Wir könnten dann gezielt nach ihm suchen. Und er will uns da raushalten.«

Raushalten. Worte schoben sich in meine Erinnerung. Das Foto tanzte vor meinen Augen, vermischte sich mit Dominiks Gesicht. Er wird sterben. Unwillkürlich schüttelte ich den Kopf. Das konnte unmöglich sein. Das musste ich geträumt haben.

»Was ist? Ist dir etwas eingefallen? Hat Dominik noch irgendetwas gesagt? Kirstin, du musst versuchen, dich an alles zu erinnern.«

»Bitte, Gio, ich weiß nicht, woran ich mich erinnere. Es ist alles so verschwommen. In meinem Kopf ist alles durcheinander. Verdammt, ich hab 'ne harte Nacht hinter mir!«

»*Scusa.* Es tut mir leid.« Er strich mir über die Wange.

Ich zuckte zurück.

»Was …?«

»Nichts.« Ich meinte, wieder Dominiks Finger zu spüren, die über meine Stirn strichen, über meine Augen. Die hilflose Angst, die mich bei seiner zärtlichen Berührung überkommen hatte. Energisch rieb ich mir über das Gesicht und versuchte, die schlechten Gefühle zu verscheuchen.

+++

»Was wissen wir über Pawel Wojcik?« Tony starrte Gio zornig an. Wir hatten uns abends in Gios Wohnung versammelt, um über unser weiteres Vorgehen zu sprechen. Ich hatte den anderen berichtet, was ich Gio kurz zuvor erzählt hatte. Nun stand die Frage im Raum, wie wir mit Dominiks Forderung umgehen wollten.

»Wir wussten, dass Dominik ein Spion war«, erklärte Gio.

»Wir?« Ich sah ihn an. Bis vor wenigen Tagen hatte ich lediglich eine Vermutung gehabt.

»Die anderen wussten Bescheid.« Er deutete auf Tony, Kevin und Sabrina.

»Oh, nein«, widersprach Tony. »Wir kennen nur Dominiks Legende. Das, was er uns erzählt hat. Hat er uns die Wahrheit gesagt? Wissen wir, ob die Geschichte vom geläuterten Exagenten stimmt? Was treibt er denn? Wovon lebt er? Wo lebt er?«

»Warum sollte er uns anlügen?«, fragte Gio naiv.

»Ja, warum eigentlich?«, entgegnete Tony zynisch. »Weil es besser für ihn war, dass wir ihn für einen *good guy* hielten!«

»Er war an einer Schlepperbande dran. Er hatte einen Zeugen. Wir haben dieses Kind befreit …«

»Eine Scheißaktion war das! Ad hoc. Ohne Vorbereitung. Ihr hättet euch mit uns absprechen müssen. Verdammt noch mal, so arbeiten wir nicht!« Derart in Rage hatte ich Tony selten erlebt.

Gios Augen verengten sich zu schmalen Schlitzen. »Hätten wir zusehen sollen, wie vor unseren Augen ein Kind missbraucht wird?«

Tonys Kritik war sicherlich berechtigt, aber innerlich stimmte ich Gio zu. Ich hätte nicht anders gehandelt.

Die beiden Männer lieferten sich einige Sekunden lang einen stummen Kampf. Schließlich erklärte Tony mühsam beherrscht: »Ich will nicht, dass irgendeiner von uns zwischen die Fronten von irgendwelchen Geheimdienstaktionen gerät. Er ist ein Exagent, er wird im ganzen Land gesucht. Lass die Polizei das übernehmen. Wer weiß, in welches Wespennest ihr mit eurer Befreiungsaktion gestochen habt.«

»Dominik braucht unsere Unterstützung«, beharrte Gio.

»Er will unsere Unterstützung nicht. Er ist ausgestiegen, und das hat er sehr deutlich gemacht.« Tony zeigte auf mich. »Er hat Kirstin eiskalt ausgeknockt und gedemütigt. Er hat dich glauben lassen, sie läge tot auf einer Müllkippe! Was für ein Zeichen brauchst du denn noch?«

»Aber es geht hier doch nicht nur um Dominik, Gio oder mich«, warf ich ein. »Es geht um eine Schlepperbande. Die entführen Kinder. Die Kinder werden missbraucht! Wir können doch nicht einfach wegsehen!«

Sabrina nickte zustimmend. »Was ist mit Djadi? Wo ist der Junge?«

»Vielleicht solltet ihr mit Hämmerling reden«, schlug Kevin vor. »Er ist integer.«

Ich gab ein abfälliges »Tz« von mir. Gio legte eine Hand auf meinen Arm. Ein Blick zu ihm sagte mir, dass er nicht wollte, dass ich den anderen von dem Treffen in der Imbissbude erzählte.

»Was?«, hakte Kevin nach.

»Du weißt doch, Kirstin hat's nicht so mit der Polizei«, kam Gio meiner Antwort zuvor.

»Ihr könntet ihn wenigstens auf den Zusammenhang zwischen Djadi und seinem Bruder hinweisen.«

»Das weiß er sicher längst.«

»Und weiß er auch, dass der Junge ein wichtiger Zeuge sein könnte? Dass es vermutlich um eine Schlepperbande geht und nicht um Drogen und Fremdenhass? Noch lebt der Junge.«

»Und wie denkst du, sollen wir ihm diese Informationen zukommen lassen?«, fragte Gio.

Kevin deutete mit dem Kinn auf mich. »Kirstin.«

»Aber wie soll sie ihm erklären, woher sie diese Informationen hat?«, gab Sabrina zu bedenken.

»Keine Ahnung … von Annabella.«

Ich hob warnend den Zeigefinger in Kevins Richtung. »Halt Annabella aus der Geschichte raus!«

»Was ist mit dir?«, wandte sich Kevin an Sabrina. »Du könntest die Info an die Kripo geben. Du sagst, eine deiner …«

»Nein, wenn das rauskommt, kann ich einpacken. Dann vertrauen meine Mädchen mir nicht mehr.«

Tony schnaufte ungehalten. »Was wird denn hier überhaupt gespielt? Wissen wir, ob die Story von der Schlepperbande und diesem angeblichen Zeugen stimmt?«

»Warum sollte sie nicht stimmen?«, fragte Gio.

»Haben wir irgendeinen Beweis?«

»Nein.«

»Interessant, warum eigentlich nicht?« Der Sarkasmus in Tonys Stimme war nicht zu überhören.

»Ich glaube nicht, dass Dominik mich angelogen hat.«

Tony erwiderte zweifelnd Gios Blick und sah zu mir. »Dann hoffen wir mal für alle Beteiligten, dass du dich in deinem Freund nicht getäuscht hast.«

+++

Ich saß mit T-Shirt und Slip bekleidet auf der Bettkante. Die Nachttischlampe verbreitete mattes gelbes Licht. Seit dem Gespräch mit Tony in der Klinik hatte ich versucht, seine Frage zu verdrängen. Jetzt, mit mir allein, echoten seine Worte in meinem Kopf wie ein Hammerschlag in einer leeren Industriehalle. Was war vorgefallen in den Stunden, an die ich mich nicht erinnern konnte? Ich fürchtete mich, dennoch zwang ich mich, die Stunden zurückzugehen.

Mir war schummrig geworden. Dominik hatte plötzlich neben mir gesessen. Ich wollte mich aus seiner Umarmung befreien, aber ich konnte nicht. Mein Körper hatte mir nicht mehr gehorcht. Mein Herz begann schon wieder hektisch zu schlagen. Ich drückte die Fäuste auf die Augen.

Schließlich nahm ich all meinen Mut zusammen, ließ die Hände wieder sinken, spreizte die Oberschenkel und strich vorsichtig an den Innenseiten entlang. Keine Druckstellen, keine Hämatome. Ich tastete vorsichtig über meine Scham. Keine Schmerzen, keine Empfindlichkeit. Nichts.

Ich hätte mich gewehrt. Egal, wie benommen ich gewesen war, ich hätte mich gewehrt. Es müssten blaue Flecken da sein, Kratzer, irgendwelche Verletzungen. Ich müsste etwas spüren. Ganz bestimmt. Ich müsste etwas spüren!

Ich verfluchte Tony und seine beschissene Frage, zog die Knie zur Brust und legte meine Stirn darauf, drückte die Fingernägel fest in meine Unterarme. Ich würde Dominik suchen und finden. Ich würde ihn zur Rede stellen. Ich musste wissen, was er mit mir gemacht hatte.

Ein Geräusch weckte mich mitten in der Nacht. Ich brauchte einen Augenblick, um mich zu erinnern, dass ich nicht in meiner Wohnung war, sondern in Gios Gästezimmer lag. Durch die Wand hörte ich seine Stimme. Ich stand auf und schlich in den Flur. Es war alles dunkel. Im nächsten Augenblick öffnete sich Gios Schlafzimmertür, und er knipste das Licht an. Wir zuckten beide zurück.

»*Dio mio,* willst du, dass ich einen Herzinfarkt kriege?« Er stieß die Luft laut aus den Lungen. »Was schleichst du hier nachts im Dunkeln rum?«

»Ich hatte was gehört.«

»Udo hat mich angerufen.« Er hob die Hand, in der er noch das Telefon hielt. »Einer meiner Mitarbeiter hat einen Zwischenfall gemeldet. Ich muss runter ins Büro.«

»Oh … okay.«

Gio machte keine Anstalten, hinunterzueilen. Stattdessen trat er einen Schritt auf mich zu. »Darf ich dich mal kurz in den Arm nehmen?«

»Mich … Warum?«

»Warum?« Er hob unschuldig die Schultern. »Es ist drei Uhr morgens, du stehst völlig verschlafen und halbnackt in meinem Flur. Ich kann nicht anders.« Er zog mich vorsichtig an sich.

Seine Umarmung war vertraut, leicht und schützend. Es hatte nichts von dem Bedrohlichen, das Dominiks Berührung ausgelöst hatte. Die Wärme seines Körpers drang durch mein T-Shirt. Ich schmiegte mich an ihn, roch seine Haut, spürte seinen Atem in meinen Haaren. Es tat gut, von ihm gehalten zu werden. Er strich sanft über meinen Rücken.

»Mach dir keine falschen Hoffnungen«, versuchte ich die aufsteigenden Gefühle in mir zu unterdrücken.

»Ich glaube nicht, dass ich mir falsche Hoffnungen mache«, flüsterte er neckend.

»Oh, du!« Ich stemmte meine Hände gegen seine Brust und hob meinen Blick zu ihm. »Geh, und kümmere dich um deine Firma.«

Mit zärtlichem Grinsen gab er mich wieder frei. »Die Alarmanlage ist eingeschaltet«, erklärte er, während er seine Jacke nahm.

»Damit ich mich nicht heimlich rausschleiche?«

»Nein, damit du dich sicher fühlst. Versuch, noch ein bisschen zu schlafen.«

Er ließ mich allein.

Ich starrte auf die verschlossene Tür. »Du bist so ein Macho«, zischte ich ihm hinterher, dennoch schlich sich ein zartes Gefühl der Geborgenheit in mein Herz.

+++

Sie waren zu dritt in dem Raum mit dem großen Schreibtisch und einer Sitzgruppe aus schweren Ledersesseln. Der Mann, der Bruno gegenübersaß, hielt eine Zigarre in der Hand und blies den Qualm genussvoll in die Luft. Er trug einen dunklen Anzug, die grauen Haare waren ordentlich frisiert, seine rechte Hand zierte ein goldener Ehering. Ein gepflegter Mittfünfziger. Die zwei Kinder lagen zu Hause im Bett und schliefen, seine Frau sah vermutlich irgendeine Schnulze im Fernsehen. Später würde er zu ihr fahren und mit ihr ein Glas Wein trinken. Vielleicht einen alten spanischen Rioja.

Der andere war jünger. Er trug Jeans und einen dunkelgrünen Blouson, darunter ein helles T-Shirt. Der Kopf war an den Seiten kahl rasiert, die Deckhaare streichholzkurz. Er war gut trainiert, und er war klug. Eine Kombination, die dem Mann mit der Zigarre gefiel. Er hatte den Sechsundzwanzigjährigen protegiert, beauftragte ihn inzwischen auch mit heiklen Geschäften. Er war jung, aber nicht hitzköpfig.

Bruno trug wie der Ältere einen Anzug. Die Haare auf sechs Millimeter kurz geschoren. Er hatte sich in seinem Sessel zurückgelehnt, musterte die beiden anderen aufmerksam. Es gab wenige Momente, in denen er völlig entspannt war. Diese Aufmerksamkeit hatte ihn siebenundvierzig Jahre am Leben gehalten.

»Bruno, erklär mir: Wie konnte die Sache so eskalieren?« Ben sprach langsam und mit Bedacht, er sah sein Gegenüber nicht an, sondern blickte der kleinen Rauchschwade hinterher, die sich allmählich im Schein der abgedimmten Deckenleuchte im Zimmer verflüchtigte.

»Es ist nichts eskaliert«, erklärte Bruno ruhig. Er behielt seine Emotionen unter Kontrolle. Nur selten verlor er seine beherrschte Haltung.

Der Zigarrenraucher bewegte den Kopf in seine Richtung, hob leicht die Augenbrauen. »Ein Mädchen ist tot, ein Kunde ist tot, ein Kind ist geflüchtet, ein anderes liegt halb tot im Krankenhaus. Die

Polizei sucht einen Exagenten ...« Ein Mundwinkel hob sich zu einem zynischen Lächeln. »Was ist denn deine Definition von Eskalation?«

»Aichroth wusste etwas. Er hat den Mann gesehen, der in dem Haus war. Aber er wollte nicht reden. Ich musste zu härteren Mitteln greifen.« Die Erinnerung ließ das Adrenalin wieder in eine wohltuende Höhe steigen. Zu selten konnte er beweisen, welche Fähigkeiten er besaß.

»Du hast ihn umgebracht.«

»Nein, Pawel Wojcik hat ihn umgebracht.« Es war ein grandioser Schachzug. Nie hätte er gedacht, dass er sich eines Tages an diesem Mann rächen könnte. Er sah das Meer, spürte die heißen Planken, roch die salzige Luft, schmeckte die Bitterkeit des Verrats. Er würde ihn jagen, ihn aus seinem Versteck herauslocken. Und dann würde Pawel Wojcik für alles bezahlen.

Ben verfiel in nachdenkliches Schweigen. Das Missfallen über das Geschehene war ihm deutlich anzusehen. »Was ist mit dem Jungen? Sie versuchen ihn aufzuwecken.«

»Er wird sich an nichts erinnern.«

»Und wenn doch?«

»Dann zeige ich ihm ein Foto seines kleinen Bruders.«

Der Mann im Sessel zog an seiner Zigarre. Paffte still vor sich hin. Dann sah er zu dem Jüngeren. »Fabian, was ist mit der Frau?«

»Sie ist nicht gefährlich.«

Der Junge sprach mit fester Stimme, dennoch zeugte der angespannte Kiefer von einem leichten Unwohlsein.

»Warum warst du dort?«

»Ionel hatte mich angerufen, wegen des Mädchens.«

Bruno ließ die Finger knacken. Er hätte die Situation anders geregelt. Sauber. Unauffällig. »Die Frau hat mit der Polizei gesprochen.«

Fabian schwieg. Er hatte einen Fehler gemacht, aber er war nicht der Typ, der nach Ausreden suchte, um besser dazustehen. Ein Zug, der sowohl Bruno als auch Ben an dem jungen Mann gefiel.

»Ihre Aussage ist allerdings sehr vage«, wusste Ben.

»Sie hat Angst«, vermutete Bruno. »Wenn du möchtest, kann ich sie gern einmal befragen, um herauszufinden, was sie tatsächlich gesehen hat.«

»Nein, du hast schon genug Staub aufgewirbelt. Es gibt keine verwertbaren Spuren, außer …«, der Zigarrenqualm wanderte in Fabians Richtung, »die Frau hätte dich erkannt.«

»Sie hat mich nicht erkannt.«

»Die Polizei sucht nach drei Tätern.«

»Sie hat nichts gesehen«, beharrte der Junge. »Wer ist sie überhaupt? Eine kleine Tippse in irgendeiner Computerfirma.«

»Nicht in irgendeiner.« Der Raucher blies den Qualm zur Zimmerdecke. »Behaltet sie im Auge.«

11

Ich war allein, als ich wenige Stunden später erwachte. Ich zog mich an, bereitete mir einen Cappuccino und aß ein paar Löffel Müsli. Nachdem Gio auch dann nicht aufgetaucht war, fragte ich mich, ob die Alarmanlage ein Höllenspektakel veranstalten würde, wenn ich die Wohnung verließ. Ich kochte einen zweiten Cappuccino, nahm die Tasse mit und riskierte es. Alles blieb ruhig. Ich stieg die Stufen in die unterste Etage hinunter und betrat den Empfangsbereich von Gios Sicherheitsunternehmen. Udo saß am Schreibtisch und kreiste mit dem Finger über der Tastatur.

»Morgen Udo, hast du alles im Griff?«

»Ha jo«, brummte er träge, ohne den Blick zu heben. Anscheinend suchte er einen bestimmten Buchstaben.

»Ich hoffe, der Zwischenfall heute Nacht war nichts Ernstes?«

Jetzt hob Udo doch den Kopf. »Welcher …?«

Die Tür zu Gios Büro ging auf. »*Buon giorno, bella mia,* ist der für mich?« Er blieb im Türrahmen stehen und zeigte auf die Tasse in meiner Hand.

»Nein, das ist meiner. Konntest du den Zwischenfall mit deinem Mitarbeiter heute Nacht klären?«

Aus den Augenwinkeln sah ich Udos fragenden Blick an seinen Chef. Sofort machte sich das altbekannte Misstrauen in mir breit.

»Alles bestens«, wehrte Gio ab.

»Was ist denn passiert?«

»Das ist intern.«

»Intern?«

»Kirstin, es ist alles in Ordnung, wir reden später, okay?« Er trat an Udos Schreibtisch und notierte etwas auf einen Zettel, den er mir in die Hand drückte.

»Was ist das?«

»Der Code für die Tür oben. Du möchtest doch sicher wieder in die Wohnung reinkommen, oder?«

»Klar«, entgegnete ich spitz. In mir wütete bereits wieder ein Vulkan. Was verschwieg er mir? Sobald wir unter vier Augen waren, würde ich ihn zur Rede stellen. Ich wandte mich zur Tür, hielt aber noch einmal inne. »Hast du den Boxsack noch im Trainingskeller hängen?«

»Ja.«

»Ich will ein bisschen trainieren.«

Gio nahm einen Schlüssel von einem Brett, reichte ihn mir und nahm mir im Gegenzug den Cappuccino ab. »*Mille grazie, bella mia.*«

»Der ist ohnehin jetzt kalt.« Ich stampfte aus dem Büro.

Meine Schultern schmerzten, die Fingerknöchel waren trotz der Bandagen wund, mein T-Shirt durchgeschwitzt. Ich schnaufte, als wäre ich einen Marathon gelaufen, aber ich hämmerte und trat weiter auf den roten Sack ein. Ich kochte vor Wut.

Ich war sauer auf Gio, weil er schon wieder versuchte, etwas vor mir zu verheimlichen. Ich war stinksauer auf Dominik wegen meiner Demütigung. Ich war wütend auf Tony und seine beschissenen Fragen. Und ich hatte eine unerklärliche Wut auf mich selbst. Mit aller Gewalt versuchte ich, sie aus mir herauszuprügeln. Meine Fäuste flogen, ich trat und schwitzte. Aber die Wut wurde mit jedem Hieb nur größer.

Ich wusste nicht, wie lange ich schon im Keller trainiert hatte, als Gios Stimme meine Box- und Kickattacken unterbrach: »*Time out.*«

Ich hielt inne, rieb mir mit dem Saum meines T-Shirts den Schweiß aus den Augen und sah mich um. Gio lehnte mit verschränkten Armen am Türrahmen.

»Wie lange stehst du da schon?«

»Lange genug, um zu sehen, dass du ziemlich in Rage bist.« Er kam in den Raum und schloss die Tür.

»Ist ja auch kein Wunder, oder?« Ich verpasste dem Boxsack einen weiteren Punch. »Ein Vorfall in der Firma, ja? Davon wusste Udo aber herzlich wenig. Darf ich dir einen Tipp geben? Weih deine Leute in deine Lügenmärchen besser ein.« Ich boxte weiter.

»Hey!« Gio packte mein Handgelenk. Eine ziemlich riskante Aktion. Im Zorn hätte ich ihm beinahe mit der anderen eine verpasst. Ich bremste mich.

»Was?«

»Ich wollte dich heute Nacht einfach nicht beunruhigen. Ich wollte, dass du endlich mal wieder eine Nacht in Ruhe schläfst.«

»Wie rührend.«

»Denkst du, ich bin blind?«, fuhr er mich an. Er ließ mein Handgelenk los. »Du schläfst auf dem Sofa – mit einer Dose Tränengas unterm Kissen! Du stehst stundenlang vor deiner Wohnungstür, bis du dich hineintraust. Du hast immer noch fürchterliche Albträume. Und diese Scheißgeschichte, die hier gerade läuft, sorgt garantiert nicht dafür, dass es dir besser geht.«

Er war laut geworden, sehr laut, was eigentlich nicht seine Art war. Jetzt stieß er die Luft aus den Lungen, bemüht darum, seine Emotionen wieder unter Kontrolle zu bekommen. »Ich weiß nicht, worauf wir uns in dieser Sache eingelassen haben, und ich hab Angst davor, was es mit dir macht. Du bist noch nicht soweit.«

»Ich komme klar«, erklärte ich störrisch. Ich wollte das alles nicht hören.

»Ja, du kommst klar.« Es klang bitter und resigniert zugleich. »Zieh dich um, ich bring dich nach Hause.« Er wandte sich ab.

»Was ist heute Nacht vorgefallen?«

Er reagierte nicht, ging einfach weiter zur Tür.

»Verfluchte Scheiße, rede mit mir!« In zwei Schritten war ich bei ihm und stieß ihm zornig die Fäuste in den Rücken.

Er strauchelte, drehte sich zu mir. Ich schlug ihm vor die Brust. Im nächsten Augenblick fand ich mich bäuchlings auf der Matte wieder. Sein Knie drückte sich in meinen Rücken. Beim Aufprall war mir die Luft weggeblieben.

»Tu das nie wieder.« Er ließ mich los und wich kampfbereit einen Schritt zurück.

Ich drehte mich auf den Rücken und rieb mir über das schmerzende Brustbein. Ich wagte nicht, Gio ins Gesicht zu sehen, und starrte an die Decke. Ich schämte mich, aber der Sturzflug auf die Matte hatte auch etwas Reinigendes gehabt. Ich spürte, wie das zornige Vibrieren in meinen Adern nachließ, als würde es aus mir herausfließen. Endlich.

Ich blieb erschöpft liegen, brauchte einige Atemzüge, bevor ich meine Stimme wiederfand. »Dich von hinten anzugreifen war feige und unfair. Es tut mir leid.«

»Ja, das war eine verdammt feige Nummer.« Er ließ sich im Schneidersitz neben mir nieder. »Ich versteh das nicht. Warum kriegen wir es nicht hin, normal miteinander umzugehen?«

»Weil du immer wieder versuchst, mich zu schonen. Du siehst in mir nur das hilflose Opfer, das du beschützen willst. Das bin ich aber nicht. Ich suche mir meinen Weg, um mit dem fertigzuwerden, was in meinem Leben passiert ist.«

»Mit Wut.«

»Ja, mit Wut!«

»Das macht dich aber manchmal zu einem sehr anstrengenden Menschen. Hat dir das schon mal jemand gesagt?«

Meine Augen wanderten zu ihm. »Nicht so direkt.«

»Krieg ich jetzt eins in die Fresse?« Er hob in Erwartung eines Schlages die Arme zur Deckung.

»Nein.«

Er ließ die Arme wieder sinken. »Ich würde gern verstehen, was in dir vorgeht. Du redest nicht über deine Gefühle, und es ist schwer, immer alles nur zwischen den Zeilen zu lesen.«

Ich schluckte trocken. Wollte ich mich ihm anvertrauen? Würde es mir in irgendeiner Weise helfen? Würde es uns helfen? Ich mochte ihn so sehr, aber ich hatte Angst, dass er mich mit seiner Fürsorge erstickte.

»Mir fehlen mehr als vierzehn Stunden in meinem Leben«, begann ich schließlich stockend, während in mir schon wieder eine heiße Welle der Scham aufstieg. »Ich … ich wache nackt in einem Hotelzimmer auf und habe keine Ahnung, was mit mir passiert ist, was man … was Dominik mit mir gemacht hat.« Ich nahm all meinen Mut zusammen. »Und ich habe Angst davor, es zu erfahren.«

Gio schwieg.

Ich war dankbar, dass er mir nicht mit irgendeiner banalen Floskel kam oder versuchte, mich zu trösten oder zu beruhigen. In diese fehlenden Stunden konnte nur Dominik Licht bringen. Ich drehte mich auf die Seite, stützte meinen Kopf auf die Hand und sah zu Gio. Der Schweiß auf meiner Haut wurde kalt und verursachte ein unangenehmes klebriges Gefühl.

»Warum schläfst du seit damals im Wohnzimmer?«, wechselte er das Thema. »Die haben dich im Flur überfallen und nicht im Schlafzimmer.«

»Vom Sofa aus habe ich die Wohnungstür im Blick.«

Gio rief sich anscheinend den Grundriss meiner Wohnung ins Gedächtnis, schließlich nickte er. »Stimmt.«

Der Arm, auf den ich meinen Kopf stützte, begann zu kribbeln. Ich richtete mich auf, schüttelte ihn, um die Durchblutung wieder anzutreiben. »Gio, was ist heute Nacht passiert?«

»Annabella hat mich angerufen. Sie hatte Trouble mit einem Gast, der dich gesucht hat.«

»Wer hat mich gesucht?«

»Tayo.«

Wir gingen hinauf in die Wohnung. Gio kochte Nudeln mit Pesto und Rucola und bestand darauf, dass ich etwas aß, obwohl mir der Appetit vergangen war.

»Annabella wollte keine Polizei in ihrem Laden«, berichtete er mir, nachdem ich meinen Teller leer gegessen hatte. Ich hatte doch nicht widerstehen können. Er war ein verdammt guter Koch.

»Sie hatte Tayo von ihren Leuten vor die Tür setzen lassen. Da hat er weiter randaliert. Darum rief sie mich an.«

»Und was hast du gemacht?«

»Ich hab ihm deutlich gemacht, dass er sich von dir fernhalten soll.«

Mich beschlich ein ungutes Gefühl. »Wie viele Knochen hast du ihm gebrochen?«

Gio schnalzte mit der Zunge. »Keinen.«

Ich atmete auf. Ich hatte gesehen, wie er einem Menschen ohne mit der Wimper zu zucken mit einem simplen Griff sämtliche Finger einer Hand gebrochen hatte. Einfache Physik, hatte er später lapidar erklärt.

»Ich hab meine Leute zu ihm geschickt.«

Ich riss die Augen auf.

Gio lachte. »*Tesoro*, manchmal reichen auch gute Argumente.«

»Die da wären?«

»Dass er seine Bewährung vergessen kann, wenn er sich auch nur ein einziges Mal noch in deine oder Annabellas Nähe wagt.«

»Und das hat ihn überzeugt?«

»Er ist ein kleiner Junkie und hat keine Lust auf Knast und kalten Entzug. Im Knast ist er der Typ, der sich nach der Seife bücken darf.« Er schob seinen Teller zur Seite. »Es war jedenfalls gut, dass Annabella nicht die Polizei gerufen hat. Das hätte sicherlich auch Hämmerling und seine Truppe neugierig gemacht.« Er griff über den Tisch nach meiner Hand. »Ich möchte dich um etwas bitten.«

»Und das wäre?«

»Wenn du wieder einmal unbedingt zu so einem kaputten Typen gehen musst, dann nimm mich mit und nicht eine Dose Pfefferspray und diesen komischen Türsteher.«

»Kai ist kein komischer Türsteher.«

»Doch, das ist er, und er hat keine Ahnung von unserem Geschäft.« Er drückte sanft meine Hand, dann lehnte er sich zurück und verschränkte die Arme vor der Brust, während er mich weiter musterte.

»Was?« Ich hasste diesen prüfenden Blick.

»Es ist noch eine Frage offen: Woher wusste Tayo deinen Namen und dass du mit Annabella zu tun hast? Ich geh mal davon aus, dass du dich nicht förmlich vorgestellt hast, als du bei ihm warst?«

Ich senkte unwohl den Blick auf die Tischplatte.

Gio wartete schweigend auf eine Antwort.

Schließlich hob ich den Kopf wieder und wappnete mich innerlich für die nächste Diskussion. »Kai kennt meinen Namen.«

Gios Kiefer malmte. »Ich möchte, dass du dich von Kai fernhältst«, erklärte er mit Bestimmtheit. »Du wirst ihn nie wieder um einen Gefallen bitten. Streich ihn aus deinem Netzwerk. Und wenn ich nie wieder sage, dann meine ich nie wieder.«

»Okay.«

Er schien etwas verblüfft. Anscheinend hatte er mit meinem Protest gerechnet. Aber er hatte recht. Kai war zu einem unkalkulierbaren Risiko geworden. Außerdem wollte ich nicht, dass Annabella meinetwegen Schwierigkeiten bekam.

»Gut.« Er stand auf und räumte das Geschirr zusammen.

»Wie machen wir jetzt weiter?«, fragte ich.

»Ich denke, wir müssen bei der Schlepperbande ansetzen. Wo suchen die ihre Opfer?«

»Du glaubst also Dominiks Geschichte?«

»Ja.«

»Was macht dich so sicher?«

»Er hätte mich nicht in die Sache mit reingezogen, wenn es um eine persönliche Fehde ginge.«

»Vielleicht hat er es zu dem Zeitpunkt noch nicht überblickt.«

»Gut möglich, ja.« Gio drückte die Hände ins Kreuz. »Verflucht, die Nacht war zu kurz.« Er ließ die Hände sinken und nahm zwei Tassen aus dem Schrank. »Espresso?«

Ich nickte. Wenig später saßen wir wieder gemeinsam am Küchentisch. Gedankenverloren rührte ich Zucker in meine Tasse.

»Worüber denkst du nach?«, fragte Gio in meine Espresso-Strudel-Beobachtung hinein.

»Diese Schlepperbande, die Leute, die dahinterstecken … Dominik ist zu mir gekommen und hat mir dieses Bild gezeigt, das Foto von einem Mann, den ich nicht kenne. Er verrät mir aber nicht seinen Namen.«

»Das hatten wir schon. Er will nicht, dass wir aktiv nach ihm suchen.«

»Ja, aber er hat gesagt, ich soll ihm aus dem Weg gehen, wenn ich ihm begegne. Warum warnt er mich und nicht dich?«

Gios Blick verfinsterte sich. »Es könnte bedeuten, dass sie wissen, wer du bist. Dass sie nach dir suchen.«

»Könnte es nicht auch sein, dass dieser Mann auf dem Foto jemand in meinem Umfeld ist? Dass Dominik befürchtet, ich könnte ihm zufällig begegnen?«

Gio dachte über diese Option nach. »Warst du in den letzten Monaten im Milieu unterwegs?«

»Nur bei Annabella, wenn du das als Milieu bezeichnen willst.«

»Aber du hast nicht undercover als Lilly mit irgendwelchen Prostituierten, Luden oder sonstigen zwielichtigen Gestalten zu tun gehabt?«

»Nein, ich war hin und wieder bei Annabella und habe mit ihr Kaffee getrunken. Ansonsten habe ich mich aus allem rausgehalten. So war es doch ausgemacht. Ich helfe der Organisation bei der Datenbeschaffung. Kein Einsatz an der Front.«

»Und daran hast du dich gehalten?«

Mein Blick war Antwort genug.

»Was gibt es noch in deinem Leben?«

»Meine Arbeit, dich ...« Ich verzog das Gesicht. War das alles? Ich war seit jeher eine Einzelgängerin. Als Lilly hatte ich Kontakt zu einigen Informanten gehabt, aber die hatte ich seit Monaten nicht mehr aktiviert, abgesehen von Kai. Der Kampfsportverein, in dem ich einige Jahre Kickboxen betrieben hatte, war vor drei Jahren geschlossen worden. Außer Annabella und Gio gab es niemanden, der Anteil an meinem Leben nahm.

»Dominik hat damals zu mir gesagt, er sei zufällig auf etwas gestoßen«, unterbrach Gio meine Gedanken. »Erklär mir noch einmal, wie er Kontakt zu dir aufnimmt.«

»Er hackt sich auf einen unserer Kundenrechner ein, manipuliert etwas, und falls ich ihn nicht vorher schon entdeckt habe, schickt er mir ein Pop-up.«

»Was sind das für Kunden? Welchen Service bietet ihr denen?«

»Im Großen und Ganzen sind es mittelständische Unternehmen. Wir stellen Speicherplatz zur Verfügung, betreuen die Datenbanken, kümmern uns ums Back-up.«

»Und wisst ihr, welche Daten gespeichert werden?«

»Wir wissen, was es für Unternehmen sind. Die exakten Daten gehen uns nichts an. Datenschutz. Worauf willst du hinaus?«

»Wie viele Kunden betreut ihr?«

Ich hob die Schultern. »Keine Ahnung. Viele.«

»Wir brauchen eine Liste eurer Kunden.«

»Gio, worauf willst du hinaus?«

»Dominik ist zufällig über etwas gestolpert. Und wo kann er zufällig über etwas stolpern?«

Ich riss entsetzt die Augen auf. »Das ist nicht dein Ernst!«

»Kannst du eine Liste eurer Kunden erstellen?«

»Ja.« Ich lehnte mich zurück. »Wir missachten also Dominiks Warnung und arbeiten weiter an dem Fall?«

»*Bellezza mia,* ich kenne dich gut genug, um zu wissen, dass du dich nicht aus der Sache raushalten wirst. Glaubst du, da lass ich dich allein?«

»Und wie überzeugen wir Tony?«

»Versuch's doch mal mit einem charmanten Lächeln.«

»Ich glaube, dagegen ist er immun.« Sollte einer der Kunden der DMC tatsächlich etwas mit einer Schlepperbande zu tun haben? Der Gedanke war grausig. »Wenn du mich nach Hause bringst, kann ich mich ins Firmennetz einwählen und ein wenig recherchieren.«

»Kannst du das nicht von meinem Rechner aus machen?«

»Dann müsste ich mich einhacken. Zu Hause habe ich einen offiziellen Schlüssel. Das geht wesentlich unauffälliger und einfacher.« Ich würde mir bei Gelegenheit eine Hintertür auf unsere Systeme zulegen, nahm ich mir vor.

+++

Die DMC betreute Großrechner, auf denen Datenbanken liefen, Adressverwaltungen, Abrechnungsprogramme, Bestandsübersichten, Online-Shops – die Palette ging ins Unendliche. Ich hatte eine Liste erstellt mit Kundennamen und zugehörigen Rechnersystemen. Welche Information hätte Dominik auf die Fährte einer Schlepperbande bringen sollen? Worüber war er gestolpert? Keiner unserer Kunden schien mir verdächtig.

Zuletzt war er auf der Oregon gewesen, um mir eine Nachricht zu schicken. Wieso die Oregon? Er hatte die Suche nach den transferierten Bildern gestoppt und mein Programm gelöscht. Warum hatte er das getan? Ich checkte, ob außer mir gerade noch jemand auf der Kiste arbeitete, und warf einen Blick in die FTP-Logdatei. In der Nacht von Samstag auf Sonntag waren wieder einige Bilddateien auf den Rechner in Tonga übertragen worden. Die Dateinamen waren nichtssagende Nummernfolgen. Was für Bilder waren das?

Ich startete ein Suchprogramm auf der Oregon. Dieses Mal stoppte niemand meine Aktion. Ich bekam aber auch kein Ergebnis. Keine einzige der verschickten Bilddateien befand sich auf dem Rechner. Hatte sich ein Hacker Zugriff auf den Rechner verschafft und nutzte ihn für seinen Datentransfer? Oder steckte Dominik dahinter? Aber Dominik wäre nicht so dumm gewesen, die Informationen nicht aus der FTP-Logdatei zu löschen. Also doch ein unbekannter Dritter.

Erneut startete ich mehrere Suchprogramme auf der Kiste. Doch egal, was ich versuchte, ich fand nichts Verdächtiges auf dem Rechner: keine Trojaner, keine Malware, keine Exploits, keine veränderten Dienstprogramme. Nichts. Wenn da ein Hacker am Werk war, war er verdammt gut. Was allerdings den vergessenen Einträgen in der Logdatei widersprach. Oder war er gestört worden?

Nach mehreren ergebnislosen Recherchestunden legte ich eine Pause ein und durchsuchte meinen Kühlschrank nach etwas Essbarem. Ich war immer noch nicht zum Einkaufen gekommen, und eine wundersame Brotvermehrung hatte nicht stattgefunden. Im Gegenteil. Der Kanten hatte Schimmel angesetzt. Da nützte auch die Marmelade nichts, die Gio vor ein paar Tagen gekauft hatte.

Ein Sonntagabend war nicht unbedingt der ideale Zeitpunkt für den Wocheneinkauf. Ich trank einen Schluck Leitungswasser und sah mich frustriert in meiner Küche um. Wenn die Wohnung das Spiegelbild des Menschen sein sollte, der in ihr wohnte, sah es in mir verdammt öde und leer aus. Vielleicht sollte ich mir selbst einen Strauß Blumen schenken, um ein wenig Farbe in mein Leben zu bringen?

Ich sah zum Fenster. Etwas frische Luft könnte mir guttun. Ein Spaziergang, irgendwo eine Kleinigkeit essen und dann vielleicht ein kurzer Abstecher …

Dominik wollte, dass ich mich raushielt. Gio würde es ebenfalls nicht gefallen, wenn ich den Jungen besuchte. Und anscheinend gab es noch eine dritte Person, die etwas dagegen hatte. »Halt dich von dem Jungen fern.« Wer hatte mir diese Botschaft geschickt?

Ich könnte zum Krankenhaus fahren und mich dort unauffällig ein bisschen umsehen. Vielleicht fiel mir jemand auf. Vielleicht entdeckte ich die Person vom Foto? Wenn der Junge wach war, könnte ich versuchen, mit ihm zu reden. Ob er wusste, wo sein Bruder war?

Es war kühler geworden, stellte ich fest, als ich das Haus verließ. Für die nächsten Tage war Regen angesagt. Ich schloss den Reißverschluss meiner Jacke, lief Richtung Zentrum, aß ein Sandwich im Subway am Eingang zur U-Bahn-Haltestelle Stadtmitte und nahm die nächste Bahn zu den Kliniken.

Am Eingang des Krankenhauses herrschte reger Betrieb. Ein paar Kinder spielten in der Einfahrt. Vermutlich war es ihnen beim Krankenbesuch langweilig geworden. Ohne am Empfang zu halten, nahm ich den direkten Weg zur Intensivstation und klingelte an der Tür. Ich musste mich gedulden, bis sich eine Schwester meldete.

»Ich möchte gern zu dem ausländischen Jungen, der vor zehn Tagen eingeliefert wurde.«

»Wie heißt der Junge?«

Das konnte ich ihr nicht sagen. Offiziell kannte ich seinen Namen nicht. »Das weiß ich nicht. Der Junge ist zusammengeschlagen worden. Ich habe ihm geholfen.«

»Sie sind keine Verwandte?«

»Nein.«

»Tut mir leid. Wir dürfen niemanden zu ihm lassen.«

Das war neu. »Aber … bitte, könnten Sie mir wenigstens sagen, wie es ihm geht?«

»Nein, ich darf keine Auskünfte geben. Auf Wiedersehen.« Weg war Schwester Rigorosa.

Wurde der Junge bewacht? Wusste die Polizei etwas über ihn? Ich ging ein paar Schritte durch den Flur, blieb grübelnd an einer Wand gelehnt stehen. Gummisohlen quietschten über das Linoleum. Türen wurden geöffnet und geschlossen, irgendwo unterhielten sich leise zwei Frauen. Als sich die Tür zur Intensivstation öffnete, versuchte ich, einen Blick ins Innere zu erhaschen. Saß vielleicht ein Polizist vor dem Krankenzimmer? Der Augenblick war zu kurz. Ich konnte nichts erkennen.

»Frau Schwarz?«, erklang es hinter mir.

Ich wandte mich um und sah in die blauen Augen von Kriminalhauptkommissar David Willer.

»Was machen Sie denn hier?«

Zwecklos zu lügen. Die Schwester würde ihm meinen Besuch in wenigen Minuten erklären. »Ich wollte nach dem Jungen sehen. Aber die lassen mich nicht zu ihm. Und Sie? Allein unterwegs? Ich dachte Polizisten treten immer im Doppelpack auf«, versuchte ich von mir abzulenken.

»Nicht immer. Kommen Sie mit.« Er schritt an mir vorbei auf die Tür zu und klingelte. Kurz darauf stand ich erneut vor Schwester Rigorosa. Willer zeigte ihr seinen Dienstausweis und erklärte, dass ich mit ihm kommen dürfte. Vermutlich dachte sie jetzt, dass ich mich gleich bei der Polizei über sie beschwert hätte. Ihr Blick war nicht besonders freundlich.

Salim lag ohne Beatmungsgerät im Bett. Er war wach und konnte wieder eigenständig atmen. Aber er reagierte nicht, als wir das Zimmer betraten. Sein Blick ging starr zur Zimmerdecke. Ich fragte mich, ob das eine Art Wachkoma war.

»Hey, Junge, du hast Besuch«, begrüßte Willer ihn mit aufgesetzter Fröhlichkeit. Er trat ans Bett und drückte Salims Hand. Keine Reaktion. »Diese Frau hat dir das Leben gerettet. Du könntest ruhig mal freundlich lächeln. *This woman saved your life.*«

Außer einem automatischen Wimpernschlag gab es keine Regung im Gesicht des Jungen. Was ging in ihm vor? Verstand er irgendein Wort von dem, was gesprochen wurde? Wusste er, was mit ihm geschehen war? Warum er hier war?

»Sie wissen immer noch nicht, wer er ist, oder?«

Willer sah zu mir. »Wissen Sie es?«

Ja, verflucht. Ich konnte es ihm nicht sagen und spürte, wie mir das Ja in Leuchtschrift auf die Stirn geschrieben stand. »Seine Gesichtszüge ... die sehen irgendwie arabisch aus, finden Sie nicht?«, stammelte ich.

»Er kommt aus Syrien.«

Sie wussten es! Sie wussten, dass er Djadis Bruder war. Natürlich, deswegen ließen Sie auch niemanden mehr zu ihm. Um ihn zu schützen. Ich atmete innerlich auf. Vielleicht auch äußerlich. Willer bemerkte es. Er hatte wieder seinen Bullenblick aufgesetzt.

»Syrien. Das ist ein weiter Weg.« Himmel, konnte ich noch mehr Schwachsinn von mir geben?

Willer sah bedauernd auf das Bett. »Tja, er ist zwar auf irgendeine Art und Weise wach, aber er spricht nicht mit uns. Die Schwestern sagen, dass er sie manchmal anschauen und irgendwas Unverständliches vor sich hin nuscheln würde.«

»Bei den Schwellungen tut jede Bewegung wahrscheinlich fürchterlich weh«, gab ich zu bedenken.

»Ja.« Willer sah mich schräg von der Seite an. »Sie sprechen nicht zufällig Arabisch, oder?«

Ich schüttelte den Kopf.

»Hey, boy, do you understand, what I am saying? Do you speak English?«

Der Junge blinzelte, aber es war nicht klar, ob das ein Ja sein sollte oder einfach nur ein ganz normaler Wimpernschlag.

»Are you from Syria? Is this right?«

Der Blick ging wieder ausdruckslos zur Decke.

Willer seufzte ratlos. »Ich hatte gehofft, dass er Sie vielleicht wiedererkennt. Dass es irgendetwas in ihm bewegt, wenn er Sie sieht.«

»Er war bereits bewusstlos, als ich zu ihm kam.«

Der Kommissar musterte mich. Anscheinend hielt er die Begegnung in der Nacht, als der Junge zusammengeschlagen worden war, nicht für unsere einzige. »Es war einen Versuch wert«, sagte er schließlich, mehr zu sich als zu mir. Das war wohl sein Standardspruch.

Sein Handy klingelte. Er zog es aus der Jackentasche und nahm das Gespräch entgegen. »Hey, Friedrich, warte einen Moment.« Er legte eine Hand auf das Mikrofon. »Ich geh kurz raus. Bleiben Sie, bitte. Erzählen Sie ihm was Schönes. Es muss ziemlich langweilig sein, hier den ganzen Tag so rumzuliegen.«

Willer ließ uns allein.

Ich stand unsicher mitten im Raum und wusste nicht recht, was ich machen sollte. »Hey, Salim«, wisperte ich schließlich in die bedrückende Stille.

Die Augen wanderten zu mir, und mein Herz machte einen überraschten Hüpfer. Ich trat näher ans Bett, damit er mich sehen konnte.

»Hallo, Salim«, wiederholte ich leise. Ich hatte Angst, dass Willer mich hörte.

»Djdi«, nuschelte er undeutlich. Es kam tief aus der Kehle, kaum, dass er die Lippen bewegte. Es sollte wohl Djadi heißen. Noch immer suchte er seinen kleinen Bruder, den er beschützen wollte.

»Ich bin Kirstin. *I am Kirstin. You are in a hospital.*«

»Djdi?« Er sah mich an, und der Schmerz in seinem Blick trieb mir die Tränen in die Augen.

»Kirstin. My name is Kirstin. Listen, Salim, I help you«, flüsterte ich. *»We look for Djadi. My friend saved him, but he left the hospital. You understand me?* Er ist aus dem Krankenhaus verschwunden. *We try to find him.* Wir versuchen, deinen Bruder zu finden. Wir helfen dir.«

Er schloss die Augen, zog sich wieder in sich zurück. Ich war nicht derjenige, den er suchte. Hilflos streichelte ich über seinen Arm. Gab es nicht irgendetwas, was ich für ihn tun konnte?

»Do you need anything? Some medicine? Do you have pain?« Was redete ich nur? Natürlich hatte er Schmerzen. Er lag regungslos vor mir, atmete kaum hörbar. Blau und Grün geschlagen. Die Knochen gebrochen. Und alles, woran er dachte, war sein kleiner Bruder, der seine Hilfe brauchte.

Der Kloß in meinem Hals wurde schier unerträglich. »Ich komme wieder, okay? Salim? *I will visit you again*«, brachte ich mühsam hervor. Ich wartete noch einen Moment lang, ob er die Augen wieder öffnete. Dann verließ ich das Zimmer.

Im Gang war nichts von Willer zu sehen. Ich verließ die Intensivstation und eilte dem Gebäudeausgang entgegen. Ich musste raus aus dieser stickigen Krankenhausluft. Ich hörte Schritte hinter mir und drehte mich um. Aber ich sah nur eine Schwester den Flur entlangeilen. Keine Spur von Willer.

Als ich das Gebäude verließ und den Blick zum Himmel hob, war mir, als hätte ich ein Gefängnis verlassen. *I help you.* Was konnte ich für den Jungen tun?

+++

Ein Wagen zwängte sich in eine enge Parklücke vor meinem Wohnblock, als ich die Straße entlangkam. Gio stieg aus. Auf halbem Weg zur Haustür bemerkte er mich und blieb wartend stehen.

»Wo kommst du her?«

Ich deutete auf die Tüte in meiner Hand. »Mein Kühlschrank ist leer.«

»Dafür warst du aber lange unterwegs.«

»Wieso?«

»Ich war vor knapp zwei Stunden schon mal hier.«

Da hatte ich mich gerade auf den Weg gemacht. »Ich war im Krankenhaus.«

Gio presste die Lippen zusammen und schluckte einen Fluch herunter. »Warum rufst du mich nicht an? Wir hätten zusammen hinfahren können.«

»Und wenn die Schwester dich wiedererkannt hätte? Willer war auch da. Den hätte es sicher sehr interessiert, dass du dich dort als Mitarbeiter der Ausländerbehörde ausgegeben hast.«

Ich berichtete Gio, was geschehen war.

»Du hast dem Jungen deinen Namen verraten?«

»Ja.«

»Hm.«

»Hm, was?«, hakte ich ungeduldig nach.

Gio hob besänftigend die Hand. »Ich habe mich nicht aufgeregt, dass du ins Krankenhaus gegangen bist. Jetzt reg du dich bitte nicht auf, nur weil ich kurz nachdenke, bevor ich den Mund aufmache.

Ich weiß nicht, ob es gut war, dass du dem Jungen deinen Namen gesagt hast.«

»Warum?«

»Was wissen wir über ihn, außer, dass er höchstwahrscheinlich Djadis Bruder ist?«

»Er ist sein Bruder!«

»Und zu wem hat er Kontakt? Wem verrät er, dass du bei ihm warst? Was denkt er, wer du bist?«

»Hättest du ihn gesehen, wärst du nicht so misstrauisch«, erwiderte ich trotzig. »Was hast du denn den ganzen Nachmittag getrieben?«

»Erzähl ich dir gleich. Aber erst bringen wir deine Einkäufe nach oben.« Er nahm mir die Tüte aus der Hand und linste hinein. »Milch, Erdnüsse und Bananen? Erzähl mir nicht, dass das dein Abendessen ist.«

»Nein, das hatte ich schon im Subway.«

»*Dio mio,* ich muss besser für dich sorgen.«

In meiner Küche lagen noch diverse Notizen um meinen Laptop verteilt. Gio betrachtete sie verständnislos. »Kannst du mir das mal ins Deutsche übersetzen?«

»Erfolglose Recherche.« Ich gab ihm eine kurze Zusammenfassung.

»Was sind das für Bilder und Filme?«

»Keine Ahnung. Ich sehe in der Logdatei nur den Dateinamen und die IP-Adresse des Zielrechners. Hier, dieser Zahlencode, das ist die IP-Adresse.«

»Und woher weißt du, dass der Rechner in Tonga steht?«

»Ich kann mir zu der IP-Adresse den Domainnamen anzeigen lassen. Im simpelsten Fall versuchst du es einfach, indem du die IP bei einem Suchdienst eingibst. Pass auf.« Ich öffnete eine Suchmaske auf meinem Rechner und gab den Zahlencode ein. »Hier, da ist eine Website, die mir den Domainnamen verrät und Infos über den Standort gibt.« Ich rief die Seite auf. »Domainname: pict.to. Die Endung ›to‹ steht für Tonga. Und hier noch die Info: Apache.« Ich fuhr mit der Maus über das Wort. »Es handelt sich also um einen

Webserver. Simpel ausgedrückt ist das eine Software, um Daten ins Internet zu stellen.«

Ich rief eine Internetmaske auf und gab www.pict.to in die Adresszeile ein. Es erschien ein weißes Fenster mit der Aufforderung, einen Nutzernamen und ein Passwort einzugeben. Kein Zugriff. »Du weißt nicht zufällig, ob Dominik ein schickes Strandhaus im Südpazifik hat?«

»Keine Ahnung.« Gio strich sich nachdenklich über das Kinn.

Ich schloss sämtliche Fenster auf meinem Monitor wieder. »Du bist dran.«

»Ich habe mit Sabrina gesprochen. Es gibt Hinweise, dass sich Salim mit ein paar anderen Obdachlosen eine Zeit lang in einem Abbruchhaus in Vaihingen im Industriegebiet aufgehalten hat.«

»Wenn er dort seinen Unterschlupf hatte, wäre das vielleicht auch eine Erklärung, warum die Schläger ihm in Vaihingen aufgelauert haben.«

»Ja. Oder sie wussten, dass Dominik Salim am Bahnhof treffen wollte.« Gio nahm sich eine meiner frisch erstandenen Bananen. »Ich will da gleich mal hin und mir das Haus ein bisschen näher ansehen. Kevin macht den Außenposten. Willst du mit?«

»Du nimmst mich mit?«

»Dann hab ich dich wenigstens im Blick«, erklärte er augenzwinkernd. »Zieh dir was Warmes an, damit du nicht wieder so frierst wie beim letzten Mal.«

+++

Das Haus lag nur zwei Straßen entfernt von meinem Arbeitsplatz. Es war ein zweistöckiges Gebäude, das von einer knapp zwei Meter hohen Steinmauer umgeben war. Während Kevin die Umgebung im Auge behielt, umrundeten wir das Grundstück und fanden auf der von der Straße abgewandten Seite ein Loch im Mauerwerk, das leidlich mit einer verrottenden Europalette versperrt war. Wir schoben sie zur Seite und betraten den kleinen Hof.

Mit den Taschenlampen leuchteten wir die Umgebung ab. Der zementierte Boden war löchrig und zerbröckelt, als hätte jemand willkürlich mit einem Presslufthammer den Beton bearbeitet. Unkraut wucherte aus allen Ritzen. Das Gebäude war nur noch ein einsturzgefährdetes Skelett, bei dem sich nicht ausfindig machen ließ, was die Steine überhaupt noch zusammenhielt. Fenster und Türen fehlten größtenteils komplett, in wenigen Öffnungen hingen noch Reste von Glasscherben in den Rahmen. Der Putz hatte sich großflächig verabschiedet. Ich hoffte, das Haus beschloss nicht ausgerechnet in dieser Nacht, der Schwerkraft nachzugeben.

Wir versuchten, uns so leise wie möglich dem Gebäude zu nähern. Keine leichte Aufgabe. Der aufgebrochene Beton knirschte unter unseren Sohlen. Durch einen Hintereingang gelangten wir ins Innere. Von einem kleinen Vorraum führten zwei Öffnungen in andere Räume. Aus einem stieg uns ein beißender Geruch von Ammoniak, Urin und Kot in die Nase - die WG-Toilette. Er vermischte sich mit den Ausdünstungen feuchter, schimmeliger Wände. Ich versuchte, möglichst flach zu atmen. Man sollte meinen, dass bei der Dauerbelüftung ein besseres Raumklima zwischen diesen Mauern herrschte. Aber selbst der Wind schien den Kampf aufgegeben zu haben.

Ich folgte Gio an der Wand entlang tiefer ins Gebäude, den Lichtkegel sorgfältig auf den Boden gerichtet, um nicht in irgendwelche Fäkalien zu treten. Nach wenigen Metern blieb er stehen, schaltete seine Taschenlampe aus und gab mir ein Zeichen, es ihm gleichzutun. Wir standen in völliger Dunkelheit und lauschten ins Innere. Es war totenstill. Die Bewohner waren anscheinend ausgeflogen.

Durch die Dunkelheit drang nach einer Weile ein leises Rascheln aus einem der Zimmer, dann war es wieder still. Vermutlich Ratten, befürchtete ich. Auf meinen Armen bildete sich eine Gänsehaut. Ratten zählten nicht zu meinen Lieblingshaustieren. Andererseits wäre mir ein schlecht gelaunter Dobermann jetzt auch nicht besonders lieb gewesen.

Ich zuckte zusammen, als Gios Gesicht plötzlich nah neben meinem war. »Geh rechts rum«, flüsterte er mir kaum hörbar zu. »An der Tür machst du die Lampe an.« Ich tastete mich zum Eingang des rechten Zimmers, während Gio zu dem Zimmer daneben schlich. Fast zeitgleich knipsten wir unsere Taschenlampen an. Ich blinzelte in die Helligkeit, dann ließ ich den Strahl durch das Zimmer gleiten. Nichts. Ein leerer Raum mit Schutt, Scherben, zerrissenen Plastiktüten und Müll. Eine weitere Öffnung führte zum nächsten Zimmer. Ich sah zu Gio.

Er verschwand kurz in dem Raum, kehrte wenig später wieder zu mir zurück. »Da ist niemand. Und bei dir?«

»Sieht auch verlassen aus. Aber da geht's noch weiter.«

Gio ging mir voraus. Während uns von hinten der Fäkaliengeruch verfolgte, stach uns von der anderen Seite ein neuer Gestank in die Nase. Süßlich, feucht, muffig, ekelhaft. Ich zog den Ausschnitt meines Pullis über Mund und Nase. Himmel, was war das nur für ein Gestank? Je näher wir dem Türrahmen kamen, desto stärker hatte ich das Gefühl, nicht mehr atmen zu können.

Wir betraten das nächste Zimmer. Auch hier gab es wieder eine türlose Öffnung zu einem weiteren Zimmer. Ich kam mir vor wie in der Ekelausgabe eines Labyrinths.

Der Raum, in dem wir jetzt standen, war nicht so leer wie die anderen. Zwei große schwere Planen lagen an einer Seite. Alte Decken, ein paar dreckige Kleidungsstücke und Pappschachteln verrotteten in einer Ecke. Modrige Kartons stapelten sich an einer anderen Wand. Nichts davon konnte diesen entsetzlichen Gestank erklären. Gio hob vorsichtig eine der Planen an und wich stöhnend zurück.

»Was ist?«

Er versperrte mir die Sicht. »Schau da nicht hin.«

»Was ist da drunter?«

Er legte den Finger an die Lippen, ließ die Taschenlampe noch einmal durch den Raum gleiten.

»Bleib an der Tür.« Er schlich zu den Kartons, blieb dort einen Moment regungslos stehen. »Achtung!« Er schleuderte mit einem gezielten Fußtritt einen Karton zur Seite. Eine Gestalt sprang schreiend auf. Sie wollte fliehen. Gio versperrte den Weg zur rechten Tür. Sie wandte sich in meine Richtung, stürzte kreischend auf mich zu. Gio stellte ihr ein Bein. Sie stolperte, fiel auf die Knie, krümmte sich, machte sich ganz klein, presste die Arme schützend über den Kopf.

»Nein, nein, nein, bitte nein!«, kam es undeutlich aus ihr hervor. Es war die verzweifelte Stimme eines Mädchens.

»Hey, hey, ganz ruhig.« Ich trat einen Schritt auf sie zu. Sie zitterte am ganzen Leib.

»Bitte, bitte, nein, bitte, nein.«

»Ganz ruhig, Mädchen, wir tun dir nichts.« Ich bemühte mich, meine Stimme beruhigend klingen zu lassen, aber dieses schreiende Etwas ging mir durch Mark und Bein. Sie war völlig verwahrlost: fleckige, zerrissene Kleidung, die Haare verfilzt, die Haut schorfig, und sie stank erbärmlich. »Es ist alles in Ordnung, Kleine. Keiner tut dir was.«

Sie schluchzte und wimmerte vor mir auf dem Boden.

Ich wollte sie trösten, aber ich musste mich überwinden, sie auch nur leicht an den Schultern zu berühren. Im nächsten Augenblick klammerte sie sich so fest um meine Beine, dass ich fast das Gleichgewicht verlor. Gio sprang herbei und wollte sie wegziehen. Sie begann sofort wieder zu schreien, rutschte ängstlich um mich herum.

»Nein, nein, nein!«

»Lass sie«, bat ich Gio, während ich nach Luft rang. Verflucht, dieser Gestank brachte mich um.

»Wer bist du?«, fragte Gio streng.

»Nein, nein, bitte, nein.«

Sie kannte anscheinend nur diese zwei Worte. Sie klammerte sich weiter an mich, starrte unter ihren verfilzten Haaren mit vor Angst geweiteten Augen zu Gio.

»Es ist gut, Mädchen.« Ich befreite ein Bein, ging in die Hocke und legte sanft meine Hände auf ihre Schultern, froh über die Handschuhe, die ich trug. »Es ist alles gut. Wir tun dir nichts.«

Sie hob scheu das Gesicht. Sie war vermutlich noch recht jung, aber ihre Haut war von Narben übersät, und der Geruch aus ihrem Mund erinnerte an vergammeltes Fleisch. Ihre Wangenknochen und Augenhöhlen stachen hervor, als sei zwischen Schädel und

Haut nichts anderes mehr. Ich zwang mich, nicht wegzuschauen. »Wer bist du? Vor wem hast du solche Angst?«

Sie starrte mich nur mit irren Augen an.

Ich überwand mich, und streichelte ihr über die Haare. Ganz langsam beruhigte sich ihre Atmung, aber sie hörte nicht auf zu zittern.

»Ihre Freundin liegt da unter den Planen.« Gio deutete mit dem Kopf zur Seite. »Sie ist vermutlich schon einige Tage tot.«

Das Mädchen begann wieder heftiger zu zittern. Was war hier passiert?

Gio durchsuchte flüchtig den Raum, entdeckte leere Tablettenschachteln und schmutziges Drogenbesteck. »Sie ist entweder völlig zugedröhnt oder gerade auf Entzug«, mutmaßte er.

»Was machen wir jetzt?« Ich strich dem Mädchen weiter über den Kopf. Wie ein gepeinigtes Tier kauerte sie neben mir, bibberte und heulte.

Gio kam zu uns, beugte sich herab und griff ihr unters Kinn, um ihr Gesicht zu seinem zu heben.

»Wer bist du?«

Sie starrte ihn stumm an.

»Dein Name!«

Er bekam keine Antwort.

»Wer hat das getan?« Er zeigte mit der freien Hand auf die Planen.

Das Zittern des Mädchens verstärkte sich, und ich fragte mich, was genau Gio dort gesehen hatte. Ihre Augen füllten sich wieder mit Tränen. »Nein, nein, nein.«

Gio ließ sie los. »Die hat sich ihr Hirn schon weggedröhnt. So wie sie aussieht, nimmt sie jeden Scheiß, den sie kriegen kann.« Es klang frustriert. »Bleib bei ihr, okay?«

Ich deutete mit der Hand auf mein Bein, an dem das Mädchen sich festhielt wie eine Ertrinkende auf offener See an einer Holzplanke. Wie sollte ich mich hier fortbewegen? »Was hast du vor?«

»Ich schau mich in den anderen Räumen um.« Er verschwand durch den Durchgang zum nächsten Zimmer. Ratlos hockte ich bei dem Mädchen. Mein Blick fiel auf die Plane.

»Was ist passiert?«, fragte ich das Häufchen Elend neben mir.

Sie starrte mich mit glasigen Augen an und schüttelte stumm den Kopf. Im Inneren des Gebäudes hörte ich Gios Schritte mal in die eine, mal in die andere Richtung gehen. Meine Knie begannen zu schmerzen, und ich richtete mich wieder auf.

»Hast du Hunger?«

Sie schüttelte wieder den Kopf. Anscheinend verstand sie uns doch.

»Brauchst du Stoff?«

Ein hoffnungsvolles Nicken war die Antwort.

»Tut mir leid, einen Burger hätte ich dir besorgen können.« Ich wagte ein bedauerndes Lächeln. Sie lächelte scheu zurück.

»Wie heißt du?«

»Fela«, kam es undeutlich aus ihrem Mund.

Fela. Vermutlich ihr Spitzname. Ich deutete auf die Planen. »Und die da? Wer ist die da?«

»Raki.«

Raki und Fela. Raki war tot. Fela hatte was auch immer überlebt.

»Was ist passiert? Wer hat das getan?« Ich zeigte wieder auf die Planen.

»Männer. Boom, boom.« Sie löste eine Hand von meinem Bein, machte eine Faust und schlug in die Luft. »Boom, boom. Salim. Wo.«

»Salim? Hat er das getan?«

Sie schüttelte den Kopf. »Männer. Boom, boom. Salim. Wo. Nein, nein. Boom. Boom.« Sie begann wieder zu weinen und klammerte sich an mich.

»Sie haben Salim gesucht? Wie viele Männer waren es?«

Sie antwortete nicht. Murmelte nur immer wieder »boom, boom«. Ich vermutete, dass es drei waren. Die drei, die ich gesehen hatte.

Gio kehrte zu uns zurück. »Scheint sonst keiner hier zu sein.«

»Sie heißt Fela«, stellte ich ihm das Mädchen vor. »Sie sagt, Männer wären hier gewesen und hätten ihre Freundin geschlagen. Sie suchten wohl nach Salim.«

»Fela, was weißt du über Salim?«, versuchte Gio sein Glück.

»Nein, nein! Salim fort. Bitte, bitte, nein.« Sie machte sich so klein, wie sie konnte, als erwarte sie, dass sie die Nächste wäre, die totgeprügelt wurde. Gio sah unschlüssig auf das elende Wesen zu meinen Füßen, dann nahm er sein Smartphone.

»Was hast du vor?«

»Ich informiere die Polizei.« Nach einem Zögern fügte er hinzu: »Du solltest hier aber vorher verschwinden. Die haben dich schon genug im Visier.«

»Was ist mit …?« Ich wollte Kevins Namen nicht vor dem Mädchen erwähnen und deutete mit dem Kopf in die Richtung, wo ich ihn außerhalb der Mauern vermutete. Zum Glück verstand Gio sofort.

»Ihr solltet beide abschwirren.«

Ich versuchte, mich von dem Mädchen zu befreien, aber sie umklammerte mein Bein mit ungeahnter Kraft. Gio packte ihre dünnen Arme und zog sie mit einem Ruck von mir weg. Umgehend erfüllten ihre panischen Schreie wieder den ganzen Raum.

»Nein! Nein!« Ihre mageren Finger streckten sich mir entgegen. Entsetzen stand in ihren Augen. Sie hatte solche Angst vor Gio. Ich stand unschlüssig da, sah zu ihm, sah auf dieses völlig verstörte Mädchen.

»Nein, Salim fort … Salim fort. Bitte.« Ihre Tränen hinterließen schmutzige Striemen auf ihrem dreckigen Gesicht. »Bitte, bitte, nein!«

Ich brachte es nicht übers Herz zu gehen. »Es ist gut«, versuchte ich, sie zu beruhigen. Ich nahm ihre Hand. »Ich bleibe bei dir. Es ist gut.«

Gio missfiel meine Reaktion, dennoch ließ er Fela los. Sofort krallte sie sich wieder an mir fest. Gio rief Kevin an und schickte ihn weg.

»Sie hat solche Angst.«

»Die ist völlig durchgeknallt!« Gio sah zu den Planen, unter denen das tote Mädchen lag. »Wir kommen hier ganz schön in Erklärungsnot, das ist dir klar, oder?«

12

Fela war in eine Klinik gebracht worden. Wir hatten unsere Aussagen bei der Polizei zu Protokoll gegeben, danach hatte man uns gehen lassen. Gio hätte es gern gesehen, wenn ich wieder bei ihm übernachtet hätte, aber ich bestand darauf, dass er mich nach Hause brachte. Ich wollte mich nicht ständig vor meiner eigenen Wohnung verstecken. Gio begleitete mich bis zu meiner Wohnungstür. Ich stellte einen Stuhl von innen vor die Tür, sodass man die Klinke nicht herunterdrücken konnte, steckte meine Klamotten in die Waschmaschine und duschte ausgiebig. Der Leichengestank blieb dennoch in meiner Nase.

Obwohl es bereits weit nach Mitternacht war, fand ich keinen Schlaf. Erinnerungen an meine eigene Jugend stiegen auf. Mit dreizehn Jahren hatte ich einige Monate mehr oder weniger auf der Straße gelebt. Ich vertrieb mir die Zeit mit Herumlungern und kleinen Diebstählen, um mir etwas zu Essen kaufen zu können. Dann lernte ich Annabella kennen. Sie half mir, als ein Kerl dachte, er könnte mich für den Kinderstrich anheuern. Der Beginn einer Freundschaft. Was wäre aus mir geworden, wenn sie nicht gewesen wäre?

Ich hatte gefühlte fünf Minuten geschlafen, als das Telefon klingelte. Es war noch nicht einmal sieben Uhr. Ich ignorierte es. Als ich mich zwei Stunden später aus dem Bett quälte, blinkte mein Anrufbeantworter.

»Friedrich Hämmerling, LKA Stuttgart. Frau Schwarz, ich bitte Sie ganz dringend, sich umgehend bei mir zu melden.« Es folgten noch zwei weitere Nachrichten ähnlichen Inhalts.

Ich löschte die Nachrichten und bereitete mir mein Frühstück. Das Telefon klingelte erneut. Ich wollte nicht mit Hämmerling sprechen und ließ den Anrufbeantworter drangehen. Eilig zog ich mich an und machte mich auf den Weg zur Arbeit.

Mir gelang es, ungesehen an meinen Schreibtisch zu kommen. Patrick war anscheinend in einem Meeting, die anderen Kollegen in ihre Arbeit vertieft. Ich schaltete meinen Rechner ein, checkte die eingegangenen Mails und versuchte die Bilder der letzten Nacht zu verdrängen. Die verstörten Augen des Mädchens tauchten wieder vor mir auf. Was hatte sie nur erlebt? Waren die Schläger damals erst in dem Abbruchhaus gewesen? Hatten sie das Mädchen totgeschlagen und dann Jagd auf Salim gemacht? Hatte er versucht, ihr zu helfen? Mit was für Leuten hatten wir es zu tun? Erschöpft vergrub ich das Gesicht in den Händen. Ich verstand es einfach nicht.

»Alles klar?«

Ich schrak auf, als ich Richards Stimme neben mir hörte.

»Ja ... bisschen müde.«

Richard grinste. »So ist's recht. 'Ne halbe Woche frei machen und dann müde zur Arbeit kommen.«

»Verrat es nicht dem Boss.«

»Keine Sorge. Der hat eh heut den ganzen Tag Meetings.«

»Und, gibt's was Neues?«

»Vielleicht.« Er kam näher an meinen Schreibtisch, lehnte sich mit dem Gesäß gegen die Kante und senkte die Stimme. »Es hat wieder jemand versucht, sich auf einen unserer Rechner einzuhacken.«

Mir wurde heiß. Hatte Richard meine Aktionen vom Vortag doch entdeckt? »Wann denn?«

»Sonntagfrüh, auf die Idaho.«

Ich atmete auf. Auf der Idaho war ich nicht gewesen. »Wieder ein Rechner von Will Meyer?«

Richard nickte. »Es war die Idaho-II. Ich hab den Server erst letztes Jahr für den Kunden installiert.«

»Das ist ein Mailserver, oder?«

»Ja.«

»Und war der Angriff erfolgreich?«

»Ich glaube nicht. Ich konnte jedenfalls nichts entdecken. Vielleicht magst du noch mal draufschauen. Du bist ja unsere Hackerspezialistin.«

»Bin ich das?«

»Man munkelt so.«

Ich konnte diesen Bürotratsch noch nie leiden. Mein Telefon klingelte, Stuttgart 5401 ... Ich kannte die Nummer.

»Viel Spaß«, verabschiedete sich Richard.

Ich ließ das Telefon klingeln und widmete mich meiner Arbeit.

Ich las Hämmerlings Nummer bis zum frühen Nachmittag noch drei Mal auf meinem Display. Um halb vier rief Gio mich an. Seinen Anruf konnte ich nicht ignorieren.

»Du bist also doch bei der Arbeit.«

»Wo sollte ich sonst sein?«

»Keine Ahnung, nackt in irgendeinem Hotelzimmer«, kam es wütend vom anderen Ende der Leitung. »Verdammt, Kirstin, Hämmerling versucht seit heute Morgen dich zu erreichen.«

»Ich ... hatte zu tun.«

Gio stöhnte entnervt auf. »Kirstin, du kannst nicht einfach den Kopf in den Sand stecken.«

»Es tut mir leid.« In mir regte sich das schlechte Gewissen. »Ich ... ich will nicht schon wieder zu einer Befragung.« Allein der Gedanke, schon wieder ein Polizeigebäude betreten zu müssen, verursachte mir ein flaues Gefühl.

»Das hättest du dir gestern Abend überlegen sollen. Ich war heute Vormittag bei Hämmerling und habe meine Aussage von gestern wiederholt. Du meldest dich jetzt bei ihm und machst deine Aussage. Bleib bei der vereinbarten Geschichte, okay?«

»Okay.«

»Und wenn du da fertig bist, kommst du zu mir. Und zwar *pronto*, ohne Umwege.«

+++

Es war dasselbe Szenario wie bei der ersten Befragung im Landeskriminalamt. Ich saß mit Hämmerling und Willer in einem schmucklosen Büro, ein Aufnahmegerät stand zwischen uns, die Beleuchtung war eingeschaltet, die Vorhänge schützten vor neugierigen Blicken von draußen. Allerdings hatte dieses Mal Kriminalhauptkommissar Friedrich Hämmerling von Anfang an die

Befragung übernommen. Ich wiederholte meine Aussage vom Vorabend, und mit jedem Wort verstärkte sich der ungläubige Blick des Herrn Kommissar.

»Frau Schwarz, warum waren Sie in diesem Haus?«, fragte er mich nun bereits zum dritten Mal. »Und erzählen Sie mir nichts von einem romantischen Abendspaziergang mit Ihrem Freund im Industriegebiet Vaihingen-Ost!«

»Davon habe ich überhaupt nichts erzählt.« Ich seufzte genervt. »Nachdem ich aus dem Krankenhaus gekommen war, habe ich mich mit Giorgio Paradi getroffen. Ich habe ihn gebeten, mit mir noch einmal zu der Stelle zu fahren, an der der Überfall auf den Jungen stattgefunden hatte, weil ich gehofft habe, dass ich mich direkt vor Ort doch noch an irgendein Detail erinnere. Ich möchte dem Jungen gern helfen.«

»Und an was haben Sie sich erinnert?«

»Nichts, was ich Ihnen nicht schon gesagt hätte.« Ich sah ihm fest in die Augen. Ob Willer von unserem Gespräch in der Imbissbude wusste?

»Und dann?«

»Wir sind vom Bahnhof die Industriestraße in Richtung meiner Arbeitsstelle gegangen und haben uns ein wenig umgesehen, weil ich nicht verstehe, woher der Typ gekommen ist, der mich überfallen hat. Wir haben einen Hilferuf gehört. Wir sind der Stimme gefolgt und auf das Abbruchhaus gestoßen. Nachdem wir das Mädchen gefunden hatten, haben wir Ihre Kollegen informiert.«

»So ein Schwachsinn!« Hämmerlings Faust donnerte auf den Tisch.

Willer rieb sich über das Kinn und warf seinem Kollegen einen besorgten Blick zu.

Hämmerling schob energisch seinen Stuhl zurück und sprang auf. »Sie waren bei dem Jungen im Krankenhaus. Mein Kollege hat Sie kurz mit ihm im Zimmer allein gelassen, und als er zurückkam, waren Sie weg. Was hat der Junge Ihnen erzählt?«

»Nichts.«

»Hören Sie doch auf! Sie waren bei dem Jungen, und keine drei Stunden später finden unsere Kollegen Sie in einem Abbruchhaus mit einem völlig verstörten Mädchen und einer Leiche. Was hat der Junge Ihnen erzählt?«

»Er hat nicht mit mir gesprochen.«

Hämmerling begann wutschnaubend im Raum auf und ab zu laufen. Willer beobachtete die Wanderung seines Kollegen eine Weile. Schließlich wandte er sich mir zu. »Warum sind Sie aus dem Krankenhaus einfach verschwunden?«

»Es war beklemmend so allein mit dem Jungen in dem Zimmer.«

»Und darum sind Sie einfach gegangen?«

»Ja. Tut mir leid, dass ich mich nicht verabschiedet habe.«

»Das wäre höflich gewesen.«

»Ich habe Sie nirgends gesehen.«

Willer ließ ein paar Sekunden verstreichen. »Nachdem ich mein Telefonat beendet hatte, ging ich zurück zu dem Jungen, und als ich die Tür öffnete ...«, er lehnte sich zurück und verschränkte die Arme, »... da nuschelte der Junge etwas vor sich hin.« Wieder machte er eine bedeutungsvolle Pause.

Ich schwieg.

»Er sah zur Tür und nuschelte ›Christin?‹« Willer lächelte mich an. »Können Sie sich meine Überraschung vorstellen? Woher kennt er Ihren Namen?«

»Ich heiße Kirstin und nicht Christin.«

Willer tastete mit den Fingern über seinen Kiefer. »Ein Gestell, alles geschwollen. Er kann schlecht sprechen.«

»Ich habe ihm meinen Namen gesagt, als ich an seinem Bett stand.«

Hämmerlings Hand ballte sich schon wieder zur Faust. Er trat ans Fenster und starrte schwer atmend auf die geschlossenen Vorhänge. »Das Mädchen sagt, ihre Freundin sei von zwei Männern zusammengeschlagen worden. Diese Männer suchten nach Salim.« Er drehte sich wieder zu uns um. »Sie wissen, wer Salim ist.«

Es war keine Frage.

Ich bemühte mich um einen ahnungslosen Gesichtsausdruck. »Wer?«

Willer hob beschwichtigend eine Hand zu seinem Kollegen, als dieser auf den Tisch zu stampfte. Hämmerling blieb vor mir stehen, stützte sich mit einer Hand auf den Tisch, mit der anderen auf die Rücklehne meines Stuhls. Er kam mir viel zu nahe. »Frau Schwarz, was halten Sie davon, wenn ich jetzt den Staatsanwalt anrufe? Der ruft dann den Richter an, und dann nehmen wir Sie in Beugehaft.«

»Ach, sind wir jetzt schon so weit in Deutschland?« Ich fletschte bissig die Zähne. »Wenn die Zeugin nicht das aussagt, was der Herr Kommissar hören möchte, dann wird sie halt so lange eingesperrt, bis sie die gewünschte Antwort gibt. Wie lange wollen Sie mich einsperren? Oder möchten Sie mich noch ein bisschen foltern? Gehört das auch schon zu Ihrem Repertoire?«

Aus den Augenwinkeln sah ich Willers Blick nervös zwischen uns hin und her springen. Er schien sich zu fragen, ob er dazwischengehen sollte oder sein Kollege sich noch ausreichend unter Kontrolle hatte.

»Haben Sie Ihrem Kollegen eigentlich von unserem netten Treffen in der Dönerbude erzählt?« Ich sah provozierend zu ihm auf. Wenn er mir drohte, konnte ich das auch.

Falls Willer nichts von dem Treffen gewusst hatte, zeigte er es nicht. Er verzog keine Miene.

»Frau ...« Hämmerling richtete sich abrupt wieder auf. Er sah zu seinem Kollegen, dann wandte er sich mit Widerwillen mir wieder zu. »Es tut mir leid, wenn ich Ihnen zu nahegetreten bin. Dafür entschuldige ich mich in aller Form. Es steht Ihnen frei, sich über mich zu beschweren.« Er wartete einen Augenblick schwer schnaufend. »Und jetzt gehen Sie mir aus den Augen.«

Nichts lieber als das.

Es hatte angefangen zu regnen. Kein leichter Nieselregen, sondern viele dicke, nasse Tropfen. Ich hatte weder Schirm noch Mütze dabei und stellte den Kragen meiner Jacke auf. Fast zwei Stunden war ich in diesem verfluchten Gebäude gewesen, und jetzt versperrte mir der nasse Vorhang den Heimweg.

Ich war erschöpft, ich hatte Hunger, und meine Laune war im Keller. Ich suchte mir eine geschützte Ecke unter dem Vordach und wartete auf eine Regenpause. Wenige Minuten später verließ David

Willer das Gebäude. Er blieb vor der Tür stehen, hob den Kopf in den bewölkten Himmel, dann sah er zu mir. Na toll.

»Werden Sie abgeholt?«

»Ich warte auf besseres Wetter.«

Willer lachte. »Wir können Sie ein Stück mitnehmen, wenn Sie möchten.«

Ganz bestimmt nicht. Ich schüttelte den Kopf.

Er kam zu mir. »Wollen Sie nach Hause, oder möchten Sie den Jungen noch mal besuchen?«

Was war das für eine Frage? Ich musterte ihn misstrauisch. »Geht das Verhör jetzt weiter?«

»Entschuldigung, nein, ich …« Er zuckte die Achseln, als wäre seine Frage unbedacht gewesen. »Es kommen gerade einfach so viele Dinge zusammen. Und dass Sie gleich zwei Mal in bestimmte Situationen verwickelt sind … Dazu kommt Ihre Vorgeschichte …«

Er wartete auf eine Reaktion. Ich starrte stumm in die Dunkelheit.

»Frau Schwarz, wenn Sie etwas wissen, dann sollten Sie sich uns anvertrauen.« Seine spitze Nase konzentrierte sich auf mich. »Haben Sie vor irgendetwas Angst? Wir können Sie schützen.«

»Nein, das können Sie nicht.«

Sein Blick wurde noch eine Spur aufmerksamer.

»Ich habe meine Erfahrungen gemacht«, ergänzte ich, damit er meine Worte nicht mit den Geschehnissen der letzten Tage in Zusammenhang brachte, vermutlich vergeblich.

»Vielleicht könnten wir darüber …«

»Was passiert mit dem Jungen, wenn er aus dem Krankenhaus entlassen wird?«, unterbrach ich ihn.

»Das kann ich Ihnen nicht sagen. Es hängt von seiner Aussage ab. Wir müssen wissen, was geschehen ist, warum er zusammengeschlagen wurde. Er ist vermutlich ein Flüchtling. Vielleicht bekommt er Asyl.«

»Und wenn nicht?«

Willer hob bedauernd die Schultern. Dann würde man Salim abschieben. Ich sah Willer vor mir, wie er das Krankenzimmer betrat und den Jungen begrüßte, als wäre er der Trainer einer Fußballmannschaft, der gerade seinen verletzten Spieler besuchte. Kumpelhaft, freundschaftlich. Er hatte eine menschliche Seite.

»Versprechen Sie mir etwas?«

»Kommt drauf an, was.«

»Passen Sie auf den Jungen auf. Vielleicht ist er immer noch in Gefahr.« Ich wich Willers prüfendem Blick aus. »Ich glaube, der Regen hat nachgelassen.« Eilig verschwand ich in der Dunkelheit.

Gio empfing mich in seinen Geschäftsräumen. An einer Längsseite des Büros waren mehrere Monitore angebracht, auf denen Überwachungskameras im Wechsel ihre Bilder ablieferten. Über einem Mischpult ähnlichen Gerät konnte er die Blickwinkel der verschiedenen Kameras verändern. Funkgeräte, Handys und ein Telefon lagen neben dem Pult. Als ich hereinkam, holte er ein Handtuch aus dem Schrank und warf es mir zu.

»Wie ist es gelaufen?«

»Bestens.«

»Hämmerling und du, ihr seid jetzt so, oder?« Er hob grinsend die Rechte und verschlang Zeige- und Mittelfinger miteinander.

»Ja, so ungefähr.«

»Ich habe dir gesagt, dass es Schwierigkeiten geben wird«, erinnerte Gio mich an seine Prophezeiung, nachdem ich ihm von dem Gespräch berichtet hatte.

»Beugehaft. Der kann mich doch nicht einfach in Beugehaft nehmen!« Sofort war ich wieder auf Hundertachtzig.

»Wenn er will, kann er.«

»Das ist Willkür!«, schimpfte ich. Ich stand mit dem Rücken an die Wand gelehnt, die Arme vor der Brust verschränkt und starrte auf die Bilder der Überwachungskameras. Es hatte etwas Einschläferndes.

»Nein, das ist ein legitimes Ordnungsmittel gemäß Strafprozessordnung«, ließ Gio den Expolizisten raushängen. »Hämmerling hat ja nicht ganz Unrecht. Du verheimlichst ihm was.«

»Auf wessen Seite stehst du eigentlich?«, fauchte ich ihn an. »Außerdem weiß er das doch gar nicht.«

»Er ist nicht dumm, und wir wissen nicht, was er weiß. Wir wissen ohnehin viel zu wenig von dem, was hier gespielt wird.«

»Hm.« Ich beobachtete stumm die Monitore. Es war spät und die Aufnahmen hätten Standbilder sein können, so wenig passierte auf den Bildschirmen. Hin und wieder sah man einen von Gios Mitarbeitern, der auf seiner Runde prüfte, ob alle Türen richtig verschlossen waren. »Die werden Salim abschieben«, sagte ich nach einer Weile. »Wenn er nicht aussagt, werden die ihn abschieben.«

»Selbst wenn er aussagt, wäre das keine Garantie dafür, dass man ihm Asyl gewähren würde.«

Ich sah zu Gio. »Wieso nicht? Wenn er damit hilft, diese Schlepperbande zu kriegen?«

»Er ist illegal in Deutschland, man hat Drogen bei ihm gefunden, das kriminalisiert ihn. Er ist vermutlich kein direktes Opfer der Schlepperbande. Das Opfer ist sein Bruder. Für die Zeugenaussage bei Gericht ist er vielleicht noch finanzierbar, aber danach ...«

»Das ist nicht dein Ernst?«

»Doch, und wie du schon sagtest, ist es fraglich, ob er überhaupt aussagen würde. Schließlich haben sie ihn schon einmal halb totgeschlagen. Vermutlich hat er noch irgendwo Geschwister oder Familie, die von der Bande bedroht werden könnten.«

»Aber, das ist doch ...« Meine Hände ballten sich zu Fäusten. In was für einer verfluchten Welt lebten wir? »Irgendetwas muss man doch tun können!«

»Wir müssen die Drahtzieher finden. Interessant wäre auch zu wissen, wie Djadi in die Hände der Schlepperbande geraten ist. Hat man ihn aus Syrien verschleppt, kommt er aus irgendeinem Auffanglager, war er bereits in Deutschland ...?«

»Was ist mit Aichroth?«, kam mir ein anderer Aspekt in den Sinn. »Wie ist er in Kontakt mit der Bande getreten?«

»Heutzutage sind die doch alle vernetzt. Vielleicht gibt es ein Online-Bestellformular auf einer Homepage, die über einen Server auf den Cayman Islands läuft«, kam es mit bitterem Sarkasmus von Gio.

Ich strich mir die Haare aus dem Gesicht. »Online-Bestellformular?«

Gio zuckte die Achseln. »In manchen Ländern kannst du dir einen Killer übers Internet bestellen.«

In meinem Kopf begannen die Gehirnzellen schneller zu arbeiten. »Kann ich oben an deinen Rechner?«

»Was hast du vor?«

»Ich will etwas überprüfen.«

»Per causa mia.«

Da ich noch immer keine Zeit gefunden hatte, einen Italienisch-Kurs an der Volkshochschule zu besuchen, interpretierte ich seine Worte als Zustimmung und ließ ihn allein.

Ich wusste bereits, dass es sich bei der »pict.to« um einen Webserver handelte, und ließ einen Portscanner laufen. Es dauerte nicht lange, und ich hatte eine Liste aller offenen Ports. Das war ein Anfang. Dass für die Datenübertragung verschlüsselte Protokolle verwendet wurden, war keine große Überraschung. Interessanter war, dass es sich bei dem Webserver um eine ältere Version handelte. Nicht unbedingt ungewöhnlich, denn nicht jeder Betreiber hielt seine Software stets auf dem aktuellsten Stand. Aber gut für mich. So konnte ich bekannte Sicherheitslücken ausnutzen, um mir Zugriff auf den Rechner zu verschaffen.

Meine Finger flogen über die Tastatur. Eilig bemühte ich mich, meine Spur sofort wieder zu löschen, sobald ich einen Schritt weiter in das System eingedrungen war, damit mich niemand entdeckte. Ich notierte alle Informationen auf einem Zettel, weil ich befürchtete, Dominik könnte mich wieder aufspüren und meine Arbeit zunichtemachen. Aber Dominik meldete sich nicht.

Schließlich hatte ich mir Administratorenzugriff verschafft und bastelte mir ein Hintertürchen, um zukünftig schnell und unbemerkt auf den Rechner zu kommen. Ich gähnte und streckte die Arme zur Decke. Mein Nacken schmerzte, meine Augen brannten vor Anstrengung und Müdigkeit. Es war wieder einmal weit nach Mitternacht, und ich hatte das Schlafdefizit von der Nacht zuvor noch nicht aufgeholt.

Ich ging in die Küche, trank ein Glas Leitungswasser. Dann kehrte ich zurück an den Computer. Okay, ich hatte Administratorenrechte. Ich hatte Zugriff auf alles, was sich auf diesem Server im Südpazifik befand. Ich lockerte meine Finger. Wo sollte ich beginnen? Ich startete einen Suchlauf nach Bilddateien. Innerhalb kürzester Zeit ratterten zahllose Dateinamen über den Bildschirm. Ich stoppte den Lauf, wählte eines der Bilder wahllos aus und ließ es mir anzeigen.

»Scheiße.« Ich öffnete ein zweites Foto. Ein Drittes. Derselbe Dreck. Ich klickte die Fotos weg, meldete mich ab, schaltete den Rechner aus. Minuten verstrichen, fünf, zehn, zwanzig. Ich starrte auf den Monitor. In mir vibrierte alles, mir war schlecht. In meinem Kopf war eine beängstigende Leere. Dunkle schwarze Leere. Keine roten Lippen, keine rosa Wangen, keine zarte, verletzliche Haut. Schwarz.

»Ich dachte, du schläfst längst.« Gio saß zurückgelehnt auf seinem Bürosessel, hatte die Füße auf den Schreibtisch gelegt und reckte sich, als ich das Büro betrat.

»Nein.« Ich blieb an den Türrahmen gelehnt stehen, froh darum, in sein vertrautes Gesicht zu schauen. Es strahlte Ruhe aus und eine liebevolle Aufmerksamkeit.

»Was ist los, *bella mia*?«

»Ich …« Ich musste mich räuspern, schluckte trocken. »Ich hab den Computer in Tonga gehackt.«

»Ich hoffe, du hast dich nicht erwischen lassen.«

»Ich denke nicht.«

»Ein eindeutiges Nein wäre mir jetzt lieber gewesen.« Er nahm die Füße vom Tisch, richtete sich in seinem Stuhl auf. »Und was hast du in Tonga gefunden?«

»Dreck.« Ich nagte an meiner Lippe, versuchte, die Bilder, die ich gesehen hatte, aus meinem Kopf zu verscheuchen.

Gio wartete schweigend auf weitere Informationen.

»Kinderfotos. Ich hab mir nur zwei, drei Bilder angeschaut. Da ist mehr drauf, viel mehr. Aber ich … ich konnte das nicht.« Ich würde diese Aufnahmen nie wieder aus meinem Kopf bekommen. Die Bilder waren grausam gewesen. Kleine, gepeinigte Seelen. Der Schmerz schnürte mir die Brust zu. »Warum machen Menschen so etwas? Ich versteh das nicht.« Ich schlug die Faust gegen die Wand, einmal, zweimal. Dann war Gio bei mir und fasste meine Handgelenke.

»Hey, mein Haus ist unschuldig. Lass es stehen.«

Ich lehnte meine Stirn gegen seine Brust. »Warum, Gio? Ich verstehe das einfach nicht!«

13

Ich hatte bei Gio übernachtet. Als ich kurz nach acht aus dem Bad kam, hatte er seine Nachtschicht beendet, der Frühstückstisch war gedeckt. Im Hintergrund säuselte das Radio. Gio war müde, lächelte aber dennoch, als ich in die Küche kam.

»*Buon giorno, bella mia.* Konntest du ein wenig schlafen?«

»Ging so.«

Er bereitete einen Cappuccino für mich zu. In das Zischen und Blubbern der Maschine drang kaum verständlich die Stimme des Nachrichtensprechers: »…ne Nacht … Feuerwehr zum … Explosi… dauern an.« Der Cappuccino war fertig.

»Was hat der gerade gesagt? Was ist explodiert?«

»Ein kleines Ferienhaus am Rand des Schönbuchs. Gegenwärtig geht die Polizei von einer Gasexplosion aus. Vermutlich hat jemand vergessen, den Gashahn zuzudrehen. Es ist seit sechs in den regionalen Nachrichten.«

Ich war hellwach. »Die haben die Hütte in die Luft gejagt?«

»Ich habe noch keine näheren Informationen.« Er deutete einladend auf die Holzbank und setzte sich selbst auf einen Stuhl. »Frühstück?«

Ich ließ mich am Tisch nieder und füllte Müsli in eine Schale. »Die kriegen kalte Füße. Die verwischen ihre Spuren.«

»Vielleicht war es tatsächlich ein Unfall, ein technischer Defekt …«

»Das glaubst du doch selbst nicht. Die töten Aichroth …«

»Das wissen wir nicht.«

»Wer sollte ihn sonst umgebracht haben?«

»Du weißt, nach wem sie suchen.«

»Das ist nicht dein Ernst!« Ich hob entsetzt den Blick. »Du glaubst doch nicht, dass Dominik ihn getötet hat?«

»Ich weiß es nicht. Eigentlich kann ich mir nicht vorstellen, dass er so eindeutige Spuren hinterlassen hätte …«

»Er würde so etwas nicht tun.« Wieso verteidigte ich diesen Kerl, nach dem was er mir angetan hatte? Das Foto, das er mir gezeigt hatte, blitzte vor meinen Augen auf. Er wird sterben, hörte ich Dominiks Stimme ganz leise in meinem Kopf. Einen kurzen Moment wurde mir schwindelig. »In der Hütte, … war da jemand drin?«

»Sie haben nichts von Toten oder Verletzten berichtet.« Gio musterte mich aufmerksam. »Warum fragst du?«

»Ich … wollte es nur wissen.«

»Nein, wolltest du nicht. Warum hast du gefragt?«

Unter seinem prüfenden Blick stieg mir das Blut in die Schläfen. Ich griff nach der Tasse, wollte mich dahinter verstecken. Gio legte seine Hand auf meinen Unterarm, bevor ich die Tasse heben konnte. Ich schwieg. Das Brummen des Kühlschranks drang in der Stille unnatürlich laut an meine Ohren.

»Kirstin.« Noch immer lag seine Hand auf meinem Arm. Ich wich seinem Blick aus, blinzelte einige Male, um klarer sehen zu können.

»Es ist alles so diffus …«

»Sag es einfach.«

»Ich … er hat mir dieses Foto gezeigt. Ich fragte ihn, wer dieser Mann sei.« Meine Augen wanderten auf der Suche nach den richtigen Worten durch die Küche.

»Und dann? Was hat er gesagt?«

»Ich bin nicht sicher …«

»Was hat er gesagt?« Gios Griff wurde fester.

»Vielleicht habe ich mich verhört, vielleicht ist das auch nur in meinem Kopf.« Welche Folgen würde es für Dominik haben, wenn ich es Gio sagte?

»Raus damit.«

»Er … er sagte: Er wird sterben. Der Mann auf dem Foto wird sterben.«

Gio gab meinen Arm wieder frei, lehnte sich zurück und stieß laut die Luft aus. »*Merda.*«

Nach der Hälfte meines Müslis gab ich auf. Gio war in stumpfes Schweigen verfallen und grübelte vor sich hin.

»Ich bin mir nicht sicher, ob er das tatsächlich gesagt hat«, riss ich ihn aus seinen Gedanken. Ich presste die Finger an meine Schläfen. »Ich kann mich nicht richtig erinnern. Es ist alles so verschwommen.«

»Er hat gesagt, er steigt aus. Da warst du noch klar bei Verstand, oder?«

»Ja.«

»Warum steigt er aus? Weil er unseren Weg nicht mehr gehen will. Es reicht ihm nicht.«

»Wenn die Person auf dem Foto tatsächlich irgendwelche Pädophilen mit kleinen Kindern versorgt, dann hat der es doch …«

»Stopp!« Gio streckte mir bremsend die flache Hand entgegen. »Das ist nicht unser Weg. Niemals! Wir haben nicht das Recht, Menschen zu töten! Hörst du?«

Ich war ja nicht taub. Schweigend löffelte ich die Reste des Milchschaums aus meiner Tasse. Ich sollte mich demnächst auf den Weg zur Arbeit machen. Die Bilder, die ich in der Nacht entdeckt hatte, schoben sich wieder vor mein inneres Auge. Sollte Dominik diesen Kerl doch umbringen. Diese Leute hatten es nicht besser verdient.

»Wir töten niemanden«, sagte Gio energisch.

Ich hob den Blick. »Ich hab doch gar nichts gesagt.«

»Es steht auf deiner Stirn.« Er deutete mit dem Zeigefinger auf mein Gesicht, als stünden tatsächlich die Worte dort geschrieben.

»Du hast die Bilder nicht gesehen.«

Es entstand wieder eine nachdenkliche Stille zwischen uns. Schließlich strich Gio sich mit den Händen durch die Haare. »Du hast Zugriff auf diesen Server, oder?«

»Ja.«

»Kannst du mir unauffällig ein paar Daten runterladen?«

Ich beäugte ihn misstrauisch. »Warum?«

»Ich werde Kevin bitten, heute Mittag zu kommen. Wir schauen uns die Bilder an. Wir müssen feststellen, in welche Kategorie sie fallen.«

»Kategorie?«

»Es gibt bei Nacktbildern von Kindern unterschiedliche Kategorien. Der Besitz von Bildern, auf denen Kinder zum Beispiel einfach nackt spielen, ist nicht unbedingt strafbar. Es müssen klare …«

»Spielen? Ein kleines Mädchen, nackt, mit Händen und Füßen auf einen Tisch gefesselt. Die haben ihr … Die haben ihr …« Meine Stimme versagte, Tränen schossen mir in die Augen. Die Fotos tanzten vor meinen Augen. Ich konnte nichts dagegen tun, schlug hilflos mit der Faust auf den Tisch. »Diese perversen Schweine haben es nicht besser verdient, als dass man ihnen eine Kugel in den Kopf jagt!«

Gio riss bestürzt die Augen auf. »Kirstin …«

»Das ist Dreck! Elender, verfluchter Dreck!« Ich schlug erneut auf den Tisch, sprang auf. Ich wollte rausstürmen, aber die Tränen ließen sich nicht mehr bremsen, nahmen mir die Luft, schüttelten meinen Körper in einem heftigen unkontrollierbaren Krampf.

Gio war sofort bei mir, legte seine Arme fest um mich und hielt mich. Ich war entsetzt, ich war wütend, und ich war so verdammt hilflos. Gio hielt mich, bis der Krampf sich löste, ich wieder atmen konnte. Dann drückte er mich mit sanfter Gewalt zurück auf die Bank. Er riss zwei Lagen von der Küchenrolle und reichte sie mir. Ich wischte Rotz und Tränen aus dem Gesicht, wagte nicht, ihn anzusehen.

Gio setzte sich mir schräg gegenüber und nahm meine Hand.

»Diese Bilder … Sie machen mich so …« Mir fehlten die Worte, um zu beschreiben, was ich fühlte.

»Sinnlos, dich zu bitten, aus der Sache auszusteigen, oder?«

Erst jetzt konnte ich den Blick zu ihm heben. »Absolut sinnlos. Wenn Dominik euch nicht hilft, dann braucht ihr mich, mein Computerwissen.«

Er strich mit dem Daumen über meinen Handrücken. »Versuch, Abstand zu halten. Lass es nicht zu nah an dich ran.«

»Verrätst du mir, wie ich das machen soll?«

»Ich bin leider kein Therapeut.«

Augenblicklich entzog ich ihm meine Hand. »Ich brauche keinen Therapeuten!« Ich stand auf.

»Das sehe ich«, hörte ich Gio noch im Hinausgehen frustriert sagen.

+++

Man sah mir meinen morgendlichen Zusammenbruch noch an, als ich zur Arbeit kam. Ich hatte mich zwar geschminkt, aber meine Augenlider waren geschwollen. Ich ging mit eiligem Gruß an den Kollegen vorbei und verbarrikadierte mich hinter meinem Rechner. Ich konnte mich nicht konzentrieren, klickte unmotiviert durch meine Aufträge, ohne auch nur einen einzigen davon zu lesen. Jede Minute, die ich hier tatenlos herumsaß, gab dieser Bande Zeit, ihre Spuren zu verwischen, Salim etwas anzutun und von irgendwo für perverse Arschlöcher kleine Kinder zu entführen. Djadi. Wo war Djadi? Ob es auch von ihm solch schreckliche Fotos gab? Wir hatten bisher keinen einzigen Hinweis über seinen Verbleib gefunden. Was war mit der Polizei? Suchten die nach ihm?

Um irgendetwas zu tun, loggte ich mich auf die Idaho-II ein und suchte nach Spuren des Hackerangriffs, von dem Richard mir berichtet hatte. Er hatte mich darum gebeten, somit konnte ich ganz legitim auf dem Rechner arbeiten.

Ich startete einige Suchprogramme auf der Maschine. Aber egal, was ich auch versuchte, ich fand nichts Verdächtiges. War es Dominik, der hinter dem Hackerangriff auf der Idaho steckte? Oder war es jemand von dieser verfluchten Bande? Übersah ich irgendetwas?

»Viel zu tun?« Patrick erschien hinter der Stellwand.

»Hält sich in Grenzen.«

»Was machst du gerade?«

Auf meinem Monitor war noch ein Kommandofenster zur Idaho geöffnet. »Richard hatte mich gebeten, mal wegen des Hackerangriffs auf die Kiste zu schauen.«

»Ich denke, da ist nichts passiert?«

»Ja, sieht alles gut aus.« Ich loggte mich aus und wandte mich ihm wieder zu. »Wolltest du was Bestimmtes von mir?«

»Nur schauen, wie es dir geht.«

»Alles bestens.«

Er sah mir zweifelnd ins Gesicht. »Du siehst aber nicht so aus.«

»Ich werde hier nicht fürs Aussehen bezahlt, oder?«, erwiderte ich gereizt.

Er kam einen Schritt näher an meinen Schreibtisch. »Kirstin, was ist los mit dir?«

»Nichts. Würdest du mich jetzt bitte wieder arbeiten lassen?«

»Ja, natürlich.« Er warf noch einmal einen Blick auf meinen Monitor. »Vergiss die Idaho und kümmere dich um wichtigere Dinge. Da sind seit zwei Stunden drei Tickets in deiner Queue. Wie wäre es, wenn du diese Aufträge mal abarbeitest?«

Mist. Allzu oft sollte ich mir diesen patzigen Ton gegenüber meinem Teamleiter nicht erlauben, tadelte ich mich selbst. Ich öffnete die Arbeitsaufträge. In einer Datenbank hatte sich ein Prozess aufgehängt, was dazu führte, dass das verwendete Programm nur noch in Zeitlupe arbeitete. Es gab bereits einige Kundenbeschwerden. Die Behebung dauerte keine zwei Minuten. Kümmere dich um wichtigere Dinge. Ich nahm meine Handtasche, suchte die Visitenkarte, die Willer mir damals nach der ersten Befragung gegeben hatte, und rief ihn an.

»Landeskriminalamt Stuttgart, Kriminalhauptkommissar David Willer am Apparat.«

»Das ist mal eine Ansage«, gratulierte ich ihm zu seiner fehlerfreien Begrüßung. »Kirstin Schwarz.«

»Frau Schwarz, was verschafft mir die Ehre?«

Ich meinte, eine Mischung aus Überraschung, Dienstbeflissenheit und Freude aus der Stimme zu hören.

»Ich, ähm …« Ich geriet ins Stocken. War es richtig, was ich tat?

»Was kann ich für Sie tun?«

»Ich … nein, ich glaube, ich habe mich verwählt.« Ich verzog das Gesicht zu einer Grimasse, während Willer in mein Ohr lachte.

»Frau Schwarz, was haben Sie auf dem Herzen? Geht's um den Jungen?«

Salim. »Ja.«

»Was wollen Sie wissen?«

»Geht es ihm gut?«

»Den Umständen entsprechend.«

»Denken Sie, ich könnte ihn noch einmal besuchen?«

Am anderen Ende wurde es still. Willer schien erst einmal über mein Anliegen nachdenken zu müssen. »Kennen Sie das Kaffeehaus Villa Berg?«, fragte er schließlich.

»Nein.«

»Es liegt im Osten, Ecke Hackstraße und Werderstraße. Direkt an der Straßenkreuzung ist eine U-Bahnhaltestelle. Ich bin um fünf Uhr dort. Kommen Sie dorthin, dann können wir uns über einen Besuch unterhalten.«

»In einem Café?«

»Möchten Sie lieber in die Dienststelle kommen?«

»Nein, eigentlich nicht.«

+++

Das Café befand sich unweit des Bergfriedhofs, gegenüber der Rückseite des Karl-Olga-Krankenhauses. Es war nicht das, in dem Salim lag. Warum hatte Willer mich ausgerechnet hierher bestellt? Von außen wirkte der Laden recht unscheinbar, drinnen empfing mich gemütliche Wiener Kaffeehausromantik: dunkle Holzdielen, dunkle Möbel, alles sehr geräumig aufgestellt, sodass keine Beklemmung aufkam. Kronleuchter hingen von der Decke, und an den Wänden befanden sich Regale, dekoriert mit Kaffeemühlen, Kaffeedosen und altem geblümtem Porzellan.

Ich entdeckte Willer an einem Tisch am Fenster im hinteren Bereich des langgezogenen Raumes. Er telefonierte und hob die Hand, als er mich hereinkommen sah.

Ich ging zu ihm. Er lächelte mir entgegen, während er seinem Gesprächspartner lauschte.

»Ich muss jetzt Schluss machen. Was? … Ich werde das mit Fischer klären. Später.« Er deutete auf den Platz vor sich. Ich setzte mich ihm gegenüber, sah aus dem Fenster und gab vor, seinem Gespräch nicht zu lauschen. Die Situation gefiel mir überhaupt nicht, als hätte ich ein heimliches Stelldichein mit einem verheirateten Familienvater.

»Das nehme ich auf meine Kappe.« Willer beendete das Gespräch.

Ich wandte den Blick vom Fenster zu ihm. »Hallo.«

»Hallo.« Er schien zu überlegen, ob er mir die Hand reichen sollte, strich stattdessen über das Smartphone, das er auf den Tisch gelegt hatte. Er wirkte etwas verlegen. »Was möchten Sie trinken?«

»Cappuccino.«

Er winkte der Bedienung. »Möchten Sie auch etwas essen? Die haben hier hervorragenden Kuchen.«

»Nein. Das ist hier kein romantisches Date, oder?«

»Ein …?« Er schüttelte den Kopf. »Nein, ist es nicht. Essen Sie nur, wenn Sie ein Date haben?«

»Dann wäre ich längst verhungert.«

»Das glaube ich nicht.« Er legte die Unterarme auf den Tisch und verschränkte die Finger ineinander. Seine Augen fixierten mich. »Kann ich gleich zur Sache kommen, oder möchten Sie noch ein wenig Small Talk machen?«

Ich verfluchte mich. Nie hätte ich mich auf dieses Treffen einlassen sollen. Ich lehnte mich mit verschränkten Armen zurück, erwiderte seinen taxierenden Blick. »Legen Sie los.«

»Was haben Sie gegen die Polizei?«

Mit dieser Frage hatte ich nicht gerechnet. »Nichts.«

»Und warum sperren Sie sich so gegen eine Zusammenarbeit?«

»Ich wusste nicht, dass Sie mich anheuern wollen.«

»Sie wissen, was ich meine. Sie enthalten uns Wissen vor. Wissen, das wichtig sein könnte für unsere Ermittlungen.«

Die Kellnerin brachte die Getränke und verschaffte mir einen Augenblick Zeit, meine Gedanken zu sortieren. Ich sah wieder zum Fenster. Ein kleiner kompakter Typ mit Zigarette und Strickmütze stand auf der anderen Straßenseite und rauchte.

»Ich weiß nichts.«

»Und warum wollen Sie den Jungen besuchen?«

»Weil er mir leid tut.«

»Wenn er Ihnen so leid tut, dann helfen Sie uns, die Leute zu finden, die das getan haben.«

»Ich habe Ihnen alles gesagt, was ich weiß.«

»Haben Sie nicht.«

Ich wich seinem Blick aus. Draußen warf der Typ mit der Mütze den Stummel seiner Kippe auf die Straße und zog weiter. Irgendetwas in mir wollte Willer vertrauen, er wirkte so … aufrichtig. Aber konnte ich mich auf mein Gefühl verlassen? Was sollte ich tun? Ich hatte ihn angerufen, weil ich seine Hilfe brauchte, um Salim zu sehen. Im Gegenzug musste ich ihm etwas bieten. Ein simpler Deal. Ich wandte mich ihm wieder zu. »Als ich das letzte Mal im Krankenhaus war, hat Salim einen Namen genannt: Djadi.«

Willer konnte sich ein kleines Siegerlächeln nicht verkneifen. »Sie wissen also, dass der Junge Salim heißt?«

»Das hat der Hämmerling doch gestern gesagt.«

»Herr Hämmerling, wenn ich bitten darf.«

»Wissen Sie, wer Djadi ist?«, ignorierte ich seinen Tadel.

»Ja. Und Sie?«

Ich hob die Schultern.

»Woher kennen Sie Djadi?«, hakte er weiter nach.

»Ich kenne ihn nicht.«

»Aber Sie wissen, dass Djadi ein Jungenname ist.«

»Er ist Salims Bruder.«

»Hat er Ihnen das erzählt?«

Ich konnte ihm nicht sagen, wie ich an diese Information gekommen war, und schwieg.

Willer zog ratlos die Stirn in Falten. »Was haben Sie mit dieser verfluchten Geschichte zu tun? Helfen Sie mir, das zu verstehen. Sie sind eine junge, intelligente Frau. Sie haben einen guten Job, ein geregeltes Leben. Sie haben einen mehr oder weniger anständigen Freund, und dann geraten Sie in so eine schmutzige Sache …«

Mehr oder weniger? Allzu hoch schien seine Meinung von Giorgio Paradi nicht zu sein. »Ich bin da reingestolpert, als ich nachts auf dem Weg zur S-Bahn war.«

»Das ist Ihre Definition der Dinge.« Er sah in meine leere Tasse, nahm Handy und Autoschlüssel und schob seinen Stuhl zurück. »Kommen Sie mit.«

»Wohin?«

»Sie wollten doch mit dem Jungen reden. Ich brenne darauf zu hören, was Sie ihm zu sagen haben.«

Salim sah etwas besser aus als zwei Tage zuvor, auch wenn sein Gesicht noch immer ein Gestell und zahlreiche Blessuren zierten. Er blickte uns entgegen, als Willer mit mir hereinkam.

»Hallo, Salim, ich habe dir eine alte Freundin mitgebracht«, begrüßte Willer ihn wieder in kumpelhafter Manier.

»Christin.« Ein Lächeln deutete sich auf Salims Gesicht an.

»Hey, Salim.« Meine Stimme war nicht halb so locker, wie die von Willer. Der Kommissar bedeutete mir, näher ans Bett zu treten. Er selbst blieb im Hintergrund stehen.

»*How are you?*«, stammelte ich.

»Djadi?« Er sah mich mit großen Augen an. Das Sprechen fiel ihm noch immer schwer. »*Where is Djadi?*«

»*I … I don't know …*« Wieder blitzten die Bilder der vergangenen Nacht vor mir auf. Ich hoffte, dass es von seinem Bruder keine solchen Fotos gab.

Salim bewegte eine Hand in meine Richtung. Ich trat näher ans Bett, ergriff seine Finger. Seine Augen glänzten.

»*He promised …*«

»*Listen …*« Ich sah zu Willer, der uns aufmerksam beobachtete. »*You have to talk to the police. Tell them, what you know. Tell them everything, please.*« War ich das, die da redete und verlangte, dass er sein Wissen der Polizei preisgab?

»Djadi …«

Er wollte zu seinem Bruder, und ich konnte ihm nicht helfen. Es brach mir das Herz. Ich beugte mich näher zu seinem Gesicht, flüsterte, in der Hoffnung, dass Willer nicht alles verstand. »*Please, Salim. You can help stop it. You know, what I mean?*«

Salim schloss die Augen. Er wollte nicht mit mir reden. Nicht, solange ich nicht seinen kleinen Bruder zu ihm brachte. Hilflos sah ich zu Willer. Er ließ mich einige Sekunden zappeln, dann trat er an Salims Bett.

»Wer hat dir versprochen, deinen Bruder zu retten? *Who promised?*«

Salim schwieg.

»*Was it she? Was it this woman?*«

Ich starrte Willer ungläubig an. Was hatte er sich da für eine Theorie zusammengereimt?

»*No*«, kam es kaum hörbar aus dem Bett. »*Mister Smith. He promised.*«

»*Mister Smith?* Wer ist das? *Who is Mister Smith?*«

»*He's friend. He promised.*«

»Wie sieht er aus? *How does he look like?* Kannst du ihn mir beschreiben? Woher kennst du ihn?« Willer war voller Eifer, anscheinend hatte er vergessen, dass ich neben ihm stand.

Unter den geschlossenen Lidern traten Tränen hervor. »*My dad was killed. My sister … they raped her. They killed her. They wanted to kill all of us. We had to run away. My mother and my brother and I.*«

Sie waren geflüchtet. Sein Vater und seine Schwester waren vermutlich in Syrien getötet worden. Würde dieser Krieg denn nie ein Ende haben? Salim atmete schwer, brauchte eine Weile, bevor er wieder sprechen konnte.

»*We came to Lampedusa. It was bad, so bad … man came, took Djadi. I followed.*« Die Schmerzen und die Erinnerung nahmen ihm die Luft. »*Then Mister Smith came. He is good man. He promised save Djadi.*«

Mir stockte der Atem. Lampedusa, eine Insel im Mittelmeer, zwischen Sizilien und Nordafrika. Gio war auf Sizilien gewesen! Hatte er mir doch nur einen Teil der Geschichte von Djadi erzählt? Hatte er mir schon wieder Wissen vorenthalten? Was wusste er über Djadi?

»Wo ist er jetzt? *Where is Mister Smith?* Ist er hier in Stuttgart?«, hakte Willer nach.

»*Don't know.*«

»Wo ist er? Wolltet ihr euch treffen?« Willer redete weiter auf den Jungen ein, aber Salim wehrte nur noch erschöpft ab. Tränen liefen über seine Wangen.

»*Djadi … where is my brother?*«

Ich war müde und verwirrt und traurig und vor allem schon wieder mächtig wütend, als ich mit Willer das Krankenhaus verließ. Ich musste unbedingt mit Gio reden. Willer ging gedankenversunken neben mir, die Hände in den Sakkotaschen versteckt.

»Wo soll ich Sie hinbringen?«, fragte er, nachdem wir die Klinik verlassen hatten.

»Nirgends.«

»Nach Hause oder zu Ihrem Freund?«

»Ich kann mit der Bahn fahren.«

»Ich weiß. Aber ich möchte noch mit Ihnen reden.« Er fasste meinen Ellenbogen und dirigierte mich zu seinem Wagen.

»Zu Herrn Paradi.«

»In Ordnung.« Er fragte nicht, wo Gio wohnte, offensichtlich kannte er die Adresse. Es war mir recht, so musste ich nichts weiter sagen. Ich drehte den Kopf zur Seite und starrte aus dem Fenster. Hatte Gio mich schon wieder belogen?

»Sie sind ein Phänomen«, durchbrach Willer meine finsteren Gedanken.

»Wieso?«

»›*You have to talk to the police.*‹ Das aus Ihrem Mund!« Er begann zu lachen. »Wenn ich das Friedrich erzähle, der fällt vom Stuhl.«

»Ich finde das nicht lustig.«

»Sie haben recht, aber …« Er konnte nicht aufhören zu lachen. »Sie sind wirklich einmalig. Seit Tagen, seit Wochen reden wir auf Sie ein, damit Sie uns sagen, was Sie wissen, und dann so was … ›*You have to talk to the police.*‹ Ich dachte, ich höre nicht richtig.« Er räusperte sich, bemühte sich darum, wieder ernst zu werden. »Entschuldigen Sie. Wer ist Mister Smith?«

»Keine Ahnung.«

»Ihr Freund? Giorgio Paradi?«

»Ganz bestimmt nicht.«

»Er ist Italiener.«

»Eben, und darum würde er sich ganz sicher nicht den Namen ›Smith‹ geben.«

»Wer steckt dann hinter Mister Smith?«

»Woher soll ich das wissen?«, fauchte ich ihn an.

Willer lachte wieder. Er war anscheinend bester Laune. »Jetzt sind Sie wieder ganz die Alte. Ich durchschau Sie noch nicht ganz. Sie sind so wütend und gleichzeitig …«

»Hören Sie auf, mich zu analysieren.«

»Das gehört zu meinem Job.«

Ich sah wieder aus dem Seitenfenster. Am liebsten wäre ich aus dem fahrenden Auto geflüchtet.

»Was meinten Sie damit, als Sie sagten: ›*You can help stop it.*‹ Wobei kann er helfen?«

»Zu verhindern, dass diese Nazi-Schweine weiter umherlaufen und ausländische Jungs halb totschlagen.«

Er ging vom Gas und suchte einen Parkplatz vor Gios Haus. »Frau Schwarz, Sie wissen, dass es hier um etwas ganz anderes geht.«

»Ich weiß gar nichts.«

»Das glaube ich Ihnen nicht.« Er drehte sich zu mir und sah mir direkt ins Gesicht. »Reden Sie mit mir. Beherzigen Sie doch einfach den Ratschlag, den Sie gerade dem Jungen gegeben haben, einmal für sich selbst.«

»Ich habe getan, was ich konnte.«

»Sie sind ein schwieriger Fall.« Er presste enttäuscht die Lippen zusammen. »Ich danke Ihnen trotzdem. Sie haben geholfen, den Jungen zum Reden zu bringen. Dieses Wissen könnte wichtig für unsere Ermittlungen sein. Ihnen ist klar, dass all das, was Salim gerade erzählt hat, unter uns bleiben muss? Sie dürfen mit niemandem darüber reden.«

Ich gab ein zynisches »Tz« von mir. Erst Hämmerling, jetzt Willer.

»Wie darf ich das verstehen?«

»Analysieren Sie es doch mal.«

+++

»Lampedusa, klingelt da was bei dir?« Zornig drängte ich an Gio vorbei in seine Wohnung.

Er hob irritiert die Augenbrauen. »Das ist eine Insel im Mittelmeer, warum?«

»Bravo, und hattet ihr da eine schöne Zeit, du und Mister Smith?«

»Mister … wer? Könntest du mal bitte Klartext reden?«

»Mister wer?«, schrie ich ihn an. »Willst du mich verarschen?«

»Ähm … nein.« Er hob unschuldig die Hände.

Aus der Küche erklangen Schritte, und Tony erschien im Türrahmen. »Die liebe Kirstin, wer sonst?«

Der Arzt mit den tollen Fragen. »Halt du dich da raus!«

»Okay, jetzt atmen wir alle mal tief durch und beruhigen uns wieder.«

»Ich bin ruhig«, erklärte Gio noch immer verwirrt von meiner verbalen Attacke.

»Dich habe ich auch nicht gemeint.« Tony sah zu mir. »Einatmen und wieder ausatmen.« Er hob zur Untermalung langsam seine rechte Hand vor seinem Körper und senkte sie wieder. »Mach mit, das ist eine ärztliche Anweisung. Einatmen … ausatmen …« Die Hand ging rauf und runter.

Ich starrte ihn wutschnaubend an. Tony fuhr unbeirrt mit seinen Anweisungen fort.

Gegen meinen Willen folgten meine Augen seiner Handbewegung, und mein Puls wurde tatsächlich etwas ruhiger. »Du hast sie doch nicht mehr alle«, gab ich schließlich zähneknirschend klein bei.

»Ich denke, jetzt haben wir eine Basis, auf der wir miteinander reden können. Gio?« Er nickte ihm aufmunternd zu.

»Komm erst mal rein, und dann erkläre mir bitte, was es mit Lampedusa und Mister Smith auf sich hat.« Gio ging mit Tony in die Küche. Ich folgte ihnen. Ein zusammengeklappter Laptop stand auf dem Tisch, eine Mappe mit Unterlagen lag daneben.

»Setz dich. Willst du was trinken?«

»Nein, danke. Was macht ihr hier?« Ich zeigte auf den Rechner.

»Erst du.« Gio setzte sich mir gegenüber.

»Salim war mit seiner Mutter und seinem Bruder auf Lampedusa.«

»Woher weißt du das?«

»Ich war bei ihm.«

Die flache Hand landete mit lautem Klatschen auf dem Küchentisch. Dieses Mal ging Tonys beruhigende Handbewegung an Gio. Einatmen. Ausatmen. Super, jetzt hatten wir einen Mediator.

»Warst du allein bei dem Jungen?«

»Nein.« Ich erzählte den beiden von meinem Anruf bei Willer und dem Besuch im Krankenhaus. Das Treffen im Café ließ ich aus.

»Ich war in keinem Flüchtlingslager auf Lampedusa, und ich habe auch keinen Mister Smith getroffen«, erklärte Gio. »Allerdings liegt ja wohl auf der Hand, wer Mister Smith ist.«

»Pawel Wojcik«, erkannte Tony.

»Dominik«, korrigierte Gio. »Wie kommst du darauf, dass ich mich mit ihm dort getroffen hätte?«

»Du warst zwei Wochen angeblich im Urlaub auf Sizilien, und es wäre ja nicht das erste Mal, dass du mir nur die halbe Wahrheit erzählst.«

»*Dio mio,* du bist nachtragend wie ein Elefant.«

»Nachtragend und Elefant, das sind Worte, die jede Frau gern hört«, kommentierte Tony, der Frauenversteher.

»Die Situation damals war eine andere.« Gio sah mich kopfschüttelnd an.

»Und wie ist die Situation jetzt?«

»Ich war mit meinem Bruder und seiner Familie in unserem Ferienhaus in Sciacca. Ruf ihn an und frag ihn. Bis auf zwei Tage, an denen ich in Stuttgart war, war ich die ganze Zeit mit ihm, Licia und den Kids zusammen. Dominik hat mir nichts von Lampedusa erzählt. Ich bin davon ausgegangen, dass er in Stuttgart auf Salim gestoßen ist.«

»Was ist der Willer für einer?«, fragte Tony.

Ich zuckte die Achseln. »Er kümmert sich um den Jungen. Er ist nett zu ihm.«

»Und nett zu dir.« Der Sarkasmus in Gios Stimme war nicht zu überhören.

Ich funkelte ihn zornig an. Ja, vielleicht war Willer nett zu mir. Wir wollten ja auch beide dasselbe: dem Jungen helfen.

»Und was ist das?« Ich deutete erneut auf den Laptop und die Mappe.

»Wir überlegen, wie wir weiter vorgehen wollen.«

»Und?«

»Wir benötigen mehr Informationen über den Rechner in Tonga.«

»Und da wolltet ihr zwei mal eben die Kiste hacken, oder was?« Meine Frage kam zu zynisch, zu scharf.

Gio kniff verärgert die Augenwinkel zusammen. »Wenn ich nicht wüsste, dass ich die Frage mit dem Leben bezahlen müsste, würde ich dich jetzt fragen, ob du gerade deine Tage hast. Deine Stimmungen schwanken schlimmer als …« Ihm fiel kein passender Vergleich ein.

Einen winzigen Moment lang hatte ich den Impuls, Gio eine Ohrfeige zu verpassen. Ein Blick in seine Augen bremste mich. Ich erinnerte mich an den Morgen. Es war kaum zwölf Stunden her, dass ich in seiner Küche zusammengebrochen war und er mich gehalten hatte. Ich biss die Zähne zusammen.

»Solche Stimmungsschwankungen sind normal nach dem Erlebnis mit den K.-o.-Tropfen«, meldete sich Tony zu Wort. »Sie entstehen aus der inneren Unsicherheit, weil das Opfer nicht weiß, was in den Stunden geschehen ist, in denen es nicht bei Bewusstsein war.«

»Ich bin kein Opfer.«

Tony zog zweifelnd die Lippen schmal. »Und ich bin kein Arzt.«

Ich wollte schon wieder an die Decke gehen. Ich schluckte meine Wut herunter, senkte den Blick auf die Tischplatte und folgte mit den Augen den Maserungen des Holzes. Gio hatte recht, dieses Auf und Ab in mir war aufreibend. Ich hielt mich selbst kaum aus. »Was für Informationen wollt ihr von dem Tonga-Server haben?«, fragte ich etwas ruhiger.

»Am liebsten wüssten wir, wem der Rechner gehört und was für Daten darauf sind«, erklärte Gio. »Wenn ich es richtig verstanden habe, wird der Rechner ja nicht von eurer Firma betreut, oder?«

»Ja, der Rechner könnte aber trotzdem dem Kunden gehören.«

»Die Will Meyer GmbH, richtig?«

»Ja.«

Gio klappte seinen Laptop auf und tippte etwas ein. Dann drehte er den Bildschirm zu mir. »Das ist Wilfried Meyer, der Geschäftsführer des Unternehmens. Ist das der Mann von dem Foto, das Dominik dir gezeigt hat?«

Ich schüttelte den Kopf. »Nein, der sah anders aus. Vielleicht Mitte Vierzig. Osteuropäisch. Dominik sagte, er habe eine Narbe auf der Stirn.«

»Sein Sohn?«, überlegte Tony.

»Er hat nur eine Tochter«, wusste Gio. »Die Bilder, die auf den Tonga-Server transferiert wurden, könnte aber auch irgendein Mitarbeiter der Will Meyer GmbH einstellen, oder?«

»Ja, wenn er Zugangsdaten zu dem Rechner hat.«

»Wir brauchen Namen und Fotos der Mitarbeiter.«

»Eine Mitarbeiterliste kann ich dir besorgen.«

»Ja? Wie?« Gio sah mich interessiert an.

»Wir betreuen deren Rechner, da kann ich mir auch Zugriff auf deren Personalakten verschaffen.«

Mein Gegenüber grinste. »Vielleicht haben die auch Fotos bei den Akten.«

»Gut möglich.«

»Dann sollten wir das auf jeden Fall überprüfen.«

»Gio sprach vorhin davon, dass dieser Server in Tonga ein Webserver ist. Was bedeutet das?«, fragte Tony.

»Auf dem Rechner ist eine Website hinterlegt, auf die man via Internet zugreifen kann. Allerdings ist die Site in diesem Fall passwortgeschützt, sodass sich nicht jeder einfach so den Inhalt anschauen kann.«

»Dann müsste es doch eine Passwortverwaltung geben, oder?«

»Ja, aber die Nutzer werden sich nicht mit ihrem richtigen Namen auf so einer Website anmelden. Die werden irgendeinen Nickname verwenden.«

»Und wie kriegen die ihre Zugangsdaten, um sich auf die Seite einzuloggen?«

»Vermutlich per E-Mail. Aber auch dafür müssen die ihren Namen nicht preisgeben. Es ist ein Leichtes, sich eine beliebige E-Mail-Adresse unter irgendeinem Pseudonamen zuzulegen.«

Tony rieb sich energisch über das Kinn. »Es kann doch nicht sein, dass diese Leute sich völlig anonym durchs Internet bewegen! Gibt es denn keinen Weg festzustellen, wer diesen Mist online stellt und wer sich das anschaut?«

»Wenn es so einfach wäre, diese Leute zu identifizieren, hätten wir keine Probleme mit Internetkriminalität. Es gibt Verschlüsselungsverfahren, mit denen man seine Identität im Netz maskieren kann. Programme, die alles anonymisieren, was du tust, sodass man deine digitale Fährte nicht zurückverfolgen kann. Oder man verwendet einfach gestohlene Identitäten …« Die Möglichkeiten gingen ins Unendliche, und der kriminelle Erfindungsgeist war unerschöpflich. »Aber Dominik hat ja anscheinend irgendetwas entdeckt.«

»Und kannst du das auch entdecken?«

Ich hob die Schultern. »Ich kann's versuchen.«

Da Gio wieder die Nachtschicht in seiner Firmenzentrale übernommen hatte, brachte Tony mich nach Hause. Er bestand darauf, mich bis zur Wohnungstür zu begleiten.

»Gio hat mir von heute Morgen erzählt«, begann er, als ich den Schlüssel ins Schloss steckte.

Ich hielt den Blick auf die Türklinke geheftet.

»Soll ich dir etwas verschreiben, was die Nerven ein wenig beruhigt?«

»Nein.«

»Er sagt, du hast gekrampft. Wie eine Art Epilepsie. Hast du das öfter?«

Eine ärztliche Visite im Treppenhaus. Wunderbar. Ich schüttelte den Kopf.

»Es könnte stressbedingt gewesen sein.«

»Es ist vorbei. Ich komme klar.«

In seinem Blick lag deutliche Skepsis. »Kirstin, du musst mit alldem nicht allein fertig werden. Rede mit jemandem. Mit Gio, mit Sabrina …«

»Ich brauche nur ein paar Stunden Schlaf.«

»Das wird nicht reichen.« Er legte freundschaftlich seine Hand auf meine Schulter. »Pass auf dich auf.« Nur zögernd ließ er mich allein.

Meine Wohnung empfing mich so trostlos, wie ich sie verlassen hatte. Ich stellte wieder einen Stuhl unter die Türklinke und machte meinen üblichen Gang durch alle Räume. Schließlich blieb ich im Türrahmen zwischen Flur und Wohnzimmer stehen.

Würde ich mich jemals wieder sicher in diesen vier Wänden fühlen? Vor acht Jahren war ich hier eingezogen. Ich war gerade aus Colorado zurückgekehrt: gestrandet, desillusioniert, nach einer Beziehung, die an meiner Vergangenheit gescheitert war. Dabei hatte ich damals das Gefühl gehabt, alles hinter mir lassen, neu anfangen zu können.

Neil war Farmarbeiter und Rodeoreiter. Er war bodenständig, ehrlich, robust und der erste Mann, den ich geliebt hatte, der mich geliebt hatte, der gut zu mir gewesen war. Nicht ein einziges Mal hat er die Hand gegen mich erhoben.

Die Zeit war so weit weg, als wäre es ein anderes Leben gewesen. Das war es wohl auch. Ich schlang die Arme fest um mich. Ich sehnte mich zurück nach diesen unbeschwerten Tagen. Aber die Zeit mit Neil war vorbei.

Ich verdrängte die Erinnerung und die schmerzlichen Gefühle, verzog mich mit meinem Laptop aufs Sofa und hackte mich auf den Tonga-Server ein. Wir mussten wissen, was auf dem Rechner gespeichert war. Vielleicht konnte ich uns einen Überblick verschaffen.

Als Erstes fertigte ich eine Kopie der Passwortdatei mit den Zugangsdaten an. Ich stöhnte auf, als ich die enorme Menge sah. Gab es tatsächlich so viele Menschen, die sich diese fürchterlichen Bilder ansahen? Und dies war nur ein einziger Rechner, von denen es Hunderte, Tausende auf der Welt gab.

Nachdem ich die Datei auf meinen Laptop kopiert hatte, sah ich mir die Verzeichnisse an. Es gab nicht nur Bilder, sondern auch eine Unmenge Filme. Ließen sich darin irgendwelche Beweise finden? Irgendwelche Rückschlüsse auf die Täter? Ich sortierte die Dateien nach ihrem Datum. Am Tag von Djadis Verschwinden waren zwei Bilddateien erstellt worden. Mein Magen rebellierte. Was mochte auf den Bildern zu sehen sein?

Ich konnte mich nicht überwinden, auch nur eine einzige Datei zu öffnen. Kurzerhand suchte ich einen USB-Stick und kopierte die

Dateien darauf. So konnte ich die Bilder Gio geben. Sollten er oder Tony oder Kevin sie sich ansehen.

Der Stick brannte in meiner Hand, als ich ihn vom Rechner zog.

+++

Bruno stand am Fenster. Er hielt ein Glas Scotch in der Hand. Eine Gemeinsamkeit, die ihn mit Pawel Wojcik verband – ihre Leidenschaft für einen guten Whisky.

Sein Blick ging in die Ferne, aus dem Raum hinaus. Er sah das Segelboot deutlich vor sich. Hörte die Wellen gegen den Bug schlagen. Die Sonne brannte vom Himmel, doch der Wind ließ sie die Hitze nicht spüren. Sie waren zu zweit. Saßen entspannt an Deck, in hellen Hemden und kurzen Hosen. Die Segel waren eingeholt. Sie hatten getrunken, gelacht. Er hatte sein Glas gehoben: »Auf die Freundschaft. Auf das Vaterland.«

Der andere hatte nichts erwidert. Es brach ihm das Herz.

Bruno hatte seinem alten Freund eine Botschaft zukommen lassen. Eine unmissverständliche Botschaft, die ihm klar machen würde, dass er ihn erkannt hatte. Er war sicher, dass Wojcik sie gefunden hatte. Nun musste er den Fuchs aus seinem Bau herauslocken.

Aber es gab noch ein anderes Problem. Die Frau. Sie war schon wieder im Krankenhaus gewesen, hatte den Jungen zum Reden gebracht.

»Noch hat er nichts Wichtiges verraten«, wusste Ben. Er drehte wieder eine Zigarre zwischen den Fingern.

Bruno wandte sich ihm zu. »Sie hat das Versteck des Jungen aufgespürt und dieses Junkiemädchen entdeckt. Zusammen mit diesem Security-Heini. Ein Exbulle.« Er hätte sich die Frau gleich vornehmen sollen, dachte er nicht ohne Bedauern.

»Ein Exagent, ein Expolizist, wer ist die Frau? Eine Exnutte?« Ben lachte, aber sein Blick blieb kalt.

»Ich kann sie verschwinden lassen«, bot Bruno an.

»Mein Freund, du bist in Deutschland.« Die Glut der Zigarre glomm auf. »Du kannst nicht ständig irgendwelche Leute umbringen, nur weil sie ein bisschen Ärger machen. Das wirbelt zu viel Staub auf. Und ich mag diesen Staub nicht.«

»Ich sagte verschwinden lassen. Es muss niemand wissen, dass sie tot ist.«

»Ihr Freund würde nach ihr suchen«, gab der andere zu bedenken.

Bruno grinste zynisch. »Dann ist er wenigstens beschäftigt.«

Fabian hatte zwei Fehler gemacht: Er hatte die Frau nicht sofort niedergeschlagen, und seine Leute hatten bei der Suche nach dem Jungen das Junkiemädchen übersehen. Bei Gelegenheit würde er sich Fabian zur Brust nehmen. Das Junkiemädchen war kein Problem, sie war dumm und stoned. Die Frau war eine größere Gefahr, die er nicht unterschätzen würde.

Ben paffte schweigend einige Züge. »Sie ist labil«, erklärte er schließlich. »Psychisch angeschlagen.«

Bruno horchte auf.

»Ich habe eine Idee.« Er sog an der Zigarre, blies den Qualm langsam und genussvoll aus. »Sie wird dir gefallen und spart mir unnützen Ärger.«

Der Plan war gut. Ein Spiel, ganz nach Brunos Geschmack. Er leerte sein Glas, nahm den Stock, den Ben auf den Tisch gelegt hatte, drückte auf den Knopf und streifte mit Daumen und Zeigefinger die geriffelte Rundung entlang. Dann drückte er ihn wieder zusammen.

Er nahm Jacke und Mütze und verließ das Zimmer.

14

Ich schlief schlecht und kam am nächsten Tag wieder völlig erschlagen zur Arbeit. Ich legte den Stick mit den Bildern in die hinterste Ecke meiner Schreibtischschublade. Ich wollte ihn nicht in meiner Wohnung haben. Abends würde ich ihn Gio geben. Ich öffnete meine E-Mails und begann, meine Arbeitsaufträge abzuarbeiten. Im Hintergrund loggte ich mich auf die Oregon und die Idaho-II ein und begann eine Datensuche. Ich durchforstete die E-Mails auf dem Server nach den Loginnamen, die ich aus der Passwortdatei des Tonga-Servers hatte. Es war nicht vielversprechend, aber wenn ich nur einen Treffer landete, hatte ich vielleicht eine Fährte, die ich verfolgen konnte.

Aber ich landete keinen Treffer.

Wonach konnte ich noch suchen? Sollte ich die anderen Rechner der Firma durchforsten? Was war mit den Passwörtern? Viele Internetnutzer hatten die Angewohnheit, für verschiedene Konten dasselbe Passwort zu verwenden. Ich ließ meine Abfrage nicht nur auf der Idaho und der Oregon gleichzeitig laufen, sondern versuchte es auch auf einigen anderen Rechnern der Will Meyer GmbH.

Es dauerte eine Weile, dann hatte ich zwei Treffer, die sich zuordnen ließen: Fabian Hammerschmid und Sergey Brüska.

Ich notierte die Namen auf einen Zettel und löschte meine Aktivitäten auf den Rechnern. Mit Schrecken stellte ich fest, dass schon wieder mehrere Stunden vergangen waren und ich noch keinen einzigen meiner Aufträge abgearbeitet hatte. Ich sollte meine weiteren Recherchen auf die Abendstunden verlegen, wenn ich nicht wollte, dass Richard oder Patrick wieder an meinem Schreibtisch auftauchten, um zu schauen, womit ich mir die Zeit vertrieb.

Es war später Nachmittag, als sich die Zentrale bei mir meldete. »Frau Schwarz, hier sind zwei Polizeibeamte, die mit Ihnen sprechen möchten.«

Ich verdrehte die Augen. Hämmerling und Willer. Was wollten die schon wieder von mir? »Ich komme runter.«

Zu meiner Überraschung stand ich kurz darauf weder Friedrich Hämmerling noch David Willer am Empfang gegenüber, sondern zwei uniformierten Beamten.

»Frau Kirstin Schwarz?«, fragte mich die Frau in Blau.

»Ja.« Misstrauisch sah ich zwischen ihr und ihrem Kollegen hin und her.

Die Frau reichte mir einen Zettel. »Sie sind vorläufig festgenommen wegen des Verdachts auf Hausfriedensbruch, Nötigung und gefährlicher Körperverletzung.«

»Wie bitte?« Fassungslos starrte ich die Beamtin an.

»Ihnen wird zur Last gelegt, in der vergangenen Nacht in die Wohnung des Tayo Zungulo eingedrungen zu sein und den Mann schwer verletzt zu haben. Wenn Sie bitte mit uns kommen würden.« Sie wollte mich am Arm fassen. Ich wich zurück.

»Das kann nicht sein. Das ... das ist ein Irrtum. Ich ... wieso ...?«

Es war ein Albtraum. Auf der Polizeidienststelle wurden meine Personalien aufgenommen, man belehrte mich über meine Rechte, Fingerabdrücke wurden genommen, meine Handabdrücke, Fotos wurden gemacht. Schließlich brachte man mich in ein verlassenes Büro und ließ mich dort mit einem Wachmann sitzen, der stumm wie ein Fisch ins Leere starrte.

Kriminalkommissarin Linda Nadhal beehrte mich schließlich gemeinsam mit einem Kollegen mit ihrer Anwesenheit. Frau Nadhal hatte die dunklen Haare zu einem strengen Zopf geflochten. Sie trug einen schwarzen Anzug und hätte genauso gut bei den »Men in Black« mitspielen können. Sie setzte sich mir aufrecht gegenüber und schaltete ein Diktiergerät ein.

»Ist es in Ordnung, wenn wir das Gespräch aufnehmen?«

»Ja.«

Sie prüfte noch einmal meine Personalien, als hätte sie Bedenken, im falschen Vernehmungszimmer zu sein, dann kam sie zur Sache.

»Frau Schwarz, Ihnen wird zur Last gelegt, mehrfach in die Wohnung von Herrn Tayo Zungulo eingedrungen zu sein. Sie haben ihm Tränengas ins Gesicht gesprüht und ihn getreten. Bei ihrem zweiten Besuch haben Sie ihn gemeinsam mit einer weiteren Person mit einem Schlagstock attackiert. Herr Zungulo hat dabei schwere Verletzungen an Kopf, Rumpf, Beinen und den Genitalien erlitten.«

Ich schüttelte ungläubig den Kopf. Ich hatte Tayo doch nicht mit einem Schlagstock attackiert! Ich hatte ihm einen einzigen Tritt verpasst, mehr nicht. Und ich war ganz sicher kein zweites Mal in seiner Wohnung gewesen.

»Herr Zungulo sagte weiterhin aus, dass bei Ihrem ersten Besuch ein gewisser Kai Rohloff anwesend war, der schlimmere Gewalttätigkeit verhindert hätte. Bei Ihrem zweiten Besuch sei ein anderer Mann bei Ihnen gewesen. Er hatte eine große schlanke Statur und trug eine Sturmmaske. Sie haben mit ihm in einer Sprache gesprochen, die er nicht verstand. Gemeinsam haben Sie Herrn Zungulo schwere Verletzungen zugefügt.«

»Nein! Das stimmt nicht … das stimmt alles nicht.« Ich konnte nicht aufhören, den Kopf zu schütteln.

»Sie sind bei uns keine Unbekannte«, fuhr die Beamtin dienstbeflissen fort. »In Ihrer Jugend …«

»Ich habe das Recht auf einen Anruf. Den möchte ich jetzt gern machen«, unterbrach ich sie.

»Wen möchten Sie anrufen?«

»Muss ich Ihnen das sagen?«

»Ja.«

»Giorgio Paradi.«

Sie schaltete das Diktiergerät aus. »Wie ist die Nummer?« Sie griff nach dem Hörer, und ich gab ihr Gios Handynummer. Wenig später reichte sie mir den Hörer.

»Gio, die haben mich verhaftet.«

»Wie bitte? Was wird dir zur Last gelegt?«

Seine Stimme zu hören, beruhigte meine Nerven ein wenig. »Hausfriedensbruch, Nötigung, gefährliche Körperverletzung. Sie sagen, ich hätte diesen Tayo zusammenge–«

»Stopp! Hören die mit?«

Ich sah zu der Beamtin. »Mir sitzen zwei Kripobeamte gegenüber.«

»Bleib ruhig und freundlich. Du machst keine Aussage zur Sache. Kein Wort, verstanden? Ich besorge dir einen Anwalt.«

Einen Anwalt? »Ja, aber … was passiert denn jetzt?« Mir wurde flau im Magen.

»Kirstin, bleib ruhig, okay?«

»Gio, ich …« Ich wusste nicht weiter. Verhaftet. Die würden mich einsperren.

Der Raum war karg. Geflieste Wände, eine plastiküberzogene Matratze auf einem Holzbrett in einer Ecke, ein Klo in der anderen. An der kurzen Seite war ein vergittertes Fenster, hoch genug, dass ich mich auf Zehenspitzen stellen musste, um hinauszusehen.

Eine Weile saß ich regungslos auf der Pritsche. Unfähig mich zu bewegen oder einen klaren Gedanken zu fassen. Ich hatte mich bis auf T-Shirt und Unterhose entkleiden müssen – zu meiner eigenen Sicherheit. Man befürchtete wohl, dass ich mich mit meiner Hose strangulieren könnte. Es war erniedrigend. Mir wurde kalt. Ich rieb mir über die Arme, stand auf und lief nervös in dem kleinen Raum auf und ab. Wie lange brauchte Gio, um einen Anwalt zu besorgen?

Ich drehte mich um die eigene Achse, betrachtete jeden Zentimeter der Zelle. Es würde nicht lange dauern, bis ich durchdrehte. Auf dem Gang hörte ich hin und wieder Schritte. Jedes Mal schoss mein Puls in die Höhe, in der Hoffnung, die schwere Tür würde sich vor mir öffnen und ich käme aus diesem Käfig heraus.

Als sich die Tür tatsächlich öffnete, durchfuhr mich Erleichterung und Schreck zugleich.

Ein massiger Mann mit faltigem Gesicht kam herein, kaum größer als ich, die dünnen graumelierten Haare via Seitenscheitel über die Glatze gekämmt. Anzug, Aktenkoffer.

Das war doch hoffentlich nicht mein Anwalt, schickte ich ein Stoßgebet zum Himmel. Es wurde nicht erhört.

»Frau Schwarz, ich bin Herr Samerino, Ihr Anwalt.«

»Darf ich jetzt gehen?«

Ein väterliches Lächeln legte sich auf seine Lippen, und er tätschelte meine Hand. »Setzen wir uns. Wir müssen erst miteinander reden.« Er deutete auf die Pritsche und setzte sich, die Aktentasche zu seinen Füßen. »Herr Paradi hat mich, soweit er konnte, über die Sachlage informiert. Ich denke, wir haben gute Chancen, Sie hier ganz schnell wieder herauszuholen.«

Gute Chancen? Was bedeutete das? »Ich habe den Mann nicht zusammengeschlagen.«

»Wo waren Sie gestern Nacht, nachdem Herr Bergmann Sie nach Hause gefahren hatte?«

»Zu Hause. Ich bin ins Bett gegangen, also aufs Sofa, und habe geschlafen.«

»Zeugen gibt es keine?«

»Ich war allein.«

»*Allora* …« Er verfiel in Schweigen.

»Warum ist es wichtig, wo ich war?«

»Herr Zungulo wurde letzte Nacht in seiner Wohnung überfallen.«

»Aber nicht von mir.«

»*Allora* …« Er starrte nickend vor sich hin.

»Was heißt ›*allora*‹? Was machen wir jetzt? Ich will raus hier!«

»Wir haben ein Gespräch mit den zuständigen Ermittlern. Es steht Ihnen frei, die Fragen der Ermittler zu beantworten. Aber wenn ich Ihnen ein Zeichen gebe, sind Sie bitte still.«

»Und was für ein Zeichen geben Sie mir?«

Er sah mich mit seinen kleinen faltigen Augen an. »Ein kleiner Stupser, ein Räuspern. Egal, was. Sobald ich mich bewege, sind Sie still.«

»Ich habe nichts getan, also habe ich auch nichts zu verbergen.«

»Dem möchte ich widersprechen. Herr Paradi hat mir erzählt, dass Sie vor gut einer Woche in der Wohnung des Opfers waren und den Mann bedroht haben. Und Sie haben kein Alibi für die vergangene Nacht.«

»Aber ich habe ihn nicht zusammengeschlagen.«

»Gibt es etwas, das ich wissen sollte?«

Ich zuckte die Achseln. Was sollte ich ihm erzählen?

»Gut, kommen Sie.« Er stand auf. Als er in mein hoffnungsloses Gesicht sah, lächelte er wieder aufmunternd. »Nur Mut, ich bin bei Ihnen.«

Ein dickes Männlein kurz vor der Rente hatte mein Schicksal in der Hand.

Ein Beamter brachte uns in ein Vernehmungszimmer. Zu meiner Überraschung waren nicht die Kripobeamtin und ihr Kollege anwesend, sondern zwei altbekannte Gesichter.

»Wo ist Frau Nadhal?«

»Es ist schon spät. Sie hat Dienstschluss«, erklärte Hämmerling.

Wir setzten uns um einen Tisch. Das Diktiergerät wurde wieder eingeschaltet. Hämmerling wiederholte die Vorwürfe, die mir auch schon seine Kollegin vorgelesen hatte. Zur Untermalung zeigte er mir Fotos von Tayo Zungulo. Jemand hatte ihn schlimm zugerichtet.

Sein Gesicht war blutig, die Augen zugeschwollen, die Lippe aufgeplatzt. Auch sein Körper war mit Blutergüssen überzogen.

»Das war ich nicht.«

»Herr Zungulo behauptet etwas anderes.«

»Ich habe das nicht getan!«

»Wer dann? Ihr Begleiter?«

»Welcher Begleiter? Ich war doch gar nicht bei ihm.«

»Sie waren nicht bei Herrn Zungulo? Niemals?«

»Ich …« Samerino stupste mit seinem Fuß gegen meinen. Ich ignorierte es. Hämmerling würde ohnehin herausfinden, dass ich in der Wohnung gewesen war. »Ich war vor gut einer Woche bei ihm. Und ja, ich habe ihm eine Ladung Tränengas ins Gesicht gesprüht. Er hat mich bedrängt. Ich musste mich wehren.«

»Warum waren Sie bei ihm?« Die Frage kam von Willer. Über seiner langen spitzen Nase musterten mich seine blauen Augen kühl. Ich hatte nicht das Gefühl, dass Willer heute den Netter-Bulle-Part übernehmen wollte. Hämmerling allerdings auch nicht.

Ich sah zu meinem Anwalt. »Muss ich darauf antworten?«

»Nein, das müssen Sie nicht. Sie sind zu keiner Aussage verpflichtet.«

Ich schwieg.

Willer zog die Lippen schmal. »Gut, bleibt uns also nur die Aussage von Herrn Zungulo.«

»Und was hat Herr Zungulo gesagt?«, erkundigte ich mich.

»Die Fragen stellen wir«, wies Willer mich zurecht.

»Ich werde doch wohl erfahren dürfen, was man mir vorwirft!«

»Wir haben Ihnen die Anschuldigen vorgelesen. Möchten Sie sie noch einmal hören?«

Arschloch! »Nein.«

Willer sah geschäftig auf seinen Notizblock. »Sie geben also zu, dass Sie vor gut einer Woche in der Wohnung von Herrn Zungulo waren. Wann genau?«

»Dienstagabend.«

»Uhrzeit?«

»Kann ich nicht genau sagen. Vielleicht gegen zehn oder elf.«

Willer nickte und hob den Blick zu mir. »Wer ist Pawel?«

Ein Stromschlag fuhr durch meine Glieder. Ich schluckte. »Keine Ahnung.«

»Er soll bei Ihnen gewesen sein.«

»Wobei? Ich war nirgends.«

»Handelt es sich dabei vielleicht um Pawel Wojcik?«

Ich hob die Schultern.

»Frau Schwarz, so kommen wir doch nicht weiter.«

Ich sah zu meinem Superanwalt, der schweigend neben mir saß. Unternimm etwas, alter Mann! Die buchten mich hier gleich ein!

»Meine Mandantin hat Ihnen gesagt, dass Sie mit dem brutalen Überfall auf Herrn Zungulo in der vergangenen Nacht nichts zu tun hat. Ebenso wenig kennt sie einen Pawel Wojcik. Ich sehe keinen hinreichenden Verdacht, geschweige denn irgendwelche belastenden Beweise gegen meine Mandantin, um sie länger in Gewahrsam zu halten.«

Na also, der Herr Anwalt hatte gesprochen.

Hämmerling verzog den Mund zu einem schmalen Lächeln. »Herr Samerino, Ihre Mandantin taucht auf seltsame Weise an verschiedenen Tatorten auf. Wir finden einen halb tot geschlagenen Jungen, ein zu Tode geprügeltes Mädchen, nun einen schwer verletzten Mann … Und all diese Geschehnisse stehen in einem sehr, sehr engen Zusammenhang. Sie enthält uns Wissen vor, und sie zeigt sich wenig kooperativ …«

»Jetzt reicht's mir aber!« Ich sprang auf. »Sie …«

»Setzen Sie sich«, verlangte mein Anwalt.

»Sie verpassen mir beide ständig einen Maulkorb«, ignorierte ich ihn. »Und jetzt kommen Sie mir so! Wenig kooperativ.«

»Setzen Sie sich!«

Ich wandte mich an Willer. »Wäre ich nicht gewesen, hätte der Junge nie mit Ihnen gesprochen. Sie hätten die zwei Mädchen …«

»Setzen Sie sich wieder hin!«, wurde Samerino energischer.

»… in dem Abbruchhaus nicht gefunden … Sie … Sie … Verdammt noch mal, suchen Sie nach Djadi, suchen Sie nach dieser verfluchten Schlepperban-«

Samerino war aufgesprungen und drückte mich gewaltsam zurück auf den Stuhl. »Sie halten jetzt den Mund. Haben wir uns verstanden?« Beschwörend sah er mir in die Augen. »Haben wir uns verstanden?«

Ich nickte steif. Das Blut schoss durch meine Adern. Samerino stand vor mir, die Hände noch immer schwer auf meinen Schultern, Schweiß auf der Stirn. »Haben Sie sich wieder im Griff?«

»Ja.«

Nachdem Samerino wieder neben mir Platz genommen hatte, sah ich in zwei hellwache Augenpaare. Verflucht, ich hatte in meiner Wut zu viel herausgeschrien.

Hämmerling ließ einige Sekunden schweigend verstreichen, dann schaltete er das Diktiergerät aus und lehnte sich mit verschränkten Armen zurück. »Was wissen Sie über irgendeine verfluchte Schlepperbande?«

Ich sah zu meinem Anwalt.

»Meine Mandantin weiß nichts über eine Schlepperbande.«

Hämmerling hob die Augenbrauen. »Soll ich die Aufnahme noch einmal zurückspulen?«

»Meine Mandantin befindet sich in einer emotional sehr aufgewühlten Situation. Ihre Aussage ist eine blanke Vermutung. Nicht einmal das.«

»Aha.«

Ich sah auf das Mikrofon. »Warum haben Sie das ausgestellt?«

»Um Ihre emotional aufgewühlte Situation zu entschärfen.« Ein Mundwinkel hob sich spöttisch. »Bekommen wir heute noch eine vernünftige Aussage von Ihnen?«

»Meine Mandantin wird nichts mehr aussagen«, kam Samerino meiner Antwort zuvor. »Ich möchte mir erst einen umfassenden Überblick über die Aktenlage und die Anklagepunkte verschaffen.«

»In Ordnung. Das wäre es dann. Sie bleiben heute Nacht hier und werden morgen dem Haftrichter vorgeführt.«

Ich riss entsetzt die Augen auf. »Nein, ich bleibe nicht hier!«

Samerino legte seine Hand auf meinen Arm. »Es ist nicht notwendig, meine Mandantin hierzubehalten. Sie hat einen festen Wohnsitz, sie geht einer geregelten Arbeit nach, sie lebt in gefestigten sozialen Strukturen. Es besteht weder Flucht- noch Verdunklungsgefahr.«

»Das kann der Haftrichter morgen entscheiden. Frau Schwarz bleibt bis morgen in Gewahrsam.«

Ich schnappte nach Luft. »Das können Sie nicht machen!«

»Man darf Sie bis zum Abend des Folgetages ohne richterlichen Beschluss festhalten. Aber spätestens morgen sind Sie wieder draußen, dass verspreche ich Ihnen«, erklärte mir Samerino. »Bitte reden Sie mit niemandem. Haben Sie mich verstanden? Mit niemandem!«

Die Tür fiel hinter mir ins Schloss. Ich blieb mitten im Raum stehen. Die Ohnmacht, die mich erfasst hatte, lähmte mich. Mein Herz hämmerte verzweifelt. Eingesperrt. Meine Augen glitten über die Wände. Es war dieselbe Zelle, aus der man mich vor wenigen Stunden herausgeholt hatte. Dieses Mal hielt ich noch ein paar Decken in der Hand. Verdammt, warum hatte Gio mir so einen unfähigen, alten Mann geschickt statt eines richtigen Anwalts?

Ich schlich zur Pritsche, setzte mich auf die Kante. Irgendwie musste ich die Nacht zwischen diesen Mauern überstehen.

Ich wusste nur nicht, wie.

Klimpern. Eine leere Flasche rollte über den Boden. Ich kannte das Geräusch zu gut. Die Tür wurde geöffnet. Der Mann stampfte herein. Ich war hellwach, presste jedoch die Augen zusammen. In wenigen Schritten war er vor meinem Bett, riss mich an den Haaren heraus. Ich fiel auf die Knie. Er zerrte mich hoch. »Zieh dich an!« Süßlich-säuerlicher Alkoholgestank stieg mir in die Nase.

Ich stolperte zum Stuhl, versuchte, in meine Jeans zu steigen. Es ging ihm nicht schnell genug. Er trat mich von hinten. Ich verlor das Gleichgewicht, stürzte zu Boden. Noch bevor ich mich wieder aufrappeln konnte, hörte ich, wie er den Gürtel aus der Hose zog. Er zerrte mein Shirt über meinen Kopf. Ein brennender Schmerz durchfuhr meinen Körper.

Ich erwachte schweißgebadet, lag zusammengekrümmt unter der dünnen Decke und zitterte. Um mich herum war alles dunkel. Aus dem Gang drangen Stimmen zu mir, Schritte, Schlüssel klimperten, Türen klapperten. Wieder Stille. Ich setzte mich auf, schlang die Decke eng um meinen Körper und lehnte mich gegen die

Mauer. Ich wollte nicht wieder einschlafen. Ich musste raus hier. Meine Fingernägel drückten sich in meine Unterarme, fest, fester. Ich kniff mir in die Arme, kratzte über die Haut, meine Fingernägel hinterließen dicke rote Striemen. Unaufhörlich malträtierte ich mit brutaler Gewalt meine Arme. Der Schmerz war besser, als die Angst in meinem Kopf.

15

Ich hatte die Nacht irgendwie überstanden. Ich hatte Frühstück bekommen, mich gewaschen. Man hatte mir die Hände gefesselt und mich mit einem Polizeiwagen zum Amtsgericht gebracht. Vor dem Verhandlungssaal wartete Samerino auf mich. Die Beamten führten mich hinein, lösten die Handschließen von einer Hand und fesselten die andere an den Anklagetisch. Als wäre ich eine psychopathische Schwerverbrecherin!

Ein Ärmel war hochgerutscht. Samerino griff nach meinem freien Handgelenk, schob den Ärmel ein Stück höher. »Was ist das?«

Frische Kratzer, wunde Haut, kleine blaue Flecken.

»Das hatten Sie gestern noch nicht.«

Ich entzog ihm wortlos meinen Arm.

»Wer hat das getan?«

»Ich selbst.«

Samerino sah mir prüfend ins Gesicht. »Haben Sie Klaustrophobie?«

»Nein.«

»Andere psychische Erkrankungen?«

Ich schüttelte müde den Kopf.

Samerino schnaufte schwer. »Darüber reden wir noch.« Er schob den Ärmel wieder herunter, beugte sich dicht zu mir und senkte seine Stimme: »Ich möchte, dass Sie in der Verhandlung jetzt nichts sagen. Sie werden keine Aussage zur Sache machen. Man hat nichts gegen Sie in der Hand. Lediglich die Aussage des Senegalesen, und der hatte zum Zeitpunkt des Übergriffs zahlreiche Drogen konsumiert. Bisher gibt es keinen einzigen Zeugen, der Sie in der Tatnacht in der Nähe der Wohnung gesehen hat. Sie haben mich verstanden? Sie sagen nichts.«

»Ja.«

»Was sagen Sie?«

»Nichts. Ich sage nichts.«

Die faltigen Wangen hoben den Mund zu einem aufmunternden Lächeln. »*Allora.* Ich hole Sie jetzt hier raus.«

Die Richterin und der Staatsanwalt kamen herein, Hämmerling folgte ihnen.

Ich wusste nicht, wo ich hinschauen sollte. Meine Finger waren klamm, und nur mit Mühe widerstand ich dem Drang, die Nägel wieder in meine Haut zu rammen. Ich verschränkte sie fest ineinander und starrte vor mich hin.

Die Anklage wurde verlesen. Hämmerling schilderte knapp den Verlauf der Vernehmung vom Abend zuvor. Meinen Ausraster ließ er aus.

»Gibt es neue Erkenntnisse?«, erkundigte sich die Richterin bei ihm.

»Ja«, erklärte der Kommissar. »Wir haben die Aussage einer Nachbarin, die gesehen hat, dass in der Tatnacht zur mutmaßlichen Tatzeit ein Mann das Wohnhaus betreten hat, in dem das Opfer wohnt. Der Mann war der Zeugin unbekannt.«

»Nur ein Mann?«

»Ja.«

»Hat sie gesehen, dass der Mann die Wohnung des Opfers betrat?«

»Nein, aber …«

»Keine Spekulationen«, unterbrach der Staatsanwalt ihn barsch.

Die Richterin sah in ihre Unterlagen. »In meinem Bericht steht, dass das Opfer höchstwahrscheinlich mit einem Teleskopschlagstock geschlagen wurde. Hat die Wohnungsdurchsuchung bei der Beschuldigten etwas ergeben?«

Ich riss die Augen auf. Samerino legte seine Hand auf meine Schulter. Ich biss mir auf die Lippe, dass es schmerzte.

»Nein.« Hämmerling schien noch etwas sagen zu wollen, unterließ es aber, nach einem Blick zum Staatsanwalt.

Die Richterin wandte sich dem Herrn in schwarzer Robe zu. »Herr Staatsanwalt?«

»Ich beantrage gemäß Paragraf einhundertzwölf Strafprozessordnung, gegen die Beschuldigte Haftbefehl zu erlassen und in Vollzug zu setzen.«

Die Richterin wandte sich mir zu. »Möchten Sie sich äußern, Frau Schwarz?«

Ich sah zu Samerino und wisperte: »Was ist das für ein Paragraf?«

»Flucht- oder Verdunklungsgefahr.« Er räusperte sich und ergriff das Wort. »Ich sehe die Voraussetzungen für Paragraf einhundertzwölf Strafprozessordnung nicht gegeben. Meine Mandantin hat einen festen Wohnsitz und einen festen Arbeitsplatz. Zudem gibt es keinen einzigen Beweis, dass meine Mandantin an der Tat beteiligt war. Daher ist der Antrag abzulehnen.«

»Sie war in der Wohnung des Opfers«, gab die Richterin zu bedenken.

»Aber nicht zur Tatzeit.«

»Was noch zu beweisen wäre«, kam es vom Staatsanwalt.

»Nein, zu beweisen wäre, das meine Mandantin zur Tatzeit dort war. Und das war sie definitiv nicht!«

Die Richterin hob bremsend die Hände: »Meine Herren.« Sie bedachte beide mit strengem Blick und wandte sich wieder mir zu. »Der Vollzug der Haft wird bis zur Hauptverhandlung ausgesetzt. Frau Schwarz, melden Sie sich bitte einmal wöchentlich bei der für Sie zuständigen Polizeidienststelle. Sorgen Sie dafür, dass Sie erreichbar sind, planen Sie keine Reisen. Alles weitere wird Ihnen schriftlich mitgeteilt. Die Sitzung ist geschlossen.«

Gio wartete im Gang auf uns. Er schien sichtlich erleichtert, dass man mich nicht mit Handschellen aus dem Raum führte.

»Melden Sie sich bei mir, wenn Sie die Unterlagen vom Gericht bekommen haben.« Samerino reichte mir seine Visitenkarte. »Und versuchen Sie, in den nächsten Wochen jeglichem Ärger aus dem Weg zu gehen.«

Ich nickte stumm, unfähig, irgendeinen zusammenhängenden Satz zu formulieren.

»Gut. Ich muss zum nächsten Termin.« Samerino nickte uns zu. »Ach, *Signor Paradi* …« Er tippte mit dem Zeigefinger auf seinen Unterarm und deutete mit den Augen auf mich.

Ich wandte mich ab. Einige Schritte entfernt stand der Staatsanwalt mit Hämmerling und einem dritten Mann im grauen Anzug. Er bemerkte mich, erwiderte meinen Blick mit einem grüßenden Lächeln.

Ich stieß Gio an. »Wer ist das?«

Samerino war bereits davongeeilt. Gio sah zu den Männern, die sich in entgegengesetzter Richtung entfernten. »Keine Ahnung. Warum?«

»Ich weiß nicht.«

Der Mann sah sich noch einmal zu mir um. Ich drehte mich weg. »Können wir gehen? Ich muss raus aus diesem Gebäude und aus diesen Klamotten.«

+++

Die Polizei war bei der Wohnungsdurchsuchung nicht besonders zimperlich gewesen. Schränke und Schubladen waren halbherzig geschlossen worden, Kleidung unordentlich verteilt, meinen Laptop hatten sie mitgenommen, und auch der Korb mit der Schmutzwäsche war leer.

»Warst du dabei?«

»Ja.«

»Gio …« Ich drehte mich zu ihm. »Hast du Tayo …?«

Er schnappte empört nach Luft. »*Dio mio, no!* Hast du im Ernst gedacht, ich hätte ihn zusammengeschlagen?«

Ich hob unbestimmt die Schultern.

Gio schüttelte den Kopf. »Pack ein paar Sachen ein, und dann fahren wir zu mir.«

»Nein, ich will hier aufräumen, und ich muss zur Arbeit.«

»Musst du nicht. Ich habe deinen Chef angerufen und ihm gesagt, dass du diese Woche nicht mehr kommst.«

»Du hast was?« Ich war umgehend auf hundertachtzig. »Was soll das? Das ist mein Leben, verflucht noch mal! Darf ich bitte selbst entscheiden, was ich tue?«

»Natürlich, aber wir wussten doch nicht …«

»Ich entscheide, was ich tue! Niemand sonst! Ich will jetzt hier aufräumen, dann will ich duschen, und dann gehe ich zur Arbeit!«

»Kirstin …«

»Nein! Lass mich in Ruhe.«

»Kirstin …«

»Geh einfach!«

Er ließ mich allein.

Ich räumte auf. Ich duschte. Aber ich ging nicht zur Arbeit. Stattdessen stellte ich mich ans Fenster, beobachtete stumpf das Treiben auf der Straße unter mir. Wer hatte Tayo Zungulo so brutal zusammengeschlagen? Und warum hatte Tayo ausgesagt, dass ich und Dominik es gewesen wären? Wie war er auf die Verbindung zwischen uns gekommen? Ich durchschaute dieses Spiel nicht. Ich lehnte die Stirn an die kühle Scheibe.

Ein Mann, breitschultrig, kompakt, mit Strickmütze verließ das Haus. Wo hatte ich den schon mal gesehen? Nicht hier im Haus. Er war keiner meiner Nachbarn. Ich beobachtete ihn, wie er den Weg entlangging, sich eine Zigarette anzündete. Eine Erinnerung blitzte auf und verschwand gleich wieder. Ich bekam sie nicht zu fassen.

Ich schlüpfte in meine Schuhe, riss die Tür auf und stolperte direkt in Kriminalhauptkommissar Friedrich Hämmerling.

»Zu Ihnen wollte ich gerade.«

»Ach?« Was für eine Überraschung. »Wollen Sie wieder mal meine Wäsche durchwühlen?«

»Ich möchte mit Ihnen reden.«

Ich sah ihn abwartend an.

»Nicht hier zwischen Tür und Angel. Könnten wir bitte hineingehen?«

Widerwillig stimmte ich zu und ließ ihn in meine Wohnung. Ich dirigierte ihn in die Küche.

»Und?« Ich blieb an der Küchenzeile stehen, während sich Hämmerling an den Tisch setzte.

Er griff in seine Jackentasche und zog einen Zettel hervor. Ich kannte das Stück Papier.

»Woher haben Sie diese Namen?«

Ich starrte auf den Zettel:

Fabian Hammerschmid

Sergey Brüska

Ich hatte ihn am Tag zuvor in meine Handtasche gesteckt. Ich Idiot. Es war doch klar, dass die Polizisten auch meine Tasche durchsuchen würden. Mir wurde heiß. Hatten Sie auch meinen Arbeitsplatz durchsucht? Hatten sie den USB-Stick mit den Bildern gefunden?

»Frau Schwarz ...«

»Das ist nicht von mir«, log ich.

»Das ist Ihre Handschrift.«

»Woher wollen Sie das wissen?«

Hämmerling seufzte abgrundtief. »Müssen wir darüber wirklich diskutieren?«

Er wartete auf eine Reaktion. Ich verschränkte stumm die Arme vor der Brust.

»Ich möchte wissen, woher Sie diese Namen haben. Hat Herr Wojcik sie Ihnen gegeben?«

»Wer?«

»Frau Schwarz, hören Sie auf, mich für dumm zu verkaufen!«

»Ich kenne keinen Herrn Wojcik.«

»Und was ist mit Herrn Smith?«

Ich zuckte die Achseln. »Kenne ich nicht.«

Hämmerling legte den Zettel auf meinen Küchentisch und strich ihn sorgfältig glatt. »Wenn ich das hier heute Morgen der Richterin vorgelegt hätte, wären Sie jetzt nicht zu Hause.«

»Ich habe Sie nicht darum gebeten.« Das Blut pumpte bereits wieder schneller durch meine Adern. Meine Augen glitten zur Küchentür. Wie schnell konnte ich hier raus sein? Wie schnell war Hämmerling? Wartete vor dem Haus ein Kollege? Ich wollte nicht wieder in eine Zelle eingesperrt werden. Ich machte einen seitlichen

Schritt Richtung Tür. »Ist das hier eigentlich eine offizielle Geschichte oder ein Freundschaftsbesuch?«

»Es ist ein Besuch, der gar nicht stattgefunden hat.«

Schon wieder. Wie das Treffen in der Imbissbude. Warum? Ich verstand es nicht. »Was ist mit dem zweiten Zeugen? Haben Sie den inzwischen gefunden?«

Sein Gesicht bekam einen drohenden Ausdruck, als er erklärte: »Es gibt keinen zweiten Zeugen.«

»Was soll das heißen? Es muss einen zweiten Zeugen geben!«

»Haben Sie eine zweite Person gesehen?«

Hatte ich nicht.

»Verraten Sie mir, woher Sie diese Namen haben?«

»Nein.«

Er schnaufte unzufrieden, stand auf und verließ grußlos meine Wohnung. Die Liste hatte er auf dem Tisch liegen gelassen.

+++

»Jetzt noch mal von vorn.« Gio legte den Zettel, den ich ihm gegeben hatte, auf seinen Schreibtisch. »Das sind Treffer, die du gestern auf einem eurer Kundenrechner gefunden hast?«

»Ein Rechner der Will Meyer GmbH, ja.«

Wir saßen in seinem Büro. Ich war zu ihm gefahren, weil ich einen PC brauchte. Mein privater Laptop lag bei den Computerforensikern der Kriminalpolizei. Meinen dienstlichen Laptop hatte ich bei meiner Verhaftung in der Firma gelassen. Zumindest hoffte ich, dass er dort noch war.

»Und du willst dich jetzt von meinem Rechner in euer Firmennetzwerk einhacken?«

»Ja. Ich will mir ansehen, was das für Accounts waren, die sich die beiden angelegt hatten. Außerdem wollten wir doch noch eine Mitarbeiterliste des Unternehmens haben. Ich kann das nicht immer in meiner Arbeitszeit recherchieren. Patrick war letztens schon sauer, weil ich meinen Job nicht gemacht hatte.«

Gio starrte eine Weile grübelnd auf den Zettel vor sich. Dann schüttelte er den Kopf. »Nein.«

»Nein?«

»Es ist zu riskant. Du sagst, Hämmerling hatte die Liste. Er weiß, dass wir befreundet sind. Vielleicht haben die uns unter Beobachtung. Es scheint ja, dass Hämmerling denkt, dass du der Schlüssel zu allem bist.«

»Und wenn schon. Das merkt keiner, wenn ich mich irgendwo einhacke. Ich gehe über ein verschlüsseltes Netzwerk, das können die nicht zurückverfolgen.«

»Kirstin, du hast im Moment genug Schwierigkeiten …«

»Wir müssen rausfinden, wer diese Leute sind. Vielleicht kommen wir so an die Hintermänner ran. Denk an Salim, denk an seinen kleinen Bruder. Djadi. Wo steckt der Junge? Was, wenn er gar nicht aus dem Krankenhaus abgehauen ist, sondern von dort wieder entführt wurde?«

Ich verstummte. Die Bilddateien, die ich von dem Tonga-Server kopiert hatte, fielen mir wieder ein. Bilder, die am Tag von Djadis Verschwinden hochgeladen worden waren. Meine Gedanken überschlugen sich. Die Informationen von Dominik und Salim konnte die Schlepperbande von Djadi bekommen haben. Er musste Dominik bei seiner Befreiung gesehen haben.

Hatte man die Informationen aus dem Jungen herausgeprügelt, so wie aus dem toten Mädchen in dem Abbruchhaus? Ich konnte nicht mehr ruhig sitzen und begann, in Gios Büro auf und ab zu gehen. Schließlich blieb ich vor seinem Schreibtisch stehen. »Kann ich dein Auto haben?«

»Ich denke, du willst an meinen Rechner?«

»Ich muss ins Büro. Ich habe Bilder runtergeladen, die sind auf einem Stick. Du musst sie dir ansehen.«

+++

Sie hatten eine Wanze in ihrer Wohnung versteckt. Eigentlich überflüssig, denn sie sprach nicht viel und rief auch niemanden an. Am Vormittag, als ihr Freund sie vom Gericht nach Hause gebracht hatte, hatte es einen Streit gegeben. Das war gut. Zeigte es doch deutlich ihre psychische Labilität – so, wie Ben es gesagt hatte.

Bruno lächelte vor sich hin, während er aus sicherer Distanz das Firmengebäude beobachtete, in das sie verschwunden war.

Die Liste ... woher hatte sie die zwei Namen? Sie musste etwas entdeckt haben. Aber sie sagte es nicht der Polizei. Warum nicht? Er würde es herausfinden. Bei seinen Befragungen hatte noch jeder geredet. Früher oder später.

Der nächste Schritt war bereits eingeleitet, und Bruno überlegte, wie er den letzten Akt begehen sollte. Es war eine seiner Spezialitäten, und er wollte es perfekt machen. Er musste sie bekommen, bevor erneut ein Haftbefehl gegen sie erlassen wurde – was nicht lange dauern würde, dafür war bereits gesorgt. Und jetzt war ein idealer Zeitpunkt. Sie war allein. Es gab keine Zeugen. Und vor allem war sie unaufmerksam. Er hätte direkt hinter ihr hergehen können, sie hätte es nicht bemerkt, so sehr war sie mit sich beschäftigt. Was für ein naives, dummes Geschöpf.

Vierundzwanzig Stunden in seiner Gewalt und dieses Problem wäre beseitigt. Sauber und ohne Spuren. Ben wäre zufrieden. Sie würde sich wehren, sie war etwas widerspenstig, das hatte er schon bemerkt. Aber das erhöhte nur den Reiz. Außerdem war sie eine kleine, schwache Frau. Wie viel hielt sie aus? Er würde sich Zeit lassen, sie ganz langsam an den Punkt bringen, an dem er sie haben wollte. Eine wohlige Anspannung erfasste ihn. Vielleicht würde sie den letzten Schritt freiwillig gehen, nur, um ihm zu entkommen.

Eine Bewegung auf der Straße erregte seine Aufmerksamkeit, lenkte seine Gedanken von der nahen Zukunft zurück in die Gegenwart. Eine Gestalt trat aus dem Schatten des Gebäudes. Adrenalin schoss in Brunos Adern. Er kannte diese Bewegungen, er kannte sie ganz genau.

Die Gestalt hantierte an der Beifahrerseite des Wagens, mit dem sie gekommen war. Unerwartet vollführte sie eine rasche Vierteldrehung, und Bruno sah den Lauf einer Pistole mit Schalldämpfer auf sich gerichtet.

Er hatte seine Reflexe trainiert. Und nur dem war es zu verdanken, dass die Kugeln seinen Kopf verfehlten. Zwei Schüsse hatte er abgefeuert. Eine Kugel hatte ihn tatsächlich noch minimal an der Schulter gestreift. Ein Kratzer, mehr nicht. Die Frontscheibe war gesprungen. Als Bruno aus seiner Deckung kam, war die Gestalt verschwunden.

Wer hätte das gedacht? Was für eine nette Überraschung. Alles fügte sich wunderbar ineinander. Er lächelte zufrieden. Nun wusste er, wie er den Fuchs aus dem Bau lockte.

+++

Da der Empfang so spät nicht mehr besetzt war, verschaffte ich mir mit meiner Chipkarte Zutritt ins Gebäude. Die Etagenbeleuchtung war eingeschaltet, die Putzkolonnen arbeiteten noch. Von irgendwoher drang das Geräusch eines Staubsaugers an meine Ohren, ansonsten war es still. Auf meinem Schreibtisch hatte jemand die Papiere zusammengeschoben. Ich blätterte eilig durch die Zettel. Es waren Notizen, die ich mir zu meinen Arbeitsaufträgen gemacht hatte. Belanglos.

Ich öffnete die Schublade, fand den Stick da, wo ich ihn abgelegt hatte. Grübelnd sah ich auf meinen Rechner, überlegte, ob ich ihn starten und hier meine Recherchen machen sollte, die mir Gio über seinen Computer nicht gestatten wollte.

»Hallo, Kirstin.«

Ich fuhr herum.

Richard.

»Verflucht, hast du mich erschreckt!« Ich schob den Stick in meine Hosentasche.

»Patrick sagte, du kommst erst nächste Woche wieder.«

»Ja, ich … ähm … das stimmt. Ich … ich hatte gestern nur was vergessen.«

»Was wollte die Polizei von dir?«

»Nichts. Ein Irrtum.« Ich lachte gekünstelt. »Toller Auftritt, oder?«

Richard nickte. »Hat für Gesprächsstoff in der Kantine gesorgt.«

»Dann bin ich jetzt eine kleine Berühmtheit, was?« Ich drückte die Schublade mit dem Knie zu. »Also, dann … Wir sehen uns nächste Woche.«

Ich wollte aus meinem kleinen Kabuff heraus, aber Richard verstellte den schmalen Weg zwischen den Stellwänden.

»Hey, was soll das?«

»Was ist auf dem Stick?«

»Welcher Stick?«

»Den du gerade aus der Schublade genommen hast.«

»Da sind private Daten drauf.«

Er machte keine Anstalten, den Weg freizugeben. »Du bist 'ne Hackerin.«

»Was soll das denn heißen?«

Mein Gegenüber schien sich selbst nicht so sicher. Er antwortete nicht.

»Richard, ich weiß nicht, was du dir da in deinem Kopf zusammenspinnst.« Ich streckte mich und schob energisch mein Kinn vor. »Auf dem Stick sind meine privaten Daten. Sonst nichts.«

»Warum hast du ihn dann hier in der Firma?«

Ich wollte ihm eine Ausrede präsentieren, schüttelte aber verärgert den Kopf. »Das geht dich einen Scheißdreck an.«

Noch immer stand Richard unbewegt vor mir. Ich wich einen Schritt zurück und griff nach dem Telefonhörer auf meinem Schreibtisch. »Wenn du mir jetzt nicht sofort aus dem Weg gehst, rufe ich den Sicherheitsdienst.«

Endlich wich er zur Seite und ließ mich vorbei.

Fluchtartig verließ ich das Gebäude und sprang in den Wagen. Ich atmete tief durch und sah hinauf zu den Fenstern, hinter denen sich das Großraumbüro befand. Was wäre geschehen, wenn Richard mir – wie auch immer – den Stick abgenommen und die Bilder gesehen hätte?

Ich steckte den Schlüssel ins Zündschloss. Meine Finger zitterten. Verdammt, meine Nerven waren im Moment wirklich nicht die besten. Ich startete den Motor und würgte ihn gleich wieder ab. Kirstin, reiß dich zusammen. Ich drehte den Schlüssel erneut. Im Rückspiegel entdeckte ich eine Person, die in meine Richtung lief. Ich gab Gas und fuhr davon.

Mein Blick wanderte ständig in den Rückspiegel. Verfolgte mich jemand? Ich konnte nichts erkennen. In der Dunkelheit blendeten mich die Scheinwerfer der nachfolgenden Autos. Ich fuhr zu schnell, bremste einmal hart, um nicht von einem stationären

Starenkasten geblitzt zu werden. Endlich erreichte ich Gios Haus.

Als ich in die Tiefgarage fuhr, schrammte ich mit dem hinteren Kotflügel an der Einfahrt entlang. Auch das noch. Ich stellte den Wagen ab, legte die Stirn auf das Lenkrad und schloss einen Moment die Augen. Dann stieg ich aus und stieg die Treppe hinauf zu Gios Büro.

»Wie schlimm ist es?«, begrüßte mich Gio. Sein Haus war rundherum videoüberwacht, er hatte meine Einfahrt live mitverfolgt.

»Nur ein paar Kratzer.«

»Du bist ein bisschen blass. Bist du sicher, dass es kein Totalschaden ist?«, flachste er.

»Ist dein blödes Auto deine einzige Sorge?«

»Vermutlich nicht.« Gio verzog mitleidig das Gesicht. »Setz dich. Geht es dir gut? Bist du verletzt? Kann ich irgendetwas für dich tun?«

Ich sank auf einen Sessel. Meine Finger begannen automatisch, nervös über meine Unterarme zu kratzen.

»Hör auf damit.«

»Womit?«

Er kam zu mir und schob die Ärmel meines Shirts hoch. »Damit.«

Meine Kratzattacken der letzten Nacht hatten dunkle Striemen und Schrammen auf der Haut hinterlassen. Die Erinnerung an die Zelle ließ meine Finger sofort wieder verkrampfen.

»Ich hätte es mir schon eher anschauen sollen. Samerino hatte mich doch darauf hingewiesen.« Er holte Wundsalbe aus einem Schrank, hockte sich vor mich und begann, meinen Unterarm einzureiben. »Du musst damit aufhören, Kirstin.«

Ich wollte ihm meinen Arm entziehen. Er hielt mein Handgelenk fest und strich weiter Salbe auf die Kratzer. Schweigend sah ich ihm zu, bis er beide Arme versorgt hatte. Er schloss die Tube wieder, nahm meine Rechte, hob sie zu seinen Lippen und hauchte einen Kuss auf meinen Handrücken. »Nur, weil du meinem Auto ein paar Ralleystreifen verpasst, krieg ich keinen Herzinfarkt. Hör bitte auf, dich selbst zu verletzen.«

Die unerwartete Zärtlichkeit entfachte in mir ein mittelschweres Gefühlschaos. Wenn mein Leben so weiter ging, war es eine Frage der Zeit, bis ich einen Herzinfarkt bekam.

»Was ist passiert?«

Ich erzählte ihm von der Begegnung mit Richard.

»Ich rufe Udo an, damit er die Schicht übernimmt. Wo ist der Stick?«

Ich griff in meine Hosentasche. Leer. »Verflucht, der muss mir im Auto aus der Hosentasche gerutscht sein.«

»Dann schauen wir da doch mal nach.« Gio warf einen Blick auf seine Überwachungsmonitore, tippte ein »afd« – *away from desk* – in seinen Computer und zog mich vom Sessel.

Als Erstes besah er sich dann doch den Schaden an seinem Wagen. »Autofahren ist wirklich nicht deine Stärke. Du brauchst mehr Fahrpraxis.«

»Die Einfahrt ist zu schmal.«

Gio sah zu mir. »Das sind vier Meter. Mit ein wenig Gefühl könnte man mit dem Wagen quer hineinfahren. Okay, du nicht ...« Er grinste boshaft.

Ich öffnete die Fahrertür. Auf dem Sitz lag nichts. Ich beugte mich vor, fand den Stick zwischen Mittelkonsole und Sitz. Als ich wieder hochsah, entdeckte ich eine Visitenkarte auf dem Beifahrersitz. Hatte die vorhin auch schon da gelegen? Ich nahm sie auf. Es war eine von denen, die irgendwelche obskuren Autohändler hinter die Scheibenwischer klemmten und Interesse am Kauf des Wagens bekundeten. Ich drehte die Karte herum und fand eine handschriftliche Nachricht: »Deine Wohnung wurde verwanzt. D.«

»Scheiße.«

»Was ist?«

Ich kroch aus dem Auto und hielt Gio die Visitenkarte hin.

»Wo kommt die her?«

»Lag auf dem Beifahrersitz. Ich ... ich war vorhin so durch den Wind ... Ich muss die komplett übersehen haben.«

»Und du hast Dominik nicht gesehen?«

Ich schüttelte den Kopf. Als ich von der Firma wegfuhr, hatte ich eine Person im Rückspiegel entdeckt. War das Dominik gewesen?

Ich konnte nicht schlafen. Es war einfach alles zu viel. Mein Gehirn kam nicht mehr hinterher, all die Informationen und Gefühle zu verarbeiten. Ich saß auf dem Gästebett, die Knie zur Brust gezogen, und versuchte, mir nicht die Arme weiter aufzukratzen. Aussichtslos.

Meine Wohnung wurde abgehört. Wer überwachte mich? Die Polizei? Die Schlepperbande? Ich dachte an Hämmerlings Besuch. Warum hatte er der Richterin den Zettel mit den Namen nicht gegeben? Warum war er damit zu mir gekommen? Und was war mit Willer? Einmal freundlich und verständnisvoll – er war so nett zu Salim gewesen. Und dann um hundertachtzig Grad gedreht bei der Vernehmung am Vortag. Hauptverhandlung. Würde ich beweisen können, dass ich nicht an dem Überfall auf Tayo Zungulo beteiligt gewesen war?

Die Erinnerung an die Nacht in der Zelle kehrte zurück. Die Angst schnürte mir die Brust ein. Ich wollte nicht ins Gefängnis. Ich wollte, dass man diesen Leuten das Handwerk legte. Ein Kratzer riss auf, begann zu bluten. Verdammt. Ich stand auf, ging ins Bad, um das Blut abzuwaschen. Damit ich nicht weiter meine Arme malträtierte und mich mit meinen Gedankenkreisen verrückt machte, ging ich ins Wohnzimmer, legte mich aufs Sofa, schaltete den Fernseher ein und zappte durch die Programme.

Zwei Minuten später öffnete sich Gios Schlafzimmertür. Er kam ins Wohnzimmer. Barfuß, Boxershorts, nackter Oberkörper.

»Was tust du hier?«

»Ich kann nicht schlafen.«

»Und Fernsehen hilft?«

»Es lenkt ab.«

Eine Minute blieb er schweigend im Raum stehen und starrte mit mir auf den Bildschirm, über den gerade eine Comedysendung mit eingespielten Lachern flimmerte. Dann kam er zu mir, setzte sich an mein Fußende und schaltete den Apparat aus.

»Worüber grübelst du?«

Ich presste die Finger fest zu Fäusten zusammen, um nicht über meine Arme zu kratzen. »Ich will nicht ins Gefängnis.«

Gio nickte verständnisvoll. »Die Nächte in Haft sind am schlimmsten.«

»Woher willst du das wissen?«

»Meinst du, die haben mich damals nicht in Haft genommen? Ich hatte einen Menschen erschossen.«

Er hatte mir davon erzählt.

»Du sitzt in deiner Zelle und denkst und denkst und denkst ... Da ist nichts, was dich ablenkt. Du fragst dich, was passiert ist. Wieder und wieder sehe ich die Bilder vor mir, wie Marius zu Boden geht.« Er schluckte trocken. »Sie nehmen dir alles. Du hast keine Kontrolle mehr über dein Leben. Sie bestimmen, wann du aufstehst, wann du isst. Sie bestimmen, wie lange du in den Hof raus darfst, wann du schlafen gehst. Sie bestimmen, ob dich jemand besuchen darf, und wer und wie lange. Und du kannst nichts anderes tun, als warten und hoffen, dass du bald wieder rauskommst.« Er strich über meine nackten Füße. »Und allein in der Nacht kommen dir die absurdesten Gedanken.«

»Wie lange warst du damals in Haft?«

»Neun Nächte. Es hätte schlimmer kommen können.« Er lächelte traurig. »Du hast kalte Füße.«

Ich nickte stumm.

»Komm mit.« Er stand auf, fasste meine Hände und zog mich vom Sofa hoch. Ich folgte ihm in den Flur. Vor seinem Schlafzimmer blieb er stehen.

Ich riss die Augen auf. »Nein, Gio, ich kann jetzt nicht mit dir ...«

»Ich will nicht mit dir schlafen.« Er rieb sich über den Nacken, deutete ein schiefes Grinsen an. »Also, generell schon, aber nicht jetzt, nicht heute Nacht. Aber vielleicht kannst du besser schlafen, wenn du spürst, dass du nicht allein bist, dass da jemand neben dir ist, der auf dich aufpasst.« Er öffnete die Tür, schob mich in das Zimmer und zu seinem Bett. »Ich werde der vollendete Gentleman sein, versprochen.«

16

Ich erwachte in seinem Bett. Der Tag hatte noch nicht richtig begonnen, sodass ich nur schemenhaft die Umgebung erkannte. Gio lag neben mir und hatte sich mir zugewandt.

»Hey«, wisperte ich verlegen. Die Nähe war vertraut und irritierend zu gleich.

»Hey.«

Ich blinzelte müde. »Wie spät ist es?«

»Für dich noch zu früh.«

Wir flüsterten, als könnte jedes gesprochene Wort den Moment zerstören. Er strich mir eine Haarsträhne aus dem Gesicht, seine Hand blieb warm auf meiner Wange liegen. Einen flüchtigen Moment lang befürchtete ich, dass Erinnerungen hochkommen könnten an den Abend, als Dominik mir die K.-o.-Tropfen verabreicht hatte. Aber nichts geschah. Stattdessen kamen Erinnerungen an unsere gemeinsamen Nächte, an vertraute, intime Momente.

»Du bist so schön«, hauchte Gio.

»Ich dachte, ich bin ein Elefant«, versuchte ich, meine Unsicherheit zu überspielen.

»Nein, du bist nur so nachtragend wie ein Elefant. Was hiermit wieder einmal bewiesen wäre.« Ich hörte sein Lächeln mehr, als dass ich es im Dämmerlicht sah. Mit dem Daumen strich er zärtlich über meine Schläfe. Seine Berührung durchzog meinen Körper mit wohlig warmen Wogen, ließ mein Herz nervös flattern. Ich konnte nichts sagen, genoss einfach nur seine Zärtlichkeit.

Giorgio Paradi. Jede einzelne Zelle meines Körpers sehnte sich nach seiner Berührung.

Ich beugte mich zu ihm, küsste ihn. Er erwiderte überrascht meinen Kuss, legte die Arme um mich, zog mich näher zu sich heran. Seine Zungenspitze glitt sanft zwischen meine Lippen, suchend, spielerisch. Ich fühlte seine nackte Haut unter meinen Händen, seine Wärme, krallte meine Finger in seine Muskeln. Er sollte mich halten. Ich wollte ihn spüren. Er schloss mich fester in seine Arme. Ich drängte mich an ihn. Er zog mir das T-Shirt aus, drückte mich sanft zurück in die Kissen, strich mit den Händen meine Arme entlang, hinunter zur Taille, zur Hüfte, streichelte mich. Ein zärtliches Verlangen erfasste meinen Körper. Ich küsste seinen Hals, seine Schulter. Ich wollte ihn ganz und gar, um mich, in mir.

Ein Handy klingelte.

Wir zuckten beide zusammen. Gio tastete mit einer Hand auf dem Nachttisch nach dem Apparat und drückte den Störer weg. Keine fünf Sekunden später klingelte es erneut. Er hatte den Anruf kaum weggedrückt, da klingelte es gleich wieder.

»Oh, bitte«, flehte Gio. Er nahm das Telefon vom Nachttisch und sah auf das Display. Seufzend drückte er auf die Annahmetaste. »Sag mir, dass das Haus brennt, sonst muss ich dich entlassen«, knurrte er in den Apparat.

»Schlimmer«, hörte ich Udos Stimme zwischen uns.

»Was ist passiert?« Gio rollte sich auf den Rücken. Während er seinem Mitarbeiter lauschte, verflüchtigte sich die Leidenschaft aus seinen Augen. Sein Kiefer begann zu arbeiten. »Ich komm runter«, erklärte er schließlich und beendete das Gespräch. Er drehte sich wieder zur mir und strich über meine Schulter. »Es tut mir so leid.«

Mir tat es auch leid. Aber der Moment war vorüber. »Was ist passiert?«

»Ich weiß es noch nicht genau. Udo war ziemlich aufgeregt.« Er stand auf, schlüpfte eilig in Jeans und T-Shirt. Dann setzte er sich noch einmal zu mir auf die Bettkante. Er nahm mein Gesicht zwischen seine Hände und küsste mich. »Wenn er doch nur zehn Minuten später angerufen hätte.«

»Zehn Minuten? Warst du auf 'ne schnelle Nummer aus, oder wie?«, empörte ich mich.

Er lächelte zärtlich. »Wenn's danach geht, soll mich bitte nie wieder jemand anrufen. *Ti amo,* Kirstin Schwarz.«

Er eilte aus dem Zimmer.

Ich sank sprachlos zurück ins Kissen. »*Ti amo,* Kirstin Schwarz.« Das konnte er doch nicht einfach so sagen!

Ich lag noch eine Weile im Bett, aber ich war zu aufgewühlt, um wieder in den Schlaf zu finden. Ich stand auf, duschte, bereitete das

Frühstück vor. Fast zwei Stunden vergingen, bis Gio endlich zurückkam.

»Und?«, fragte ich ihn sofort.

Er hatte eine Zeitung in der Hand und legte sie auf den Küchentisch. »Wir haben ein Problem.«

»Aber ich hab doch schon so viele …«

Gio schlug die Zeitung auf.

Mein Blick fiel zuerst auf das Foto. Ich kannte die Frau. Dann las ich die Schlagzeile: »Neue Spur im Fall Wojcik. Mutmaßliche Geliebte des Exagenten von Polizei festgenommen.«

Ich sank auf den Stuhl. »Das darf doch wohl nicht wahr sein.« Ich betrachtete das Foto genauer. Jemand musste es aufgenommen haben, als ich am Tag zuvor auf dem Weg zur Haftrichterin war, die Hände auf dem Rücken gefesselt wie eine Schwerverbrecherin. Ein schwarzer Balken war vor die Augen gedruckt, aber es war unverkennbar ich.

»Geliebte des Exagenten? Spinnen die?« Ich konnte mich nicht auf den Text konzentrieren, starrte nur fassungslos auf das Foto und die Schlagzeile.

Gio setzte sich zu mir. »Ich habe Samerino informiert. Er versucht herauszufinden, woher diese Meldung kommt. Außerdem hat mich Hämmerling angerufen. Er sucht dich.«

»Natürlich sucht der mich. Die wollen mich wieder einsperren. Ich will nicht ins Gefängnis. Ich dreh da durch.«

»Ich habe ihm nicht gesagt, dass du bei mir bist.« Er strich über die Zeitung. »Du solltest deinen Chef anrufen. In dem Artikel steht, dass du Computerspezialistin bist und man vermutet, dass du Wojcik mit Informationen versorgt hast.«

»Oh Gott!« Ich vergrub das Gesicht in den Händen. »Bitte sag, dass das alles nicht wahr ist.«

»Kirstin, die haben nichts gegen dich in der Hand.«

»Bist du da so sicher?«

Als er nicht antwortete, hob ich den Blick zu ihm. Er sah nicht so zuversichtlich aus, wie ich es mir gewünscht hätte.

»Ruf deinen Chef an und sag ihm, das nichts von dem, was in der Zeitung steht, stimmt.« Er reichte mir sein Telefon. »Die Rufnummernunterdrückung ist eingeschaltet. Er sieht nicht, von wo aus du anrufst.«

Ich musste es zwei Mal versuchen, bis ich Patrick Wichert am Apparat hatte.

»Kirstin, endlich! Wo steckst du?«

»Hör zu, das, was da in der Zeitung steht, das stimmt nicht.« Meine Stimme klang alles andere als überzeugend. Gio gab mir Zeichen, etwas mehr Kraft in meine Worte zu legen.

»Hier ist die Hölle los! Die Polizei ist gerade gekommen. Die durchsuchen deinen Schreibtisch und wollen deinen Laptop beschlagnahmen. Die Geschäftsführung hat mich einbestellt. Was soll ich denen sagen?«

»Ich habe nichts getan.« Zumindest nichts von dem, was in der Zeitung stand.

»Richard sagt, du warst gestern Abend in der Firma und hast irgendwas mitgenommen.«

Ich sah auf die Uhr. Es war gerade mal zehn. »Wieso ist Richard schon da?«

»Weil ich alle aus unserem Team einbestellt habe. Aber du bist ja nirgends zu erreichen. An dein Handy gehst du nicht, zu Hause bist du nicht …«

»Mein Handy wurde geklaut.«

»Bitte sag mir, was los ist. Ich muss gleich zur Geschäftsleitung. Ist dir klar, dass die dich entlassen könnten?«

»Aber ich habe nichts getan. Das stimmt nicht, was in der Zeitung steht.«

Patrick schwieg einen Augenblick. Vielleicht versuchte er, sich wieder zu beruhigen, seine Stimme klang weniger aufgeregt, als er weitersprach. »Kirstin, seit dieser Typ wieder aufgetaucht ist, hast du dich verändert. Du bist angespannt, unkonzentriert, erschöpft …«

»Welcher Typ?«, fragte ich verwirrt.

»Dieser Spacko.«

»Dieser was?«

»Na, dieser Typ, der dich letztens von der Arbeit abgeholt hat. Gehört der zu diesem Wojcik? Haben die dich gezwungen?«

»Was … was redest du da?« Ich sah bestürzt zu Gio.

»Kirstin, du musst mir nichts vormachen. Vor ein paar Monaten, als du angeblich überfallen worden bist, da hat der dich doch so zugerichtet! Und kaum taucht der wieder auf, hast du schon wieder blaue Flecken. Du hast so etwas nicht verdient. Lass …«

»Red doch nicht so einen Scheiß!«

»Ich will dir helfen, Kirstin. Bitte …«

Ich schnaufte wütend. »Du glaubst mir nicht, oder? Du glaubst den Mist, den irgend so ein Arschloch in der Zeitung geschrieben hat. Das ist so …« Mir fehlten die Worte und ich drückte das Gespräch weg.

»Was ist los?«, fragte Gio.

»Patrick denkt, dass du und Wojcik mich zwingen, Daten zu besorgen. Er denkt, dass du mich schlägst.«

»Ich konnte ihn noch nie besonders gut leiden.«

Ich starrte auf das Telefon in meiner Hand. »Ich werde meinen Job verlieren.«

Ich konnte nichts essen. Ich konnte nicht denken. Ich starrte stumpf aus dem Fenster, während Gio einige Telefonate führte. Am Himmel über Bad Cannstatt türmten sich dicke schwarze Wolken zu einer schweren Gewitterfront auf. Das dunkle gelbliche Licht verbreitete Weltuntergangsstimmung. Wie passend. Vielleicht war jetzt ein guter Zeitpunkt für den Weltuntergang. Sollten doch alle endlich dem Jüngsten Gericht zugeführt werden. Den Glauben an eine irdische Gerechtigkeit hatte ich ohnehin schon vor Jahrzehnten verloren.

Ich hatte die Arme um mich geschlungen und zuckte nicht einmal, als Gio ins Zimmer kam und hinter mich trat. Ich war in eine Art Schockstarre verfallen. Er legte die Arme über meine Schultern und zog mich zu sich.

»Samerino hat gerade angerufen.«

»Und?«

»Er hat mit dem Journalisten gesprochen, der den Bericht geschrieben hat. Der behauptet, er habe die Informationen aus erster Hand, also direkt von der Polizei oder der Staatsanwaltschaft. Einen Namen wollte er nicht nennen. Die Infos wurden ihm nicht offiziell weitergegeben, und der Beamte würde sicher seinen Job verlieren.«

»Das geschähe Hämmerling nur recht!«

»Wie kommst du darauf, dass er es war?«

»Wer denn sonst? Seine seltsamen Besuche. Seine Fragen …«

»Ich glaube nicht, dass er die undichte Stelle ist.«

Ich löste mich energisch aus Gios Umarmung, um in sein Gesicht zu sehen. »Woher willst du das wissen?«

»Ich kann's mir einfach nicht vorstellen. Ich kenne ihn so lange. Er ist ein scharfer Hund, vielleicht handelt er nicht immer ganz nach Vorschrift, aber er ist ein guter Polizist. Kevin hat auch gesagt, er ist integer.«

Wenn ich nur halb so viel Vertrauen haben könnte. Aber Hämmerling war mir suspekt. »Wer ist es dann?«

»Willer?«, schlug Gio vor. »Er hat anscheinend einige Jahre undercover in Magdeburg und Frankfurt gearbeitet. Vielleicht ist er da auf den Geschmack gekommen.«

»Aber …« Der Gedanke gefiel mir nicht.

»Er ist so nett, ich weiß.«

Hatte Gio recht? Spielte Willer ein falsches Spiel? Oder war es nur Gios persönliche Antipathie, die ihn verdächtig machte? Ratlos strich ich mir die Haare aus der Stirn. Ich durfte mich nicht in meiner Hilflosigkeit verlieren. Ich musste etwas tun.

»Hast du dir schon die Bilder angesehen, die auf dem Stick sind?«

»Nein, ich …« Er verzog bedauernd das Gesicht. »Ich hab ein bisschen Angst davor, was mich erwartet …«

Ich verstand ihn nur zu gut. »Denkst du, Kevin könnte mir eine Liste mit allen Namen der an den Ermittlungen beteiligten Beamten besorgen?«

»Du willst nicht, dass es Willer ist, oder?«

»Es ist mir scheißegal, wer es ist, Hauptsache ich kriege ihn«, erklärte ich entschlossen.

Das Klingeln, das uns am frühen Morgen bereits gestört hatte, unterbrach uns erneut. Gio nahm das Gespräch entgegen und legte kurz darauf mit einem Stöhnen auf.

»Was ist?«

»Hämmerling steht unten in meinem Büro.«

Sofort erfasste mich wieder eine Panikwelle. Gio legte beruhigend eine Hand auf meine Schulter. »Wir kommen nicht rauf, und ich werde ihm nicht sagen, dass du bei mir bist. Versuch, etwas abzuschalten, Kirstin.«

Wenn das so einfach wäre. Gio ging nach unten und ich schlich wie ein gefangener Tiger von einem Zimmer ins nächste. Ich trank einen Schluck Wasser, stellte mich ans Fenster und wartete, dass die schweren Gewitterwolken sich endlich über Stuttgart entluden. Aber sie wollten nicht, hingen einfach nur bedrohlich in der Luft. Um irgendetwas zu tun, rief ich Patrick am frühen Nachmittag noch einmal an. »Wie ist's gelaufen?«

»Ich habe wirklich alles versucht. Du bist meine beste Mitarbeiterin. Ich habe denen gesagt, dass du zuverlässig bist, dass du …«

»Patrick, red nicht um den heißen Brei«, unterbrach ich ihn barsch.

»Die haben gesagt, dass so eine Schlagzeile geschäftsschädigend ist, dass wir dadurch das Vertrauen unserer Kunden verlieren. Sie müssen ein klares Zeichen setzen …«

Ich ahnte, was kommen würde, dennoch zog es mir den Boden unter den Füßen weg.

»Sie überlegen, dich zu entlassen. Bis auf Weiteres bist du erst einmal beurlaubt. Du hast ja ohnehin noch reichlich Urlaubstage und Überstunden … Deine Accounts wurden gesperrt.«

»So einfach geht das also.« Ich stemmte eine Hand gegen die Wand.

»Kirstin, du warst ständig auf allen möglichen Rechnern unterwegs, zu allen möglichen Zeiten …«

»Das ist doch mein Job.«

»Ja, aber …« Patrick suchte nach der richtigen Erklärung. »Richard sagt, du hättest in letzter Zeit viele Fragen gestellt. Und gestern warst du noch spätabends in der Firma und holst irgendwas. Er sagt, du wärst total nervös gewesen.«

Richard. Wir hatten uns immer gut verstanden, und jetzt fiel er mir so in den Rücken. Was hatte ich ihm getan? »Patrick, ich arbeite seit fünf Jahren in der Firma. Ich habe mir nie etwas zuschulden kommen lassen. Ich war immer da, wenn es gebrannt hat …«

»Ich weiß, aber …«

»Nichts aber! Habe ich jemals irgendetwas getan, was der Firma geschadet hätte?«

»Das … das wissen wir nicht.«

»Das …« Es verschlug mir die Sprache.

Patrick seufzte bedauernd. »Du musst deinen Firmenausweis abgeben.«

»Scheiße!«

»Kirstin, du musst mit der Polizei reden. Sag denen, dass die dich gezwungen haben.«

»Niemand hat mich zu irgendwas gezwungen, verdammt noch mal! Aber weißt du was? Wenn mir nicht einmal mein Teamleiter mehr glaubt, dann will ich für so eine Scheißfirma gar nicht mehr arbeiten.« Betteln war noch nie meine Stärke gewesen. Ich legte auf. Nur schwer widerstand ich dem Drang, das Telefon auf den Boden zu schmeißen und kaputt zu trampeln. Als ich mich umdrehte, stand Gio in der Tür. Er sah mich kopfschüttelnd an.

»Sag jetzt nichts«, fuhr ich ihn an.

»Was ist passiert?«

»Die schmeißen mich raus.«

»Damit war zu rechnen.«

»Es ist trotzdem scheiße! Die glauben mir nicht. Nicht einmal Patrick, mein Teamleiter! Ich hab alles für die Firma getan. Ich habe immer top Beurteilungen bekommen, und jetzt hält der mich wegen einer einzigen komplett gelogenen Schlagzeile für eine Spionin!« Ich rieb mir erschöpft durchs Gesicht.

»Kann die Polizei irgendwas auf deinem Laptop finden, was den Verdacht gegen dich erhärtet?«

»Ich weiß es nicht. Ich habe immer versucht, meine Spuren zu verwischen. Aber ich weiß nicht, ob ich es wirklich immer geschafft habe. Und am Mittwoch, als die mich verhaftet haben, hatte ich keine Zeit, noch irgendetwas zu löschen …« Ich seufzte entmutigt. »Was hat Hämmerling gesagt?«

»Dass er dich sprechen will und dass der Fall Kreise zieht.«

»Kreise?«

»Ja, das BKA hat sich eingeschaltet.« Als ich gleich wieder an die Decke gehen wollte, hob Gio beschwichtigend die Hand. »Sie halten sich bedeckt, es gibt immer wieder solche haltlosen Verdächtigungen, aber sie müssen dem nachgehen. Spionage ... das hat andere Dimensionen. Sie werden dein Leben ein bisschen durchleuchten, schauen, ob du je schon mal auffällig warst, zwielichtige Kontakte hattest ... Ich denke, es wäre wichtig, dass du mit Hämmerling redest, damit er sieht, dass du kooperierst. Du bist ohnehin verpflichtet, dich einmal wöchentlich bei der Polizei zu melden.«

»Aber nicht heute. Gönn mir bitte noch einen Tag in Freiheit, bevor ich mich in einer Zelle erhänge.«

»Sag so etwas nicht.« Er zog meinen Kopf an seine Schulter, küsste meinen Scheitel. »Sag so etwas bitte nie wieder.«

Mit lautem Donnerschlag entlud sich das Gewitter über uns.

+++

Kevin kam spätabends zu Gio. Er hatte das Wunder vollbracht, eine Liste zu erstellen mit den Namen der Kripobeamten, die an dem Fall Djadi/Salim arbeiteten. Ich sah die Liste durch. »Sind das alle?«

»Das sind die, die quasi zum inneren Kreis gehören, die Zugang zu allen Unterlagen haben. Es gibt natürlich noch eine Menge Kollegen, die mit Teilaufgaben beauftragt sind. Aber die aufzulisten, konnte ich so schnell nicht schaffen.«

»Ich danke dir. Vielleicht hilft uns das irgendwie weiter.« Ich legte die Liste erst einmal zur Seite. »Du hast gesagt, der Hämmerling wäre korrekt?«

»Ja.«

»Bist du sicher, dass man ihm vertrauen kann?«

»Ich denke schon.«

Das war kein eindeutiges Ja. Ich sah zu Gio. »Tut mir leid, aber ich kann nicht mit ihm reden.« Meine Angst war zu groß.

Es war kein großer Akt, sich ins Firmennetzwerk meines Arbeitgebers einzuhacken. Sie hatten zwar meine persönlichen Logins gesperrt, aber sie hatten nicht daran gedacht, unsere generellen Administratorenlogins zu ändern. Ich bastelte mir sicherheitshalber eine Hintertür, dann durchforstete ich die Rechner der Will Meyer GmbH nach den Namen von Kevins Liste. Erfolglos. Kein einziger Treffer. Hatte die Firma überhaupt etwas mit der Geschichte zu tun? Oder wurden die Rechner nur für den illegalen Datentransfer missbraucht?

»Wir kommen hier nicht weiter.« Gio hatte mir ein Glas Saftschorle gebracht. Er war müde, so wie ich auch. »Sag Hämmerling morgen, was du weißt. Sag ihm, was du auf diesem Rechner in Tonga entdeckt hast. Sag ihm, dass die Spur von der Will Meyer GmbH ausging. Du kannst ihm erklären, dass du zufällig nach einer Hackerattacke darauf gestoßen bist. Die sollen sich darum kümmern.«

»Ich habe alle Spuren der Hackerattacke auf unseren Rechnern gelöscht«, gab ich zu bedenken.

»Das musst du ihm ja nicht sagen. Das kann doch ebenso gut jemand anderes gewesen sein.«

Soweit hatte ich nicht gedacht. Ich lächelte ihn erschöpft an. Woher nahm er nur die Kraft, ein Unternehmen zu leiten, an diesem Fall zu arbeiten und mir zur Seite zu stehen? »Danke.«

»Wofür?«

»Dass du mir hilfst … für die letzte Nacht … für alles.«

Er schluckte trocken. Unsicherheit spiegelte sich in seinen Augen wieder. »Kirstin, ich … ich will keine Dankbarkeit.« Er strich über meine Hand. »Ich will dich.«

Ti amo, Kirstin Schwarz. Sofort zwickte es wieder nervös in meinem Magen. Ich brachte keinen Ton heraus, war hin und her gerissen zwischen dem Drang davonzulaufen und dem Wunsch, meine Gefühle für ihn zuzulassen.

Er presste verzagt die Lippen zusammen, Schuldbewusstsein im Blick. »Ich mache denselben Fehler wie damals. Ich will dich nicht bedrängen. Vergiss, was ich gesagt habe. Das ist jetzt nicht wichtig.« Er stand auf. »Wir sollten schlafen gehen.«

Während er im Bad verschwand, fuhr ich den Computer runter. Denselben Fehler. War es ein Fehler, einen Menschen zu lieben? Ihm Halt und Geborgenheit zu geben? Für ihn da zu sein? Die fürchterlichen zornigen Ausbrüche auszuhalten? Er ließ sich von meiner Wut nicht einschüchtern. Ich dachte daran, wie gut es sich anfühlte, wenn er mich in seinen Armen hielt. Wenn Hämmerling mich morgen wieder verhaftete, würde ich es bereuen, Gio meine Gefühle nicht gezeigt zu haben. Ich ging in den Flur, wartete, bis er aus dem Bad kam.

Er blickte mich überrascht an, deutete mit einladender Geste hinter sich. »Der Nächste, bitte.«

Ich schüttelte den Kopf. Meine Handflächen waren klamm, und mein Herz pochte nervös. »Es war kein Fehler.«

Wir standen uns gegenüber. Ich war keine besonders talentierte Verführerin. Meine Unsicherheit trug ihr Übriges dazu bei. Ich machte einen vorsichtigen Schritt auf ihn zu. »Lass uns da weitermachen, wo wir heute Morgen unterbrochen wurden.«

17

Ich erwachte mit einem Lächeln im Gesicht. Gio war schon vor mir aufgestanden und hatte sich aus dem Zimmer geschlichen. Ich hörte ihn in der Küche hantieren und nebenbei mit jemandem sprechen. Ich vergrub mein Gesicht in seinem Kissen, sog den Duft ein und sehnte mich danach, dass er mich wieder in seine Arme schloss. Die Empfindungen, die er in mir entfachte, waren überwältigend.

Er hatte aufgehört zu sprechen, kam ins Schlafzimmer und legte sich bäuchlings neben mich auf das Bett.

»Hey, Schlafmütze, Frühstück ist fertig.«

»Mit wem hast du gesprochen?«

»Mit Kevin.«

»Und?«

»Jetzt wird erst einmal gefrühstückt.« Er küsste meine Nasenspitze und stand auf.

»Dein Chef ist ein Idiot«, erklärte Gio, nachdem ich mein Müsli gegessen hatte.

»Was hat er angestellt?«

»Er hatte nichts Besseres zu tun, als der Polizei genau denselben Schwachsinn zu erzählen, den er gestern dir gegenüber geäußert hat. Du kannst dir vorstellen, wen die jetzt auf dem Kieker haben?«

Ich nickte.

»Gut, dass du für diesen Kerl nicht mehr arbeiten wirst.«

War da das letzte Wort schon gesprochen? »Fragt sich nur, wovon ich zukünftig meine Miete zahlen soll?«

Gio machte eine raumgreifende Armbewegung. »Mein Angebot steht. Mietfrei.«

Ein Klingeln enthob mich einer Reaktion. Er ging zur Tür. Kurz darauf hörte ich ihn fluchen.

»Herr Paradi, wir wissen, dass Frau Schwarz bei Ihnen ist«, erklang Willers aufgebrachte Stimme aus dem Treppenaufgang. Die Stufen knarrten unter den Schritten des Kripobeamten.

»Sie möchte nicht mit Ihnen reden.«

»Aber wir möchten dringend mit ihr sprechen.«

»Dann schicken Sie ihr eine Vorladung.«

»Wir würden uns gern davon überzeugen, dass es Frau Schwarz gut geht«, entgegnete Willer scharf.

»David«, mahnte Hämmerling seinen Kollegen. »Giorgio, wir müssten auch mit dir reden.«

Giorgio? Die beiden waren per Du? Ich stand auf und trat aus der Küche. Hämmerling und Willer standen bereits im Flur.

»Mir geht es bestens. Gio hat mir nichts getan, und ich bin ganz bestimmt keine Geliebte von irgend so einem Exagenten.«

Die beiden Kommissare sahen aufmerksam zu mir. Gio verdrehte innerlich fluchend die Augen. Was hatte ich jetzt schon wieder falsch gemacht? Dann fiel auch bei mir der Groschen. Woher sollte ich wissen, dass mein Chef Gio bei der Polizei angeschwärzt hatte, mich zu schlagen?

»Wie kommen Sie darauf, dass wir Herrn Paradi etwas vorwerfen?«, erkundigte sich Hämmerling sogleich.

»Sie haben doch gestern in der Firma sicherlich mit meinem Chef gesprochen«, improvisierte ich. »Der spinnt sich irgendeine absurde Geschichte zusammen. Sonst noch Fragen?«

»Einige«, erklärte Hämmerling. Sein Blick wanderte von mir zu Gio und blieb bei seinem Kollegen hängen. »Wir könnten erst einmal ganz informell mit Herrn Paradi und Frau Schwarz reden, oder siehst du das anders?«

Willer warf Gio einen finsteren Blick zu. Die beiden standen nicht unbedingt kurz davor, Freunde fürs Leben zu werden. »Aber wir sprechen ohne Herrn Paradi mit Frau Schwarz.«

Hämmerling nickte.

»Nicht ohne meinen Anwalt«, protestierte ich.

»Kirstin, Friedrich sagte informell.«

Ich sah zu den drei Männern. Sofern ich nicht vorhatte, über die Dächer von Bad Cannstatt zu fliehen, war der einzige Ausweg versperrt. Ich ergab mich meinem Schicksal.

Ich saß mit Hämmerling und Willer im Wohnzimmer am Esstisch, während Gio sich in die Küche verzogen hatte.

»Wieso schreibt die Zeitung so einen Scheiß über mich? Wie können Sie so etwas an die Presse geben?«, eröffnete ich das Gefecht. »Ich werde meinen Job verlieren, ist Ihnen das klar?«

»Diese Information stammt nicht von uns.« Hämmerling zückte seinen Notizblock.

»Information? Das ist schlicht und einfach gelogen!«

»Ich kann mich nur wiederholen: Es stammt nicht von uns. Nichtsdestotrotz wirft es Fragen auf.«

Ich starrte ihn grimmig an.

»Wir haben uns Ihren Lebenslauf noch einmal etwas genauer angesehen. Sie hatten eine recht bewegte Jugend, mit zwanzig sind Sie in die Staaten geflogen. Da verliert sich Ihre Spur für uns. Zwei Jahre später kehren Sie zurück, absolvieren ein Studium an der Berufsakademie im Bercich Informatik, spezialisieren sich auf Datenbanken und Datensicherheit. Seit fünf Jahren arbeiten Sie für die Data-Management-Company.«

»Ich kenne meinen Lebenslauf.«

»Woher kam der Sinneswandel? Sie haben kaum Ihr Abitur geschafft, dann tauchen Sie zwei Jahre unter und beginnen anschließend zielstrebig ein Studium.«

»Ich bin nicht untergetaucht! Ich war zwei Jahre in Colorado und habe auf einer Farm gearbeitet.«

Hämmerling deutete ein Nicken an. »Das erklärt die Bilder in Ihrem Fotoalbum.«

Die Wohnungsdurchsuchung während ich in einer Zelle eingesperrt gewesen war. Was hatten sie sich noch alles angesehen?

»Sie haben legal dort gearbeitet?«

»Ich hatte eine Arbeitserlaubnis, ja.«

»Können Sie uns den Namen Ihres Arbeitgebers nennen? Leute, mit denen Sie enger befreundet waren?«

Neil. Was würde er sagen, wenn nach acht Jahren plötzlich ein paar Polizeibeamte vor seiner Tür standen und nach seiner Exverlobten fragten? Er kannte meine Geschichte – zumindest einen kleinen Teil davon. Wenn er das der Polizei erzählte … Ich sah sein schockiertes Gesicht vor mir. Erst der Schock, dann die Härte, mit der er mich aus seinem Leben verstieß.

»Frau Schwarz?«

Es war utopisch zu hoffen, dass Hämmerling den Namen meines Arbeitgebers nicht herausfinden könnte. Von ihm war es nur ein Katzensprung zu meinem damaligen Freund. »Die Farm gehörte einem Tom Forester. Ich habe dort mit einem Mann zusammengelebt. Neil O'Bryan, er war Farmarbeiter und Rodeoreiter.«

Hämmerling notierte sich die Namen.

»Warum schreiben Sie das auf? Ich habe seit damals keinen Kontakt mehr zu den beiden.«

»Was ist mit Pawel Wojcik? Sind Sie ihm dort begegnet?« Hämmerling gab seinem Kollegen ein Zeichen. Willer nahm ein Foto aus einer Mappe und legte es vor mir auf den Tisch. Ich sah in Dominiks titangraue Augen.

»Nein.« Ich hob den Blick zu den beiden Männern. »Und ich weiß auch nicht, wie dieses unsinnige Gerücht in die Welt kommt, das in der Zeitung stand.«

»Frau Schwarz, wir versuchen zu verstehen, wer Sie sind und warum und wie Sie in diese Sache verwickelt sind.« Er schob das Foto zu Willer zurück. »Sie haben also auf einer Farm gearbeitet.

Und dann kommen Sie zurück und werden Computerspezialistin. Wie passt das zusammen?«

»Irgendetwas musste ich machen.«

»Und Herr Wojcik fand es sicherlich sinnvoller, Sie in einer Computerfirma einzusetzen statt auf einem Bauernhof.«

Ich schüttelte stumm den Kopf. Was sollte ich noch sagen? Hämmerling hatte sich offensichtlich sein Urteil gebildet.

Willer musterte mich nachdenklich. »Schlafen Sie schlecht?«

»Was geht Sie das an?«

»Wir haben in Ihrer Wohnung einige Packungen eines relativ starken Beruhigungsmittels gefunden. Ein Großteil davon leer im Müll, was vermuten lässt, dass Sie diese Mittel regelmäßig einnehmen.«

»So ein Unsinn. Ich nehme keine Beruhigungsmittel.«

»Wurden Ihnen die Mittel von einem Hausarzt verschrieben?«

»Nein! Ich nehme keine Beruhigungsmittel! Sagen Sie, spreche ich chinesisch, oder warum ignorieren Sie ständig meine Antworten?«, fuhr ich die Beamten an.

Willer zog ein zweites Foto aus einer Mappe und legte es vor mich auf den Tisch. »Hat Herr Paradi Sie damals so zugerichtet?«

Ich sah in mein grün und blau geschlagenes Gesicht. »Nein.« Ich wandte den Blick ab. Ich wollte das nicht sehen.

»Frau Schwarz, ich weiß, dass Sie nicht viel Vertrauen zu uns haben. Vielleicht konnten wir Sie damals nicht schützen«, versuchte Willer die verständnisvolle Tour. »Aber wenn Sie jetzt mit uns zusammenarbeiten, dann können wir Ihnen helfen. Wir können Sie in ein Zeugenschutzprogramm nehmen …«

»Was soll ich denn bezeugen? Ich weiß doch nichts. Und ich habe nichts getan, verdammt noch mal!«, brauste ich auf. »Alles, was ich wollte, war, diesem Jungen zu helfen, der von ein paar Skins zusammengeschlagen wurde! Er sucht seinen Bruder. Wissen Sie, wo der Junge ist? Wissen Sie es?« Ich schlug wütend mit der Hand auf den Tisch. »Interessiert es Sie überhaupt?«

»Frau Schwarz, bitte …«, versuchte Hämmerling, mich wieder zu beruhigen.

»Warum verdächtigen Sie Gio?«, ging ich ihn an. »Sie kennen ihn doch. Sie wissen, dass er so etwas nie tun würde.« Ich klopfte energisch auf das Foto.

»Auf Ihrem privaten Laptop wurde eine Passwortdatei gefunden. Nach Rücksprache mit Ihren Kollegen handelt es sich dabei nicht um eine Passwortdatei von einem Firmenrechner«, wechselte Hämmerling abrupt das Thema.

Das Blut sackte mir aus dem Körper. Die Passwortdatei. Ich hatte sie nicht gelöscht.

»Frau Schwarz, woher haben Sie diese Datei?«

Mein Herz schlug mir bis zum Hals. Gio hatte gesagt, ich sollte es Hämmerling sagen. Jetzt war vermutlich der richtige Zeitpunkt gekommen. Ich zögerte.

»Frau Schwarz, alles, was Sie uns hier sagen, bleibt unter uns«, versuchte Willer mein Schweigen zu durchbrechen. »Niemand wird etwas davon erfahren, auch nicht Herr Paradi.«

»Kapieren Sie es nicht? Gio bedroht mich nicht. Mein Chef ist ein bisschen paranoid.« Ich wedelte mit der Hand vor der Stirn.

»Auch Ihrem Chef werden wir nichts sagen«, versprach Willer.

Ich schnaufte ratlos. »Haben Sie diesen Mist an die Zeitung gegeben?«

»Nein.« Willer wich meinem Blick nicht aus. »Wir werden herausfinden, wer es war. Die internen Ermittlungen laufen. Frau Schwarz, bedroht Sie jemand?«

»Nein.«

»Jemand will Ihnen diese brutale Körperverletzung an Herrn Zungulo in die Schuhe schieben. Hat dieser jemand Sie vielleicht gezwungen, für ihn Daten zu beschaffen?«

Ich musterte Willer irritiert. Glaubte er an meine Unschuld bei der Geschichte mit Tayo?

»Nein, ich ...« Das Klingeln eines Telefons störte unser Gespräch.

Hämmerling sah genervt zu seinem Kollegen, der sein Handy aus der Tasche holte. Willer legte kurz einen Finger auf die Lippen, zum Zeichen, dass ich schweigen sollte, und nahm das Gespräch entgegen.

»Linda, was gibt's? … Ich bin mit Friedrich unterwegs … Nein, wir wissen nicht, wo sie ist … Wir suchen sie, fieberhaft, mit allen Mitteln und unbezahlten Überstunden … Ja … ja … In Ordnung.« Der Apparat verschwand wieder in seiner Sakkotasche. »Da sind gerade eine Menge Leute etwas beunruhigt über die politischen Verwicklungen, die diese Geschichte haben könnte.«

»Ich bin keine Spionin!«

»Wissen Sie was? Das glaube ich Ihnen sogar.« Willer beugte sich ein Stück weit über den Tisch zu mir vor. »Aber Sie sind ja irgendwie an diese Passwortdatei gekommen. Und mich interessiert, wie.«

Was sollte ich tun? Ihnen sagen, was ich wusste? Dies war ein informelles Gespräch. Ich musste mich entscheiden. Jetzt. Ich seufzte. »Vor knapp drei Wochen gab es eine Hackerattacke auf einen unserer Kundenrechner. Ich war an dem Abend lange im Büro, ich hatte eine neue Datenbank installiert. Solche Aktionen gehen nur abends oder am Wochenende. Das ist nichts Außergewöhnliches und hat nichts mit Spionage zu tun.«

Ich sah in die Gesichter vor mir, um festzustellen, was in ihnen vorging. Sie erwiderten meinen Blick abwartend. Ich fuhr fort: »Ich war also noch im Büro und habe den Rechner nach dem Angriff überprüft, ob der Hacker erfolgreich war. Dabei entdeckte ich, dass es von unserem Rechner einen FTP-Transfer von Bilddateien auf einen anderen Rechner gab. Ein Rechner, der von uns nicht betreut wird. Ich … ich war neugierig und hab ein wenig recherchiert.«

»Wann genau war diese Hackerattacke?«

»An dem Mittwoch, an dem auch der Junge zusammengeschlagen wurde. Deswegen kam ich so spät aus dem Büro.« Das war nicht ganz korrekt, aber doch eine einleuchtende Erklärung. Ich entspannte mich ein wenig.

»Welcher Ihrer Kunden wurde angegriffen?«, hakte Hämmerling nach.

»Darf ich Ihnen das sagen? Fällt das nicht unter Datenschutz?«

Der Kommissar bewegte unschlüssig den Kopf. »Wo haben Sie die Passwortdatei her?«

»Aufgrund der IP-Adresse des FTP-Transfers konnte ich die Spur weiterverfolgen. Es handelt sich um einen Webserver in Tonga.«

»Und da haben Sie sich einfach mal eingehackt und die Passwortdatei kopiert?«

»Nein, nicht direkt … das habe ich erst später getan.«

Hämmerling zog die Stirn in Falten und forderte wortlos eine Fortsetzung.

»Ich … ich hab mich gefragt, was das für ein Rechner ist, was da für Bilder übertragen wurden …«

»Und? Was für Bilder waren es?«

Ich schluckte hart bei der Erinnerung. »Schreckliche pornografische Bilder mit Kindern.«

Weder Hämmerling noch Willer verzogen eine Miene. Hatten Sie meine Antwort geahnt? Ich wusste nicht, wo ich weitermachen sollte.

»Seit wann wissen Sie das?«, fragte Willer in die Stille.

»Seit Montag.«

»Um Gottes willen, Frau Schwarz!« Jetzt war er doch entsetzt. »Sie hätten sofort zu uns kommen müssen. Seit Montag – das ist fast eine Woche. Warum haben Sie nicht mit uns geredet?«

Ich hob die Schultern. »Ich war verwirrt … ich …« Welche nachvollziehbare Erklärung gab es für mein Schweigen?

»Wir brauchen die Daten des Rechners. Unsere Spezialisten müssen sich das anschauen«, erklärte Hämmerling. »Wer weiß alles von Ihrer Entdeckung?«

»Niemand.«

»Niemand?«, fragte Willer zweifelnd.

»Nur Gio. Er hat gesagt, ich solle mit Ihnen reden. Aber dann ist so viel passiert …«

Hämmerling lehnte sich zurück und verschränkte die Arme vor der Brust. »Woher kennen Sie Salim?«

»Ich kenne ihn nicht. Ich bin da wirklich nur zufällig reingestolpert.«

»Er hat nach Ihnen gefragt. Nach Ihnen und nach seinem Bruder.«

»Aber ich weiß doch nicht, wo sein Bruder ist.« Ich wich Hämmerlings Blick aus, ertappte mich dabei, dass ich wieder über meine Arme kratzte. Willer entdeckte meinen malträtierten Unterarm.

»Frau Schwarz, ich kann es Ihnen nur immer wieder sagen: Wir können Ihnen helfen. Sie können sofort mit uns kommen. Wir besorgen Ihnen eine sichere Unterkunft. Sie bekommen psychologische Betreuung. Niemand wird Ihnen etwas tun.«

Ich schüttelte den Kopf, zog den Ärmel meiner Bluse herunter und kämpfte gegen die plötzlich aufsteigende Panik an. Konnten sie mich zwingen, mit ihnen zu gehen?

Hämmerling sah zu seinem Kollegen. »Willst du noch mit Herrn Paradi sprechen?«

»Da kannst du Gift drauf nehmen.«

»Dann geh schon mal zu ihm. Ich lasse mir noch schnell von Frau Schwarz die Daten von dem Rechner geben.«

Nur widerwillig folgte Willer der Aufforderung. Hämmerling wartete, bis die Tür wieder geschlossen war.

»Geben Sie mir bitte die Daten?«

»Ich habe die IP-Adresse nicht auswendig gelernt. Die Website läuft unter dem Namen ›pict.to‹. Ihren Spezialisten sollte das reichen. Das Root-Passwort steht in der Datei.«

»Root-Passwort?«

»Das ist der Superuser … der Administrator. Damit haben Sie alle Rechte auf einem Rechner.«

»IP, FTP, Root … ich hasse diesen ganzen modernen Mist.« Hämmerling kritzelte etwas in sein Notizbuch, schlug das Heft zu und steckte es in seine Jacketttasche. »Diese zwei Namen, die Sie auf dem Zettel notiert hatten, woher hatten Sie die?«

Ich schwieg.

»Ich habe Ihnen vor einiger Zeit zwei Fotos gezeigt, und Sie haben behauptet, Sie kennen die Männer nicht, erinnern Sie sich?« Er sah mich abwartend an. Als ich nichts erwiderte, rieb er sich nachdenklich über das Kinn. »Sie investieren so viel Energie in diese Geschichte. Und da sollen wir Ihnen glauben, Sie seien nur zufällig hineingestolpert?« Er beantwortete sich seine Frage selbst mit einem Kopfschütteln.

Ich nagte nervös an meiner Unterlippe. Worauf wollte der Kommissar hinaus?

»›Pict.to‹, ja?« Er nickte behäbig vor sich hin. »Was sage ich denn unserem Staatsanwalt, woher ich diese Info habe?«

»Ein anonymer Hinweis«, half ich ihm aus.

Das schlechte Gefühl wollte nicht weichen. War es richtig gewesen, Hämmerling und Willer all diese Informationen zu geben? Wenn einer von ihnen zu dieser Bande gehörte, waren sie jetzt gewarnt. Das Gespräch zwischen Gio und den beiden Kripobeamten hatte schier endlos gedauert. Jetzt stand er in der Küche und kochte. Der Duft von geschmorten Zwiebeln, Paprika und Olivenöl stieg mir in die Nase. Ich beobachtete ihn vom Türrahmen aus und fragte mich, woher er diese Gelassenheit nahm.

»Wer von beiden ist es?«

»Ist was?«

»Die undichte Stelle. Ich habe das Gefühl, dass Hämmerling und Willer sich gegenseitig nicht über den Weg trauen. Außerdem muss jemand Internes diesen Schwachsinn an die Zeitung gegeben haben.«

Gio schüttete Nudeln in einen Topf mit sprudelndem Wasser. »Hämmerling war es nicht.«

»Warum nicht?«

»Ich kann es mir nicht vorstellen.«

»Und Willer?«

Gio zuckte die Achseln. »Er hält mich für einen italienischen Macho, der seine Freundin verprügelt. Ich kann nicht sagen, dass ich ihn besonders sympathisch finde …«

»Aber?«

Gio wandte sich mir zu. »Er ist besorgt um dich, um dein Wohlergehen. Wäre er das tatsächlich, wenn er zu dieser Bande gehörte?«

»Vielleicht ist das alles nur Show.«

»Vielleicht gibt es aber auch einen Dritten, den wir bisher übersehen haben.«

+++

Zwei Namen. Fabian Hammerschmid und Sergey Brüska. Ich saß vor Gios Rechner und hatte mir wieder über meine Hintertür Zugang zum Firmennetzwerk verschafft. Ich loggte mich auf den Rechner der Will Meyer GmbH ein, auf dem die Personaldaten abgelegt waren. Die Firma war größer als erwartet. Ein Lob auf die modernen Rechnerleistungen. Ich startete mehrere Datenbankabfragen und wurde fündig. Fabian und Sergey waren externe Mitarbeiter der Will Meyer GmbH. Sie gehörten zu einem Sicherheitsdienst. Die für die Dienstausweise angefertigten Fotos waren hinterlegt. Ich hatte beide Gesichter schon einmal gesehen, vor wenigen Wochen in einer Dönerbude.

»Bist du sicher, dass das der Typ ist?« Gio sah auf den Monitor. Das Gesicht von Fabian Hammerschmid blickte uns ernst entgegen.

»Die Augen. Es sind ganz sicher seine Augen.« Ich hielt die flache Hand vor den Bildschirm, sodass Nase und Mund verdeckt waren. »Hämmerling hat mir die Fotos von diesen beiden Männern gezeigt. Heimlich, ohne dass Willer davon wusste. Er muss die undichte Stelle sein.«

Gio schüttelte den Kopf. »Ich glaub das einfach nicht. Friedrich war immer anständig und korrekt.«

»Den Aichroth haben sicherlich auch viele als netten Mann beschrieben, der immer so freundlich zu allen war. So ordentlich und gepflegt.«

»Es muss einen anderen Grund geben.«

Ich hob skeptisch die Augenbrauen.

Eine Weile starrte Gio schweigend auf das Foto.

»Was machen wir jetzt?«, rief ich mich in Erinnerung, als mir sein Schweigen zu lang wurde.

»Ich weiß es nicht.« Er schüttelte erneut ungläubig den Kopf. »Ich trommle die Mannschaft zusammen.«

Sabrina, Tony und Kevin kamen am frühen Abend zu uns. Wir hatten nicht viel Zeit, da Gio die Nachtschicht in seiner Firmenzentrale übernehmen musste.

»Diese Fela hat erzählt, zwei Männer seien gekommen und hätten ihre Freundin verprügelt. Sie wollten von ihr wissen, wo Salim ist. Aber das Mädchen wusste es nicht«, berichtete Sabrina.

»Konnte Fela die Männer beschreiben?«, fragte Gio.

»Der eine wäre ein kräftiger Typ gewesen, mittelgroß, mit Glatze. Der andere etwas größer, durchtrainiert und sehr brutal. Aber eine richtige Beschreibung der beiden konnte sie nicht geben.«

»Gibt es eine Möglichkeit, ihr Fotos von Hammerschmid und Brüska zu zeigen?«

»Nein, leider nicht.« Sabrina verzog bedauernd das Gesicht. »Sie ist bereits wieder untergetaucht.«

»Ich dachte, man hätte sie in eine Entzugsklinik gebracht«, wunderte ich mich.

»Ja, aber das ist kein Gefängnis. Sie ist vor zwei Tagen dort abgehauen.«

»Das gibt es doch nicht! Djadi verschwindet, Fela verschwindet. Ein Wunder, dass Salim noch im Krankenhaus ist. Ist er doch, oder?« Ich sah zu Kevin. Der nickte.

»Die beiden Männer könnten ihren Job als Wachleute in der Will Meyer GmbH nutzen, um Bilder und Videos über deren Rechner auf den Server in Tonga zu stellen«, überlegte Gio.

»Davon ist auszugehen. Müssen wir sie nur noch überführen.« Mir wurde heiß. »Ich habe Hämmerling den Namen des Rechners in Tonga gegeben. Wenn er zu denen gehört, wissen sie jetzt, dass sie entdeckt wurden, und werden die Kiste sofort vom Netz nehmen. Dann wären alle Beweise weg.«

»Check, ob du noch reinkommst. Mach Screenshots, dann haben wir Beweismaterial«, schlug Kevin vor.

»Von den Bildern?«

Kevin nickte.

Mir wurde flau. »Das kann ich nicht.«

»Warum nicht?«

»Ich … ich kann mir diese Bilder nicht anschauen. Die brennen sich in meinen Kopf.«

Kevin schürzte die Lippen. »Okay, wir machen es zusammen. Du verschaffst uns den Zugang, ich erledige den Rest.«

Ich sah ihn verständnislos an. »Wie kannst du das?«

»Ich schalte mein Gehirn aus.« Er schnippte mit den Fingern vor seiner Stirn, als wäre es so einfach. »Ich denke nicht darüber nach, was ich sehe.«

»Wir haben zwei Fotos auf einem USB-Stick«, erinnerte ich mich. »Sie wurden am Tag von Djadis Verschwinden auf den Server hochgeladen. Ich habe sie kopiert. Reicht das nicht?«

»Was sind das für Bilder?«

»Ich hab sie mir nicht angesehen.«

»Das machen wir jetzt.« Gio stand auf und holte seinen Laptop und den USB-Stick. Ich drehte mich weg, um nicht auf den Monitor sehen zu müssen. Hinter mir hörte ich erstauntes Raunen.

»Wer ist das?«, fragte Tony.

»Die ist so hübsch«, stellte Sabrina fest.

Mir lief es kalt über den Rücken. Wie konnten sie nur so ruhig über diese Bilder reden?

»Kirstin, es ist kein pornografisches Foto«, erklärte Gio. »Es ist auch kein Kind. Schau es dir an.«

Zögernd drehte ich mich zu ihnen.

Eine junge Frau lächelte mir entgegen. Sie hatte lange dunkle Haare, die in sanften Wellen ihr helles Gesicht umrahmten. Ein einnehmendes Lächeln auf den Lippen, große, dunkle Augen, die ruhig und zuversichtlich in die Kamera blickten. Es war das Porträt einer schönen Frau.

»Wer ist das?«

Darauf hatte niemand eine Antwort.

Der Tonga-Server war nicht vom Netz genommen worden. Ich verschaffte uns Zugang, und Kevin erstellte zahlreiche Bildschirmkopien von den Dateiverzeichnissen sowie von einigen Bildern und von der verschlüsselten Website. Wir kopierten alles auf einen Stick, den er mitnahm. Obwohl ich die Fotos nicht angesehen hatte, fand ich keine Ruhe. Ich wälzte mich im Bett hin und her. Gio war unten in seiner Firma, überwachte Liegenschaften via Kamera und nahm die Statusmeldungen seiner Mitarbeiter entgegen.

Irgendwann gab ich meine Schlafversuche auf, schlüpfte in einen Jogginganzug und schlich die Treppen hinunter. Gio sah auf, als ich das Büro betrat und mich frustriert in einen der Sessel in der Sitzecke fallen ließ. Als ich nichts sagte, arbeitete er schweigend weiter.

»Meine Wohnung ist noch immer verwanzt«, begann ich schließlich.

»Ja, vermutlich.«

»War das die Polizei?«

»Ich weiß es nicht.« Er drehte sich zu mir. »Wir sollten da im Moment nichts unternehmen. Wer auch immer deine Wohnung abhört, muss nicht wissen, dass du es weißt. Da du bei mir bist, besteht keine Gefahr, dass sie irgendetwas hören, was sie nicht hören sollten.«

»Ich werde mich dort nie wieder wohlfühlen. Ich werde mir eine neue Wohnung suchen müssen.«

Gio biss die Zähne zusammen. Ich sah seine Kiefermuskulatur arbeiten. Aber er sagte nichts. Ein Funkspruch von einem seiner Mitarbeiter lenkte ihn eine Weile ab. Ich wartete, bis das Problem gelöst war.

»Was passiert mit den Kindern?«, wechselte ich das Thema. »Was wäre mit Djadi passiert? Sie verschleppen ihn aus diesem Lager in Lampedusa, Aichroth missbraucht ihn – und dann? Was passiert dann?«

Gio wandte sich mir wieder zu. »Es bestehen verschiedene Möglichkeiten. Sie töten und entsorgen ihn – das wäre vielleicht die humanste und schnellste Lösung. Oder man hält ihn irgendwo gefangen und stellt ihn weiteren Kunden zur Verfügung. Vielleicht schicken sie ihn hier auf den Kinderstrich. Oder sie schleusen ihn ins Ausland, stecken ihn dort in ein Bordell. Die setzen die Kinder unter Druck. Sie haben Angst und viele haben in ihren Heimatländern schlechte Erfahrungen mit der Polizei gemacht. Da werden sie hier nicht anfangen, Menschen in Uniform zu vertrauen.«

Er sagte es mit solcher Nüchternheit, dass mir schummrig wurde.

»Ein Problem ist, dass diese Kinder keine Lobby haben«, fuhr er fort. »Es interessiert niemanden, dass sie aus irgendwelchen Lagern oder Flüchtlingstrecks verschwinden. Sie sind nirgends registriert. Niemand vermisst sie, außer vielleicht die Eltern. Die hat man vielleicht umgebracht. In manchen Ländern verkaufen die Eltern ihre Kinder auch einfach.«

Diese Kinder hatten keine Stimme. Niemand scherte sich um sie. »Aber man kann doch die Augen nicht davor verschließen!«

»Nein, sicher nicht. Aber was willst du machen? Wenn du so ein Kind aus den Händen von diesen Leuten befreist, ist es schwer traumatisiert. Es braucht ärztliche und psychologische Hilfe. Erschwerend kommt hinzu, dass es nicht deine Sprache spricht. Es gibt niemanden, der sich um das Kind kümmert. Wo willst du Eltern und Verwandte finden? Das ist wahnsinnig aufwendig. Wo willst du das Kind so lange unterbringen? Wer sorgt für dieses Kind? Und ...« Gio seufzte resigniert. »Wer zahlt das alles?«

Eine lähmende Ohnmacht legte sich auf meine Schultern. Geld. Das war das Einzige, was zählte. Das verfluchte Geld.

»Es muss Zahlungseingänge geben«, überlegte ich. »Die machen das doch nicht umsonst. Irgendwo müssen Gelder fließen.«

»Ich würde vermuten, dass einiges bar gezahlt wird, anderes läuft über irgendwelche Banken im Ausland, Schwarzgeldkonten, Scheinfirmen, alles ist möglich.«

»Wir haben zwei Namen: Fabian Hammerschmid und Sergey Brüska. Wenn sie für die Bande arbeiten, bekommen sie auf irgendeine Art und Weise auch Geld.« Ich musste herausfinden, bei welchen Banken die beiden Männer Konten hatten. Die Aufgabe war leicht – ein Blick in die Firmen-Personalakte sollte reichen, um an die notwendigen Informationen zu kommen. Wenn die beiden Online-Banking betrieben, müsste ich die Zugangsdaten hacken. Das war im Bereich des Möglichen.

Schwieriger würde es werden, wenn die beiden kein Online-Banking machten. Dann müsste ich mich auf den Bankenrechner einhacken. Dominik wusste, wie man das machte. Ich befürchtete, die Nummer könnte zu groß für mich sein. Wenn Hammerschmid und Brüska jedoch illegal Geld bezogen, dann sicher nicht über ihr normales Gehaltskonto. Sie hätten ein Extrakonto. Ich sah zu Gio.

»Wir müssen rausfinden, wo die beiden wohnen.«

»Und dann?«

»Dann steig ich da ein. Wenn die irgendwo ein Konto haben, muss es Unterlagen dazu geben.«

»Du steigst nirgends ein«, bremste Gio mich rigoros. »Du erinnerst dich an unsere Abmachung? Kein offener Einsatz, lediglich Unterstützung im digitalen Bereich.«

»Ich brauche aber diese Informationen.«

»Dann gib mir eine Bestellung, und ich kümmere mich darum.«

Ich schnaufte genervt. »Wo ist das Formular?«
Gio lächelte gnädig. »Ich bin ganz Ohr. Was brauchst du?«

+++

»Sie muss weg.« Bruno drehte grimmigen Blicks das Glas zwischen seinen Händen. Ben hatte ihm berichtet, was man auf dem Laptop der Frau entdeckt hatte, hinzu kam die Liste mit den zwei Namen. »Wir können nicht riskieren, dass sie noch mehr verrät. Sie war auf unserem Server. Wir müssen die Kiste abstellen.«

»Niemand weiß, woher die Passwortdatei stammt«, erklärte Ben.

»Sicher?«

»Niemand, der es nicht wissen dürfte«, relativierte er seine Aussage.

Bruno schnaufte unzufrieden. »Sie muss weg. Sie weiß zu viel.«

»Es muss unauffällig geschehen. Wir können uns in diesem Fall keinen offensichtlichen Mord leisten. Dafür taucht sie zu oft in den Akten auf.« Der Mann tippte mit der Zigarre in Brunos Richtung. Asche fiel auf den Boden. Sie waren beide nervös. Sie hatten die Frau unterschätzt, hatten sie für bedeutungslos gehalten. Für schwach. Jemand, der ahnungslos seine Nase in etwas hineingesteckt hatte. Aber sie war mehr als nur neugierig. Ihre Rolle in diesem Spiel war kein Zufall. Die Frau wusste etwas. Doch sie konnten niemanden gebrauchen, der auch nur etwas ahnte.

Bruno leerte sein Glas. Er hätte es spätestens erkennen müssen, als Wojcik auf ihn geschossen hatte. Wojcik, dieser elende Verräter! Er hatte nicht nur die Scheibe seines Wagens zerschossen, sondern auch verhindert, dass er der Frau folgen konnte. Was hatte er mit ihr zu tun? War das Gerücht, das sie gestreut hatten, doch nicht so aus der Luft gegriffen? Es konnte kein Zufall sein, dass diese beiden Menschen ihnen so viele Schwierigkeiten bereiteten. Was hatte Wojcik ihr erzählt? Wie viel wusste sie? Er musste es herausfinden. Er überdachte, welche Informationen er über sie hatte. Genug, um zu wissen, wie er sie zum Reden brachte und anschließend ihren Tod unauffällig inszenieren könnte. Entschlossen stellte er das Glas auf den Tisch. »Ich kümmere mich darum.«

»Wie willst du sie kriegen, ohne dass es jemand merkt?«

Sie wussten, dass die Frau wieder im Haus des Exbullen war. Es wäre zu auffällig, dort hineinzumarschieren, und sie herauszuholen. Bruno verzog den Mund zu einem kalten Lächeln. »Das lass meine Sorge sein. Ich kriege sie. Und dann werde ich tun, was zu tun ist.«

Der Gedanke an das Bevorstehende ließ ihn wieder ruhiger werden, schürte eine erwartungsvolle Freude. Sie würde zahlen für die Schwierigkeiten, die sie bereitet hatte. Er musste nur einen Weg finden, sie in seine Gewalt zu bringen.

18

»Die Leute arbeiten in Viertageschichten: vier Tage arbeiten, vier Tage frei.«

Gio hatte mich morgens nach seiner Nachtschicht aus dem Bett geschmissen. Er brauchte Informationen über Brüska und Hammerschmid. Wir saßen mit zwei Tassen starkem Espresso in der Küche. Auf dem Bildschirm vor mir waren die Arbeitspläne der Sicherheitsleute der Will Meyer GmbH. »Eine Schicht beginnt jeweils um sieben Uhr abends und geht bis sechs am nächsten Morgen. Fabian Hammerschmid hat gerade frei und fängt am Dienstag wieder an. Sergey Brüska muss noch bis Mittwochmorgen. Da haben sie eine gemeinsame Schicht.«

»Das bedeutet, Dienstagnacht wäre ein idealer Zeitpunkt, um in die beiden Wohnungen einzusteigen und sich da mal ein wenig umzusehen. Falls einer von beiden etwas merkt, könnte er den anderen nicht warnen.«

»Die Wohnungen liegen aber relativ weit auseinander«, gab ich zu bedenken. »Sergey wohnt in Sindelfingen, Fabian in Heslach.«

»So weit ist das nicht. Nachts mit dem Auto eine knappe Viertelstunde.«

»Dann bist du aber flott unterwegs.«

»Ich weiß ja, wo die Blitzer stehen.« Gio reckte sich ausgiebig. So langsam machte sich die Müdigkeit bei ihm bemerkbar.

»Könnten wir nicht heute schon in die Wohnung einsteigen?«

»Nein, wir müssen das vorbereiten. Ich muss mir die Häuser anschauen, die Umgebung, die Türschlösser. Wir wissen nicht, ob die zwei allein wohnen. Sind sie verheiratet? Haben sie Kinder?«

»Beide Steuerklasse eins«, wusste ich aus den Personalunterlagen.

»Eine Freundin können sie trotzdem haben, oder sie wohnen in einer WG. Erst Recherche, dann Aktion. Haben wir uns verstanden?«

»*Si, Signore.*«

Er nickte zufrieden. »Und jetzt brauche ich ein paar Stunden Schlaf.«

Heslach war einst Vorort und Arbeiterviertel Stuttgarts und war jahrzehntelang von der Stadt vernachlässigt worden. Das merkte man der Gegend stellenweise heute noch an, auch wenn der Heslacher Tunnel den Straßenverkehr entlastet hatte und ein paar Grünflächen mit Büschen und Bäumen sich bemühten, ein freundlicheres Wohnumfeld zu schaffen.

Fabian Hammerschmid wohnte nicht in der schickeren »Halbhöhenlage«, sondern in einem Mehrfamilienhaus im Tal, das nur in geringem Ausmaß in den Genuss von Modernisierungsmaßnahmen gekommen war. Der Putz war grau von Autoabgasen. Schlösser, Türen und Fenster waren veraltet, sodass sie Gio bei einem Einstieg nicht vor Probleme stellen würden.

Sergey Brüska war Eigentümer einer Dachgeschosswohnung in einem modernen Wohnhaus im Sindelfinger Stadtteil Goldberg, nicht weit von der Autobahn entfernt. Das Haus war neu und hellhörig. Hier würde der nächtliche Besuch nicht ganz so leicht unauffällig zu bewerkstelligen sein.

Gio hatte Fotos gemacht, die wir in seinem Büro gemeinsam mit Tony analysierten.

»Wir sollten frühestens um ein oder zwei Uhr nachts dort einsteigen, dann werden die meisten Nachbarn schlafen. Wir fangen bei Brüska an. Einer von uns sollte aber schon vorab bei Hammerschmid sein und die Umgebung beobachten. Denkst du, Sabrina kann uns helfen?«, wandte sich Gio an Tony.

»Ja.«

Ich sah auf. »Ich kann doch auch …«

»Nein, dich brauche ich hier. Jemand muss meinen Job machen, und da du ohnehin schon im Haus bist, wirst du das sein.«

»Danke, dass du mich gefragt hast. Warum tauschst du deine Schicht nicht einfach mit Udo? Du bist doch der Boss.«

»Ich möchte die Sache möglichst unauffällig durchziehen. Und so ist es am unauffälligsten. Ich erkläre dir nachher, wie das hier alles funktioniert. Die erste Vertretung darfst du heute schon mal übernehmen. Ich will nachher noch mal rausfahren und mir die Gegend bei Nacht anschauen.«

»Ich muss aber morgen früh raus«, protestierte ich.

»Wieso das denn?«

»Ich muss meinen Firmenausweis noch abgeben.«

»Du bist nie vor zehn ins Büro gegangen. Es reicht sicher, wenn du denen den Ausweis morgen Mittag vorbeibringst. Oder schick ihn per Post.«

»Nein, ich möchte Patrick noch in die Eier treten, als Dankeschön für sein Vertrauen.«

Tony verzog das Gesicht. Er schien nicht an meinem Vorhaben zu zweifeln.

»Du wirst deinen Ausweis abgeben und sonst gar nichts – kannst du dir das bitte ins Gehirn zementieren?«, bremste Gio meinen Plan.

Ich zuckte die Achseln. So leicht wollte ich Patrick nicht davonkommen lassen. Er hatte mich schwer enttäuscht.

Gio und Tony wollten sich gerade auf den Weg zu ihrer nächtlichen Observierung machen, als Kevin unvorhergesehen erschien.

»Ich weiß, wer die Frau ist«, verkündete er.

»Welche Frau?«, fragte Tony.

»Die von dem Foto. Die Bilder, die Kirstin auf den Stick gezogen hatte.«

Gio zog seine Lederjacke wieder aus. Die Männer setzten sich in die Besprechungsecke, während ich meinen neuen Arbeitsplatz im Auge behielt.

»Priscilla Hughes, sie war Britin, starb vor gut vier Jahren mit siebenundzwanzig. Sie lebte damals in Berlin. Ursprünglich galt ihr

Tod als Selbstmord. Sie hatte zwei Monate zuvor bei einer Fehlgeburt ihr Baby verloren. Angeblich als Folge eines Unfalls. Seitdem war sie depressiv und verstört. Dann gab es Gerüchte, dass der Selbstmord vorgetäuscht war. Zwei russische Spione gerieten unter Verdacht. Der Geheimdienst distanzierte sich sowohl von den Vorwürfen als auch von den verdächtigten Männern. Der Fall konnte nicht abschließend geklärt werden.«

»Russische Spione?«, vergewisserte sich Tony noch einmal.

»Ja.«

»Hast du die Namen?«

»Leider nicht.«

»Und das Ganze geschah vor vier Jahren?«

»Ja, so in etwa …«

Tony sah zu Gio, und es war klar, wen er in Verdacht hatte.

Über Gios Augen legte sich ein Schatten. »Das war nicht Dominik«, sagte er leise. Mehr zu sich, als zu den anderen.

19

Um elf Uhr betrat ich das vertraute Firmengebäude der DMC. Ich grüßte am Empfang und ging in die erste Etage. Patrick saß an seinem Schreibtisch.

»Kirstin … wie bist du …«

»Durch die Tür. Scheinen noch nicht alle informiert zu sein, dass die Agentenbraut Hausverbot hat.«

»Lass uns in Ruhe reden.« Er stand auf und wollte mich zu einem Besprechungszimmer dirigieren. Ich blieb stur stehen.

»Ich will nur meinen Firmenausweis abgeben. Sonst nichts.«

»Kirstin, wir müssen reden. Ich muss wissen, was tatsächlich hier gespielt wird.«

»Hier wird gar nichts gespielt«, fuhr ich ihn an. »Und wage es nicht noch einmal, der Polizei so eine hanebüchene Scheiße über meinen Freund zu erzählen!«

»Kirstin …«

»Wie kannst du denen sagen, dass er mich verprügelt? Das ist kompletter Schwachsinn!« Ich schlug mir zur Untermalung des Gesagten mit der flachen Hand gegen die Stirn.

»Bitte, Kirstin …«

»Für dich bin ich ab heute Frau Schwarz.«

Patrick sog die Luft ein. Er deutete mit einer Geste an, meine Tonlage zu mäßigen. Einige Kollegen spitzten sicherlich schon interessiert die Lauscher. »Lass uns bitte in Ruhe über alles reden.«

»Es gibt nichts zu bereden.«

»Du stehst unter dem Verdacht der Betriebsspionage. Verstehst du, was das für dich bedeutet? Die Geschäftsführung wird Anzeige gegen dich erstatten.«

»Sollen sie doch. Ich habe nicht spioniert. Das ist alles erstunken und erlogen.« Ich schnaufte verbittert. »Ich hab mir den Arsch aufgerissen für die Firma, und ihr bringt mir nicht einen Millimeter Vertrauen entgegen. Und soll ich dir verraten, was mich am meisten enttäuscht? Dass mein direkter Vorgesetzter, für den ich oft genug Sonderschichten eingelegt habe, damit die Kunden zufrieden sind, so ein feiges Arschloch ist und jeden Dreck, der in einem beschissenen Boulevardblättchen steht, einfach glaubt.«

Ich hatte laut gesprochen. Jetzt hielten wir beide erschrocken die Luft an. Um uns herum war es verdächtig still. Patricks Gesichtszüge verhärteten sich zu einer distanzierten Maske. »Den Firmenausweis, bitte.«

Ich reichte ihm das Plastikkärtchen.

»Hast du noch private Dinge in deinem Schreibtisch, die du mitnehmen möchtest?«

Meine Kaffeetasse. Ich schüttelte den Kopf. Ich brauchte kein Andenken.

»Ich bringe dich zum Empfang. Die Geschäftsführung wird sich bei dir melden.«

Etwas benommen fand ich mich wenig später vor dem Gebäude wieder. Ich stieg die Stufen hinunter, blieb auf dem Bürgersteig stehen und sah die Fassade hinauf zu meinem Arbeitsplatz. *Ciao,* regelmäßiges Monatsgehalt. Nach diesem Auftritt würden sie nicht zweimal überlegen, ob sie mich endgültig rausschmeißen sollten. Und mit der Vorgeschichte bestand wenig Hoffnung, dass mich eine andere IT-Firma so schnell wieder einstellte. Warum hatte ich nicht einfach am Empfang meinen Ausweis abgeben? Jetzt war es zu spät. Mutlos wandte ich mich ab und stand vor einem Schrank im dunklen Anzug.

»Frau Schwarz?«

Ich starrte ihn wortlos an, während er mir einen Ausweis vor die Nase hielt. »BKA, wenn Sie bitte mit uns kommen würden.«

Erst jetzt nahm ich den zweiten Mann wahr, der schräg hinter ihm stand. Etwas schlanker, etwas größer, etwas jünger, ebenfalls in einem dunklen Anzug. Diese Poser.

»Was wollen Sie von mir?«, fragte ich genervt.

»Wir haben nur ein paar Fragen.«

»Fragen Sie.« Ich bewegte mich keinen Millimeter.

»Kommen Sie bitte mit.« Der Jüngere trat aus dem Schatten des anderen, fasste grob meinen Ellenbogen und schob mich zu einer nahestehenden dunklen Limousine.

»Moment, Moment, Moment!«, protestierte ich. »Ich steig da nicht ein.«

Die beiden Kerle standen hinter mir. Der Ältere öffnete die Tür zum Fond des Wagens. Der Jüngere legte seine Hand auf meinen Kopf und drückte mich herunter. »Bleiben Sie bitte ruhig.«

»Einen Scheiß werd ich! Lassen Sie mich …«

Er versetzte mir einen hinterhältigen Seitenhieb, der mir die Luft nahm. Ruck, zuck hatten Sie mich ins Auto gestoßen. Der Schrank schob mich weiter und rutschte neben mich, der andere setzte sich auf den Beifahrersitz. Der Wagen fuhr los.

»Hey, was soll der Mist?« Ich rüttelte an der Tür. Natürlich ließ sie sich nicht öffnen. Der Fahrer warf mir über den Rückspiegel einen Blick zu. »Hören Sie auf damit.«

Unsere Augen trafen sich. Verdammt. Verdammt! Dunkle Iris, dichte Augenbrauen. Das konnte nicht sein. Nein! Ich hämmerte mit den Fäusten gegen die getönte Fensterscheibe. Der Kerl neben mir rammte mir den Ellenbogen in den Magen. Als ich mich vor Schmerz krümmte, riss er mich an den Haaren wieder hoch. Sein

Gesicht war dicht vor meinem. Ich sah sein frisch rasiertes breites Kinn vor mir und zwei finstere Augen.

»Hör gut zu: Wir haben es auf die nette Tour versucht. Entweder du sitzt jetzt mucksmäuschenstill ohne einen einzigen Piep, oder ich leg dich gleich verschnürt und geknebelt in den Kofferraum.« Er riss meinen Kopf noch ein Stück weiter zurück. »Hast du das verstanden?«

Mein Herz raste. Ich hatte Schmerzen, und mir war übel von seinem Hieb. »Ja«, erklärte ich heiser.

»Gut.« Er ließ mich los und lehnte sich wieder zurück.

Ich konnte kaum atmen. Wer waren diese Männer? Was hatten sie mit mir vor? Ich sah nach vorn zu dem Fahrer. Er war der Typ, der mich am Bahnhof überfallen und dessen Foto Hämmerling mir gezeigt hatte. Fabian Hammerschmid. Er arbeitete für die Will Meyer GmbH. Aber die anderen beiden Männer hatte ich noch nie gesehen. Oder doch? Ich schielte vorsichtig zu dem Kerl neben mir. Als ich mit Willer in diesem Café war ... War er der Typ, der rauchend auf der anderen Straßenseite gestanden hatte?

Er bemerkte meinen Blick und legte seine Hand auf meinen Oberschenkel. Mein Blut gefror. Ich schob seine Hand weg und starrte nach vorn. Wieder legte er seine Hand auf meinen Oberschenkel, ein Stückchen höher. Wieder schob ich sie weg. Das Spiel begann von vorn. Dieses Mal sah Fabian in den Rückspiegel.

»Hör auf damit, Jan. Bruno hat gesagt, wir sollen sie unversehrt zu ihm bringen.«

»Nur ein kleines Vorspiel. Das macht dich an, Schätzchen, oder?«

»Lass es, okay?«, forderte Fabian.

Widerwillig stellte der Typ sein fieses Spielchen ein.

Die Fahrt dauerte länger als eine Stunde und endete vor einem einsamen Haus auf der Schwäbischen Alb. Eigentlich mochte ich die Alb. Sie war mir lieber als der Schwarzwald, der sich südwestlich von Stuttgart erstreckte. Der Schwarzwald war mir zu finster, zu viele Bäume, zu dunkle Täler. Die Alb mit ihren Hochflächen wirkte offener, freundlicher. Aber nicht jetzt. Jetzt war sie grau, trostlos, verlassen.

Eine hohe Hecke versperrte die Sicht von der Straße auf den Garten und das Gebäude. Fabian fuhr die geschotterte Auffahrt entlang und hielt nur wenige Meter vom Eingang entfernt neben einem weißen Transporter mit der Aufschrift einer Installationsfirma. Er stieg aus, öffnete die Tür und zog mich aus dem Auto. Während seine Komplizen auf der anderen Seite ausstiegen, neigte er sich zu mir runter. »Ich helfe dir«, raunte er in mein Ohr.

Ich starrte ihn verwirrt an. Er packte mich grob am Arm und warf dem Mann, der auf dem Beifahrersitz gesessen hatte, die Autoschlüssel zu. Dann zog er mich hinter sich her zum Eingang des Hauses. Das Gebäude war offensichtlich nicht bewohnt. Es gab keine Tapeten an den Wänden, keine Gardinen, keine Möbel. Lediglich der Boden war gefliest. Fabian führte mich durch einen Flur zu einer Tür.

Der Typ, der neben mir gesessen hatte, bremste ihn. »Warte. Wir müssen sie noch präparieren.« Er zog meine Arme auf den Rücken, Handschellen klickten um meine Handgelenke. Mein Herz beschleunigte seine Schlagrate über den roten Bereich hinaus. Ich kämpfte darum, ruhig zu bleiben, wollte den beiden meine Angst nicht zeigen. Ein Tuch legte sich vor meine Augen, wurde festgezogen. Oh Gott, was hatten sie vor?

Die Tür wurde geöffnet, sie schoben mich in den Raum. Ich hörte ein leises, erfreutes Lachen. »Da ist sie ja.«

Eine männliche Stimme. War das dieser Bruno? Wie viele Männer waren hier? Fabian, der andere, den er Jan genannt hatte, und ein dritter, dessen Stimme ich gerade gehört hatte. Was war mit dem Beifahrer? Ich versuchte, klar zu denken, aber die Angst biss mir brutal in den Nacken.

»Setz sie dorthin.«

Fabian fasste wieder meinen Ellenbogen, führte mich ein paar Schritte geradeaus und drückte mich auf einen Stuhl.

»Was soll das?«, fragte ich mutiger, als ich mich fühlte. »Sind Sie so hässlich, dass Sie mir Ihren Anblick ersparen wollen?«

Wieder ein amüsiertes Lachen. »Die Kleine hat Humor.« Seine Stimme wurde hart. »Halt den Mund. Du bist noch nicht an der Reihe.«

Ich hörte Schritte. Eine Tür wurde geöffnet und geschlossen. Wieder Schritte. Wieder das Öffnen einer Tür, wieder wurde sie geschlossen. Stille. Ich wartete, lauschte angestrengt in die Dunkelheit vor meinen Augen. Die Ungewissheit verwirrte meine Sinne. Ich hatte das Gefühl, jemand stünde neben mir, und dann war es wieder, als wäre ich ganz allein in diesem Raum.

»Wollen Sie Verstecken spielen?«, fragte ich, als mir die Stille zu lange dauerte.

»Pscht«, zischte es dicht an meinem Ohr. Ich zuckte zusammen. Dieser Bruno war anscheinend direkt neben mir. »Kein Wort, bis ich es dir erlaube.«

Die Zeit verging. Ich zählte meine Atemzüge, um die aufsteigende Panik irgendwie in Zaum zu halten. Ich konnte still sitzen und warten. Mein Vater hatte es mir in meiner Kindheit eingeprügelt. Nicht denken. Ich durfte nicht anfangen zu denken. Einfach nur atmen. Was hatten die vor? Was wollten die von mir? Die Bilder von den gequälten Kindern blitzten vor meinen Augen auf. Aufhören. Nicht denken. Atmen. Atmen.

»Ich denke, wir können beginnen«, hörte ich die flüsternde Stimme des dritten Mannes plötzlich vor mir. Im nächsten Augenblick riss jemand meinen Kopf brutal in den Nacken, fixierte mein Gesicht zwischen den Händen, ein anderer riss meine Bluse auf. Ich schrie entsetzt auf. Ein Schwall Flüssigkeit schoss mir in den Mund. Ergoss sich in Hals und Rachen, in Nase und Lunge. Ich hustete. Die Flüssigkeit floss weiter. Unaufhörlich kippte sie jemand über mich. Ich verschluckte mich, bekam keine Luft. Ich versuchte, mich wegzudrehen, aber der Mann hinter mir hielt mich mit eisernem Griff. Panisch trat ich um mich, rang nach Luft.

Unerwartet hörten sie auf, ließen mich los. Ich sank nach vorn, keuchte, spukte. Wieder riss mich einer zurück. Das Spiel begann von vorn. Ein zweites Mal, ein drittes, ein viertes Mal. Ich hatte das Gefühl zu ersticken, hustete, röchelte, meine Kehle brannte. Was war das für eine verfluchte Flüssigkeit? Ich schmeckte nichts. Meine Panik war mittlerweile schier grenzenlos. Ich wand mich, zappelte, die Handschellen schnitten sich in meine Haut, ich schrie und flehte.

Sie ließen mich wieder los, lösten die Fesseln, zerrten die Reste meiner Bluse von meinem Körper. Jemand zog das Tuch von meinen Augen. Ein stechender Schmerz ging durch meine Schultern, als ich die Arme bewegte, um die verrutschten Träger meines BHs hochzuziehen. Ich kauerte mich zusammen. Jemand riss mich an den Haaren wieder hoch. Nicht noch einmal. Bitte nicht. Ich blinzelte benommen.

Das Zimmer war karg. Kahle Wände, eine Glühbirne an der Decke, die Jalousien waren heruntergelassen. Vor mir stand ein einfacher Holztisch, darauf mehrere kleine Plastikkanister. Ich hoffte, dass nur Wasser darin gewesen war. Neben dem Tisch hatten sie eine kleine Digitalkamera auf einem Stativ aufgestellt. Sie war auf mich gerichtet. Dahinter stand ein Mann und beobachtete mich.

Er war groß, durchtrainiert, kurz geschorenes Haar, kantiges Gesicht, helle Haut, kühle blaue Augen. Er trug einen dunklen Anzug. Im ersten Augenblick erinnerte er mich an Dominik, nur älter. Dann erkannte ich ihn. Es war der Mann von dem Foto, das Dominik mir gezeigt hatte. Eine Narbe zog sich über die Stirn. Er trug Latexhandschuhe.

»Kirstin Schwarz.« Er lächelte spöttisch.

Ich kämpfte gegen das Unbehagen, das mich überkam, als er gemächlich vor mich trat.

Solltest du ihm je begegnen, geh ihm aus dem Weg, echoten Dominiks Worte in meinem Kopf. Wenn ich nur wüsste, wie.

Der Mann stand schweigend vor mir. Ich versuchte, seinem Blick standzuhalten, aber eine nervöse Furcht kroch tief unter meine Haut, ohne dass ich etwas dagegen tun konnte. Ich war durchnässt. Ich fror. Ich zitterte. Als ich wegsah, packte er mein Kinn, drehte mein Gesicht zu seinem. Ich wollte seine Hand wegstoßen, aber seine Finger krallten sich in meinen Kiefer. Er starrte mir kaltlächelnd in die Augen.

»Sie hat Angst. Jan, komm her, schau dir ihre Pupillen an. Groß und schwarz.« Seine Stimme wurde ein Flüstern. »Nimm die Kamera. Ich will ihre Augen, ganz nah.«

Der Mann, der im Auto neben mir gesessen hatte, nahm die Kamera, hielt sie vor mein Gesicht. Als ich die Augen schließen wollte, zog er mein Lid hoch. Fabian stand neben der Tür. Er rührte sich nicht.

»Wo ist Pawel?«, fragte mich der Mann, der vermutlich Bruno war.

»Ich kenne keinen Pawel.« Ich konnte kaum sprechen, weil er seine Finger so hart in meinen Kiefer drückte.

»Natürlich kennst du ihn. Verrat mir, wo er ist, und ich werde dir nicht wehtun.«

Klar, ich glaube auch an Elfen und Feen. Ich schwieg.

»Bruno, denk dran, was Ben gesagt hat«, kam es von der Tür.

»Keine Sorge. Ben wird zufrieden sein«, erklärte Bruno mit falscher Gutmütigkeit. »Schau zu und lerne.« Er lächelte wieder scheinheilig: »Wo ist Pawel?«

»Ich kenne keinen Pawel.« Meine Stimme bebte. Unruhig huschten meine Augen umher, suchten nach einem Fluchtweg. Die sollten die verfluchte Kamera wegnehmen.

»Wo ist Pawel?«

»Ich kenne ihn nicht.« Mein Herz schlug so hart, dass es schmerzte.

»Du kennst ihn. Und ich frage dich noch einmal: Wo ist Pawel?«

Ich presste trotzig die Lippen zusammen. Bruno seufzte bedauernd. Er ließ mein Kinn los, packte blitzschnell meine Hand. Im nächsten Moment fuhr ein stechender Schmerz in meinen Finger. Ich schrie auf. Ich verstand nicht, woher der Schmerz kam, versuchte, ihm meine Hand zu entziehen. Der Schmerz wurde stärker, kroch betäubend in meinen Arm. Was tat er da?

»Wo ist Pawel?«

»Ich weiß es nicht, verflucht!« Der Schmerz trieb mir die Tränen in die Augen. Eine Nadel. Er hatte mir eine Nadel unter den Fingernagel gerammt.

»Wo ist Pawel?« Der Schmerz nahm zu. Ich wand mich unter seinem Griff. Jan setzte die Kamera wieder auf das Stativ und drückte seine Pranken auf meine Schultern, damit ich nicht vom Stuhl rutschte, während Bruno mich quälte.

Er fragte wieder und wieder, der Schmerz kroch bis in meinen Kopf, surrte durch jede einzelne Zelle, aber ich konnte ihm immer nur dieselbe Antwort geben: Ich wusste es nicht.

Irgendwann sah er es ein. Mit einer flinken Bewegung zog er die Nadel heraus und gab meine Hand frei. Ich versteckte sie in der anderen. Der Schmerz schwirrte weiter wie eine verrückte Hornisse in meinem Gehirn, machte mich schwindelig.

Er fasste mein Gesicht mit beiden Händen, wischte mit den Daumen die Tränen weg. »Nicht weinen, meine Kleine. Wir fangen doch gerade erst an.« Er sah mir in die Augen wie ein Arzt seiner Patientin. »Wie viel Schmerz erträgst du, Kirstin Schwarz?«

Ich keuchte gepeinigt. Der Geruch seiner Latexhandschuhe verursachte mir Übelkeit.

»Wir werden Pawel eine kleine Botschaft schicken, und dann wird er vielleicht kommen und dich retten.« Er sah so freundlich aus, als bestünde tatsächlich Hoffnung für mich. »Bis dahin haben wir viel Zeit. Vielleicht möchtest du mir ja doch ein paar Fragen beantworten?«

Ich schlug kraftlos seine Hände weg. Er sollte mich nicht anfassen. Er ließ mich los, tätschelte grob meine Wange.

»Pawel hat viel von mir gelernt. Aber ich glaube, ich muss ihm noch einmal genau zeigen, wie effektiv meine Methoden sein können.« Sein Blick nahm einen besorgten Ausdruck an. »Ich hoffe, er hat dich ein wenig vorbereitet?«

Ich schlang stumm die Arme um meinen Körper. Bruno registrierte es mit Genugtuung. Er schlich langsam um mich herum, blieb hinter mir stehen, legte einen Finger auf meinen Rücken. Mein Körper versteifte sich, ich begann unkontrolliert zu zittern, ich konnte nichts dagegen tun.

»So ein geschundener Rücken.« Sein Finger glitt ganz leicht über die alten Narben auf meiner Haut, hinterließ eine glühende Spur. »Und jetzt hast du einen Freund, der dich schlägt, erzählt man sich. So seid ihr Frauen. Ihr sucht das, was euch vertraut ist, nicht wahr?«

Er strich weiter mit dem Finger über meinen Rücken, zog die Linien der Narben nach. Ich konnte kaum atmen, wollte mich wegdrehen. Er schnalzte tadelnd mit der Zunge. »Nicht bewegen, sonst muss ich dir wehtun. Und das möchtest du doch nicht, oder?«

»Fass mich nicht an«, presste ich mühsam hervor.

Er strich mit grausamer Zärtlichkeit weiter über meine Haut. Über jede einzelne verfluchte Narbe. Ich beugte den Oberkörper vor. Ein stechender Schmerz fuhr in meine Schulter. Ich schrie auf.

»Nicht bewegen, meine Kleine. Pscht.« Der Schmerz ebbte ab. Er strich über die Stelle.

Oh Gott, bitte! Er sollte aufhören!

»Was wollen Sie von mir?« Meine Worte klangen so hilflos.

Er strich weiter über meinen Rücken. Ich hatte das Gefühl zu verbrennen.

»Du hast deine Nase in Dinge gesteckt, die dich nichts angehen. Darum bist du jetzt in Schwierigkeiten. Bedauerlich.« Er legte seine Hände auf meine Schultern, drückte sie kurz, fast väterlich, und trat wieder vor mich. »Aber auch sehr nützlich. Mit deiner Hilfe werde ich unseren Freund Pawel aus seinem Versteck locken. Oder möchtest du mir vielleicht doch verraten, wo er ist? Du könntest dir so viel ersparen.«

Ich funkelte ihn zornig an. »Ich helfe niemanden, der kleine Kinder fickt.«

Wenn es denn möglich war, wurde sein Blick noch eine Spur eisiger. »Was möchtest du mir sagen, meine Kleine?«

»Dass Sie ein feiges pädophiles Arschloch sind.«

Die Ohrfeige traf mich so hart, dass mir schwarz vor Augen wurde. Mit einem zweiten Hieb stieß er mich vom Stuhl. Er kam über mich, drückte sein Knie in meine Seite, riss meinen Kopf an den Haaren hoch. »Ich ficke keine kleinen Kinder.«

Ich biss die Zähne zusammen. »Vor Männern, die wehrlose Frauen schlagen, habe ich auch nicht mehr Respekt«, knurrte ich.

»Bruno.« Fabian war neben ihn getreten.

Bruno setzte sein falsches Lächeln wieder auf. »Schade, dass wir so wenig Zeit haben. Ich würde dich Respekt lehren.« Er stieß mich zurück und stand auf. Mit einer Kopfbewegung deutete er an, dass Fabian mich wieder auf den Stuhl befördern sollte. Er zog mich hoch. Als ich ihm ins Gesicht sah, deutete er ein minimales Kopfschütteln an. Ich sollte besser schweigen. Aber so einfach würde ich mich nicht in mein Schicksal ergeben. Fabian blieb neben mir stehen.

»Du bist aufmüpfig.« Bruno stand vor mir, lehnte sich gegen den Tisch und drehte ein kleines Fläschchen in der Hand. »Aber das gewöhnen wir dir jetzt ab.« Eine Weile spielte er abwesend mit dem Fläschchen, dann galt seine Aufmerksamkeit wieder mir. »Weißt du, was das ist?«

Ich schüttelte den Kopf.

»Ich erkläre es dir: Für den Plan, den ich habe, kann ich es mir nicht leisten, dir zu viele offensichtliche Verletzungen zuzufügen. Ein paar Schläge, aber nicht mehr, das würde zu viele Fragen aufwerfen. Und Ben mag das nicht. Der gute Ben …« Er sah mit leichtem Spott zu Fabian, dann wieder zu mir. »Darum müssen wir ein wenig kreativ sein. Das hier ist ein Mittel, das dich willig macht.« Sein Grinsen wurde eindeutig. »Willig, geil, verstehst du? Du wirst das trinken. Es wirkt sehr schnell. Und dann wirst du ein wenig Spaß haben. Meine Jungs sind gut. Wir werden einen schönen Film drehen. Ich frage mich, wie Pawel das gefallen wird? Was denkst du?«

Erinnerungen stiegen hoch. Willenlos. Dominik, der seinen Arm um mich gelegt hatte. Der Blackout.

Bruno beugte sich ein Stück zu mir herab, seine Stimme wurde vertraulich. »Wen hättest du lieber? Fabian oder Jan? Oder beide? Du darfst es dir aussuchen.« Er öffnete die Ampulle. Ich presste die Lippen fest zusammen.

Er packte wieder in meine Haare. Ich wollte ihm das Fläschchen aus der Hand schlagen, aber seine Reflexe waren schneller als meine hilflosen Versuche. Er hielt mir die Flüssigkeit unter die Nase. Wirkte es schon, wenn man es nur inhalierte? Ich hielt den Atem an. Mein Herz hämmerte ums Überleben. Ich schlug und trat nach ihm. Lachend ließ er mich los, trat zwei Schritte zurück. »Und jetzt, Kirstin Schwarz? Was machst du jetzt?«

Mein Blick sprang zwischen den Männern umher. Sie würden mir wehtun. Sie würden mir ganz entsetzlich wehtun. Ich sah zu Fabian. War er auf meiner Seite?

Bruno war meinem Blick gefolgt. »Wie ich sehe, hast du deine Wahl getroffen.«

Ein Geräusch drang aus dem Flur. Ein kurzes Knarzen, das sofort wieder erstarb. Bruno sah fragend zu seinen Komplizen.

Jan hob die Schultern.

Ich wollte um Hilfe schreien, aber Bruno war mit einem Satz bei mir, erstickte sofort jeden Laut mit seiner Hand. »Geht, schaut nach.«

Er wartete, bis die beiden Männer draußen waren. »Fabian also«, flüsterte er. Sein Mund kam ganz nah an mein Ohr. »Hoffst du, dass er zärtlich sein wird? Ich würde mich nicht darauf verlassen.«

Sein Atem auf meiner Haut verursachte mir eine Gänsehaut.

»Aber ich weiß nicht, ob ich Fabian so viel Spaß gönnen soll. Weißt du, ich habe ihn seit einiger Zeit in Verdacht, dass er ein Verräter ist. Für so etwas habe ich eine Nase. Pawel war auch ein Verräter.« Er machte eine theatralische Pause. »Er hat seinen Freund verraten.«

Seine Enttäuschung klang aufgesetzt. Er sah mich wieder an, suchte in meinen Augen nach einer Reaktion. Ich hoffte, dass er Wut und Trotz darin las, aber vermutlich war es nur blanke Angst.

Die Tür ging auf. Fabian und Jan kehrten zurück. Sie waren nicht allein. Ein dritter Mann stand zwischen ihnen. Fabian hielt ihm eine Waffe an den Schädel. David Willer. Ihn hatte ich nicht erwartet. Bruno schien weniger überrascht. Er ließ von mir ab, schaltete seelenruhig die Kamera aus und trat vor den Kommissar. »Sieh mal einer an. Der karrieregeile Bulle. Fehlt dir noch eine Heldentat in deiner Personalakte?«, spottete er.

Willer wich seinem Blick nicht aus, aber er hielt die Klappe.

Jan reichte Bruno die Waffe, die sie dem Polizisten abgenommen hatten. Er wog sie in seiner Hand und ging wieder zum Tisch.

Ich beobachtete die Männer. War Willer allein gekommen? Ich hoffte es für uns beide nicht. Zumindest hatte ich durch sein Erscheinen eine kurze Verschnaufpause.

»Und? Was hast du jetzt vor, Superbulle?« Er prüfte, ob die Waffe geladen war und entsicherte sie.

»Sie kommen hier nicht raus. Das SEK steht vor der Tür.«

Bruno sah den Kommissar belustigt an. »Deswegen stehst du jetzt auch allein vor mir. Wenn das SEK draußen stünde, wäre ich der Erste, der davon wüsste. Tut mir leid, David, wir brauchen dich nicht. Fabian, knall ihn ab.«

Es dauerte nur den Bruchteil einer Sekunde. Der Blick den Fabian Willer zuwarf. Verräter. Eine letzte Bestätigung.

»Nein!«, schrie ich auf. Bruno riss die Waffe hoch und schoss. Fabian stürzte zu Boden. Willer hatte sich geduckt, rammte seine Schulter in Jans Magen. Fabians Waffe landete vor meinen Füßen. Die Tür flog auf. Bruno fuhr herum. Ein Schuss, noch ein Schuss …

Als mein Verstand wieder einsetzte, fand ich mich auf dem Boden wieder. Willer kniete über Jan. Fabian lag reglos neben mir. Ich hielt seine Waffe in meinen Händen, auf ein Ziel gerichtet, das längst getroffen war, und starrte auf meinen Peiniger. Die Zeit stand still. Ich schnaufte schwer. Ganz langsam sanken meine Arme herunter.

»Frau Schwarz?«

Ich wandte den Blick mühsam zu Willer. »Sind Sie okay?«

»Ob *ich* okay bin? Sind *Sie* okay?« Er sah auf die Waffe in meiner Hand. »Legen Sie die Waffe auf den Boden. Seien Sie vorsichtig. Den Lauf nicht in meine Richtung.« Er vergewisserte sich, dass Jan noch bewusstlos war, legte ihm Handschließen an, ging zu Bruno und suchte nach Lebenszeichen. »Legen Sie bitte die Waffe auf den Boden«, wiederholte er.

»Warum?«, fragte ich begriffsstutzig.

Er wandte sich zu mir herum. »Sie haben gerade einen Menschen erschossen.«

Ich hatte …? Ich sah zu Bruno, der wenige Meter vor mir lag. Er blutete. War der Mann tot? Vorsichtig legte ich die Pistole vor mir ab.

»Mein Gott, wo haben Sie so schießen gelernt?« Willer kam zu mir, beugte sich herunter, um die Waffe aufzuheben.

»Ganz ruhig und keine Bewegung«, erklang hinter ihm eine Stimme.

Willer erstarrte.

»Lassen Sie die Waffe, wo sie ist. Richten Sie sich ganz langsam wieder auf. Die Hände hinter den Kopf … So ist es gut.«

Dominik. Er drückte Willer den Lauf einer Pistole mit Schalldämpfer in den Nacken.

»Gehen Sie ein paar Schritte vor … noch ein paar Schritte, bis zur Wand. Okay. Bleiben Sie da. Die Hände bleiben oben. Ich bin schneller als Sie.« Er sah zu mir, beugte sich ein Stück herunter und hob mit dem Zeigefinger mein Augenlid. »Haben sie dir was gegeben?«

»Ich weiß nicht.« Ich wusste nicht, was in den Kanistern gewesen war.

Er sah noch einmal prüfend zu mir, dann wandte er sich Willer wieder zu. »Sie hat niemanden erschossen.«

»Wer sind Sie?«

»Niemand.«

»Wer …?«

»*Shut up and listen*«, zischte Dominik wütend. »Der Mann hat drei Verletzungen. Die an Arm und Hüfte stammen aus Fabians Waffe. Das Loch in der Brust wurde durch eine andere Kugel verursacht. Ihre Ballistiker werden das relativ schnell anhand von Projektil und Einschusswinkel feststellen können. Sie wissen, wer der Mann ist?«

»Er nennt sich Bruno.«

»Der Mann heißt Artjom Sokolow. Er hat bis vor vier Jahren für den russischen Geheimdienst gearbeitet.« Dominik ging ein paar Schritte zurück zu Bruno. Als Willer die Arme lockerte, schlug knapp neben ihm eine Kugel in die Wand ein. »*Stop moving!* Ich sagte doch, ich bin schneller als Sie. Ich will, dass Sie da stehen bleiben und sich nicht bewegen. Keinen Millimeter.«

Willer hob kapitulierend die Hände wieder hinter den Kopf. »Alles in Ordnung. Ich stehe hier und bewege mich nicht. Kein Grund zu schießen.«

»*Shut up.*« Dominik sah auf den Mann vor sich auf dem Boden, sagte etwas, das sich wie ein russischer Fluch anhörte, und wandte sich wieder Willer zu. »Sie heißen David, ja?«

»Ja.«

»Also, David. Sokolow hätte Sie beide getötet. Sie sofort, die Frau etwas später. Wenn die Frau nicht geschossen hätte, hätte Sokolows zweite Kugel Sie vermutlich getroffen. Können Sie mir folgen?«

»Ja.« Willer bewegte die Schultern, anscheinend wurden ihm die Arme schwer.

»Gut.«

Dominik trat einen Schritt zur Seite und nahm die kleine Kamera vom Stativ.

»Wojcik. Sie sind Pawel Wojcik. Alles andere ergibt keinen Sinn«, sprach Willer zur Wand.

»Wojcik ist tot«, kam es kalt von Dominik. »*Well,* Ihre Kollegen sind bald hier. Sorgen Sie dafür, dass man sich gut um diese Frau kümmert. Sollte ihr irgendetwas zustoßen, bin ich ganz schnell wieder bei Ihnen, und dann werde ich Sie umbringen.«

»Was haben Sie ...«

Mit einem ungeduldigen Zischen brachte er Willer zum Schweigen. »Ich hab Sie im Visier, vergessen Sie das nie.« Er verschwand.

Willer wandte sich um, sprintete zur Tür, bremste, sah in den leeren Flur. Frustriert drehte er sich zu mir um. »Sie kennen Pawel Wojcik also doch.«

Ich schloss die Augen und vergrub mein Gesicht in den Händen. Bei jeder anderen Frau wäre irgendwann zwischendurch die erlösende Ohnmacht gekommen. Warum nicht bei mir?

Ich hörte Willer durch den Raum gehen.

»Fabian?«, flüsterte er. Geraschel, Geräusche, die ich nicht einordnen konnte. Ich hatte nicht die Kraft, den Kopf zu heben und zu schauen, was Willer tat. Leises Gemurmel, vielleicht telefonierte er, ich meinte etwas von Notarzt zu hören. Wieder Schritte. Er kam zu mir, ging in die Hocke und legte eine Hand auf meine Schulter. Sofort verspannte sich mein Körper wieder.

»Frau Schwarz, es ist vorbei. Die Kollegen sind gleich hier. Wir müssen uns etwas überlegen.«

Ich wollte mir nichts überlegen. Ich wollte meine Ruhe.

»Frau Schwarz ... Kirstin, bitte, schauen Sie mich an.« Seine Stimme war freundlich. Eine ruhige, vertrauensvolle Stimme, die mir sagte, dass das Schlimmste jetzt vorüber war.

Es kostete mich enorme Anstrengung, den Kopf zu heben. Er hatte ein Taschentuch in der Hand, tupfte vorsichtig über mein nasses Gesicht. »Sokolow hat Sie geschlagen. Sie waren bewusstlos, als ich hereinkam. Sie haben nicht mitbekommen, was hier geschehen ist. Haben Sie das verstanden? Sie wissen nicht, was hier geschehen ist.«

Ich nickte verwirrt. »Ja, aber …«

»Überlassen Sie alles andere mir.« Er zog sein Sakko aus und legte es um meine nackten Schultern. Es war warm und roch nach einem herben Männerparfum. Ich sah zu dem Mann neben mir. »Ist er auch tot?«

»Nein, aber sehr schwer verletzt.« Willer sagte es mit der Nüchternheit eines routinierten Kripobeamten, aber in seinem Blick lag Bedauern. Er nahm die Pistole auf, die noch immer vor mir auf dem Boden lag, wischte mit einem Tuch darüber. »Halten Sie sich bitte die Ohren zu.« Er hob die Waffe in Sokolows Richtung und schoss an ihm vorbei in die Wand. Ich verstand nicht, was er tat. Mein Kopf schmerzte, mein Körper brannte und bebte innerlich, als tobte in mir ein Vulkan. »Was ist mit dem vierten Mann?«, fiel mir ein. »Da war noch einer im Auto …«

»Den habe ich ausgeknockt.« Willer lächelte bescheiden.

Ich quittierte es mit einem erschöpften Nicken. »Haben Sie ein Handy bei sich?«

»Ja.«

»Darf ich es bitte benutzen?«

»Herr Paradi ist informiert. Er ist auf dem Weg.«

»Ich möchte jemand anderes anrufen.«

Er reichte mir sein Handy. Ich konzentrierte mich, um mich an die Nummer zu erinnern, und wählte.

»Bergmann.«

»Tony? Ich brauche einen Arzt, und ich will, dass du das bist.«

+++

Tony hatte nur die notwendigsten Fragen gestellt, meine Verletzungen versorgt und den Beamten mitgeteilt, dass ich nicht vernehmungsfähig sei. Ich ließ zu, dass er mir ein Beruhigungsmittel gab. Ein ganz leichtes, versprach er. Gio nahm mich mit zu sich nach Hause. Ich hatte damit gerechnet, dass mir tausend Gedanken durch den Kopf jagen würden, aber ich schlief innerhalb weniger Minuten auf seinem Sofa ein. Vielleicht war das Beruhigungsmittel doch nicht so leicht, wie Tony behauptet hatte. Stunden später weckte Gio mich. Es war dunkel. Die kleine Stehlampe spendete mattes Licht.

»Ich muss kurz runter ins Büro. Hier liegt das Telefon.« Er zeigte auf den Tisch. »Wenn du die Eins wählst, bin ich sofort bei dir. Okay?«

Ich nickte.

Nur widerwillig ließ er mich allein.

Ich lag auf dem Sofa, starrte stumpf vor mich hin, bis ich irgendwann merkte, dass ich weinte. Ich erlaubte es mir. Ich hatte schließlich einen Scheißtag hinter mir.

Jemand klopfte an die Wohnungstür, kurz darauf wurde sie geöffnet. Mein Herz schlug umgehend wieder Alarm.

»*Darling?*«, erklang Dominiks Stimme.

Er sollte endlich aufhören, mich so zu nennen. Ich griff nach einem Taschentuch, versteckte mein Gesicht dahinter.

Er betrat zögernd den Raum und setzte sich zu mir. »Wie geht es dir?«

»Beschissen.«

Er saß ganz ruhig, aber er wirkte unsicher. Ein Zug, den ich nicht an ihm kannte.

»Mein GPS konnte euch nicht so schnell orten.«

Ich schnaufte bitter. »Scheißtechnik.«

»*Darling,* es tut mir leid, was er dir angetan hat.«

»Nenn mich nicht ...« Ich stockte. Woher wusste er, was geschehen war? Außer Tony hatte ich niemandem Details erzählt. Nicht einmal Gio. Ich riss entsetzt die Augen auf: die Kamera. »Du hast es dir angesehen?« Die verzweifelte Angst und hilflose Wut brachen erneut über mich herein. »Wie konntest du ...?«

»Ich wünschte, ich hätte es verhindern können. *Darling, I am so sorry.*«

Ich wandte mich ab. Er hatte sich angesehen, wie die Männer mich gequält hatten, wie ich Ängste und Schmerzen durchlitten, wie ich gebettelt und geheult hatte. »Wie konntest du! Wie ... Verdammt, wer bist du, Dominik? Ich versteh dich nicht. Ich versteh das alles nicht.«

»Ich musste wissen, was du ihm gesagt hast, was van Basten weiß.«

»Wer?«

»Jan van Basten. Der Mann, der dich festgehalten hat.«

Die Erinnerung ließ meine Augen schon wieder glasig werden. Ich hatte keine Kraft mehr. »Und wer bist du?«

Dominik zögerte mit einer Antwort. »Ich war einmal Pawel Wojcik«, erklärte er schließlich mit distanzierter Stimme. »Ich habe für den polnischen Geheimdienst gearbeitet. Dann ließ ich mich von den Russen abwerben. Artjom Sokolow wurde mein Partner. Wir waren so etwas wie Freunde. Wir haben einige Jahre sehr eng zusammengearbeitet. Vor vier Jahren stieg ich aus.«

Ähnliches hatte Gio mir bereits erzählt. Es reichte mir nicht. Ich schnaufte zornig. »Warum bist du ausgestiegen?«

»Ich habe …« Er holte Luft, versuchte es noch einmal: »Ich habe ein Kind getötet. Eine Frau … sie war im vierten Monat schwanger. Ich wusste nicht, dass sie schwanger war.«

»Du hast sie gefoltert?« Ein russischer Spion, hatte Kevin gesagt. Ich sah Sokolows Gesicht wieder vor mir, spürte den Schmerz, als er mir die Nadel in den Finger stach. Sein ruhiger, abgeklärter Blick. Das brutale Lächeln, mit dem Wissen, dass ich keine Chance hatte, ihm zu entkommen. Was hatten er und Dominik dieser Frau angetan?

»Artjom und ich haben hin und wieder auf eigene Rechnung gearbeitet, haben Informationen gestohlen und teuer verkauft. Es war nichts dabei. Ich fühlte mich weder Polen noch Russland gegenüber besonders verpflichtet. Ich wollte einfach nur Dollars und ein gutes Leben … Priscilla war die Schwester eines britischen Informatikers. Er hatte ein Spionage-App entwickelt, um Mobiltelefone zu hacken und abzuhören. Wir wollten diesen Code, aber wir kamen nicht an ihn ran. Darum haben wir uns seine Schwester geschnappt. Ein paar schöne Fotos von ihr und wir hätten ihn weichgekocht … Wir verabreichten ihr ein Mittel …« Wieder geriet er ins Stocken. Er schluckte trocken. »Sie erlitt eine Fehlgeburt.«

Ich starrte ihn an. Wer war dieser Mann, von dem ich dachte, er sei ein Freund? Sie hatten einer schwangeren Frau eine Droge gegeben. Was hatte er ihr noch angetan? Erinnerungen stiegen auf, vermischten sich mit denen dieses Tages. Ein Mittel, das dich willig macht … In mir brannten so viele Fragen, aber ich hatte Angst vor seinen Antworten.

»Geh.«

»Ich weiß, dass es falsch war. Deswegen bin ich ausgestiegen.«

»Ich sagte: Geh!«

»*Darling,* ich bin nicht mehr Pawel Wojcik. Wojcik ist tot.«

»Ist er das?«, schrie ich ihm verzweifelt ins Gesicht. »Wer war es denn, der mir heimlich K.-o.-Tropfen verabreicht hat? Dominik oder Pawel?«

»Das …«

»Weißt du, was richtig Scheiße ist? Wenn man am nächsten Tag in einem Hotelzimmer aufwacht und nicht weiß, was geschehen ist!«

»Was denkst du denn, was geschehen ist?«

»Was wohl?«

Er sah mich ungläubig an. »*You're kidding.*«

Ich war ganz sicher nicht zu Späßen aufgelegt. »Das Letzte, woran ich mich erinnere, ist, dass du mich angefasst hast. Ich wollte das nicht, Dominik!«

»Du … oh, *my god* …«

Die Wut vermischte sich mit irrationalen Ängsten. Was, wenn er jetzt sagte, dass ich es gewollt hätte? Dass ich es zugelassen, dass ich … Nein, bitte, nein. Scham stieg mir heiß ins Gesicht.

»Ich habe dich nur in den Arm genommen, damit du nicht aufstehst und hinfällst. Das war ein ziemlich starkes Mittel … *Darling, please.*«

»*Fuck you: Darling please!*« Meine Stimme überschlug sich. »Ich war nackt, als ich in diesem verfluchten Hotelzimmer aufgewacht bin!«, brüllte ich ihn an.

Die Stille, die folgte, war erdrückend. Ich rang nach Atem, als hätte Sokolow mich wieder gefoltert. Meine Lungen schmerzten von der Tortur, die sie hinter sich hatten.

Dominik zupfte sich mit den Fingern am Kinn, bemüht um ein Verständnis heischendes Lächeln. »Es war alles ein bisschen viel in den letzten Tagen, hm?«

Meine Hand schlug ihm so schnell ins Gesicht, dass es uns beide überraschte. Im Reflex wollte er zurückschlagen. Er beherrschte sich rechtzeitig, strich sich über die Wange. Meine Finger brannten.

»Ich habe dich betäubt, mehr nicht.«

Ich wusste nicht mehr, was ich glauben, was ich fühlen sollte. In mir war alles in Aufruhr. »Ich war nackt!«

»Ich musste sichergehen, dass du mir nicht folgst … Ich wollte, dass du dort bleibst, dass du Gio anrufst …«

»Du hast mich gedemütigt.«

»Es tut mir leid.«

Ich schüttelte ungläubig den Kopf. »Du machst mir Angst.« Ich wandte den Blick ab, um ihn nicht mehr ansehen zu müssen. »Lass mich in Ruhe.«

Er stand auf, ging zur Tür, verharrte einen Moment, drehte sich wieder um. Ich sah ihn nicht an, als er an mir vorbei auf die andere Seite des Zimmers ging. Vor dem Fenster blieb er stehen und starrte in die Nacht.

Ich hatte nicht die Kraft, ihn weiter anzubrüllen. Ich rollte mich auf dem Sofa zusammen und zog die Decke über mich. Er hatte sich angesehen, was sie mir angetan hatten. Nach allem, was er mir erzählt hatte, fühlte es sich an, als hätte er selbst mich gequält. Ich schloss die Augen, flüchtete mich in die Dunkelheit.

»Weißt du, da ist dieser kleine Junge«, hörte ich nach einer Weile Dominiks Stimme leise vom Fenster. »Der Junge, der liegt mit vielen anderen Jungen in einem Schlafsaal.«

Von wem sprach er? Von Djadi? Von Salim? Ich zog die Decke noch enger um mich.

»Alle liegen in ihren Betten und bemühen sich, still zu sein, damit es keinen Ärger gibt. Irgendwann geht die Tür auf, und einer der Betreuer kommt herein. Er dreht seine Runde, schaut auf jeden der kleinen Jungen, die unter den Decken liegen und sich nicht bewegen. Vor einem Bett bleibt er stehen. Er rüttelt den Jungen an der Schulter und flüstert: ›Komm mit.‹ Der Junge steht auf und geht mit. Er hat einen Schlafanzug an und Hausschuhe. Er spürt die Blicke der anderen Jungen auf sich. Er folgt dem Mann durch die stillen Flure, die Treppen hinunter in den Keller. Da muss man hin, wenn man besonders böse war. Sie gehen in einen Raum. Da gibt es nicht viel. Einen Schreibtisch, einen Stuhl, ein Regal. Linoleum auf dem Boden, an der Wand hängt ein Rohrstock.

Der Mann sagt: ›Du warst sehr unartig heute. Darum muss ich dich bestrafen. Das verstehst du doch, oder?‹ Er schaut den Jungen traurig an.« Dominik machte eine Pause. »›Dreh dich um‹, verlangt der Mann. Der Junge dreht ihm den Rücken zu. ›Zieh die Hose runter.‹ Der Junge zieht die Hose runter. ›Bück dich‹, sagt der Mann. Der Junge bückt sich, beißt die Zähne zusammen, krallt die Finger in die Knie, in Erwartung des ersten Schlags. … Aber er wird nicht geschlagen.«

Es zerriss mein Herz. Ich presste die Augen fester zusammen. Ich wollte nicht mehr weinen. Ich hatte schon so viel geweint.

»Ich hatte einen spitz geschliffenen Schraubendreher bei mir. Ich drehte mich zu ihm herum und rammte ihm das Metall in den Leib. Er war so überrascht, dass er nicht reagieren konnte. Ich weiß nicht, wie oft ich zustieß. Ich bin raus und hab die Tür verriegelt. Er ist verblutet.« Er holte tief Luft. »Ich war zwölf, als ich das erste Mal einen Menschen getötet habe.«

Wieder legte sich die Stille über uns. Er war zwölf. So wie ich.

Ich hörte Schritte, die näher kamen. Dominik setzte sich auf die Armlehne des Sofas an meinem Fußende. »Ich schwöre, ich würde mich niemals an dir vergehen. Es war ein Warnschuss. Ich musste euch deutlich zeigen, was geschehen kann. Ich kenne diese Leute. Ich weiß, zu was sie fähig sind.«

Noch immer konnte ich nicht klar denken, zupfte ratlos Fussel von der Decke. »Ich … ich weiß gerade nicht mehr weiter.«

»Du bist eine Kämpferin. Du wirst aufstehen und weitermachen.«

Ich hatte nicht das Gefühl, dass ich dazu die Kraft hatte.

»Sokolow ist tot, aber damit ist der Fall nicht erledigt«, fuhr Dominik fort.

Ich hob fragend den Blick.

»Er war nur die rechte Hand. Er war nicht der Kopf.« Er presste kurz die Lippen aufeinander, bevor er erklärte: »Du hast ihn übrigens hart provoziert, als du ihm vorgeworfen hast, Kinder zu vergewaltigen.«

»Das tut er doch.«

»Nein, er verabscheut Menschen, die so etwas tun, eigentlich genauso wie du und ich. Aber er nutzt die Schwächen dieser Menschen aus. Er besorgt ihnen, was sie brauchen, und dann erpresst er sie. Eine leichte Art, um an Informationen und Geld zu kommen. In dem Augenblick sieht er die Kinder nicht als Kinder, sondern als ein Werkzeug.«

Mir lief ein Schauer über den Rücken. Ich schüttelte mich.

»Du solltest dich noch etwas ausruhen, *darling*.«

»Ich heiße Kirstin, kapier das endlich.«

Er nickte.

»Bist du sicher, dass dieser Sokolow nicht der Kopf der Bande war?«

»Ja.«

»Wer ist es dann?«

»Ich weiß es nicht.«

»Weiß Salim etwas? Können wir ihn irgendwie zum Reden bringen?«

Dominik verzog bedauernd das Gesicht. »Salim ist nicht der Zeuge, der die Hintermänner kennt.«

»Wer dann?«

»Fabian.«

20

Ich konnte mich kaum bewegen, als ich erwachte. Mein Körper war ein einziger Schmerz. Ich hatte Muskelkater und Verspannungen, noch immer war ein Druck auf meinen Lungen, den ich bei jedem Atemzug spürte. Gio lag neben mir. Vorsichtig richtete ich mich auf. Ich wollte ihn nicht wecken.

»Alles klar?«, hörte ich seine verschlafene Stimme hinter mir.

»Ja, geht schon.« Mühsam erhob ich mich.

Ich brauchte Ewigkeiten für den Weg ins Bad. Das Gesicht, das mir aus dem Spiegel entgegenblickte, sah grauenvoll aus. Ich war leichenblass. Die Augen waren vom vielen Weinen geschwollen und von roten Äderchen durchzogen. Sokolows Ohrfeige hatte einen Bluterguss und Kratzer auf meiner rechten Schläfe hinterlassen. Selbst meine Haare konnte ich nur vorsichtig bürsten, da die Kopfhaut von dem Gezerre vom Vortag gereizt war.

Ich schüttete mir Unmengen kalten Wassers ins Gesicht, um wenigstens etwas Farbe auf die Wangen zu bekommen. Erfolglos. Ich sah nicht besser aus als vorher. Ich schlich in die Küche, bereitete mir einen Cappuccino und stocherte appetitlos in meinem Müsli herum. Dominik war in der Nacht wieder gegangen. Verschwunden in seine Welt, die mir fremd war und die ich auch nicht weiter kennenlernen wollte.

Die Geschehnisse des Vortages erschienen mir unwirklich, verschwommen, wie ein grauenvoller Albtraum. Aber ich wusste, dass dieser Schutzwall nicht sicher war. Er würde brechen, früher oder später. Ich versuchte, nicht ins Grübeln zu verfallen, und war fast dankbar, als das Klingeln des Telefons die Stille durchbrach. Ich beeilte mich, das Gespräch anzunehmen, damit Gio nicht gestört wurde.

»Ja?«

»Ähm …« Udo hatte mich nicht am Apparat erwartet. »Hier ist ein Herr Willer, der möchte zu einer Frau Schwarz.«

Er war vermutlich nicht sicher, ob er dem Herrn Kommissar meine Anwesenheit im Hause Paradi verraten durfte.

»Ich komme runter.«

Ich schlich in den Flur, stieß dort auf Gio.

»Wer war das?«

»Udo. Willer ist unten und will mich sprechen.«

»Können die dich nicht einen Tag in Ruhe lassen? Du bist noch nicht vernehmungsfähig.«

»Wenn es mir zu viel wird, lass ich ihn von Udo rausschmeißen.«

»Nix da. Das übernehme ich. Der Penner soll raufkommen«, knurrte Gio. »Geh ins Wohnzimmer, ich bringe ihn zu dir.«

»Geschnitten oder am Stück?«

Gio stutzte, dann lächelte er entschuldigend für seine Übellaunigkeit. »Wie es dir am liebsten ist, meinetwegen auch als gegrillte

Bulette.« Er küsste mich auf die Stirn und rief Udo an. Wenig später öffnete er die Tür. »Oh, sind die Blumen für mich?«

»Nein, für Frau Schwarz.«

»Danke, ich stell sie ins Wasser. Meine Freundin ist im Wohnzimmer. Ich vermute, Sie wollen allein mit ihr sprechen?«

Ich saß auf dem Sofa und wusste nicht, ob ich lächeln sollte, als Willer hereinkam. Aber irgendetwas in mir freute sich, ihn zu sehen. »Hallo.«

»Hallo. Ich wollte sehen, wie es Ihnen geht.«

»Besser als gestern.«

Er schloss die Tür hinter sich, kam zu mir und setzte sich auf den Sessel neben dem Sofa. Er stützte einen Unterarm auf die Lehne und beugte sich ein Stück zu mir vor, suchte meinen Blick. Es waren klare wasserblaue Augen, die mich etwas zu intensiv ansahen. »Kirstin ...« Er unterbrach sich. »Ich darf Kirstin sagen?«

Sein Blick machte mich nervös. Kirstin. Er hatte mich gestern schon Kirstin genannt. Sanft, beruhigend. Er hatte mir die Tränen aus dem Gesicht gewischt, sein Sakko um meine nackten Schultern gelegt. Kirstin. Verdammt, Gio nannte Hämmerling auch beim Vornamen. Was war schon dabei? Hämmerling ... »Ihr Kollege hatte ein Foto von Fabian. Er hat es mir gezeigt.«

Meine Reaktion brachte ihn aus dem Konzept. »Wie ...? Sie meinen Herrn Hämmerling?«

»Ja.«

Er wurde wieder zum Kripobeamten. »Wann hat er Ihnen das Foto gezeigt?«

Ich erzählte ihm von dem Treffen in der Dönerbude.

»Und Sie haben Fabian auf dem Foto erkannt und behauptet, Sie kennen ihn nicht?«

»Ich kenne ihn ja auch nicht.«

»So, wie Sie Pawel Wojcik auch nicht kennen?«

Ich fletschte bissig die Zähne. Netter Versuch mit den Blumen. Fast wäre ich ihm auf den Leim gegangen. »Ich bin noch nicht vernehmungsfähig.«

»Das ist keine Vernehmung.« Er legte den Bullenton wieder ab. »Die Vorladung bekommen Sie für morgen. Wenn es Ihnen noch nicht gut genug geht, können wir den Termin verschieben.« Er zögerte kurz. »Aber ich wollte vorher mit Ihnen sprechen. Kirstin, wissen Sie noch, was ich Ihnen gestern gesagt habe?«

»Ja.« Dass er mich so selbstverständlich mit meinem Vornamen ansprach verwirrte mich. »Sokolow hat mich geschlagen. Ich war ohnmächtig, und als ich wieder zu mir kam, war alles vorbei.«

»Gut. Wenn Sie das zu Protokoll geben, sollte es etwas natürlicher klingen, nicht so auswendig gelernt.«

»Ich werde üben«, versprach ich. »Aber in ihrem Verein glaubt mir ja sowieso nie jemand. Ich könnte genauso gut erzählen, dass sich alle selbst erschossen haben und ich mir die blauen Flecken bei einem Treppensturz zugezogen habe.«

»Das würden unsere Spezialisten relativ schnell widerlegen.« Er senkte den Blick auf den Tisch und schnippte mit den Fingern.

»Was brennt Ihnen noch unter den Nägeln?«, erbarmte ich mich zu fragen.

Er sah wieder zu mir, fixierte mich mit den Augen. »Wo ist die Kamera?«

Ich schluckte. Die Lockerheit, mit der ich mich gerade noch einigermaßen geschlagen hatte, war mit einem Atemzug fort.

»Haben Sie die Kamera oder hat Wojcik sie mitgenommen?«

»Ich kenne keinen Wojcik.«

»Herrgott, sind Sie stur. Was war auf der Kamera? Wissen Sie es?«

In meinen Ohren hallten meine hilflosen Schreie wieder, ich sah mich durch die Linse, wimmernd, bettelnd, erniedrigt. Ich neigte den Kopf zur Seite, damit er mein Leid nicht sah.

»Kirstin?« Seine Hand legte sich auf meinen Arm. Ich zuckte zurück.

»Nicht anfassen!«, fauchte ich ihn an.

»Entschuldigen Sie.« Er nahm die Hand wieder fort.

Ich biss die Zähne zusammen. »Die haben aufgenommen, was sie gemacht haben … was sie mit mir gemacht haben.«

»Alles?«

Ich nickte.

Willer musterte mich, wobei er nachdenklich mit dem Zeigefinger gegen seine Lippen stieß. Schließlich senkte er die Hand wieder. »Sie unterschlagen Beweismaterial.«

»Ich habe die Kamera nicht.«

»Aber Sie kennen denjenigen, der die Kamera hat.«

Ich antwortete nicht.

»Kirstin, ich verstehe, dass Sie verstört sind, dass Sie Angst haben. Sie haben Schlimmes erlebt. Ich kann Ihnen Adressen geben von Fachleuten, die Ihnen helfen können, mit all dem fertig zu werden.«

»Ich habe einen guten Arzt.«

»Der, der Ihnen die Beruhigungsmittel verschreibt?«

»Verdammt noch mal, ich nehme keine Beruhigungsmittel! Wieso zweifeln Sie alles an, was ich sage? Hören Sie doch auf mit Ihren Scheißfragen, wenn Sie mir ohnehin nichts glauben!« Ich funkelte ihn zornig an.

Willer schwieg. Er machte weder Anstalten, etwas zu erwidern, noch zu gehen.

»Warum waren Sie gestern da? Warum waren Sie allein?«, hakte ich wütend nach.

»Ich hatte einen Tipp bekommen. Wir haben sofort das SEK angefordert, aber es dauerte zu lang … Ich war als Erster vor Ort, und ich konnte Sie nicht allein lassen. Mein Alleingang war sicher nicht besonders vernünftig.«

»Sie bekommen einen Tipp und fordern gleich das SEK an? Wer hat Ihnen den Tipp gegeben?«

»Das darf ich Ihnen nicht sagen.«

»Fabian?«

»Ich darf es Ihnen nicht sagen.«

Ich schnaufte unzufrieden. Wer war dieser Mann? Bluejeans, dunkles Sakko, unter dem sich seine Dienstwaffe erahnen ließ. Die Waffe, mit der Bruno oder Sokolow, oder wie auch immer dieser Mann hieß, Fabian angeschossen hatte. Ob es dieselbe Waffe war? Oder hatte er eine neue bekommen?

»Wie geht es Fabian?«

»Sein Zustand ist kritisch. Die Kugel hat seine Wirbelsäule schwer verletzt.«

»Ich glaube, er wollte mir helfen, er wusste nur nicht wie.«

Willer seufzte leise.

Ich wusste nicht, wie ich seine Reaktion deuten sollte. »Warum haben Sie meine Fingerabdrücke von der Waffe gewischt?«

»Habe ich das?«

Ja, das hatte er. Das hatte ich doch nicht geträumt!

Er sah mir wieder direkt in die Augen. Verdammt, er war Polizist. Er sollte mich nicht so ansehen.

»Sie sind eine bemerkenswerte Frau.« Er stand auf, streckte mir die Hand entgegen. »Bleiben Sie sitzen, ich finde allein hinaus.«

Ich sah ihm hinterher. »David …« Es war ein seltsames Gefühl, seinen Vornamen auszusprechen, zu persönlich, zu intim.

»Ja?«

»Warum?«

Er haderte mit sich, bevor er sich zu einer Antwort durchringen konnte. »Sagen wir, um Sie zu schützen.«

Gio stand in der Küche und starrte grimmig auf die Vase mit Willers Blumen.

»Er wollte nur nett sein«, erklärte ich.

»Ja, der gute Willer … Ich weiß, ich sollte dankbar sein, dass er dort war, dass er dir geholfen hat. Aber ich hätte da sein sollen. Nein, ich hätte gar nicht zulassen dürfen, dass so etwas passiert.« Sein innerer Schmerz spiegelte sich in seinen Augen wieder.

»Wir konnten doch nicht wissen …«

»Verdammt, ich bin Personenschützer. *Ich* hätte es wissen müssen.«

»Gio …«

»Nein«, unterbrach er mich energisch. »Wir wussten, dass sie nach dir suchen. Ich hätte dich schützen müssen. Da brauchen wir gar nicht zu diskutieren.« Sein Blick versteinerte sich. »Das ist etwas, was ich mir nicht so leicht verzeihen kann.«

Ich biss die Zähne zusammen. Ich hatte genug mit mir zu tun, um damit fertig zu werden, was geschehen war. Ich hatte nicht die

Kraft, seine Schuldgefühle auch noch zu tragen. Der Schmerz in mir vermischte sich mit einer einsamen Traurigkeit. Ich wollte etwas sagen, aber die Worte wollten nicht kommen.

Schweigend standen wir voreinander. Es war keine angenehme Stille. Sie legte sich drückend über uns, baute mit jedem Atemzug ein Stück meines alten Schutzwalls wieder auf. Er kam zu mir, nahm meine Hand.

Ich wollte sie ihm entziehen. Ich wollte mich umdrehen und nach Hause in meine Wohnung gehen. Die Tür hinter mir schließen. Mich verkriechen. Das wurde alles viel zu kompliziert. Gios Griff verstärkte sich, als könne er meine Gedanken lesen.

Das ausdauernde Klingeln an der Wohnungstür drang in die unangenehme Atmosphäre wie ein aufgebrachter Bienenschwarm.

»Was ist denn jetzt schon wieder?« Mit genervtem Seufzen gab Gio meine Hand frei und ging zur Tür. Wenig später ertönte eine laute Frauenstimme durch das Treppenhaus. Ich kannte die Stimme nur zu gut.

»Giorgio Paradi, wo ist meine Kleine? Sag mir, dass sie bei dir ist. Ich sterbe vor Sorge. Sie ist nicht zu Hause. Sie ist nicht bei der Arbeit. Sie geht nicht ans Telefon. Giorgio, hast du gesehen, was die in der Zeitung über sie geschrieben haben? Die Polizei gibt mir keine Auskunft … Wo ist sie? Wo ist sie?«

Der Redeschwall nahm kein Ende. Schimpfend polterte sie in Gios Wohnung, an ihm vorbei, in die Küche. Ihr Gezeter erstarb – ganze zwei Sekunden. Dann stürmte sie auf mich zu. »Kirstin, meine Kleine, Gott sei Dank! Weißt du, was ich mir für Sorgen gemacht habe?« Sie zog mich in ihre Arme und drückte mich an ihren riesigen Busen.

Wir saßen am Küchentisch. Während ich Annabella beruhigt hatte, hatte Gio Kaffee gekocht. Ich war mir nicht sicher, ob sie spürte, dass zwischen uns eine angespannte Stimmung herrschte. Wenn sie es bemerkte, überspielte sie es geschickt. Ihre Sorge galt meinen Blessuren.

»Die Polizei war letzte Woche zwei Mal bei mir. Sie haben nach dir gefragt, wollten alles über dich wissen«, berichtete sie. »Ich hätte es dir gesagt, aber du warst ja nirgends zu erreichen.«

»Wer war bei dir?«, fragte Gio.

»Hämmerling, wer sonst?«

»Hatte er einen Kollegen dabei?«

»Einen? Beim ersten Mal kamen sie zu sechst. Sie wollten wissen, was Kirstin mit diesem Tayo zu tun hat. Sie haben auch meine Gäste befragt. Möchte wissen, wer denen gesteckt hat, dass der bei mir im Club Ärger gemacht hat. Mein Gott, was ist denn nur wieder los in deinem Leben?« Sie tätschelte sorgenvoll meine Hand.

»Sag mal, Kirstin hat erzählt, dass Florian Aichroth hin und wieder bei dir im Club war.«

»Wie kommst du jetzt auf den?«

»War er?«

»Ja.«

»Kannst du dich an irgendwelche Leute erinnern, mit denen er da war oder die er bei dir getroffen hat?«

»Paradi, bring mich nicht mit der Pädophilenszene in Verbindung. Mit so etwas habe ich nichts zu tun.«

»Ich weiß, Annabella, aber er war bei dir im Club, und wir müssen wissen, mit wem er Kontakt hatte.«

»Wieso musst du das wissen?«

Gio schüttelte ungeduldig den Kopf. »Eine einfache Frage – eine einfache Antwort. Das geht bei dir immer noch nicht, oder? Die Leute, die Aichroth getötet haben, sind auch hinter Kirstin her. Kommt dein Gehirn jetzt mal auf Trab?«

Annabella schnaufte erbost und sah zu mir. »So hat der früher immer mit mir gesprochen. Weißt du jetzt, warum ich ihn nicht mochte? Spricht der mit dir auch so?« Sie hielt inne und wandte sich erschrocken wieder Gio zu. »Hast du gerade gesagt, dass die hinter Kirstin her sind?«

Er nickte ergeben. »Fabian Hammerschmid, Sergey Brüska – hast du die Namen schon mal gehört?«

»Fabian … Sergey … einen Fab kenne ich … das könnte eine Abkürzung für Fabian sein, oder?«

»Wir haben Fotos«, fiel mir ein. Ich ging hinaus, holte den Laptop samt USB-Stick und zeigte ihr die Fotos der beiden Männer.

»Fab, ja, das ist er. Er kommt hin und wieder in den Club.« Sie lehnte sich zurück und ließ den Blick in die Ferne schweifen. »Und der gehört zu dieser Pädophilenbande?«

»Kam er allein?«, fragte Gio statt einer Antwort.

»Du stellst Fragen. Ich muss mit meinen Mädels reden, die Sunny oder die Cherry.«

»Tu das bitte. Ich muss wissen, ob er allein war oder jemand bei ihm war, ob er sich mit jemandem getroffen hat, ob er viel Geld hatte, ob er irgendwelche Namen erwähnt hat, das Übliche.«

»Ja, aber … du bist doch gar nicht mehr bei der Polizei. Was willst du denn machen?«

»Deinen Sonnenschein beschützen.« Gio schenkte ihr ein charmantes Lächeln. »David Willer, kennst du den? Er ist Polizist.«

Sie hob unbestimmt die Schultern. »Habt ihr von dem kein Foto?«

»Ich nicht.« Gio sah fragend zu mir.

»Woher denn?«

»Dann haben wir wohl kein Foto von ihm. Ich kann eines besorgen. Das war's erst einmal«, beendete Gio das Gespräch, als wäre es eine dienstliche Befragung gewesen. Er stand auf. »Bist du mit der Bahn hier?«

»Taxi.«

»Ich bring dich nach Hause.« Er sah zu mir. »Was ist mit dir? Willst du auch nach Hause?«

Die Distanz, mit der er die Frage an mich gerichtet hatte, ließ mich zusammenzucken.

Annabella schnalzte ärgerlich mit der Zunge, ihr Blick wanderte zwischen uns hin und her. »Passt mal auf Kinder, wenn ihr zwei Streit habt, dann redet miteinander, anders löst ihr keine Probleme. Gio, du bringst mich jetzt in meinen Club. Und Kirstin, du bleibst hier, dann weiß ich wenigstens, wo ich dich finde.« Sie drückte mir einen Schmatzer auf die Wange und schritt gleich einer Diva aus dem Raum.

Ich tigerte ruhelos durch die Wohnung. Ich hatte das Gefühl, den Überblick zu verlieren. Ich musste die Erinnerung an mein Leid verdrängen. Es ging um einen Kinderpornoring, dessen Fäden anscheinend in Stuttgart zusammenliefen. Ein Mitglied der Bande – Sokolow – war tot. Jan van Basten und der zweite Mann, der im Auto mitgefahren war, waren verhaftet worden. Fabian Hammerschmid lag im Krankenhaus. Seine Rolle war nicht klar. Hämmerling kannte ihn. Willer, da war ich mir sicher, kannte ihn ebenfalls. Dominik hatte gesagt, Fabian wollte aussteigen. Wusste er, wer der Boss der Bande war?

Ich musste irgendetwas tun. Ich ging an Gios Computer, hackte mich auf die »pict.to« ein. Sie hatten den Rechner noch nicht vom Netz genommen. Es gab Hunderte von Logins zur »pict.to.« War darunter der Bigboss zu finden? Und waren nicht all die Nutzer dieses grausamen Portals genauso schuldig wie die Leute, die diese Bilder erstellten und an andere weitergaben? Jeder von ihnen verdiente Bestrafung. Sie sollten sich verantworten für das, was sie taten. Jeder einzelne.

Ich nahm Zettel und Stift. Ich würde die Bilder manipulieren, sie mit einem Virus infizieren. Sobald sich ein Nutzer auf dem Portal anmeldete und ein Bild herunterlud, konnte ich über die Bilddatei auf seinen Rechner gelangen. Ich konnte ein Skript erstellen, das seinen PC nach persönlichen Daten ausspionierte. Die IP war noch das einfachste, aber nicht unbedingt so leicht wieder aufzuspüren und nutzlos, wenn er sich über ein öffentliches WLAN anmeldete. Aber das Programm könnte die persönlichen Mailaccounts hacken, und dann hatte ich einen Hinweis auf die Identität des Nutzers. Ich könnte mir von den Nutzer-PCs Mails schicken lassen, aus diesen Mails eine Liste erstellen und sie an die Polizei weiterleiten.

Grübelnd starrte ich auf das Blatt, auf dem ich meine Gedanken skizziert hatte. Ich könnte diese automatischen Mails statt an mich auch direkt an eine Polizeiadresse schicken, mit einer kleinen Botschaft: »Ich bin pädophil und habe Bilder von der ›pict.to‹ auf meinen Rechner heruntergeladen.« Reichte das für einen Durchsuchungsbeschluss, gar für einen Haftbefehl? Ich raufte mir die Haare, mein Blick fiel auf die Uhr.

Gio war seit Stunden fort. Unruhe breitete sich in mir aus. Warum kam er nicht zurück? War ihm etwas zugestoßen? Ich trat ans Fenster. rieb mir nervös über die Arme. Wo war er? Ich kehrte zurück an den Laptop und begann, den Virus zu programmieren. Eine weitere Stunde verging. Ich hielt die Warterei nicht mehr aus, nahm sein Telefon, wählte seine Handynummer. Noch während das Freizeichen erklang, hörte ich Schritte auf der Treppe, die Tür wurde geöffnet.

»Verfluchte Scheiße, wo warst du so lange?«

Er blieb an der Wohnungstür stehen, eine Mischung von Verwirrung und Ärger im Blick. »Klär mich mal auf: Wie lange sind wir schon verheiratet, dass du so mit mir sprichst?«

Ich schnaufte zornig, wandte mich wortlos ab und verschwand im Wohnzimmer. Er war wieder da. Es ging ihm gut. Meine Faust rammte sich in das Sofakissen.

»Hey.« Gio war mir gefolgt. »Es tut mir leid, Kirstin. Ich hab nicht gemerkt, dass ich so lange weg war.«

»Wo warst du?«

Er deutete auf die Etage unter uns. »Dominik ist da.« Er zögerte. »Magst du mit runterkommen?«

Dominik saß im Konferenzraum. Zwei Laptops standen aufgeklappt auf dem Tisch vor ihm, daneben Kaffeetassen und eine angebrochene Plätzchenpackung.

»Du warst auf dem Server«, begrüßte er mich.

»Welcher Server?«

»›Pict.to.‹«

»Ja.«

Er drehte einen Laptop in meine Richtung. »Das Foto … er hat es für mich hochgeladen.«

Ich starrte auf das Bild.

»Sie verlor ihr Kind. Die Ärzte schoben ihre Ängste und Depressionen auf diesen Verlust. Sie hatte nicht den Mut, sich jemandem anzuvertrauen.« Tiefes Bedauern lag in seinem Blick. »Zwei Monate später war sie tot. Alles deutete auf Selbstmord hin. Ich konnte es nicht glauben und recherchierte. Ich fand heraus, dass Sokolow ihren Selbstmord inszeniert hatte.«

Ich verschränkte die Arme vor der Brust. »Du lügst.«

»Nein. Ein gut inszenierter Selbstmord gehört zu Sokolows Spezialitäten. Es spart viel Ärger. Ich stellte ihn zur Rede. Dann verriet ich ihn. Ich gab die Informationen, die Sokolows Schuld am Tod der Frau bewiesen, an deutsche und britische Geheimdienste und die Polizei. Natürlich erfuhr dadurch auch unser Arbeitgeber von unserem kleinen Nebenerwerb. Er distanzierte sich von uns, behauptete, man hätte uns schon Monate zuvor unehrenhaft entlassen. Die Sache wurde unter den Teppich gekehrt. Artjom tauchte unter. Und ich war … tot.«

Ich wusste nicht, ob ich ihm glauben sollte. Auch Gio hatte mit seinen Gefühlen zu kämpfen. Dominik war sein Freund. Und dieser Freund war ein eiskalter und rücksichtsloser Spion und Erpresser gewesen. Ein Verräter.

»Sokolow wollte auch deinen Selbstmord vortäuschen«, fuhr Dominik fort. »Deshalb wollten sie dir möglichst wenig offensichtliche Verletzungen zufügen. Dass Gio unter dem Verdacht steht, dich zu schlagen, hat ihm gut reingespielt, da machte es nichts, wenn er etwas grober mit dir umging. Seine Leute haben die Beruhigungsmittel in deiner Wohnung platziert, damit die Polizei sie bei der Durchsuchung findet. Dass du dir die Arme zerkratzt, ist dazu noch ein idealer Beleg dafür, wie labil du bist. Autoaggressives Verhalten. Warum solltest du dir nicht in einer Kurzschlussreaktion in einer scheinbar aussichtslosen Lage eine Packung Tabletten reinpfeifen und die Pulsadern aufschneiden?«

Es erschreckte mich, wie perfide durchdacht das ganze Spiel gewesen war. Ich brauchte einen Moment, um meine Gedanken zu sortieren. »Woher wusstest du gestern, wo du hinkommen musst?«

»Ich hatte Fabian einen GPS-Sender untergejubelt. Ich wusste nicht, dass sie dich haben. Ich war auf der Suche nach Sokolow. Ich hatte allerdings nicht vor, ihn sofort zu töten.«

»Was wolltest du dann von ihm?«

»Ich wollte Namen. Ich wollte, dass er mich zu seinem Boss bringt.« Dominiks Augen wanderten zu Gio. »Erst dann hätte ich ihn getötet.«

Ich sah ebenfalls zu Gio, und fragte mich, was in ihm vorging.

»Du hast gesagt, Fabian sei ein Zeuge«, wandte ich mich wieder an Dominik.

Er lehnte sich zurück und verschränkte die Arme hinter dem Kopf. »Ja. Ich glaube, da muss ich jetzt ein bisschen ausholen.«

Dominik war tatsächlich, als er sich vor ein paar Monaten wieder einmal auf den Kundenrechnern der DMC herumgetrieben hatte, um mich vor neue Herausforderungen zu stellen, über den Datentransfer zur »pict.to« gestolpert. Schnell hatte er Fabian als einen der Täter identifiziert und heftete sich an seine Fersen.

Fabian gehörte seit gut einem Jahr zum engsten Kreis der Bande. Als Wachmann hatte er die Rechner der Will Meyer GmbH genutzt, um die Bilder und Filme, die ihm Sokolow oder van Basten lieferten, auf die »pict.to« zu transferieren. Er hatte sich nie Gedanken darüber gemacht, dass es lebendige Kinder waren, die auf den Bildern und Videos missbraucht wurden.

Bis er vor sieben Monaten das erste Mal ein Kind zu einem Kunden bringen musste. Als ihm bewusst wurde, was er tat, wollte er aussteigen. Aber er steckte schon zu tief in den Geschäften mit drin, als dass man ihn einfach hätte gehen lassen. Also suchte er nach einem anderen Weg. Und dieser andere Weg hieß David Willer.

Willer war seit Anfang des Jahres in Stuttgart. Er hatte zuvor in Frankfurt und Magdeburg als verdeckter Ermittler gearbeitet. Nach seiner Versetzung hatte er sich ins Stuttgarter Milieu eingeschlichen. Nicht offiziell, vermutlich eher aus alter Gewohnheit. Willer bot Fabian Hilfe an, verlangte aber, dass dieser im Gegenzug als Kronzeuge aussagte.

Dominik beobachtete die beiden eine Weile. Dabei erfuhr er von Florian Aichroths »Bestellung« und beschloss zu handeln. Jan van Basten war der Mann, der Djadi aus dem Flüchtlingslager in Lampedusa holte. Es war eine simple Methode, um schnell und unauffällig an »Frischfleisch« zu kommen. In den Lagern gab es immer Kinder, die allein unterwegs waren, oder verzweifelte Eltern, die wenigstens das Leben ihrer Kinder retten wollten. Van Basten versprach der Mutter, dass ihr Jüngster in ein gutes Internat kommen würde, in dem man sich um ihn kümmerte. Er bekäme gutes Essen,

Ärzte würden für ihn sorgen und er könnte lernen. Van Basten log das Blaue vom Himmel. Gemeinsam mit einer gekauften Partnerin gab er die kleine Familie mit Adoptivkind und gelangte so unbehelligt nach Deutschland.

Djadis Bruder Salim folgte ihnen heimlich. Er war ein kluges und sehr misstrauisches Kind, aber chancenlos bei der Verfolgung. Dominik bemerkte ihn und nahm sich seiner an. Er versprach Salim, Djadi aus den Händen der Bande zu befreien. Aber Dominik übersah, mit wem er es tatsächlich zu tun hatte. Und Sokolow erkannte Dominiks Arbeit, als er Djadi befreite.

»Moment mal«, unterbrach Gio Dominiks Bericht. »Du hast mir damals erzählt, der Zeuge wollte, dass du das Kind befreist. Er würde sonst nicht reden …«

»Es musste schnell gehen, da brauchte ich gute Argumente. Ich weiß doch, wie sehr du immer auf eine gute Planung bestehst.«

»Die in diesem Fall ja wohl auch sinnvoll gewesen wäre.«

»Und für das Kind mit einer grausamen Vergewaltigung und vermutlich mit seinem Tod geendet hätte!«, fuhr Dominik Gio scharf an.

»Wir wissen nicht, was mit ihm ist«, erinnerte Gio ihn ebenso bissig daran, dass Djadi trotz der Befreiung aus der Hütte seit mehreren Wochen verschwunden war. Seine Gesichtszüge verhärteten sich, er fixierte Dominik mit seinem Blick. »Hast du Aichroth getötet?«

»*What?*«

Gios direkte Frage hatte auch mich überrascht. Ich hielt gespannt den Atem an.

»Die suchen nach dir. Es waren deine Methoden. Sie haben deine Fingerabdrücke.«

»*Bullshit!* Einen Scheiß haben die! Meine Methoden waren auch Artjoms Methoden. Fingerabdrücke? Woher denn? Nichts haben *die. Nothing. Nic.*« Dominiks Augen glühten vor Zorn, vielleicht war es auch die Enttäuschung über Gios Misstrauen.

»Und wie sind sie dann auf dich gekommen?« Gio würde nicht locker lassen. Er wollte Antworten.

»Artjom.« Dominik biss die Zähne zusammen. Etwas ruhiger fuhr er fort: »Ich hatte zu spät erkannt, wer mein Gegner war. Er muss gute Kontakte zur Polizei haben. Irgendjemand muss diese fingierten Beweise eingeschleust haben.« Er schnaufte bitter. »Artjom wollte sicherlich nicht, dass ich verhaftet werde. Er wollte mich damit aus der Deckung locken. Wir hatten eine Rechnung offen.«

Die beiden Männer lieferten sich ein stummes Duell. Schließlich nickte Gio. Er glaubte seinem Freund.

»Und du hast ihn aufgrund des Fotos von Priscilla erkannt«, stellte Gio fest.

»Ja, gleichzeitig verschwand Djadi. Ich ließ Salim eine Nachricht zukommen, dass er nachts zum Bahnhof kommen sollte. Ich wollte wenigstens ihn in Sicherheit bringen, deswegen bestellte ich auch Kirstin dorthin. Ich brauchte ihre Hilfe, du warst zu weit weg. Aber Artjoms Leute waren schneller. Fabian kam hinzu, nachdem die anderen zwei das Mädchen totgeschlagen hatten. Er konnte Willer nicht erreichen und setzte einen anonymen Notruf ab.«

Deshalb gab es keine Informationen über den zweiten Zeugen. Willer hatte versucht, Fabian zu schützen.

»Warum hat er mich überfallen? Er hätte mich doch einfach die Polizei anrufen lassen können«, fragte ich.

»Ich weiß es nicht.« Dominik zuckte die Achseln. »Er ist jung. Vielleicht sind ihm die Nerven durchgegangen. Vielleicht wollte er, dass du einfach nur verschwindest, damit du da nicht reingezogen wirst. Aber du lässt dich ja nicht so leicht abschütteln …«

»Verschwinde« hatte er mir damals ins Ohr gezischt, erinnerte ich mich. »Besteht eine Chance, dass er David verrät, wer der Boss der Bande ist?«

Gio nahm es mit Missfallen zur Kenntnis, dass ich Willer beim Vornamen nannte. »Es ist nicht sicher, ob uns das tatsächlich helfen würde.«

»Inwiefern?«

»Wir wissen nicht, auf wessen Seite Willer steht.«

Konnte er seine persönliche Antipathie nicht einfach mal beiseitelegen? »Er hat mir das Leben gerettet.«

»Nein, ich habe dir das Leben gerettet«, widersprach Dominik.

Irritiert sah ich wieder zu ihm.

»Sokolow erschießt Fabian statt Willer. Warum?«

»Er hielt Fabian für einen Verräter. Dass hat er mir gesagt …«

»Wann?«

»Als Fabian und van Basten draußen waren. Er hat es mir ins Ohr geflüstert.«

Gio ballte die Hand zur Faust.

»Und, was denkst du, woher wusste er, dass Fabian ein Verräter ist? Wem hat sich Fabian anvertraut?« Dominik sah mich wissend an.

Ich riss ungläubig die Augen auf. »Genauso gut könnte Hämmerling zu der Bande gehören. Er wusste auch von Fabian.«

»Wir können im Moment nur spekulieren«, mischte sich Gio wieder ein. »Konzentrieren wir uns auf die Suche nach dem Bigboss.« Er zögerte, bevor er fortfuhr: »Es fiel mehrfach der Name Ben.«

»Wo? Wann?« Gios Gedankenwechsel ging mir zu schnell.

»Gestern …«

Ich sah entsetzt zu Dominik. »Du hast es ihm gezeigt?«

»Es ist Beweismaterial.«

»Nein! Ich will nicht, dass das irgendjemand sieht! Ich will, dass das vernichtet wird! Wo hast du die verfluchte Kamera?« Mein Blick hetzte über den Tisch.

»Es ist eindeutiges Beweismaterial. Keiner könnte an deiner Aussage zweifeln. Immerhin werden ja ein paar Männer auf die Anklagebank kommen.«

Ich schüttelte energisch den Kopf. »Ich will nicht, dass das irgendjemand sieht. Niemand. Niemand!«

»Kirstin, du musst dich nicht schämen«, versuchte Dominik mich zu beruhigen. »Du bist Zivilistin. Niemand hat dir beigebracht, mit Folter umzugehen. Und Artjom ist gut in dem, was er tut. Er kennt seine Opfer. Er weiß genau, wo er ansetzen muss.«

»Hör auf.« Ich wollte mich nicht mehr erinnern. Ich wollte das alles so schnell wie möglich vergessen.

»Wir sollten den Film nicht vernichten. Wir können ihn kürzen. Aber er könnte sehr hilfreich sein, wenn du dich vor Gericht verantworten musst«, erklärte Gio.

»Wieso verantworten?«

»Du hast auf einen Menschen geschossen.«

Ich senkte den Blick. »Hab ich nicht.«

»Was soll das heißen?«

»Willer hat meine Fingerabdrücke von der Waffe gewischt.«

»Wie bitte?«

Ich berichtete den beiden, was der Kripomann getan hatte.

»*Bloody hell*«, stieß Dominik baff aus. »Das hätte ich ihm jetzt nicht zugetraut.«

21

Wir waren die Liste durchgegangen, die Kevin uns über die Ermittler erstellt hatte, aber es gab keinen Ben. Was nichts bedeuten musste. Ben konnte genauso gut ein Tarnname sein – wie Bruno für Artjom Sokolow.

Gio hatte mich irgendwann genötigt, eine von Tonys Wunderpillen zu nehmen, damit ich zur Ruhe kam und ein paar Stunden Schlaf fand. Am nächsten Tag setzte er mich zwei Minuten vor elf vor dem Gebäude des Landeskriminalamtes ab.

»Soll ich nicht doch mitkommen?«, fragte er zum hundertsiebenundachtzigsten Mal.

»Nein.«

»Ruf mich an, sobald du fertig bist. Ich hole dich ab.«

»Ja.« Ich war angespannt bis in den letzten Winkel meines Körpers, hatte meinen alten Schutzwall wieder hochgezogen – gegen ihn und den Rest der Welt.

»Kirstin …«

»Was?«, fragte ich barsch, nachdem er nicht weitersprach.

Er seufzte unschlüssig. »Später. Ruf mich an, okay? Versprich es mir.«

Ich nickte, ohne ihn anzusehen, und stieg aus. Langsam wurde mir der hässliche Plattenbau mit den braun-orangefarbenen Fensterrahmen vertraut. Leiden konnte ich ihn trotzdem nicht. Ein Beamter führte mich in Hämmerlings Büro.

»Wo ist Ihr Kollege?«, fragte ich.

»Wen meinen Sie?«

»Herrn Willer.«

»Er ist in die Geschichte involviert, daher werde ich die Befragung gemeinsam mit einer Kollegin durchführen. Frau Nadhal haben Sie ja schon kennengelernt. Sie kommt gleich zu uns. Konnten Sie sich ein wenig erholen?«

Ich zuckte die Achseln.

Den Rest der Wartezeit verbrachten wir schweigend.

Frau Nadhal unterschied sich äußerlich nicht wesentlich vom letzten Mal: streng geflochtener Zopf, perfekt sitzender Anzug, dieses Mal statt in Schwarz in dezentem Blau. »Ich habe gute Nachrichten für Sie«, begrüßte sie mich gut gelaunt.

Ich erwiderte ihre Fröhlichkeit mit einem skeptischen Stirnrunzeln.

»Die Anzeige gegen Sie im Fall Zungulo wird vermutlich fallen gelassen.«

Nun war ich doch etwas erstaunt.

»Herr Zungulos Anwalt ließ mitteilen, dass er die Beschuldigungen gegen Sie zurückgenommen hat. Herr Zungulo hätte impulsiv aus Wut heraus gehandelt. Er hätte die Leute, die ihn überfallen haben, gar nicht genau erkannt, meint aber, es seien zwei Männer gewesen. Das ist leider im Moment alles, was ich weiß.«

Ich hatte immer noch nichts gesagt. Ich war sprachlos. Ich hätte erleichtert sein sollen. Aber woher war der plötzliche Sinneswandel gekommen? Hatte es etwas mit Sokolows Tod zu tun?

»Dann … ähm …« Hämmerling räusperte sich und schob ein paar Unterlagen auf seinem Schreibtisch von links nach rechts. Er schien ähnlich überrascht wie ich. »Kommen wir also zu letztem Montag.«

Ich berichtete den Beamten, was geschehen war, beschränkte mich bei den Verletzungen, die mir zugefügt worden waren, auf ein Minimum an Erklärungen. Zu meiner Erleichterung fragten die beiden nur wenig nach. Sie hatten von Tony einen ausführlichen Bericht bekommen.

»Als die beiden anderen draußen waren, schlug mich dieser Bruno nieder«, endete ich mit Willers Variante. »Ich verlor das

Bewusstsein. Das Nächste, woran ich mich erinnere, ist, dass Ihr Kollege da war.«

»Wo war er?«, hakte Hämmerling nach.

»Im Raum …« Ich kam ins Schleudern. Wir hatten keine Details besprochen. »Ich weiß nicht, irgendwo. Ich war benommen von der Tortur, die ich hinter mir hatte. Er kam zu mir. Vielleicht stand er auch schon bei mir …«

»Wer befand sich zu dem Zeitpunkt mit Ihnen im Raum?«

»Die drei Männer, sie lagen am Boden, Herr Willer … und ich.«

»Und den Mann, der geschossen hat, den haben Sie nicht gesehen?«

Ich erstickte das »Nein« nur knapp mit einem Räuspern. Ich wusste doch nichts von einem weiteren Mann! »War da noch einer?«

»Höchstwahrscheinlich, ja.« Hämmerling sah auf seine Notizen, die er sich während des Gesprächs gemacht hatte. »Sind Namen gefallen?«

»Die, die ich Ihnen genannt habe.«

»Würden Sie die Namen bitte noch einmal wiederholen?«

»Der Mann, der mich verletzt hat, nannte sich Bruno. Der, der mich festgehalten hat, war Jan, und der andere hieß Fabian.« Ben unterschlug ich.

»Und dieser Fabian, was hat er getan?«

»Er fuhr das Auto.«

»Bruno, Jan und Fabian. Ist sonst noch ein Name gefallen?«

»Ich weiß nicht … nein.«

»Was gab es in dem Raum? Einen Tisch, zwei Stühle …«

»Ja.«

»Was lag auf dem Tisch?«

»Da standen ein paar Plastikkanister.«

»Sonst noch etwas?«

Ich zuckte die Achseln.

»Frau Schwarz, bitte, gab es noch etwas in dem Raum?«

»Verflucht, die haben mich gefoltert! Denken Sie, da schau ich mich entspannt in der Gegend um?«, brüllte ich den Kommissar an. Ruhig bleiben, die Nerven behalten. Ich konnte es nicht.

»Frau Schwarz, ich verstehe ja …«

»Sie verstehen gar nichts! Sie … Sie …« Mir fehlten die Worte.

»Frau Schwarz …« Linda Nadhal war aufgestanden und um den Schreibtisch herum neben mich getreten. So wie Sokolow. Falsches, zuckersüßes Lächeln. »Bitte entschuldigen Sie. Wir wissen, dass das für Sie nicht leicht ist. Wir versuchen nur zu rekonstruieren, was sich in dem Haus abgespielt hat.«

»Sie haben doch alle Täter. Was wollen Sie denn noch mehr?«

»Beweise«, antwortete Hämmerling

»Was denn für Beweise?«

»Dass Ihre Geschichte stimmt.«

»Ich verstehe nicht …«

»Zwei der Täter haben ausgesagt, dass Sie freiwillig mitgekommen sind. Sie seien mit Herrn Sokolow verabredet gewesen. Bei dieser Verabredung mit Herrn Sokolow sei es zu einem Streit zwischen Ihnen beiden gekommen. Es sei wohl um eine größere Summe Geld gegangen.«

»Nein, das ist nicht wahr. Die haben mich entführt. Die haben mich gefoltert …« Verzweiflung machte sich in mir breit.

»Beweise, Frau Schwarz, was wir brauchen, sind Beweise.« Hämmerling musterte mich eindringlich.

»Aber wie soll ich denn … Ich kann Ihnen doch nur sagen, was geschehen ist …« Wusste er von der Kamera?

Ich rief Gio nicht an. Stattdessen lief ich zur nächsten Bahnstation und fuhr mit der U-Bahn nach Hause. Betäubt, ohnmächtig. Sie hatten alles verdreht. Ich fühlte mich zurückversetzt in meine Kindheit, wenn die Frau vom Jugendamt zu uns kam und meine Mutter alles schönredete. Das ungeschickte Kind, da sei ihrem Mann einmal die Hand ausgerutscht. Aber er würde es nicht wieder tun. Nein, ganz sicher nicht. Es seien gerade schwere Zeiten. Ach, und die Kleine hat ja so viel Fantasie …

Ich schleppte mich die Treppen hinauf, schloss die Tür zu meiner Wohnung auf und horchte ins Innere. Stille. Kalte, ablehnende Stille.

Die Wohnung war verwanzt, fiel mir ein. Egal, ich würde sowieso mit niemandem reden. Aus der Etage über mir erklang

Geschrei. Zwei Kinder, die sich stritten. Ich wollte in meine Wohnung gehen, aber ich schaffte es nicht. Eine unsichtbare Mauer war vor mir. Ich konnte sie nicht überwinden. Meine Beine verweigerten ihren Dienst. Keinen Millimeter hoben sich die Füße vom Boden.

Ich sah die Kommode in meinem Flur. Sie schien mir so fremd, als wäre ich ein unerwünschter Eindringling. Nicht einmal ein vertrauter Duft stieg mir in die Nase. Freudlos starrten die Räume mich an. Warum war ich hergekommen? Frustriert schlug ich gegen die Wand. Ich hatte nicht einmal mehr den Mut, durch diese verfluchte Tür zu gehen. Ich hatte kein Zuhause mehr.

Schritte hallten durchs Treppenhaus. Am Absatz verstummten sie. »Alles in Ordnung?«

»Nein.« Ich schüttelte kraftlos den Kopf. »Nein, gar nichts ist in Ordnung.« Ich schloss die Tür wieder und wandte mich zu David Willer um. »Was machen Sie hier?«

Er schaute ein wenig schuldbewusst aus seinem Sakko. »Ich bin Ihnen gefolgt.«

Ich hätte an die Decke gehen können, aber ich brachte nur ein mattes Stöhnen zustande. »Warum tun Sie das? Werde ich überwacht?«

»Ich wollte mit Ihnen reden. Ungestört. Ohne meine Kollegen.« Er machte eine kurze Pause. »Ohne Ihren Freund.« Er deutete auf die Tür hinter mir. »Können wir reingehen?«

»Nein.«

»Darf ich Sie dann irgendwo auf einen Kaffee einladen?«

Ich war so erschöpft, dass ich mich am liebsten einfach nur auf die nächste Treppenstufe gesetzt hätte.

»Was halten Sie von der Roten Kapelle? Ich spendiere Ihnen ein paar Tapas«, schlug Willer vor.

Die Rote Kapelle war ein spanisches Restaurant am Feuersee. Wenn ich flott lief, konnte ich in zehn Minuten dort sein. Momentan würde ich vermutlich mindestens doppelt so lange brauchen. »Zahlen Sie das Taxi?«

»Kirstin, die paar Schritte schaffen Sie.« Er bot mir aufmunternd seinen Arm. Ich lehnte ab und stieg neben ihm die Treppe hinunter.

»Rote Kapelle« war zu Zeiten des Zweiten Weltkrieges ein Sammelbegriff für Widerstandsgruppen gewesen, die im Verdacht standen, Kontakt zur Sowjetunion zu haben. Da Willer mir ständig unterstellte, Kontakt zu einem ehemaligen russischen Agenten zu haben, war es ein interessanter Ort, den er gewählt hatte. Allerdings war das Restaurant keine finstere Kneipe, sondern bot gepflegtes Ambiente mit breiter Fensterfront und Blick auf den Feuersee und die gewaltige Johanneskirche. Dem neugotischen Bau fehlte die Turmspitze: ein Mahnmal zur Erinnerung an die Zerstörungen während des Zweiten Weltkrieges. Imposant war der Bau immer noch – oder vielleicht gerade deswegen.

Es war früher Nachmittag und die Tische des Restaurants nur teilweise besetzt. Wir suchten einen Platz im hinteren Bereich, fernab der hohen Fenster. Ich sank auf den Stuhl und überließ Willer die Auswahl des Essens.

»Warum haben Sie mich nicht direkt in der Dienststelle abgefangen?«

»Wie schon gesagt, ich wollte ungestört mit Ihnen reden. Es ist nicht offiziell.«

»Was ist es dann?«

»Es ist …« Er stockte, als er meinen misstrauischen Blick bemerkte. »Es ist nicht das, was Sie … Nein … Sie können einen wirklich aus dem Konzept bringen. Es ist dienstlich, aber nicht offiziell.«

»Okay. Legen Sie los.«

Willer beugte sich ein Stück über den Tisch und senkte seine Stimme. »Es geht um den Überfall auf Salim. Sie sagten mir gestern, dass Sie Fabian auf dem Foto meines Kollegen erkannt hätten und dass er der Mann gewesen wäre, der Sie bei dem Überfall überrascht hätte.«

»Ja«, bestätigte ich.

»Sind Sie sich da ganz sicher?«

»Ja.«

»Und Sie haben gesehen, dass zwei andere Männer Salim zusammengeschlagen haben?«

»Ja.«

»Die haben Sie aber nicht erkannt?«

»Ja. Aber das steht doch alles im Protokoll meiner Aussage vom Überfall.«

»Nein, Sie haben damals ausgesagt, dass Sie niemanden erkannt haben.« Das Wort »niemanden« betonte Willer. »Warum?«

Ich hob die Schultern. »Angst.«

Der Kommissar hob zweifelnd die Augenbrauen. »Leider hilft uns das jetzt nicht weiter.«

»Warum ist meine Aussage so wichtig?«

Er zögerte mit seiner Antwort, ließ den Blick durch den Raum schweifen, bevor er sich wieder mir zuwandte. »Salim hat ausgesagt, dass Fabian einer der Männer war, die ihn zusammengeschlagen haben.«

»Das kann nicht sein. Er kam aus einer anderen Richtung, sonst hätte er mich doch nicht von hinten überfallen können.«

Ein bedauerndes Seufzen kam über seine Lippen. »Aber Sie haben gesagt, dass Sie ihn nicht erkannt haben.«

»Ich … verflucht.« In meinem Kopf bahnte sich schon wieder ein Chaos an. »Was bedeutet das?«

»Das überblicke ich im Moment leider selbst noch nicht.«

Die Getränke und die Tapas wurden serviert. Wir warteten, bis die Bedienung wieder gegangen war.

»Aber wie kommt Salim mit einem Mal auf Fabian?«, fragte ich.

»Der Staatsanwalt hat ihm Fotos von den Männern gezeigt, die Sie entführt hatten. Er war gestern bei ihm. Er möchte den Fall gern zum Abschluss bringen.«

»Zwei der Täter behaupten, dass es keine Entführung war.«

»Ich weiß.« Er musterte mich abschätzend. »Und Sie halten den eindeutigen Beweis in der Hand, dass die zwei lügen.«

»Ich habe die Kamera nicht.«

»Sie wissen aber, wer sie hat.« Willer zeigte auf die Teller vor uns und lächelte mir aufmunternd zu. »Vergessen wir eine Weile diesen Fall. Greifen Sie zu.«

Ich sah appetitlos auf das Essen. In meinem Magen war ein Knoten. Den Fall zum Abschluss bringen. Es war doch gar nichts abgeschlossen.

»Wir haben etwas gemeinsam, wissen Sie das?«, durchbrach Willer meine Grübeleien.

»Ach ja?«

»Westernreiten. Ich habe zwei Quarter-Horses.«

Es war ein Ablenkungsmanöver, durchschaubar, aber nicht wirkungslos. Statt an meine Aussage erinnerte ich mich umgehend an die Wohnungsdurchsuchung. Während ich in einer Zelle gesessen hatte und kurz davor gewesen war durchzudrehen, hatte er sich gemütlich meine privaten Fotos angesehen. »Sie wissen so viel über mich, und ich weiß nichts über Sie. Wer sind Sie eigentlich?«

»Wo soll ich anfangen?« Er schaute mit gespielter Verzweiflung drein. »Ich wurde vor fünfunddreißig Jahren in Freiburg geboren. Mein Vater war Soldat, meine Mutter arbeitete als Übersetzerin. Als ich neun Jahre alt war, beschloss sie, auf Entwicklungshilfe umzusteigen und nach Afrika zu gehen. Meine Eltern ließen sich scheiden, und ich verbrachte meine Jugend in einem Internat.«

»Das ist traurig.«

»Nein, es war eine gute Zeit. Ich hatte viel Spaß. Es war ein gutes Internat.«

»Warum sind Sie Polizist geworden?«

»Um die Welt zu retten.«

Ich warf ihm einen skeptischen Blick zu.

Er grinste. »Ehrlich. Ich wollte so ein richtig cooler Cop werden, der die Schwachen beschützt und den Gangstern die Stirn bietet.« Seine blauen Augen begannen zu strahlen. Dann lächelte er etwas verlegen. »Die Flausen, die man als junger Mensch so im Kopf hat.«

»Und was ist aus diesen Flausen geworden?«

»Bittere Realität. Es ist alles nicht so einfach, wie man es sich vorgestellt hat.« Er sagte es ohne Sentimentalität. Er schien noch immer von dem überzeugt, was er tat. Irgendwie machte ihn mir das sympathisch. Ich wollte nicht glauben, dass Dominik recht haben könnte.

Mein Blick fiel auf seine Hände. Er trug keinen Ring. »Leben Sie allein?«

»Ja.«

»Geschieden?«

»Fragen Sie mich gerade aus?« Willer lehnte sich zurück und tupfte mit der Serviette über seine Mundwinkel. Meine Neugier schien ihm nicht zu missfallen.

Ich zuckte die Achseln, schnappte mir die letzte Olive aus einer Schale und schob sie mir in den Mund.

Willer beobachtete mich lächelnd. »Keine Altlasten. Mir ist die richtige Frau einfach noch nicht über den Weg gelaufen.« Er schaute mir so direkt in die Augen, dass ich mich fast verschluckte. Ich wich seinem Blick aus.

»Was ist mit Ihnen? Ist das was Ernstes zwischen Ihnen und …« Er sprach Gios Namen nicht aus.

Was sollte ich ihm antworten? Etwas Ernstes? »Ja«, entgegnete ich zögernd.

Er erwiderte nichts, doch sein Blick schien zu sagen: Aber sicher bist du dir nicht.

»Sie kannten Fabian«, wechselte ich eilig das Thema.

»Bitte, was?«

Ich hatte ihn überrumpelt. »Sie kannten ihn.«

»Wie kommen Sie darauf?«

»Er hat Sie nicht erschossen.«

»Er hat gezögert. Das heißt nicht, dass er es nicht doch getan hätte.«

Vorbei war es mit dem seichten Geplänkel. Ich taxierte seine Augen. »Er war Ihr Kronzeuge.«

»Woher …?« Ihm verschlug es die Sprache.

War die Überraschung gespielt oder echt? Ich kannte ihn nicht gut genug. Ich grinste freudlos. »Gut geraten.«

Die Bedienung kam, um das Geschirr abzuräumen.

»Möchten Sie einen Espresso?«

»Nein.«

Willer bat um die Rechnung und wartete, bis wir wieder allein waren. »Kirstin, Sie sind mir ein Rätsel. Ständig tauchen Sie in diesem Fall auf, und ich verstehe Ihre Rolle einfach nicht. Wie sind Sie da reingeraten? Woher wissen Sie von Fabian? Warum kennen Sie Leute wie Wojcik?«

»Ich kenne Wojcik nicht.« Wojcik war nicht Dominik.

»Wie nennt er sich dann?«

»Müssen Sie nicht langsam wieder zum Dienst?«

»Kirstin …« Er beugte sich vor, griff über den Tisch nach meinen Händen. Er hielt sie entschlossen fest, als ich sie ihm entziehen wollte. Sein Blick ging direkt in mich hinein. »Ich erkläre Ihnen jetzt mal was, okay? Geben Sie mir diese Chance.«

Mein Herz schlug mir verschreckt bis zum Hals. »Okay … dann würde ich aber vielleicht doch noch einen Espresso nehmen.«

Willer gab meine Hände wieder frei, zahlte die Rechnung und bestellte die Getränke.

»Salim hat seine Aussage gemacht. Warum er Fabian beschuldigt, weiß ich nicht. Vermutlich sehen für ihn alle weißen Skins gleich aus. Ich bezweifle, dass er die Gerichtsverhandlung überhaupt erleben wird. Vermutlich hat man ihn vorher schon abgeschoben, und es ist zu teuer, ihn als Zeugen wieder einfliegen zu lassen.« Eine Mischung aus Verbitterung und Frustration sprach aus Willer.

»Aichroth ist tot. Der Mord könnte Sokolow in die Schuhe geschoben werden. Wie ich unseren Staatsanwalt einschätze, wird er ihn als Kopf der Bande zum Hauptschuldigen machen, van Basten und der andere Geselle werden als Mittäter vermutlich mit geringfügigen Haftstrafen davonkommen. Der Fall ist abgeschlossen.«

Ich starrte Willer ungläubig an. »Und was ist mit mir?«

»Sie haben damals ausgesagt, dass Sie niemanden erkannt haben. Selbst wenn Sie Ihre Aussage jetzt ändern, sind Sie als Zeugin völlig unglaubhaft.«

»Aber ich wurde entführt!«

»Wurden Sie das? Der Täter ist tot. Was Fabian aussagen wird, ist ungewiss. Beweisen Sie mal, dass van Basten Ihnen Gewalt angetan hat. Aussage gegen Aussage. Van Basten wird sich einen guten Anwalt nehmen, und man wird Ihr Leben auseinanderpflücken. Ihre Ängste, Ihre Neurosen, Ihre Kontakte zu zwielichtigen Personen, der Spionageverdacht. Sie sind keine glaubhafte Zeugin.«

Mir war, als stürzte ich in einen Abgrund.

»Ihr Freund hat den einzigen Beweis mitgehen lassen.«

»Er ist nicht mein Freund«, entgegnete ich schwach. Nach der Aussage des Junkiemädchens brauchte ich gar nicht zu fragen. Sie war mindestens so unglaubwürdig wie ich.

»Was ist mit Djadi?«

»Er weiß nicht, wer der Boss der Bande ist, und sein Peiniger ist tot. Wen interessiert dieser Junge?«

»Mich!«, entgegnete ich erbost.

»Warum?« Seine Augen hafteten fragend an mir, während wir warteten, bis die Kellnerin den Espresso serviert hatte. »Warum?«, wiederholte er seine Frage.

Ich blies in die Tasse, trank den bitteren Schluck auf Ex. »Warum erzählen Sie mir das alles?«

»Warum beantworten Sie meine Frage nicht?«

»Weil ich nicht weiß, auf welcher Seite Sie stehen.« Ich schob meinen Stuhl zurück.

Er sprang auf, verstellte mir den Weg. Ich wich zurück, stolperte rücklings. Er packte meinen Arm, verhinderte, dass ich fiel. Er stand viel zu dicht vor mir. »Vermutlich auf Ihrer. Ganz sicher bin ich mir aber nicht.«

Sokolow hatte Fabian angeschossen, nicht Willer. Ich konnte seinen Blick nicht deuten. Ich befreite meinen Arm und drängte an ihm vorbei.

+++

»*Ciao.*« Gio saß im Wohnzimmer am Esstisch. Dominik war bei ihm. Er hatte Gios Laptop vor sich, daneben entdeckte ich meine Notizen vom Vortrag.

»Was soll das?«, ging ich Dominik sofort an. Ich war noch immer aufgewühlt und suchte ein Ventil.

»Ich war neugierig.« Er zeigte nicht die Spur von schlechtem Gewissen. »Du willst einen Virus programmieren, wenn ich das richtig interpretiere.«

»Du hast kein Recht, einfach an den Rechner zu gehen!«

»Es ist mein Laptop, ich habe es ihm erlaubt«, wies Gio mich zurecht. Er stand auf. »Wir müssen reden.« Er schob mich aus dem

Zimmer, schloss die Tür, dirigierte mich in die Küche und schloss auch da die Tür hinter sich. Er blieb mit verschränkten Armen vor mir stehen. »Warum hast du mich nicht angerufen? Sollte das eine billige Retourkutsche für gestern sein?«

»Nein.« Vielleicht … unbewusst. Ich war mir nicht sicher.

»Kirstin, so funktioniert das mit uns nicht.« Er wartete auf eine Reaktion.

Ich hatte keinen Nerv für diese Diskussion.

Er ließ die Arme sinken, kam einen Schritt auf mich zu. »Ich weiß, dass du Fürchterliches durchgemacht hast, aber ich kann dir nicht helfen, wenn du dich wieder in deinem Panzer versteckst.«

»Ich brauche keine Hilfe.«

Sein Blick wanderte zur Decke, blieb dort hängen, und ich fragte mich, ob er den Himmel um Geduld anflehte.

»War es das?«, fragte ich abweisend.

Er sah wieder zu mir. »Ich hoffe nicht.« Die Enttäuschung über meine Abwehr stand so deutlich in seinem Gesicht, dass ich es nicht ertrug. Ich wandte mich ab, nahm ein Glas aus dem Schrank und füllte es mit Wasser. Ich wollte die Zeit zurückdrehen, nur drei Tage, ich wollte wieder in seinen Armen liegen, mich sicher und geborgen fühlen. Ich trank einen Schluck Wasser.

»Die verdrehen alles. Die denken, dass ich freiwillig dort war, dass ich mit den perversen Schweinen unter einer Decke stecke.«

»Wer denkt das?«

»Der verfluchte Hämmerling. Und dieser Scheißstaatsanwalt will den Fall abschließen. Dem geht es nur um seine beschissene Erfolgsbilanz. Den interessieren die Opfer doch gar nicht. Dieses Arschloch, dieses …«

»Kirstin, könntest du bitte mal deine Kinderstube vergessen und dich ein wenig gemäßigter ausdrücken?«

»Was?« Verwirrt sah ich zu ihm.

Ein entschuldigendes Lächeln huschte flüchtig über sein Gesicht. »Ich wollte nur, dass du aufhörst zu fluchen.« Er setzte sich an den Tisch und deutete mit einladender Geste auf die Bank. »Und jetzt erzähl mir bitte, was du in den letzten Stunden getrieben hast.«

Ich berichtete Gio von der Vernehmung und dem anschließenden Treffen mit Willer. Sein Blick verfinsterte sich zunehmend. Als ich geendet hatte, beschlich mich das Gefühl, eine schwarze Wolke wäre in die Küche getrieben und hing tief und schwer über uns. Es war eine Frage der Zeit, bis sich das Unwetter entlud. Eine Weile sagte keiner von uns ein Wort.

Schließlich strich Gio sich durch die Haare, seufzte unentschlossen und ließ die Arme wieder fallen. »Was ist das mit dir und Willer?«, fragte er leise.

Ich zuckte verständnislos die Achseln. »Nichts.«

Ich las in seinen Augen, dass er mir diese Antwort nicht abnahm.

»Lass dich nicht von deinen Gefühlen täuschen.« Er rieb sich über den Nacken.

Ich sah zur Decke, suchte diese verfluchte Wolke, die sich endlich entladen sollte. Die Spannung zwischen uns zerrte an meinen Kräften. Schließlich stand er auf, ging zur Tür, überlegte es sich anders und bereitete sich einen Espresso.

Mir war, als würde ich ihm durch eine Scheibe zuschauen. Obwohl er den Kaffeeautomaten betätigte, hörte ich das Mahlen, Brühen und Zischen nicht. Seine Bewegungen verliefen geräuschlos, drangen nicht zu mir durch. Er war so weit weg. Wieder stieg diese seltsame Traurigkeit in mir auf, die ich schon am Tag zuvor gespürt hatte. Ich kämpfte gegen das schlechte Gefühl, versuchte mich irgendwie abzulenken. Raus aus diesem emotionalen Chaos.

»Es gibt eine gute Nachricht«, fiel mir ein. »Die Nadhal hat gesagt, dass Zungulo die Anschuldigungen gegen mich zurückgenommen hat.« Ich erzählte es so unaufgeregt, als hätte ich ihm berichtet, dass ich beim Bäcker zwei Brötchen gekauft hatte. Die Erleichterung, die ich empfinden sollte, blieb immer noch aus.

Gio sah von der Maschine zur mir. »Gut.«

Er schien wenig überrascht. Ein mulmiges Gefühl kroch mir in den Nacken. »Hast du etwas damit zu tun?«

»Nein.«

»*We just had a little chat*«, kam es von der Tür.

Ich fuhr herum. »Wie lange stehst du da schon?«

»*One second. No reason to kill me.*«

»Warum sprichst du ständig englisch, wenn du eigentlich Pole bist?«, fauchte ich ihn zornig an. Wut. Wut war gut. Sie war besser, als diese Traurigkeit, dieses Vakuum, dieses unbestimmte Nichtfühlen.

»Englisch ist neutral. Es erinnert mich nicht daran, wer ich war.« Er sagte es nicht laut, nicht leise, nicht hart, aber sein Blick war einen Moment lang eisig geworden. Ich fragte mich, ob er diese Kälte gegen sich selbst oder mich gerichtet hatte. Er setzte sich zu mir.

»Wir werden dein Programm verbessern. Wir versuchen, die Rechner der Kunden nach Kontodaten auszuspionieren. Irgendwie müssen sie für die Leistungen bezahlen. Und irgendjemand muss der Empfänger des Geldes sein. Sicher kein direkter Zahlungsweg, aber es könnte uns der Bande näherbringen. Wir verpacken den Virus nicht in die Bilder, sondern er wird sich automatisch beim Login auf den Webserver an den Sender übertragen. So kommen wir vielleicht auch an die Drahtzieher.«

Es fiel mir schwer, mich auf seine Worte zu konzentrieren. Sein Plan war wesentlich besser als meiner, weiter gedacht. Er würde uns mehr Informationen liefern. Dennoch kämpfte ich mit mir. Seit ich wusste, wer er tatsächlich war, was er getan hatte, befand ich mich in einem Dilemma: Ich mochte ihn, wie ich ihn kennengelernt hatte, aber ich hasste ihn für das, was er gewesen war.

»*Well, listen …*« Er schien meinen inneren Kampf zu bemerken. »Ich weiß, dass das, was ich getan habe, unverzeihlich ist. Auch das, was ich dir angetan habe, hätte ich nicht tun dürfen. Es war der falsche Weg.« Er wartete, bis die Worte bei mir ankamen, bevor er fortfuhr: »Lass uns diese Sache gemeinsam zu Ende bringen. Ich werde mich an die Regeln der Organisation halten.« Er sah mir fest in die Augen. »Und ich verspreche dir, dass du mich danach nie wiedersehen wirst.«

Ihn nie wiedersehen. War es das, was ich wollte? Ich sah hilfesuchend zu Gio. Er konzentrierte sich auf seinen Espresso.

»Der Staatsanwalt will den Fall abschließen«, erwiderte ich statt eines konkreten »Okay«.

Dominik verzog ärgerlich das Gesicht. »Den Fall abschließen? *That sucks!*«

»Bin ich hier nur von Proleten umgeben?«, beschwerte sich Gio.

»Was ist das für ein *fucking* Staatsanwalt?«

Gio nahm sein Smartphone. »Kevin, wer ist der leitende Staatsanwalt in unserem Fall?« Er lauschte eine Weile wartend in den Apparat. »Ja?« … »Noch mal, bitte.« … »Danke, *ciao*.«

»Und?«, fragte ich.

Gio schien noch immer verblüfft, als er von seinem Apparat zu uns sah. »Der leitende Staatsanwalt sowohl im Fall Djadi Chabab als auch Salim Chabab heißt Benedict Fischer.«

Die Information legte sich lähmend über uns. Konnte das tatsächlich sein? Staatsanwalt Benedict Fischer. War er Ben? Der Kopf eines Kinderpornorings? Er ist so ein korrekter Mensch, hatte Sokolow gespottet.

»Er muss es nicht sein«, mahnte Gio vor einer vorschnellen Verurteilung.

»Wir suchen nach einer undichten Stelle im System. Und wer hat besseren Zugang zu den Ermittlungsakten als der Staatsanwalt persönlich?«, widersprach ich.

»Wir müssen ihn auf jeden Fall überprüfen«, stimmte Dominik mir zu. »Wie sieht's aus? Lust auf einen kleinen Ausflug in die Tiefen des World Wide Web?«

»Ich …« Mit ihm zusammenarbeiten? Konnte ich das? Wollte ich das noch? Ich suchte einen Fluchtweg. »Wir müssen David einweihen.«

Gio sah mich unwillig an. »Warum?«

»Wenn er dem Staatsanwalt berichtet, dass Fabian als Kronzeuge aussagen wollte, was denkst du, was er tun wird? Er räumt ihn aus dem Weg!«

Er dachte über meine Befürchtungen nach und schüttelte schließlich den Kopf. »Du kannst nicht einfach zu Willer gehen, und ihm sagen: ›Hey, verhafte mal den Staatsanwalt, er ist vermutlich der Boss eines Kinderpornorings.‹ Abgesehen davon wissen wir nicht, ob tatsächlich was dran ist, und wenn ja, ob Willer bei ihm nicht auf der Gehaltsliste steht.«

Ich schnaufte ärgerlich. »Aber je länger wir zögern, desto mehr Zeit hat er, Beweise verschwinden zu lassen.«

»Wenn wir den falschen Leuten vertrauen, war alles umsonst. Davon hat niemand etwas.«

»Gio hat recht. Wir wissen zu wenig. Lass uns sehen, was wir über Fischer herausfinden können«, versuchte Dominik zu vermitteln.

Ich starrte die Männer fassungslos an. Sie riskierten Fabians Leben.

»Keine Schnellschüsse, Kirstin.« Gio sah mich eindringlich an: »Ich werde mich mit Kevin treffen und ein paar Kontakte anzapfen. Du hast die Wahl: Entweder du bleibst hier sitzen und schmollst, oder du hilfst Dominik.«

Ohne eine Antwort abzuwarten, verließ er die Küche. Ich starrte ihm wutbebend hinterher.

»*Well* …« Dominik lehnte sich zurück und verschränkte die Arme. »Kriegen wir das hin, oder versuchst du weiterhin, mich mit deinem Blick zu töten?«

Ich schob trotzig das Kinn vor. »Lass uns loslegen.«

Benedict Fischer war fünfundfünfzig Jahre alt, in zweiter Ehe verheiratet, er hatte zwei Töchter, neun und elf Jahre alt, und arbeitete seit gut zwanzig Jahren sehr erfolgreich als Staatsanwalt in Stuttgart. Er lebte in einer schicken Villa hinter einer mit Hecken bepflanzten Natursteinmauer in der Richard-Wagner-Straße, unweit des Staatsministeriums, und besaß ein Ferienhaus am Lago Maggiore.

Er engagierte sich für wohltätige Zwecke, sowohl seine erste Frau Michelle als auch die zweite Frau Theresia waren Mitglieder in mehreren gemeinnützigen Organisationen. Im Kollegenkreis galt Fischer als erfolgreich und unbestechlich. Es gab keine Skandale. Abgesehen von seiner Scheidung schwebte nicht der Hauch des Unredlichen über ihm.

Ich war frustriert. Es war nach Mitternacht, und mehr als diese allgemeinen, unnützen Informationen hatten wir bisher nicht über Fischer gefunden.

»Das kann einfach nicht sein.« Nervös lief ich im Wohnzimmer auf und ab. Die Müdigkeit steckte mir in den Knochen, das Denken funktionierte nur noch mühsam, und mein Körper schmerzte noch immer von den Strapazen meiner Entführung. »Was machst du da schon wieder?«

Dominiks Finger flogen unaufhörlich über die Tastatur.

»Ich hab mich auf einen Server der Staatsanwaltschaft eingehackt. Mal sehen, welche Fälle Fischer in den letzten Jahren bearbeitet hat. Vielleicht finden wir da eine Spur. Irgendeinen schmutzigen Deal, *whatsoever.*«

»Du hast dich mal eben …?« Natürlich, er war Dominik. Er war Pawel. Er war ein Agent. Ein Exagent.

»Ich hasse dieses juristische Geschwafel. Seitenweise bla, bla, bla«, kam es genervt vom Laptop.

Ich sah auf das Dokument, das Dominik gerade geöffnet hatte. »Fischer beschäftigt sich nicht mit simplen Ladendiebstählen.«

»Wenn ich das richtig verstehe, geht es um eine Menschenhändlerbande. Lies es dir bitte durch. Ich schau, was ich noch finde.«

Wir vergruben uns in juristische Aktenberge.

Gio kehrte um vier Uhr morgens zurück. Dominik und ich hatten Unmengen Dokumente überflogen. Mein Kopf schmerzte von der Leserei. Fischer schien jemand zu sein, der gründlich arbeitete und Fälle so wasserdicht vor Gericht brachte, dass die Angeklagten in der Regel auch verurteilt wurden. Es gab kaum Fälle, die er verloren hatte – zumindest nicht, soweit wir das bisher überblicken konnten.

Gio ließ sich müde auf einen Stuhl am Tisch fallen. »Die Wohnungen von Hammerschmid, van Basten und Cojocar wurden von der Polizei durchsucht«, berichtete er. »Bei Hammerschmid hat man nichts gefunden. Bei Cojocar und van Basten wurde pornografisches Material sichergestellt, das noch ausgewertet werden muss. Von Sokolow weiß niemand, wo er wohnte.«

»Wer ist Cojocar?«, fragte ich.

»Ionel Cojocar. Er war der vierte Mann, der bei deiner Entführung dabei war.« Gio wandte sich Dominik zu. »Weißt du, wo Sokolow wohnte?«

Dominik lachte bitter. »Wenn ich das gewusst hätte, hätte ich ihn dort besucht.«

»Wie sieht es bei euch aus?«

»Wir haben uns die Fälle angesehen, mit denen Fischer in den letzten Jahren befasst war«, erklärte ich. »Warte mal ...« Ich rieb mir über die müden Schläfen. »Wie war der Name von dem dritten Mann?«

»Ionel Cojocar. Er ist Rumäne.«

»Cojocar ... Da war was ... Den Namen habe ich vorhin gelesen ...« Ich starrte ratlos auf den Monitor. Ich hatte mir keine Notizen gemacht. Verflucht, in welchem der tausend Dokumente hatte ich den Namen gelesen?

»*Let me see*«, bot Dominik Hilfe an. Er startete ein Suchprogramm, wenig später drehte er den Monitor in meine Richtung. Mehrere Dokumente waren geöffnet. Ich überflog sie erneut.

»Das war vor drei Jahren. Cojocar war Mitglied einer Schlepperbande, die junge Frauen aus Tschechien und Rumänien an deutsche Bordelle lieferte. Er legte ein Geständnis ab und arbeitete mit der Staatsanwaltschaft zusammen, sodass die anderen Bandenmitglieder verhaftet und verurteilt werden konnten. Er selbst kam mit einer Bewährungsstrafe davon. Da haben wir einen Berührungspunkt.«

Gio hob skeptisch einen Mundwinkel. »Denkst du, dass Fischer ihn abgeworben und umgeschult hat, statt junge Frauen kleine Jungs zu besorgen?«

»Warum nicht?«

Gio verschränkte die Hände hinter dem Kopf. »Ja, warum eigentlich nicht? Dummerweise ist das nur eine simple Vermutung, Weniger noch ...« Er ließ die Arme wieder sinken. »Kevin sagt, dass sowohl Cojocar als auch van Basten ausgesagt haben, du seist freiwillig mitgekommen. Du und Sokolow wärt verabredet gewesen, und sie hätten quasi nur den Fahrdienst übernommen. Es gibt kein belastendes Material gegen Cojocar, sodass er vermutlich spätestens morgen aus der U-Haft entlassen wird. Gegen van Basten konnte zumindest Willer aussagen, dass der ihn bedroht und ihm seine Waffe abgenommen hätte.«

»Was ist mit Fabian? Er weiß, dass es eine Entführung war. Er hat gesehen, was die mit mir gemacht haben.« Ich war zu erschöpft, um die Angst in meiner Stimme zu unterdrücken.

Gio sah mich mit Bedauern an. »Wir müssen der Polizei den Film geben. Er beweist, dass du nicht freiwillig mitgegangen bist.«

Die Aufnahme. Ich starrte auf die Tischplatte. Unwillkürlich kratzte ich wieder über meine Unterarme. Gio nahm meine Hände. »Wir müssen das nicht sofort entscheiden.«

22

Ich konnte nicht schlafen. Die wenigen Stunden, die ich wegdämmerte, brachten mich zurück in das Haus auf der Schwäbischen Alb. Zurück zu Sokolow und van Basten. Zurück zu meiner Hilflosigkeit und den unerträglichen Ängsten. Statt Wasser schütteten sie Benzin über mich und zündeten mich an. Schweißgebadet schreckte ich hoch. Ich wagte nicht, die Augen noch einmal zu schließen. Vorsichtig stahl ich mich aus dem Bett und schlich in die Küche.

Ich bereitete mir einen Cappuccino und blickte stumpf aus dem Fenster. Die Wolken hingen tief und verdeckten die Sicht auf die Weinberge. Die Welt versank in Grau. Der Wind wehte ein paar verwelkte Blätter durch die Luft. Vorboten eines Herbststurmes. Ich umklammerte mit kalten Fingern die heiße Tasse.

Diese Bande hatte versucht, mich fertig zu machen. Aber ich würde mich nicht fertig machen lassen. Du bist eine Kämpferin, hatte Dominik gesagt. Ich würde kämpfen! Ich würde diesen Leuten das Handwerk legen. Langsam wichen die Ängste in den Hintergrund. Ich musste mit Fabian sprechen. Ich musste wissen, ob er bereit war, gegen die Bande auszusagen.

»*Buon giorno, amore mio*«, drang Gios Stimme in meine Grübeleien. Er kam in die Küche, trat hinter mich und legte die Arme um meine Schultern. »Wenn ich nur wüsste, wie ich dir helfen kann«, flüsterte er in meinen Nacken.

»Weißt du, wie es Fabian geht?«

Gio zuckte zusammen. Er hatte nicht über den Fall reden wollen. Er hatte über uns reden wollen. Er löste seine Umarmung und ging zum Kaffeeautomaten. »Tony hat mit dem behandelnden Arzt gesprochen. Er kommt durch, aber er wird nicht mehr laufen können. Die Kugel hat seine Wirbelsäule schwer verletzt.«

Ein Leben im Rollstuhl. Er war wehrlos. Würde er noch den Mut haben auszusagen? Ich wandte mich Gio zu. »Du hast gesagt, in Fabians Wohnung wurde nichts gefunden … Wenn er aber aussteigen und gegen die Bande aussagen wollte, dann muss er doch Beweise haben. Er muss sich irgendwie absichern. Die drehen einem doch sonst das Wort im Mund um.«

»Gut möglich.« Er strich sich über den Nacken. Dunkle Schatten hingen unter seinen Augen.

»Wo könnte er diese Beweise aufbewahren?«, stellte ich mir selbst die Frage. Als Erstes kam mir ein Schließfach in den Sinn. Aber das erschien mir zu altbacken. »Auf einem Rechner?«

»Privater PC? Nein, zu unsicher«, befand Gio. »Außerdem hat die Polizei ja angeblich nichts bei ihm gefunden.«

»Oder Fischer hat die Beweise bereits zur Seite geschafft«, schnaufte ich frustriert. Ich war mir sicher, dass er Ben war. Wir hätten schon längst etwas tun müssen. Irgendetwas.

»Wenn er Beweise hat, dann wird er sie an einem Ort aufbewahren, der unauffällig, aber für ihn leicht zugänglich ist«, überlegte Gio. »An einem Ort, der ihm vertraut ist, der aber auch einigermaßen sicher vor zufälliger Entdeckung ist.«

Ein sicherer Ort. Die Firma, für die er gearbeitet hat. Die Will Meyer GmbH.

Ich brauchte bis zum Abend, um auf einem der Meyer-Rechner eine Liste zu finden, die von Fabian Hammerschmid erstellt worden war und anscheinend verschlüsselte Informationen enthielt. Es war eine simple Worddatei, die aus einer ganzen Reihe von Zahlen- und Buchstabenkombinationen bestand. Auf den ersten Blick sahen sie aus wie unzählige IBAN-Nummern, aber es waren keine Bankdaten.

Ich saß vor dem Laptop im Wohnzimmer und versuchte, das Rätsel zu entschlüsseln. Meine Augen tränten vor Müdigkeit und Überanstrengung.

Zwei Buchstaben, Leerzeichen, eine Mischung aus Buchstaben und Zahlen, Leerzeichen, Buchstabe Punkt Buchstabe Punkt, Leerzeichen, sechs Zahlen.

Die letzten sechs Zeichen identifizierte ich als Datum. Das war zumindest mal ein Anfang.

Ich kopierte die Zeichenreihen aus der Worddatei in eine Exceltabelle, splittete die Kombinationen in einzelne Zellen auf. Die Zeichen verschwammen vor meinen Augen. Ich rieb mir kräftig über das Gesicht, um mein Gehirn zur Weiterarbeit zu überreden.

Gio stellte einen Teller Bruschette auf den Tisch. Er zog sich einen Stuhl zurück und setzte sich neben mich.

»Die ersten zwei Buchstaben wiederholen sich immer mal wieder«, stellte er fest. »Wir haben WH, LM, SB und BU.«

Ich verfolgte seinen Finger, der über den Monitor glitt. »Was auch immer das bedeuten soll.«

»Was haben wir als Nächstes?« Gio nahm mir die Maus aus der Hand, scrollte durch die Liste. »Buchstaben und Zahlen, das sieht …«

Ein Klingeln unterbrach ihn. Er ging zum Telefon. Es war Mehmet, sein Mitarbeiter, der die Nachtschicht übernommen hatte.

»Dein Freund Willer steht unten.« Gio sah mich fragend an. »Willst du mit ihm sprechen?«

Eigentlich nicht. Aber ich wollte mich nicht verstecken. Und mir gefiel nicht, wie Gio ihn angekündigt hatte. »Vielleicht hat er ja mal gute Nachrichten?«

Ich schob die Unterlagen zusammen, legte zwei Zeitungen über den Papierstapel und klappte den Laptop zu.

Gio wandte sich dem Telefon wieder zu. »Schick ihn rauf.«

Wenig später stand uns David im Flur gegenüber.

»Herr Paradi.« Er nickte grüßend und sah zu mir. »Hallo, Kirstin …« Er rieb unwohl die Hände ineinander. »Ich … ich habe schlechte … ich habe eine traurige Nachricht. Ich wollte es Ihnen persönlich sagen, bevor Sie es …« Er verstummte unbeholfen.

Fabian, schoss es mir durch den Kopf, sie hatten ihn umgebracht. Innerlich begann ich bereits, Gio und Dominik zu verfluchen.

»Es geht um Salim.«

Salim? »Was ist mit ihm? Wird er abgeschoben?«

Willer schüttelte den Kopf. »Kirstin ... Salim ist tot.«

»Was?« Ich klammerte mich an die Kommode.

»Er starb vor wenigen Stunden im Krankenhaus.«

»Nein!«

»Es gab Komplikationen ... Er hatte Hirnblutungen. Die Ärzte konnten ihm nicht mehr helfen.«

»Nein!« Ich sah den schmächtigen Jungen in dem riesigen Krankenbett vor mir liegen. Ich hatte ihm versprochen, ihn wieder zu besuchen. Ich hatte ihm versprochen, seinen Bruder zu finden. Ich wollte ihm doch helfen! »Sie haben gesagt, Sie passen auf ihn auf.«

»Kirstin.« Gio legte eine Hand auf meine Schulter. »Er hatte eine Hirnblutung. Nach einem Schädeltrauma kann es zu solchen Komplikationen kommen.«

»Nein! Man hat ihm eine Aussage in den Mund gelegt, und jetzt ist er tot. Die haben ihn ...« Gio zog meinen Kopf fest an seine Brust, erstickte jedes Wort. »Pscht, *bella mia*. Salim ist an seinen Verletzungen gestorben. So etwas passiert.«

Ich biss die Zähne zusammen, kämpfte gegen die aufsteigenden Tränen.

»Kann ich irgendetwas tun?«, fragte Willer.

»Ziehen Sie einfach die Tür hinter sich zu.« Gio hielt mich fest. Ich weinte stumm an seiner Schulter. Salim war tot. Er war gestorben, allein in einem Krankenhaus, in einem fremden Land, ohne seine Familie, in der Ungewissheit, was mit seinem Bruder geschehen war.

Gio strich tröstend über meinen Rücken. Als ich etwas ruhiger war, fasste er meine Schultern und schob mich auf Armeslänge von sich weg. »Sag mal, spinnst du?« Er fragte es mit aller Seelenruhe, aber er hätte mir auch genauso gut eine Ohrfeige verpassen können.

»Was?«

»Was denkst du, warum der Willer hergekommen ist und es dir persönlich gesagt hat? Er wollte sehen, wie du reagierst. Und du hast nichts Besseres zu tun, als sofort wieder irgendwelche Verdächtigungen in den Raum zu werfen!«

»Salim ist tot! Die haben ihn umgebracht!«

»Das wissen wir nicht.«

»Die haben ihn umgebracht!« Ich schüttelte seine Hände ab und drehte mich um.

»Wo willst du hin?«

»Ich brauche frische Luft.«

»Nicht allein.« Er nahm Schulterhalfter und Pistole aus einem Schrank.

Ich beobachtete ihn verstört. »Was wird das?«

»Personenschutz.« Er reichte mir einen Piepser mit GPS-Sender, verdrahtete sich und schickte einen Funkspruch an Mehmet.

23

Die frische Luft half nicht. Ich kam nicht zur Ruhe. Ich fühlte mich schuldig. Hatte ich genug getan, um Djadi zu finden? Hatte ich genug getan, um Salim zu schützen? Er hatte es soweit geschafft, seinem kleinen Bruder zu folgen. Und hier schlugen diese verfluchten Schweine ihn einfach tot. Ich wälzte mich im Bett hin und her und fand keinen Schlaf. Irgendwann schaltete Gio das Licht ein.

»Du nimmst jetzt eine von den Tabletten, die Tony dir mitgegeben hat.«

»Nein.«

»Dein Gehirn braucht Erholung, Kirstin. Es braucht Schlaf. Schlafentzug ist eine Foltermethode, weißt du das?«

»Ich nehme keine Tabletten.« Ich heftete den Blick an die Zimmerdecke. Punkte tanzten vor meinen Augen. Nicht nur, dass die Wut und die Schuldgefühle mich wachhielten, ich hatte Angst vor den Träumen, die kommen würden. Gio ließ das Licht brennen. Eine Weile lagen wir stumm nebeneinander und lauschten unserem eigenen Atem.

»Was machst du, wenn du nicht mehr weiterweißt?«, fragte ich irgendwann in die Stille.

»Ich rede mit meinem Vater.«

»Ich habe keinen Vater.«

»Willst du meinen anrufen? Er ist ein ziemlich kluger Mann.«

Ich drehte den Kopf zu ihm. Er meinte es ernst. Meine Augen wurden schon wieder glasig.

»Komm her.« Er zog mich in seine Arme. »Es ist nicht deine Schuld.«

+++

Ich erwachte am späten Vormittag. Ein unangenehmer Druck lag auf meiner Brust. Obwohl der Tag durch die Vorhänge schimmerte, wurde es nicht hell um mich herum. Ich musste mich zwingen aufzustehen. Ich ging ins Bad, wusch mich, aber die Finsternis in mir blieb. Ich schlich durch die Wohnung, fand Gio im Wohnzimmer. Er saß an seinem Laptop.

»Hey, geht's dir ein bisschen besser?«

Ich deutete ein unbestimmtes Schulterzucken an. Er streckte mir seine Hand entgegen und zog mich auf seinen Schoß. »Schau mal. Die ersten zwei Buchstaben wiederholen sich. Das hatten wir ja bereits festgestellt.«

Ich blickte auf die Liste auf dem Bildschirm:

SB DSC022376 F.A. 130814 *
SB DSC000022 T.B. 030914
SB PANA88893 T.B. 080914 *
SB IMG23887 V.B. 170914

Gio fuhr mit dem Mauszeiger über die zweite Spalte. »Das sind vermutlich automatisch erstellte Dateinamen von verschiedenen Digitalkameras. Die Buchstabenkürzel in der Mitte – keine Ahnung, vielleicht ein Kürzel für einen Ort oder einen Namen. Zum Schluss das Datum. Wahrscheinlich das Aufnahmedatum. Nicht alle haben Sternchen. Eine Fußnote dazu habe ich leider nicht gefunden.«

Langsam wich die Dunkelheit, die sich auf meine Seele gelegt hatte, ein wenig. Die Schwärze wurde etwas heller, vielleicht ein mittleres Grau?

»Ich dachte, die Dateinamen könnten von Bildern sein, die auf der ›pict.to‹ hinterlegt sind«, fuhr Gio fort. »Dominik hat das geprüft. Leider Fehlanzeige.«

Ich sah mich um. »Wo ist er?«

»Er wollte sich Fischers Haus ansehen. Er glaubt mir nicht, dass man da nicht so einfach reinkommt. Das Haus wird von einem Sicherheitsunternehmen bewacht und ist alarmgesichert. Als Staatsanwalt, der gegen das organisierte Verbrechen ermittelt, gehört er zu den gefährdeten Personen.«

»Was für eine Farce.«

»Wenn er tatsächlich zu der Bande gehört, ja.«

»Es könnten Bilder von Täter und Opfer sein«, überlegte ich, während wir beim Frühstück saßen. Das Koffein brachte mein Gehirn allmählich auf Betriebstemperatur und drängte die Depression zurück. »Dominik hat gesagt, dass Sokolow sein Wissen nutzte, um Personen zu erpressen. Um jemanden zu erpressen, braucht man ein Druckmittel. Beweisfotos.«

»Ist die Frage, wo diese Fotos sind. Niemand weiß anscheinend, wo Sokolow lebte.«

»Vielleicht hat Fabian Kopien von den Bildern erstellt?«

Gio kniff abschätzend die Augen zusammen. »Du hast schon wieder etwas vor.«

»Ich muss mit Fabian sprechen.«

»Was auch sonst?«

»Er kann uns helfen. Er hat die Liste erstellt. Er kann uns sagen, wo wir diese Bilder finden können.«

»Glaubst du wirklich, dass er dir irgendetwas verraten wird?«

»Er wollte aussteigen. Er hat versucht, mir zu helfen, als die mich entführt hatten. Ich muss mit ihm reden.« Mir wollte bereits wieder der Geduldsfaden reißen. »Gio, bitte, jede Minute, die verstreicht, gibt der Bande Zeit, ihre Spuren zu verwischen.«

»Fabian liegt auf der Intensivstation. Sein Zimmer wird bewacht. Die werden dich nicht zu ihm lassen.«

»Dann gebe ich mich eben bei der Krankenschwester als Fabians Verlobte aus. Angehörige dürfen auf der Intensivstation zu den Patienten.«

»Warte mal …« Gio nahm sein Mobiltelefon.

»Wen rufst du an?«

»Kevin.« Er wandte sich von mir ab, während er auf seinen Gesprächspartner wartete. »*Ciao*, sag mal, Fabian hat eine Schwester, oder?«

Ich spitzte die Ohren und lauschte ungeduldig. Glücklicherweise war das Gespräch kurz.

»Fabian hat eine Schwester, Karla, sie lebt irgendwo in Südschweden. Wenn nicht gerade Willer oder Hämmerling in der Klinik sind, besteht die geringe Chance, dass du kurz zu ihm kannst, ohne dass die beiden es sofort erfahren.«

Ich wäre am liebsten sofort losgestürmt, aber Gio bestand auf einem Minimum an Vorbereitung. Er orderte Sabrina zur Unterstützung an, sodass er den Eingang der Klinik und sie den Flur zur Intensivstation im Auge behalten konnten, während ich versuchte, zu Fabian zu gelangen. Gio stattete mich mit Handy, GPS-Sender und einem Mikro aus. Auf ein Headset verzichteten wir bei mir. Wir wollten vermeiden, dass Fabian misstrauisch wurde, wenn er einen Knopf in meinem Ohr entdeckte.

Wir fuhren mit zwei Wagen. Zum Glück war Fabian nicht wie Salim im Olgäle, sondern im Katharinenhospital untergebracht. Auch wenn die Häuser nebeneinanderlagen, bestand nicht die Gefahr, dass ich Schwester Rigorosa wieder über den Weg lief.

»Sobald dein Handy klingelt, verschwindest du. Du zögerst keine Sekunde, verstanden?«, instruierte Gio mich zum wiederholten Male, als wir in einer Seitenstraße parkten. »Du hast einen Sender bei dir. Ich kann sehen, ob du meine Anweisung befolgst.«

Ich nickte gehorsam.

Sabrina hatte ein Stück hinter uns geparkt. Sie ging als Erste in die Klinik, um sich einen Überblick zu verschaffen und einen unauffälligen Beobachtungsposten im Gang zur Intensivstation zu suchen. Wenig später machte ich mich auf den Weg. Gio würde den Eingangsbereich im Blick behalten. Ich entdeckte Sabrina in ein Gespräch vertieft mit einer älteren Patientin, die im Morgenmantel mit einem Tropf im Schlepptau über den Flur schlurfte. Sie war anscheinend jemand, die schnell Kontakte knüpfte. Ich lief an ihnen vorbei, klingelte an der Tür zur Intensivstation und gab mich als Karla Hammerschmid aus.

Die Schwester ließ mich herein. Der Polizeibeamte vor Fabians Tür musterte mich argwöhnisch. Ich hatte ihn noch nie gesehen. Er mich hoffentlich auch nicht.

»Sie sind seine Schwester?«

»Ja.«

»Können Sie sich ausweisen?«

»Ja …« Ich sah an mir herunter, wühlte in den Taschen meiner Kapuzenjacke und der Jeans, setzte ein verzweifeltes Lächeln auf. »Nein … meine Handtasche liegt im Hotel. Der Ausweis … Was mache ich denn jetzt? Ich bin sofort hergekommen, als ich es erfuhr. Wie geht es ihm? Kann ich zu ihm?«, mimte ich die besorgte Schwester.

Der Beamte blickte verständnisvoll aus der Uniform. »Ich muss das erst genehmigen lassen, tut mir leid.« Er nahm sein Handy.

»Ja, aber können Sie mich nicht trotzdem schon zu ihm lassen? Fragen Sie Fabian … fragen Sie ihn nach seiner Schwester … er kennt mich doch.« Innerlich flehte ich, dass Fabian mich nicht auffliegen ließ. »Warum wird er denn so streng bewacht? Was ist denn passiert?«

Der Mann erhob sich zögernd, klopfte an die Tür und ging hinein. Er öffnete die Lamellen des Fensters, sodass man von innen herausschauen konnte, und wechselte ein paar Worte mit Fabian. Dann kam er wieder zu mir und winkte mich durch die Tür.

»Schwesterherz …«, begrüßte Fabian mich mit heiserer Stimme und gespieltem Erstaunen. »Ich dachte, du hasst mich.«

Okay, wir hassten uns. Dann musste ich ihm wenigstens nicht vor Sorge um den Hals fallen. Er lag steif, in eine Art Korsett eingezwängt, auf dem Rücken, bis zur Brust zugedeckt, an Schläuchen und Kabeln angeschlossen. Das dunkle T-Shirt, das er trug, unterstrich die Blässe in seinem Gesicht. Noch war sein Oberkörper gut trainiert. Wie lange würde er es bleiben?

Ich trat näher an das Bett. »Was hast du nur wieder angestellt, Kleiner?«

Fabian gab ein abfälliges Lachen von sich. »Lass mich mal allein mit ihr, Chef. Musst nicht hören, wie mir mein liebes Schwesterchen gleich 'ne Standpauke hält. Die kann ziemlich primitiv werden.«

Der Beamte verzog sich.

Fabian wartete, bis die Tür zu war. »Was gibt's, Schwesterherz? Willste mir einen von der Palme wedeln?«

So viel zum Thema primitiv. »Was hältst du davon, wenn ich dir die Eier in den Leib trete, dass du sie als Murmeln wieder ausspuckst?«

Fabian grinste, ohne dass es seine Augen erreichte. »Mach doch. Merk eh nix mehr.« Er war verzweifelt.

»Fabian, ich brauche Informationen von dir.«

»Klar.«

»Ich hab die Liste.«

»Was für 'ne Liste?«

»Die du auf dem Firmenrechner versteckt hattest. Die mit den Kürzeln und den Namen der Bilddateien.«

»Fuck!«

»Wo finde ich die Bilder?«

»Was für Bilder?«

»Das weißt du genau.«

»Vergiss es. Die bringen dich um.«

»Ich hab 'nen Schutzengel.«

Er schnaufte abfällig, verzog das Gesicht, als hätte er Schmerzen. »Weißt du, was dein Problem ist? Du lässt dich von 'nem Itaker ficken.«

Für so einen Mist hatte ich keine Zeit. Ich trat an sein Bett, beugte mich zu ihm herunter und funkelte ihn zornig an. »Hast du Djadi zu Aichroth gebracht? Hast du im Nebenzimmer gesessen und Kreuzworträtsel gelöst, während Aichroth dem kleinen Jungen seinen Schwanz in den Arsch gestoßen hat?«

»Halt's Maul.«

»Wie oft warst du dabei? Schreien die Kinder eigentlich? Weinen sie? Betteln sie? Geht dir da richtig einer ab? Sitzt du da und wichst dir fröhlich einen?«

»Halt die Fresse.« Er konnte seinen Schmerz nicht verbergen.

Ich redete mich in Rage, schlug ihm jedes Wort zischend um die Ohren. »Was macht ihr hinterher mit den Kindern? Fickt ihr sie noch mal? Oder entsorgt ihr sie wie Dreck auf einer Müllhalde?«

Er wandte das Gesicht ab.

»Schau mich an, Arschloch! Fandst du es geil zuzusehen, wie deine Leute mich gequält haben? Warst du schon ganz scharf darauf, mich zu ficken?«

»Ich wollte aussteigen, verdammt.« Es klang hilflos.

Ich schnaufte bebend, versuchte, mich wieder zu beruhigen. »Und jetzt hast du die Chance.«

»Die bringen mich um. Die kommen rein, geben mir 'ne Spritze, und ich bin tot.«

»Dann hilf vorher wenigstens noch den Kindern.«

Er starrte stur zur Seite. Ich folgte seinem Blick. Durch die Lamellen sahen wir den Beamten auf der anderen Seite des Fensters sitzen. Er telefonierte.

»Salim ist tot.«

Er wandte sich mir wieder zu, zog die Augenbrauen zusammen. »Du lügst.«

»Ruf Ben an. Frag ihn. Er hat als Letzter mit ihm gesprochen. Und weißt du, was Salim ihm gesagt hat? Dass *du* ihn zusammengeschlagen hast. Und jetzt ist er tot.«

»Du verlogene Schlampe.« Aber er schien ins Grübeln zu kommen.

»Ruf Ben an. Wir beide wissen, dass du Salim nicht zusammengeschlagen hast.«

»Verflucht, warum hast du dich damals nicht einfach verpisst?«

»Weil ich niemand bin, der einfach wegsieht. Fabian, ich weiß, dass Benedict Fischer euer Boss ist.« Ich pokerte hoch. Was, wenn wir mit unserer Vermutung falsch lagen?

»Du weißt gar nichts.« Er widersprach nicht.

»Fabian, bitte, gib uns die Chance, wenigstens ein paar von diesen Schweinen das Handwerk zu legen.«

Der Vibrationsalarm meines Handys meldete sich. Nein, noch nicht.

Fabian lag schweigend vor mir.

»Du hast gesagt, dass du mir hilfst. Jetzt hilf mir auch, verdammt noch mal! Die holen mich hier gleich raus, und ich bekomme sicher keine zweite Chance, dich zu besuchen. Verdammt, mach's Maul auf!«

Er schluckte schwer. »Weißt du was? Einen winzigen Augenblick hab ich gedacht, Karla wäre tatsächlich gekommen.«

Okay, er vermisste seine Schwester. Vielleicht war das ein Weg zu ihm. »Ich ruf sie an. Ich sag ihr, dass du mir geholfen hast. Aber dann musst du mir jetzt auch helfen.«

Mein Handy meldete sich erneut. Verflucht, mir lief die Zeit davon.

»Du kannst sie nicht kriegen. Es geht nicht nur um Kinderpornos. Die sind alle korrupt. Entweder Ben kauft sie, oder er erpresst sie. Der macht dich fertig, bevor du auch nur …«

»Beweise, Fabian, ich brauche Beweise. Bitte, wo sind die Bilder?« Am liebsten hätte ich ihn am Kragen gepackt und geschüttelt.

Sein Blick verschleierte sich, glitt an einen Punkt in der Ferne. »Juri ist jeden Abend in der Nikolaus-Kirche.«

»Was?« Ich sah ihn verständnislos an. Was war denn jetzt in ihn gefahren?

»Wir waren Schulfreunde. Kannst du ihn bitten, für mich zu beten? Ich kann das nämlich nicht.«

Da hatten wir was gemeinsam. »Ja, das mache ich, aber bitte, Fabian …«

Wie viele Sekunden blieben mir noch, bis Willer oder Hämmerling oder Fischer persönlich hier hereinstürmten?

»Sag ihm, es ist die richtige Zeit, die Kerze für mich anzuzünden. Und jetzt verschwinde. Und komm nicht wieder.«

»Eine Kerze?« Verdammt noch mal, ich brauchte die Fotos! Verstand er überhaupt, warum ich hier war? Oder hatten die Ärzte ihn mit Morphium völlig zugedröhnt? Mein Handy meldete sich zum dritten Mal. Ein zorniges Vibrieren.

»Verschwinde«, befahl Fabian kraftlos, als hätte er mit seinem Leben abgeschlossen.

Ich nahm seine Hand. Er drückte sie kurz. »Verpiss dich endlich. Sag dem Bullen, ich brauch 'nen Arzt.« Er lächelte unter Schmerzen.

Ich lief zur Tür, riss sie auf.

Der Beamte sah zu mir hoch. »Frau …«

»Er braucht einen Arzt. Er hat Schmerzen«, rief ich. »Schnell, holen Sie die Schwester.«

Fabian jammerte leidend. Ich war nicht sicher, ob es nur gespielt war.

Der Beamte sprang vom Stuhl, sah ins Zimmer. Ich stürmte an ihm vorbei, durch die Tür, in den Flur. Sabrina stand am Fahrstuhl. Ich sprintete zu ihr, stolperte in die Kabine. Die Türen schlossen sich. Durch den Spalt sah ich Willer den Flur entlangrennen.

»Du fährst mit Sabrina«, bestimmte Gio.

»Wieso?«

»Was denkst du, wer in der nächsten halben Stunde bei mir auftaucht und meinen Laden auf den Kopf stellt?«

Ich hatte so eine Ahnung.

»Geh auf den Rücksitz und zieh den Kopf ein, damit dich niemand sieht«, empfahl Gio. »Ich melde mich bei euch.«

Sabrina wohnte in einem Mehrfamilienhaus in Giebel, einem Trabantenstadtteil, abseits im Nordwesten von Stuttgart gelegen. Es war eine kleine, gemütliche Zweieinhalb-Zimmer-Wohnung. Die Einrichtung war kunterbunt und schien aus allen erdenklichen Epochen zu stammen. Vom Flohmarkt zusammengekauft, selbst gebastelt und zwischendrin ein wenig IKEA. Die Wände waren in hellen Farben gestrichen, flauschige Teppiche lagen auf dem Boden, gehäkelte Decken auf dem Sofa. Über dem Sofa hing ein Ölbild in Gelb-, Orange-, und Grüntönen, in dem man mit viel Fantasie eine Landschaft erkennen konnte.

»Wohnst du allein?« Ich ließ mich auf das Sofa fallen und versank tief in den ausgeleierten Federn.

»Ja.«

»Und Tony?«

»Was soll mit ihm sein?«

»Wohnt ihr nicht zusammen?«

Sie hob erstaunt die Augenbrauen, dann schmunzelte sie. »Mit achtundzwanzig bin ich eigentlich alt genug, um nicht mehr bei meinem Papa zu wohnen, oder?«

»Papa?« Mein Gesichtsausdruck war vermutlich der einer erstaunten Kuh. Ich rechnete. Achtundzwanzig. Vierundvierzig. Nicht unmöglich.

»Ja, Tony war nicht immer der seriöse Doktor Bergmann.«

Ein Teeniepapa. »Und deine Mutter?«

»Sie starb kurz nach meiner Geburt.« Einen flüchtigen Moment verschwand die Leichtigkeit aus ihrem Blick. Dann lächelte sie wieder. »Was hältst du von Tee und Shortbread?«

Ich fragte nicht weiter nach.

Die Sankt-Nikolaus-Kathedrale war eine russisch-orthodoxe Kirche. Es war ein hübsches restauriertes Gebäude aus rotem Backstein mit grüner Kuppel und Glockenturm, relativ zentrumsnah an einer Straßenecke gelegen.

Wir saßen auf dem Sofa vor Sabrinas Laptop und tranken Tee aus fürchterlich altmodischen, geblümten Porzellan-Sammeltassen. Aber sie passten zu Sabrinas fröhlichem Gemüt wie diese ganze bunte Wohnung. Was sie wohl über meine tristen vier Wände dachte?

»Von sechzehn bis neunzehn Uhr ist die Kirche unter der Woche für Besucher geöffnet«, las Sabrina von der Internetseite.

Ich sah auf meine Armbanduhr – in gut einer Stunde öffnete das Gotteshaus seine Pforten.

»Du willst da wirklich hingehen?«, hakte Sabrina nach.

»Vielleicht kann ich diesen Juri bitten, auch für die vielen Kinder zu beten.« Ich war noch immer frustriert über den Verlauf des Gesprächs mit Fabian. Er hatte versprochen, mir zu helfen, und jetzt schickte er mich zum Beten in die Kirche.

»Wenn die zwei sich so lange kennen, hat er vielleicht eine Idee, wie du Fabian zum Reden bringen könntest.«

Ich verzog skeptisch das Gesicht. »Ja, vielleicht.«

Ein Klingeln ließ uns beide aufschrecken. Sabrina ging in den Flur, sah durch den Spion und öffnete die Tür.

»*Hello, darling.*« Dominik küsste sie zur Begrüßung auf die Wange. Ich beobachtete es argwöhnisch.

»Wie hast du ihm beigebracht zu klingeln?«

Sabrina zuckte die Achseln, als wäre es selbstverständlich, dass Dominik nicht einfach so in ihre Wohnung kam, wie es seine Angewohnheit bei mir oder Gio war.

»Möchtest du auch einen Tee?« Sie nahm ihm das Jackett ab und hängte es auf einen Bügel an ihre Garderobe. Ihr vertrauter Umgang miteinander irritierte mich.

»*Would be great.*« Er sah ihr hinterher, als sie in die Kochecke ging und eine Tasse für ihn aus dem Schrank nahm. Sein Blick war alles andere als desinteressiert. Er bemerkte, dass ich ihn beobachtete und wandte sich mir zu. »*Please, stop killing me.*«

Ich hatte wohl schon wieder ziemlich böse geschaut.

Er setzte sich zu uns, drehte den Laptop ungefragt in seine Richtung, um zu sehen, wobei er uns gestört hatte.

»Gio hat mir von deinem Besuch im Krankenhaus berichtet. Willer sucht dich. Der ist auf hundertachtzig, hat Gio mit allem Möglichen gedroht.« Dominik grinste bei der Erinnerung. Anscheinend war er bei dem Treffen von David und Gio in der Nähe gewesen. Er scrollte über die Webseite. »Gio hatte mal wieder recht.«

»Womit?«

»Du willst zu diesem Juri gehen.«

»Ja.«

Dominik hob den Blick zu mir. »Es könnte eine Falle sein.«

»Meinst du?« Sabrina reichte ihm eine Tasse.

»*Thank you.*« Er trank einen Schluck und stellte die Tasse auf den Tisch. »Wir müssen vorsichtig sein.«

»Sagtest du ›wir‹?«

»Du wirst nicht allein dorthin gehen«, erklärte Dominik bestimmt.

Ich kniff die Augen zusammen. Was hatten sich die Männer ausgedacht?

»Wir zwei treffen uns nachher mit Gio. Ich werde in die Kirche gehen und mich dort umschauen. Wenn ich meine, dass es sicher ist, wird Gio dich dorthin bringen. Er bleibt draußen. Du kommst rein und fragst nach Juri.«

»Wen soll ich denn fragen?«

»Es gibt einen kleinen Stand, an dem man Kerzen kaufen kann. Den Mann dort fragst du. Wir werden dich ein wenig verkleiden, damit man dich nicht sofort erkennt, falls dort jemand auf dich wartet. Du brauchst einen langen Rock und ein Kopftuch. Sabrina, kannst du da aushelfen?«

»Rock und Kopftuch? Du spinnst ja wohl.« Ich tippte mir heftig an die Stirn.

»Es ist eine unauffällige Verkleidung.«

»Unauffällig?«

»Du warst noch nie in einer russisch-orthodoxen Kirche, oder?«

Ich konnte mich nicht erinnern, dass ich überhaupt je in irgendeiner Kirche gewesen war.

Ich kam mir lächerlich vor. Ich saß neben Dominik in einem silbernen Mittelklasse Mercedes, trug einen engen dunklen Strickrock, den ich in der Taille zweimal umgekrempelt hatte, weil er zu lang war, dazu eine dunkle Bluse und eine Strickjacke. Das Kopftuch hielt ich in der Hand. Ich hatte mich geweigert, es früher als unbedingt notwendig umzubinden.

Wir trafen Gio in einem Hinterhof auf einem kleinen Parkplatz, nicht weit entfernt von der Kathedrale. Gio rieb sich kräftig mit der Hand über die Wangen, um das Grinsen wegzuwischen, als er mich sah. »Sabrinas Kleiderschrank ist eine wahre Fundgrube«, schmunzelte er.

Die Männer machten einen Mikrocheck, dann verschwand Dominik. Ich setzte mich zu Gio in den Wagen und zupfte unwohl am Rock.

»Versuch nachher, dich so zu bewegen, als wäre das Outfit für dich normal.«

»Wenn du mir verrätst, wie ich das machen soll?«, murrte ich.

»Lass dich auf die Rolle ein, sei eine Nadeschda oder eine Jelena, sei eine traditionsbewusste russische Frau.«

Ich warf ihm einen Seitenblick zu. Er meinte ernst, was er da sagte. Nadeschda, Jelena … »Ich habe keine Ahnung von russischen Traditionen.«

»Als Strenggläubige ist es für dich selbstverständlich, mit langem Rock und Kopftuch eine Kirche zu betreten.«

»Muss ich mich bekreuzigen, wenn ich da reingehe?«

Gio schürzte ratlos die Lippen, dann fragte er Dominik über sein Mikro. »Du bekreuzigst dich vor dem Eingang, in der Vorhalle und dann im Kirchenraum mit einer kleinen Verbeugung.«

»Das ist nicht dein Ernst?«

»Tu es wenigstens, wenn du den Kirchenraum betrittst, sonst können wir uns die ganze Verkleidung sparen.«

Das hätten wir meinetwegen so oder so tun können.

Nach einer halben Stunde gab Dominik endlich grünes Licht. Wir machten uns zu Fuß auf den Weg. Gio lief wenige Meter hinter mir. Ich musste mich beherrschen, mich nicht umzudrehen, um zu sehen, wo er war. Ich ging die Seidenstraße hinunter bis an die Kreuzung. Der Eingang zur Kirche lag rechts von mir. Der Feierabendverkehr hatte eingesetzt, eine Straßenbahn ratterte über die Schienen.

Ich stieg die Stufen hinauf, ging hinein und fand mich in einem kleinen Vorraum wieder. Ich übte das Kreuz. Oben, unten, rechts, links – oder links, rechts? Was hatte Gio gesagt? Ich ging durch die nächste Tür. Ein Raum, in gedeckten Tönen gehalten, mit Fresken und Ikonen, wohin man sah. Keine Bänke, stellte ich überrascht fest. Lediglich entlang der Wände gab es Sitzgelegenheiten. Die Stille um mich herum verbreitete eine andächtige Atmosphäre.

Direkt gegenüber der Tür befand sich eine Art Tresen. Links von mir stand Dominik, die Hände gefaltet, den Kopf gesenkt, als wäre er in stille Andacht vertieft. Er bekreuzigte sich mehrmals hintereinander. Eilig fuhr ich mit der Hand vor meinen Körper, verbeugte mich leicht, zupfte am Kopftuch und sah mich um. Rechts stand eine ältere Frau mit zwei Mädchen vor einer Ikone. Vor einer anderen Ikone reihten sich mehrere Menschen hintereinander. War einer von ihnen Juri?

Ich ging zu dem Tresen. Ein alter Mann mit Bart und grauen Koteletten, in Schwarz gekleidet, sah mich fragend an.

»Ich suche Juri.«

Der Mann schwieg.

»Bitte, können Sie mir helfen? Ich suche Juri«, versuchte ich es etwas höflicher. Ich fühlte mich so falsch an diesem Ort, dass es mich innerlich verbrannte.

Der Mann wandte sich ab. Hatte er mich nicht verstanden? Ich sah mich hilfesuchend um. Dominik fing meinen Blick auf, deutete mir an zu warten. Ich blieb unschlüssig stehen. Plötzlich erschien wie aus dem Nichts ein junger Mann vor mir. Schlank, im dunklen Anzug. Kurze dunkelblonde Haare, helle Haut, quadratisches Gesicht und die Augen so schwarz, als könnte man darin verschwinden.

»Ich bin Juri.«

Und schwebe wie ein Geist durch diese Kirche, dachte ich bei mir. »Fabian schickt mich. Er liegt im Krankenhaus. Es geht ihm schlecht. Er bittet Sie, für ihn zu beten.« Der erste Teil meines Auftrags war erledigt. Ich sah abwartend in das Gesicht meines Gegenübers.

Juri senkte die Augenlider und bekreuzigte sich. Ich gab ihm ein paar Sekunden, die Nachricht zu verdauen. Vielleicht betete er auch schon für seinen Freund.

Er hob den Blick wieder. »Wie ist Ihr Name?« Er hatte eine dunkle, melodische Stimme, entspannt, in sich ruhend.

Sollte ich ihm meinen Namen verraten? Ich suchte in seinem Gesicht nach etwas, was mir Vertrauen gab. Seine dunklen Augen waren mir unheimlich. Jelena, Nadeschda … »Kirstin.«

Er sah mich unverwandt an. Ein fremder Geruch stieg mir in die Nase. Ein herbes Aftershave? Weihrauch? Ich konnte es nicht zuordnen.

»Er … er hat gesagt, Sie sollen eine Kerze für ihn anzünden.«

»Bitte?« Sein Blick wurde intensiver, die Augen wurden noch schwärzer.

Ich versuchte, mich an Fabians genauen Wortlaut zu erinnern. »Er sagte: Es ist die richtige Zeit, die Kerze für mich anzuzünden. Darum sollte ich Sie bitten.«

Wieder schloss er die Augen. Er bekreuzigte sich mehrmals und verfiel in Schweigen.

Ich hatte meine Botschaft überbracht. Sollte ich jetzt gehen? Ich sah zu dem Alten hinter dem Tresen. Er stand mit ausdrucksloser Miene an seinem Platz. Als ich mich Juri wieder zuwandte, zuckte ich zusammen. Seine schwarzen Augen saugten mich auf.

»Bitte warten Sie einen Moment.«

Ich blieb reglos stehen. Kirchen waren eindeutig kein Ort, an dem ich mich wohlfühlte. Mein Blick glitt über die gemalten Fresken. Kurz darauf sah ich Juri wieder durch den Raum schweben.

Er sagte etwas in russischer Sprache zu dem Alten und wandte sich dann an mich. »Die Kerze kostet zwei Euro.«

Na toll. Ich suchte in meiner Strickjacke nach Geld, fand einen Fünfeuroschein. Als ich ihm den Schein reichen wollte, deutete er mit den Augen auf den Tresen. Ich legte das Geld dorthin. »Rest ist ...«, Trinkgeld hätte ich fast gesagt, »... eine Spende.«

Ein mildes Lächeln deutete sich auf Juris Lippen an.

Der Alte nahm den Schein und legte eine schlichte weiße Kerze an seine Stelle. Was jetzt? Sei eine traditionsbewusste russische Frau. Ein etwas detaillierteres Briefing in Sachen russischer Kultur wäre hilfreich gewesen. Sollte ich ihn einfach um Hilfe bitten? Um ein Gespräch, irgendwo, nur nicht hier.

Juri streckte mir die geöffnete rechte Hand entgegen. Zögernd nahm ich sie.

»Vergebung ist der Weg zu einem besseren Leben.«

Was sollte dieser Spruch? Misstrauisch sah ich ihn an. Die schwarze Iris schien nicht mehr ganz so höllenfinster. Er strahlte eine tiefe Güte aus. »Lassen Sie uns gemeinsam beten.«

Prima Vorschlag. Ich kannte kein Gebet, schon gar kein russisch-orthodoxes. War es überhaupt erlaubt, dass er meine Hand hielt? Er legte die zweite Hand über meine, schloss die Augen. Ich spürte, wie er etwas zwischen meine Finger schob. Mein Herz schlug heftiger. Was war das?

Wir verweilten einen Moment lang schweigend, er im stummen Gebet und ich in stiller Verwirrung. Schließlich sagte er etwas auf Russisch und gab meine Hand wieder frei. Er bekreuzigte sich. Ich tat es ihm gleich und machte mich davon.

Im Vorraum stolperte Dominik gegen mich. »Gib her«, wisperte er und lauter: »Entschuldigung.«

Ein schlechter Zeitpunkt für eine Diskussion. Ich gab ihm, was Juri mir in die Hand geschoben hatte.

»Halt dich rechts«, raunte er mir zu und wich zur Seite.

Ich verließ die Kirche, blinzelte in die Dämmerung und sog die frische Luft in meine Lungen. Ich scannte die Umgebung. Dichter Feierabendverkehr auf den Straßen, eine Mutter mit Kinderwagen und ein älteres Ehepaar direkt vor der Kirche, ein Mann, der von links den Gehsteig heruntereilte. Kurz vor der Kreuzung hielt ein weißer Lieferwagen.

Ich sprang die Stufen hinunter, wandte mich nach rechts. Gio tauchte neben mir auf. Die Tür des Lieferwagens öffnete sich. Hinter uns begann jemand zu rennen. Gio legte seine Hand in meinen Rücken, schob mich vorwärts. Ein zweiter Mann stellte sich uns in den Weg. Gio stieß ihn zur Seite, schnappte meinen Arm und zog mich mit. Wir stürmten die Straße hoch, bogen in einen Seitenweg. Ich stolperte über den Rocksaum, stürzte. Die Männer holten uns ein. Einer riss mich hoch. Gio verpasste dem anderen einen Faustschlag. Ich trat nach dem Mann, der mich hielt. Traf sein Schienbein. Verdammter Rock. Ich konnte mich nicht richtig bewegen. Gio rang mit dem anderen Typen, als plötzlich ein Messer aufblitzte. Ich schrie entsetzt. Gio sprang zurück. Das Messer traf ihn an der Schulter.

»Verschwinde«, herrschte sein Gegner ihn an. Ich erkannte den Typen. Es war Ionel Cojocar. Er fuchtelte drohend mit dem Messer vor Gio herum. Ich zerrte am Griff des Mannes, der mich gepackt hatte. »Verfluchte Drecksau, lass mich los!«

Gio holte Cojocar mit einem gezielten Tritt von den Füßen. Er schlug hart mit dem Rücken auf. Das Messer fiel ihm aus der Hand. Gio kickte es weg, trat Cojocar brutal in den Magen, dann auf die

Hand. Der Rumäne schrie vor Schmerz. Gio zielte mit einer Waffe auf seinen Kopf.

»Lass sie los, oder ihr landet beide in der Hölle.«

Der Griff um meine Arme lockerte sich. Ich befreite mich, wich eilig zur Seite.

»Leg dich flach auf den Boden. Mit dem Gesicht nach unten.«

Der Mann tat, was Gio befahl.

Wir rannten davon.

»Kannst du fahren?« Gio gab mir die Autoschlüssel, drückte die Hand auf seine blutende Schulter.

»Zu Tony?«

»Das wäre perfekt.«

Er ließ sich in den Sitz fallen, lehnte sich gegen die Kopfstütze.

Ich steckte mit fahrigen Fingern den Schlüssel ins Schloss. Meine Knie zitterten. Ein Automatikgetriebe wäre jetzt prima gewesen.

+++

Die Wunde hatte stark geblutet, aber sie war zum Glück nicht sehr tief gewesen. Tony hatte sie mit ein paar Stichen genäht und verbunden. Wir saßen in Gios Küche. Er hatte sich – Tonys Mahnungen zum Trotz – ein Glas Rotwein eingegossen. Ich begnügte mich mit einem Tee.

»Nie wieder ziehe ich so einen beschissenen langen Rock an.« Wäre ich nicht gestolpert, wäre das alles nicht passiert.

»Bitte gewöhn dir diese Kraftausdrücke ab.« Gio strich mir über die Hand. »Der mit dem Messer war Cojocar. Die haben ihn heute Vormittag erst aus der U-Haft entlassen. Ich wüsste gern, wer denen verraten hat, dass wir in der Kirche waren.«

Ich dachte an Willer, der kurz nach mir bei Fabian aufgetaucht war. Ich hoffte, dass ich mich nicht in ihm getäuscht hatte. Aber ich fand auch keine andere Erklärung für den Überfall auf uns.

»Es gibt Neuigkeiten.«

Ich horchte auf.

»Die Hütte im Schönbuch ...«

»Hat die Polizei Spuren gefunden?«, fragte ich hoffnungsvoll.

Gio schüttelte den Kopf. »Sie gehört dieser alten Frau, Emma Allgöwer. Sie ist die Großmutter von Theresia Fischer.«

Benedict Fischers zweite Frau. »Woher ...?«

»Kevin hat's rausgefunden. Allgöwers Tochter war zwei Mal verheiratet. Theresia ist aus erster Ehe und hat den Nachnamen ihres Vaters behalten. Deswegen war es nicht offensichtlich.«

Es gab eine Verbindung. Eine kleine unscheinbare Verbindung. Während ich noch darüber nachdachte, öffnete sich die Wohnungstür, und Dominik kam herein.

»Bei Sabrina klingelt er«, schimpfte ich.

»Was ist mit deiner Schulter?«, ignorierte der Exagent meine Beschwerde.

»Halb so wild«, wehrte Gio ab. Er berichtete, was geschehen war. »Was hat Juri Kirstin gegeben?«

»Dynamite.« Dominik zog einen USB-Stick hervor. »Politiker, Juristen, Polizisten, Wirtschaftsgrößen – *whatever you want* – in äußerst kompromittierenden Situationen. *Horrible pictures.*«

»Leute, die wir kennen?«, fragte Gio.

»Ich denke schon.«

»David?« Der nervöse Unterton in meiner Stimme ließ sich nicht unterdrücken.

»No.«

»Das muss nicht bedeuten, dass er nicht mit drinsteckt«, knurrte Gio. »Vielleicht gibt es einfach nur kein Foto.«

Dominik schob den Stick in die Mitte des Tisches, nahm sich ein Glas aus dem Schrank und goss sich Wein ein. »Ich kenne nicht die Namen aller Leute auf den Bildern. Aber da war zum Beispiel ein Foto von Florian Aichroth, dem Banker. Die Kürzel in Fabians Liste stehen vermutlich für die Namen. F.A.: Florian Aichroth. Die Kürzel am Anfang der Zeichenkette könnten für die Orte stehen. SB: Schönbuch. BU: Burladingen. Da haben sie Filme aufgenommen. Muss ein altes Fabrikgebäude sein. Alles konnte ich nicht entschlüsseln. Die Hauptpersonen in den Filmen haben anscheinend nicht immer freiwillig mitgemacht. Man hat sie vielleicht unter Drogen gesetzt, so, wie sie es mit Kirstin vorhatten. Es gibt einen Film mit einer Doris Waiblinger, sie arbeitet im Innenministerium, hat wichtige Kontakte zu internationalen Organisationen. Mit ihr hat man sehr erniedrigende Sexspiele gemacht.«

»Warum zeigt sie die Schweine nicht an?«, empörte ich mich.

Dominik hob kaltlächelnd einen Mundwinkel. »Warum gibst du der Polizei nicht den Film, den Sokolow mit dir gedreht hat?«

Ich schluckte, starrte auf den Stick in der Mitte des Tisches.

»Was denkst du, wie hart die Frau dafür gearbeitet hat, in die Position zu kommen?«, fuhr Dominik fort. »Du siehst auf den Bildern, dass sie unter Drogen steht. Aber ein guter Verteidiger nutzt das für sich und pflückt sie auseinander. Steht sie vielleicht auf SM? Ist sie gern eine Sexsklavin? Die Drogen hat sie doch sicher freiwillig genommen. Vermutlich hat sie schon in ihrer Jugend gekifft …«

»Ich hab's kapiert«, bremste ich ihn.

»Du weißt, wie unangenehm die Fragen sind, die die Polizei stellt. Die brauchen Details. Du durchlebst alles noch einmal. Dann geht vielleicht noch eine kleine Info an die Presse und jeder …«

»Es reicht, Dom!«, unterbrach Gio ihn. Er warf mir einen besorgten Blick zu, dann wandte er sich wieder an Dominik. »Wer ist noch auf den Bildern?«

»Johann Kerrer.«

»Wer ist das?«, fragte ich. Den Namen hatte ich schon gehört, aber ich konnte ihn nicht zuordnen.

»Der Staatsanwalt, der den Haftbefehl gegen dich beantragt hat im Fall Zungulo.«

Gio trank von seinem Wein. »Irgendeine Spur, die zu Fischer führt?«

Dominik schüttelte bedauernd den Kopf.

»Verdammt.« Es musste doch irgendwelche eindeutigen Beweise geben. Die Verbindung zur Hütte von Emma Allgöwer reichte nicht aus.

»Ich habe den Virus gestern Nacht auf der ›pict.to‹ installiert. Lass uns schauen, ob schon irgendwer auf dem Server war.« Dominik sah zu Gio. »Könntest du dir mit Kevin die Bilder anschauen, um noch mehr Personen zu identifizieren? Vielleicht gibt es irgendjemanden, den wir zu einer Aussage überreden können.«

24

Wir hatten uns die Nacht um die Ohren geschlagen und uns erst bei Tagesanbruch eine Pause gegönnt. Während Dominik in seine geheime Welt verschwand, schlich ich in Gios Schlafzimmer und fiel in einen komatösen Schlaf. Gio hatte sich nur kurz ausgeruht und dann die Schichtführung in seiner Firma übernommen. Mittags kam er herauf und weckte mich.

»Ich hab die Post aus deiner Wohnung holen lassen. Deine Firma hat dir geschrieben.«

Die Kündigung. Die Sorge um meine berufliche Zukunft hatte ich in den letzten Tagen erfolgreich verdrängt.

»Wir finden eine Lösung. Vielleicht kannst du für mich arbeiten«, versuchte Gio mich aufzumuntern.

»Als Putzfrau?«

»Wie wäre es mit Buchhaltung? Ich hasse diesen Papierkram.«

Ein Traumjob.

»Ich muss leider wieder runter.« Er küsste mich und ließ mich allein.

Ich ignorierte das Schreiben der DMC, frühstückte und setzte mich an den Rechner. Wir hatten weitere Daten von ein paar Kunden durch das Virusprogramm bekommen, das Dominik geschrieben hatte. Bei einem Namen stutzte ich: Michelle Bertani, Schaffhausen.

Ich hatte den Namen Michelle in Verbindung mit Schaffhausen schon einmal gelesen. Aber die Michelle hieß nicht Bertani. Ich durchforstete meine Unterlagen. Da stand es: Michelle Fischer, Exfrau von Benedict Fischer, lebt seit der Scheidung vor vierzehn Jahren in Schaffhausen, Vermögensberaterin, veranstaltet regelmäßig Seminare und Workshops.

Sie hatte eine eigene, minimalistisch aufgemachte Website mit wenigen Informationen zu ihrem Angebot, das sich ausschließlich an wohlsituierte Privatleute richtete. Dazu Fotos von einem liebevoll restaurierten Gutshaus mit luxuriösen Seminarräumen und ein seriöses Bild von sich. Sie war hübsch: lange goldblonde Haare, dezent geschminkt, einnehmendes Lächeln.

Ich lehnte mich grübelnd zurück. Michelle Bertani, ehemals Fischer. Warum loggte sie sich auf die »pict.to« ein?

Dominik kam am späten Nachmittag. Ich hatte die Daten bereits ausgewertet, die mir sein Virusprogramm von Michelle Bertanis Firmenrechner geliefert hatte. Mir lagen verschiedene Bankdaten vor.

»Dann schauen wir uns doch mal die Zahlungsflüsse an.« Dominik ließ tatkräftig die Finger knacken. Mit den Bankdaten war es ein Kinderspiel, sich auf die Konten einzuloggen. Die Passworte hatte er binnen Sekunden gehackt.

»Wie machst du das alles nur so schnell?« Bei dem Tempo, das er vorlegte, schwirrte mir schon wieder der Kopf.

Dominik stellte einen Moment seine Arbeit ein. »Ich mache das seit mehr als fünfzehn Jahren, da läuft so etwas im Schlaf. Außerdem lebt man ziemlich einsam im Untergrund, da hat man viel Zeit zum Spielen.«

Unsere Blicke trafen sich. Juris Worte hallten in meinem Kopf wider. Wäre ich irgendwann stark genug, Dominik zu vergeben, wer er war?

Wir durchforsteten die Buchungen. Es waren zahlreiche Kleinbeträge, die regelmäßig wiederkehrend auf Michelle Bertanis Firmenkonto eingingen: 29,99 / 49,99 / 79,95. Manche monatlich, manche wöchentlich. Zwischendurch gab es Einzahlungen von Seminargebühren im vierstelligen Bereich.

»Abos«, überlegte ich. »Das sieht aus wie Abobeträge. Was haben die abonniert?«

»Offiziell vermutlich Beratungsleistung.« Dominik scrollte durch die Daten.

Ich stieß fassungslos die Luft aus den Lungen. »Du meinst …«

»Lass uns mal sehen, ob wir einem dieser Abonnenten den Namen zuordnen können, die unser kleiner Virus für uns gesammelt hat.«

Gio übergab seine Schicht abends um zehn Uhr an Udo. Wir berichteten ihm von unseren Recherchen, zur Belohnung zauberte er eine Platte Antipasti für uns. Wir fielen mit Hunger darüber her, als sein Mitarbeiter anrief.

»Wer?«, fragte Gio ungläubig in den Apparat. »Soll morgen wieder kommen.« Er schaute auf seine Armbanduhr. »Der tickt wohl nicht mehr sauber.«

Dominik und ich sahen alarmiert auf. Gio gab uns ein Zeichen, die Unterlagen zusammenzuräumen.

»Soll raufkommen, dann tret ich ihm persönlich in seinen Beamtenarsch.« … »Nein, natürlich nicht. Schick ihn einfach rauf.« Gio legte auf. »Dom, du machst dich besser unsichtbar. Räumt das Zeug weg.«

»Wer kommt denn?«, fragte ich.

»Dein Freund Willer.« Gio nahm den Laptop, schaltete auf die Monitore seiner Hausüberwachungskameras. »Anscheinend ist er allein. Ich kann um das Haus herum nichts Verdächtiges entdecken. Dominik, geh ins Gästezimmer. Ich versuche, ihn abzuwimmeln.«

Dominik schnappte sich unsere Aufschriften und verzog sich. Gio ging zur Tür.

»Finden Sie es nicht etwas unverschämt, nachts um halb zwölf bei fremden Leuten an die Tür zu klopfen?«, begrüßte er Willer. Er stellte sich in den Türrahmen und versperrte so den Eintritt in die Wohnung. Ich beobachtete ihn vom Wohnzimmer aus.

»Herr Paradi, nehmen Sie nicht das Wort unverschämt in den Mund!« Auch Willer hatte Schwierigkeiten, seine Wut in Zaum zu halten. »Ich will auf der Stelle mit Frau Schwarz sprechen. Und mit Ihnen ebenfalls.«

»Frau Schwarz schläft bereits.«

»Dann schmeißen Sie sie aus dem Bett.«

»Gibt es für Ihr Handeln irgendeine rechtliche Handhabe?«

Ich hatte das Gefühl, je mehr David sich aufregte, desto abgeklärter wurde Gio.

»Sie wollen eine rechtliche Handhabe?« Willer schnaufte bebend. »Dann rufe ich jetzt den Bereitschaftsrichter an. In fünf Minuten habe ich einen Durchsuchungsbeschluss, und dann werden unsere Leute ihr Haus vom Keller bis unter die Dachschindeln auf den Kopf stellen. Wir drehen alles um, das verspreche ich Ihnen, jeden verdammten Papierschnipsel. Und ich bin mir sicher, dass wir einiges finden werden, was wir besser nicht finden sollten. Dann lasse ich mir auch gleich noch die Haftbefehle für Sie und Frau Schwarz geben, wegen Behinderung polizeilicher Ermittlungen, und bei Frau Schwarz fallen mir noch einige andere Vergehen ein. Und wenn ich schon mal dabei bin, sorge ich gleich noch dafür, dass Kevin Killig vom Dienst suspendiert wird. Reicht Ihnen diese rechtliche Handhabe?« Willer hielt inne, um Luft zu holen.

»Ein Durchsuchungsbefehl innerhalb von fünf Minuten?« Gio verzog anerkennend den Mund.

Willer zog sein Handy aus der Sakkotasche.

Gio wich einen Schritt zur Seite und deutete in den Flur. »Warum kommen Sie nicht herein? Wir essen gerade. Mögen Sie Antipasti?«

»Ich dachte, Frau Schwarz schläft bereits«, entgegnete Willer sarkastisch.

»Kleine Notlüge. Ich konnte ja nicht ahnen, dass es so dringend ist.«

Sekunden später stand der Kripomann im Wohnzimmer. Er sah ziemlich gestresst aus. »Kirstin, warum rufen Sie mich nicht an? Warum rufen Sie mich verdammt noch mal nicht an und sagen: David, ich möchte mit Fabian sprechen. Was sollte diese alberne Schmierenkomödie?«

»Ich wollte allein mit ihm sprechen.«

»Das hätten Sie mir ebenso sagen können. Ich hab die Schnauze voll von diesem Theater hier. Ich hab die Schnauze voll von euch beiden!« Er zeigte mit den Fingern auf Gio und mich. Die Wut ließ ihn vertraulich werden. »Eure verdammten privaten Schnüffeleien behindern unsere Ermittlungen. Ist euch das eigentlich klar, verflucht noch mal?«

»Nicht in dem Ton«, kam es drohend von Gio.

Willer blähte zornig die Nasenflügel. »Gestern Abend meldeten Zeugen in der Nähe der Nikolaus-Kathedrale eine wilde Schlägerei. Ein Türke und seine Freundin würden von zwei Skins verfolgt. Einer der Skins sei auf den Türken mit einem Messer losgegangen, woraufhin der eine Waffe gezogen habe.«

Gio hob unschuldig die Hände. »Warum schauen Sie mich an? Ich bin Italiener.«

»Es war dunkel, da kann so eine Verwechslung schon mal vorkommen. Erinnern Sie sich an Ihre Zeit bei der Polizei? Zeugenaussagen sind nicht immer ganz exakt.« Er sah wutschnaubend zu mir. »Ich habe Fabian lange genug beschattet, um zu wissen, dass er einen russischen Freund namens Juri hat. Und dieser Juri ist fast jeden Abend in der Nikolaus-Kathedrale. Er bestreitet nicht, dass eine junge Frau gestern bei ihm war und ihn gebeten hat, für Fabian zu beten. Und die Beschreibung dieser Frau passt wunderbar auf eine gewisse Kirstin Schwarz, verkleidet als Scheinheilige.«

Ich schnappte nach Luft.

»Ich bin noch nicht fertig. Herr Paradi, Sie haben sich mehrfach mit Kevin Killig getroffen, ein Kollege von der Schutzpolizei, der ein ungewöhnliches Interesse an unserem Fall hat. Ich frage mich, woher kommt dieses Interesse? Berufliche Neugier? Will er Karriere machen? Warum spricht er nicht offen mit uns?«

»Das müssen Sie ihn schon selbst fragen.«

»Übertreiben Sie es nicht! Der Killig kann seine Karriere vergessen.«

»Warum sind Sie hergekommen?« fragte Gio verständnislos. »Mussten Sie mal ein bisschen Dampf ablassen?«

»Paradi, halten Sie's …« Er bremste sich, atmete tief durch. »Als ehemaliger Polizist sollten Sie wissen, was für Schwierigkeiten sie beide uns bereiten. Verflucht noch mal, das ist kein Kinderzirkus! Kirstin, Sie haben Kontakt zu Pawel Wojcik. Leugnen Sie nicht.« Er warf mir einen drohenden Blick zu, und ich zog es vor, den Mund wieder zu schließen. »Er hat den Beweis mitgehen lassen, dass der

Vorfall letzten Montag eine Entführung war. Tut er das, um sich zu schützen oder um Sie zu schützen?«

»Wovor sollte er mich schützen?«

»Gegen Sie steht immer noch der Spionageverdacht im Raum.«

»Ich habe nicht spioniert!«

»Der Staatsanwalt sieht das anders.« Willers Schultern sackten wenige Millimeter herab. »Und ich glaube Ihnen einfach nicht mehr, dass Sie nur zufällig in diese ganze Sache reingerutscht sind.«

Ich sank auf einen Stuhl am Esstisch und stützte die Stirn in die Hände. Ich versuchte, klar zu denken. Natürlich war alles, was wir taten, für Willer nicht zu verstehen. Er wusste ja nichts von unserer Organisation, unseren Ambitionen. »Georg Zake« spielt der Polizei Beweismaterial zu. War jetzt der richtige Zeitpunkt gekommen? Hatten wir genug Beweise?

»Reden Sie mit mir, verdammt noch mal!«, forderte Willer zornig.

Ich sah zu Gio.

»Es ist deine Entscheidung.«

Ich wollte nicht, dass Kevin seinen Job verlor und Gio in Schwierigkeiten geriet. Womöglich bekamen auch Sabrina und Tony Probleme. Ich war diejenige, die nicht mehr viel zu verlieren hatte. Ich wandte mich David zu. »Kevin hat nichts mit der Sache zu tun. Er ist ein Kumpel von Gio, mehr nicht.«

Willer verzog zweifelnd den Mund.

»Können Sie ihn aus der Geschichte raushalten?«

»Das kommt darauf an, was Sie mir zu bieten haben.«

Hoffentlich genug. »Ich komme morgen zu Ihnen in die Dienststelle. Ich werde eine Aussage machen und Ihnen alles sagen, was ich weiß. Und ich werde Ihnen etwas mitbringen.«

Willer haderte mit sich. »Kann ich mich auf Sie verlassen? Oder verschwinden Sie heute Nacht auf Nimmerwiedersehen?«

»Ich bin Punkt elf bei Ihnen.«

»Punkt elf.« Willer deutete energisch mit dem Zeigefinger auf Gio. »Sie sind für Frau Schwarz verantwortlich. Erscheint sie nicht Punkt elf, dann stehe ich fünf Minuten später …«

»… mit einer Hundertschaft vor meiner Haustür, verwandeln meine Firma in eine Trümmerwüste und verschleppen mich nach Guantanamo.«

»So in etwa.«

25

Dominik führte die Online-Recherchen weiter. Gio und ich versuchten, all die Informationen, die wir hatten, zu sortieren, und überlegten, was und wie ich diese Informationen an Willer weitergeben sollte, ohne mich selbst zu sehr zu belasten oder die Organisation auffliegen zu lassen. Um elf Uhr trafen wir uns mit Samerino, der mich begleiten würde, vor dem Gebäude des Landeskriminalamts und betraten das Foyer. Willer wartete bereits. Er schien genauso wenig geschlafen zu haben wie wir.

»Herr Paradi, ich muss Sie bitten, hier zu warten. Frau Schwarz …« David deutete mir an, mit ihm zu gehen.

Meine Nerven begannen zu flattern. Tat ich das Richtige? Vertraute ich den richtigen Menschen? Oder würden sie mich wieder einsperren? Gio hob meine Hand an seine Lippen und küsste sie. »Ich bin hier und warte.«

Ich folgte David mit Samerino ins Innere des Gebäudes.

Es war ein anderer Raum als bei den letzten Befragungen. Kühler, nüchterner. Vier Stühle waren um einen Tisch herum aufgereiht. Hämmerling saß dort. Ich hatte geahnt, dass Willer mich nicht allein befragen würde. Er stand auf, als wir das Zimmer betraten. »Frau Schwarz, wie geht es Ihnen?«

»Gut wäre gelogen«, antwortete ich ehrlich.

»Setzen Sie sich, bitte.«

Wir nahmen Platz. Ich wiederholte zunächst das, was die beiden ohnehin schon wussten. Eine angebliche Hackerattacke auf einen Kundenrechner, meine Recherche, der zufällige Fund von unerklärlichen Datentransfers, die Entdeckung der »pict.to«, die schrecklichen Bilder, die dort hinterlegt waren. Davids Blick verfinsterte sich mit jedem Wort. Er hatte auf Neuigkeiten gehofft.

»Es gibt eine Liste«, begann ich schließlich, seine Wissbegier zu stillen. »Sie war auf einem Kundenrechner der DMC von Fabian Hammerschmid hinterlegt worden.«

»Was für eine Liste?«, hakte David nach.

»Sie enthält verschlüsselte Informationen. Ich konnte sie …«

»Und Sie haben diese Liste?«

»Ja.«

»Woher?«

»Ich habe Sie entdeckt.«

»Sind Sie zufällig darüber gestolpert? So, wie Sie zufällig dazu gekommen sind, als Salim Chabab zusammengeschlagen wurde? Oder wie Sie zufällig diesen Datentransfer auf einen fremden Webserver entdeckt haben, als Sie auf der Suche nach einem vermeintlichen Hacker waren?«

Hämmerling räusperte sich und schüttelte mahnend den Kopf.

»Es gab ein Problem auf dem Kundenrechner, dabei habe ich diese Liste entdeckt«, log ich.

»Lassen Sie mich mal überlegen. Vor circa zwei Wochen wurden Sie von Ihrer Firma freigestellt. Das heißt, diese Liste befindet sich bereits seit mindestens vierzehn Tagen in Ihrem Besitz?«

»Meine Mandantin ist Ihnen keine Rechenschaft schuldig, wie Sie in den Besitz irgendeiner Liste gekommen ist«, mischte Samerino sich ein.

»Oh doch, das ist sie. So etwas nennt man Unterschlagung von Beweismaterial.«

»Woher sollte ich wissen, dass es Beweismaterial ist? Es war eine Liste mit Buchstaben und Zahlen.«

Spiel nicht das naive Dummchen, versuchte David mir mit seinem Blick klarzumachen.

»Machen wir weiter«, übernahm sein Kollege. »Was haben Sie …«

Ein Klopfen unterbrach ihn. Die Tür wurde geöffnet. Ein Mann, Mitte fünfzig, graues Haar, dunkler Anzug, Krawatte, kam herein. Er lächelte jovial in die Runde. Mein Herz verweigerte kurzzeitig den Dienst. Ich hatte ihn schon einmal gesehen. Er war der Mann, der nach meiner Gerichtsverhandlung mit Kerrer und Hämmerling gesprochen hatte.

»Entschuldigung, hatten wir nicht elf Uhr dreißig gesagt?«

Er trat ein.

»Elf Uhr, da bin ich mir ziemlich sicher«, erklärte Willer nicht besonders erfreut über die Störung. »Frau Schwarz, wenn ich vorstellen darf: Staatsanwalt Benedict Fischer.«

Mir wurde kalt.

»Frau Schwarz.« Fischer streckte mir seine Rechte entgegen.

Ich blieb sitzen, deutete nur ein Nicken an. Ich würde ihm nicht die Hand geben. Meine Fingernägel krallten sich in meine Unterarme. Samerino erhob sich und versuchte, mit einem braven Shakehands meine Unhöflichkeit wettzumachen.

Willer bot Fischer seinen Platz an. »Ich besorge noch einen Stuhl.«

Ich sah ihm nach und verfluchte ihn innerlich. Warum hatte er dem Staatsanwalt Bescheid gegeben?

»Lassen Sie sich durch mich nicht stören.« Fischer deutete Hämmerling an fortzufahren.

»Wir warten, bis der Kollege zurück ist.«

Der Staatsanwalt verschränkte die Arme entspannt vor dem Körper und musterte mich. »Sie sind also die Hackerin, die kinderpornografische Bilder auf einem Webserver entdeckt hat? Ihr Name tauchte ja einige Male in letzter Zeit in unseren Akten auf. Die eine Strafsache wurde inzwischen fallengelassen, wie mir Herr Kerrer berichtete.« Er neigte den Kopf zur Seite. »Was ist mit Ihrem Gesicht? Hat Sie jemand geschlagen?«

Die Striemen auf meiner Wange von Sokolows Ohrfeige.

»Da lief doch diese Anzeige gegen Herrn Paradi. Ihr Freund, oder?«, fuhr Fischer fort.

Ich erwiderte Fischers Blick ohne eine Antwort. Er wollte mich einschüchtern, mich verunsichern. Ich würde mich nicht von ihm mundtot machen lassen.

Willer kehrte mit einem Stuhl zurück und setzte sich an die kurze Seite des Tisches.

»Dann können wir ja weitermachen.« Hämmerling beugte sich zu mir, damit ich ihn ansah. »Sie sprachen von einer Liste. Woher wissen Sie, dass diese Liste verschlüsselte Informationen enthält?«

Gio hatte gesagt, ich kann Hämmerling vertrauen. »Von Fabian.«

»Fabian?«

»Fabian Hammerschmid. Ich habe ihn am Freitag im Krankenhaus besucht, und er hat es mir gesagt. Er hat mir auch gesagt, dass es dazu Fotos gibt.«

»Und wo sind diese Fotos?«

Ich kramte in meiner Hosentasche und legte einen USB-Stick auf den Tisch. »Hier.«

»Woher haben Sie den?«

»Der lag auf der Straße.«

»Der lag auf der Straße?«

»Ja.« Ich sah Hämmerling fest in die Augen.

Was war mit Fischer? Er bewegte sich nicht, zeigte keinerlei Erregung.

Hämmerling nahm den Stick. »Was ist da drauf?«

»Schauen Sie es sich an.«

Willer stand erneut auf und kehrte wenig später mit einem Laptop zurück. Er nahm den Stick, zögerte. »Ich hoffe, da ist kein Virus drauf, mit dem Sie gleich das gesamte LKA-Netzwerk lahmlegen?«

»Dazu hätte ich nicht extra herkommen müssen.«

In Willers Augen funkelte es einen winzigen Moment amüsiert auf. Er steckte den Stick in den Computer und startete die Diashow. Entsetzen breitete sich auf seinem Gesicht aus. Er sah zu mir. »Um Gottes willen, woher haben Sie diese Bilder?«

»Was soll denn das?«, kam es nun doch etwas ungeduldig von dem Herrn Staatsanwalt.

»Schauen Sie es sich an.« Willer drehte den Monitor in seine Richtung. »Frau Schwarz, woher haben Sie diese Bilder?«

»Der Stick lag auf der Straße«, wiederholte ich stoisch. »Ich habe ihn gefunden, als ich aus dem Krankenhaus kam.«

»Wollen Sie uns zum Narren halten?«, donnerte Fischer unerwartet los. Er hatte eine kräftige dröhnende Stimme, die im

Gerichtssaal sicherlich Respekt einflößte. »Die Bilder sind von Ihnen, von Ihrer Bande! Sie stecken mit diesem Sokolow unter einer Decke, und jetzt versuchen Sie, Ihre Haut zu retten!«

»Schauen Sie sich bitte das dritte Video auf dem Stick an. Es wurde am Montag erstellt. Sie sollten den Ton einschalten.«

Willer tat, wie ihm geheißen. Ich senkte den Kopf und presste die Hände auf meine Ohren, um meine Schreie nicht zu hören. Es war nur eine kurze Sequenz. Dennoch verkrampfte sich mein ganzer Körper. Schweiß brach mir aus.

Nachdem der Film stoppte, war es so ruhig, als wären wir zu einem Stillleben erstarrt: Fünf Menschen sitzen um einen Tisch.

»Ben?«, fragte David in die Stille. »Wer ist Ben?«

Er stellte die einzig wichtige Frage. Ich schluckte, sammelte meine Kräfte. Gleich hatte ich es geschafft. Noch wenige Informationen, ein paar Hinweise, dann war ich wieder draußen.

»Es gibt eine längere Version dieses Videos auf dem Chip der Kamera, die die Männer aufgestellt hatten, um ...« Der Druck schnürte mir die Luft ab. Meine Stimme drohte zu kippen. Ich versuchte, Distanz zwischen die Aufnahme und mich zu bringen. »... um die Situation zu filmen.«

Fischers Stirn glänzte.

»Diese Kamera müsste inzwischen unten am Empfang abgegeben worden sein. Vielleicht finden Sie darauf Fingerabdrücke von Jan van Basten, der die Kamera zwischendurch gehalten hat, oder von Artjom Sokolow, der trug allerdings Latexhandschuhe.«

Hämmerling rief den Kollegen vom Empfang an und nickte Willer zu. »Frau Schwarz, brauchen Sie eine Pause?« Hämmerling klang ungemein fürsorglich.

Ich schüttelte den Kopf. Ich musste das jetzt zu Ende bringen.

»Was soll dieses Theater, Frau Schwarz?«, fand Fischer seine Sprache wieder. »Dieser Film beweist doch nur, dass Sie Kontakte zu ehemaligen russischen Geheimdienstlern haben.«

»Ich kannte weder Artjom Sokolow noch Pawel Wojcik«, erklärte ich fest.

»Wer ist Ben?«, erinnerte Willer mich an seine Frage.

Juri, bete für mich!

Ich heftete meinen Blick auf den Staatsanwalt. »Benedict Fischer.«

Einen winzigen Augenblick herrschte verblüfftes Schweigen.

»Das ist eine unverschämte, ungeheuerliche, bodenlose Frechheit!«, zischte Fischer. »Ich weiß nicht, was Sie mit so einer infamen Behauptung bezwecken. Aber so nicht, Frau Schwarz. Sie haben sich mit einem Mann wie Artjom Sokolow eingelassen, und jetzt kommen Sie uns mit so einer zusammenfantasierten Geschichte?«

»Meine Mandantin hat sich nicht mit Herrn Sokolow eingelassen«, widersprach Samerino.

Fischer sprang auf. »Das Material wird umgehend von der Computerforensik geprüft. Das ist doch alles nur schmuddeliger Fake. Und Sie bleiben so lange hier, bis die Untersuchungen abgeschlossen sind. Ich werde Haftbefehl gegen Sie beantragen.«

Ich hatte es gewusst. Sie verdrehten schon wieder alles. Die würden mich wieder einsperren. Panik stieg in mir auf.

Fischer beugte sich drohend vor. »Was sind Sie für eine impertinente Person?«

Samerino fuhr hoch, schob seinen Bauch zwischen Fischer und mich. »Unterlassen Sie bitte diese Beschimpfungen. Für die Aussage meiner Mandantin gibt es weiteres belastendes Material. Dieses Material wurde den Kriminalkommissaren Friedrich Hämmerling und David Willer im Lauf dieser Vernehmung per E-Mail zugeschickt.«

Fischer trat kopfschüttelnd einen Schritt zurück. »Frau Schwarz, das ist Verleumdung. Allein dafür bekommen Sie eine Klage an den Hals. Herr Hämmerling, nehmen Sie Frau Schwarz bitte in Gewahrsam.«

David sah zu mir. Er versuchte, mir mit seinem Blick Halt zu geben. »Sind Sie bereit, als Zeugin vor Gericht unter Eid auszusagen?«

Keinen Rückzieher. Ich dachte an die grausamen Bilder, an Salim, an Djadi. »Ja.«

»Herr Willer …«, schnaufte Fischer empört.

David baute sich vor ihm auf. »Herr Benedict Fischer, Sie sind vorläufig festgenommen. Ihnen werden folgende Vergehen vorgeworfen: Gründung einer kriminellen Organisation, Herstellung und Verbreitung von kinderpornografischem Bildmaterial, Anstiftung zum Mord an Salim Chabab und Kirstin Schwarz sowie Nötigung und Erpressung in mehreren Fällen. Der Haftbefehl wird umgehend beantragt.« Er begann, dem Staatsanwalt seine Rechte zu erklären.

Fischer starrte den Polizisten fassungslos an. Vermutlich ging es ihm ähnlich wie mir vor wenigen Wochen. »Das kostet Sie Ihren Job!«, zischte er Willer ins Gesicht.

Wenig später wurde er abgeführt.

Das Adrenalin in meinem Blut baute sich ab und gleich wieder auf, während ich versuchte zu begreifen, was soeben geschehen war.

Hämmerling schaltete das Aufnahmegerät aus. Willer schritt bedächtig von der Tür zurück an den Tisch. »Frau Schwarz oder Herr Samerino, könnten Sie uns bitte noch erläutern, von welchem belastenden Material Sie gesprochen haben?«

»Lesen Sie Ihre verfluchten Mails!«, schrie ich ihn an. Ich sprang auf, stampfte durch den Raum zu ihm und stieß ihn mit den flachen Händen vor die Brust. »Ihr hattet einen Haftbefehl? Und dann lasst ihr mich hier antanzen und ladet auch noch fröhlich den Staatsanwalt dazu ein?«

Willer hob beschwichtigend die Hände. »Wir hatten noch keinen Haftbefehl. Und wir hatten den Staatsanwalt nicht eingeladen, sondern lediglich informiert. Woher sollten wir wissen, was Sie uns zu sagen haben? Setzen Sie sich bitte wieder. Wir sind noch nicht fertig.«

»Ich schon.« Ich drehte ab und wollte zur Tür. Er packte meinen Arm. Samerino hüpfte zum zweiten Mal vom Stuhl.

»Finger weg!«, fauchte ich Willer zornig an.

Er lockerte den Griff. »Setzen Sie sich bitte wieder hin.«

Ich sah zu Samerino. Er nickte und schob meinen Stuhl zurück. Wie freundlich.

»Frau Schwarz«, begann Willer mit der geduldigen Freundlichkeit eines Mannes, der mit einer uneinsichtigen Parksünderin sprach. »Sie sind hier bei der Polizei. Und darf ich Ihnen mal etwas verraten? Wir arbeiten hier. Wir ermitteln. Wir sitzen hier nicht unsere Zeit ab, spielen Skat und warten darauf, dass irgendwelche

Hobbyschnüffler uns einen gelösten Fall auf dem Silbertablett servieren.«

»Ich habe nicht darum gebettelt, in diese Geschichte reingezogen zu werden.«

»Sie haben aber auch nicht die Finger davon gelassen. Trotz mehrfacher Warnungen.«

»Welche Warnungen?«

»Diverse Gespräche mit mir. Eine anonyme Botschaft.«

Mir fiel die Kinnlade runter. »Dieser Scheißzettel war von Ihnen?«

»Was für ein Zettel?«, fragte Hämmerling.

Willer vertröstete ihn mit einer Geste auf später und wandte sich mir zu. »Kirstin …«

Sein Kollege quittierte die Vertraulichkeit mit einem missbilligendem Stirnrunzeln.

»Dieser Fall war heikel. Wir wussten, dass es intern ein Problem gibt, nur leider wussten wir nicht, wo.«

Jetzt hatten sie die Antwort. Ich rieb mir erschöpft über das Gesicht. »Was ich nicht verstehe, ist, warum Fischer die ›pict.to‹ nicht längst vom Netz genommen hat. Er muss doch gewusst haben …«

Hämmerling lächelte. »Weil ich niemandem den Namen des Rechners weitergegeben habe, den Sie mir genannt hatten.«

Interessant. Willers Blick nach zu urteilen, war anscheinend nicht einmal er eingeweiht worden. David fuhr fort: »Wir hatten einige Vermutungen, aber keine Beweise. Herr Hammerschmid ist leider nicht zu einer Aussage bereit. Deswegen brauchten wir dieses Video. Und wir benötigen Ihre Aussage. Wir haben die halbe Nacht mit dem Polizeipräsidenten und dem Generalstaatsanwalt verhandelt. Er ist nur bereit, diesen Haftbefehl zu beantragen, wenn ich ausreichend Beweise und einen Zeugen bringe. Sind Sie wirklich bereit, als Zeugin vor Gericht aufzutreten?«

»Wollen Sie es schriftlich?«

»Das wird kein Spaziergang. Die Verhandlung wird sich vermutlich über Monate hinziehen. Man wird Sie hart rannehmen. Wir brauchen eine Zeugin, die nicht umkippt.«

Ich hatte keine Vorstellung, was tatsächlich auf mich zukommen würde, dennoch nickte ich.

»Wir können Ihnen Personenschutz anbieten.«

»Den habe ich schon.«

Willer verzog skeptisch den Mund.

»Aber Sie sollten den Schutz für Fabian verstärken.«

»Das wurde bereits veranlasst.«

Gut.

»Was ist das hier alles?« Hämmerling deutete angewidert auf den Monitor. Sah er sich gerade die Bilder an?

Willer beugte sich zu ihm. »Ein Haufen Zahlen … Kontoinformationen?« Er sah fragend zu mir.

Dominiks Mail.

»Fischers Exfrau Michelle Bertani ist Vermögensberaterin, vermutlich handelt es sich um eine Scheinfirma. Ihre Beratungsdienste lässt sie sich via Abo bezahlen. Wöchentliche oder monatliche Kleinbeträge. Tatsächlich bekommen die Kunden jedoch keine Finanzberatung, sondern Zugang zur ›pict.to‹«, erklärte ich. »Die Seminare stehen vermutlich für Livevergnügen. Das heißt, der Kunde bekommt das Kind irgendwo hin geliefert. Deswegen sind die Seminare teurer als die Beratungsabos. Vermutlich kann Fabian Ihnen da genauere Details liefern.«

Dominik hatte das Szenario anhand der Bilder auf dem Stick und der Geldflüsse von Florian Aichroth an die Vermögensberatung rekonstruiert.

»Fischer bekommt offiziell Dozentenhonorare von seiner Ex. Allerdings auf ein getarntes Schweizer Nummernkonto, sodass die Gelder in Deutschland nicht auftauchen.«

Die Beamten sahen mich mit großen Augen an. »Wie haben Sie das alles in so kurzer Zeit herausgefunden?«, fragte Willer.

»Das war ich nicht. Die Informationen kommen von jemand anderem. Sie benötigen Durchsuchungsbefehle. In den Unterlagen der Firma von Michelle Bertani sollten Sie legitime Beweise finden. Schauen Sie sich an, wer bei ihr Kunde ist, und schauen Sie sich die Nutzer von der ›pict.to‹ an. Sie werden demnächst einige E-Mails mit Namen und Infos bekommen. Jemand hat da was programmiert.«

»Jemand? Sie?«

Ich schüttelte den Kopf.

»Wer dann?«

»Ich weiß es nicht.«

Willer sah mich an, als würde er mich am liebsten übers Knie legen.

»Im Schönbuch zwischen Herrenberg und Tübingen gab es eine Hütte, die vor Kurzem abgebrannt ist. Sie gehörte der Großmutter von Fischers zweiter Frau und war Tatort für grausame Misshandlungen. Vielleicht finden Sie dort noch Hinweise auf Aichroth und Djadi.«

»Woher zur Hölle …?«

»Wir haben außerdem die Vermutung, dass Fischer hochrangige Personen erpresst. Das betrifft die Bilder, die auf dem Stick sind. Da geht es weniger um Geld als um Gefälligkeiten.«

»Wir?«

»Jemand.«

Willer stöhnte auf.

»Schauen Sie sich die Fälle an, bei denen Ionel Cojocar, Sergey Brüska oder Jan van Basten angeklagt waren. Schauen Sie sich die Namen von Staatsanwälten und Richtern an. Und dann schauen Sie sich die Bilder an.«

»Vielen Dank für Ihre Arbeitsanweisungen«, bemerkte Hämmerling.

»Wer ist Ihr anonymer Informant?«, hakte Willer nach.

Ich hob die Schultern.

»Kirstin, bitte.«

»Vermutlich ist es derselbe Mann, der Ihnen und mir in dem Haus auf der Schwäbischen Alb das Leben gerettet hat. Mehr weiß ich nicht. Ich habe ihn dort ja nicht einmal gesehen«, erinnerte ich ihn daran, dass ich angeblich das Bewusstsein verloren hatte, als er ins Spiel kam.

Die Beamten brauchten eine Weile, um all die Informationen zu verdauen. Meine innere Anspannung ließ nach. Ich wurde müde. Ich wollte nicht mehr reden. »Kann ich jetzt endlich gehen?«

»Nein.« Willer sah von Hämmerling zu Samerino. »Könnt ihr uns zehn Minuten allein lassen? Lass den Laptop bitte hier.«

Was kam denn jetzt?

»Frau Schwarz, Sie müssen nicht bleiben«, erklärte Samerino.

Ich zuckte ergeben die Achseln.

Willer wartete, bis wir allein waren, drehte den Monitor zu mir und öffnete ein Skype-Fenster. Er klickte einen Namen an, kurz darauf erschien ein älterer Mann auf dem Bildschirm. Kurz geschorene Haare, energisches Kinn, blaue Augen.

»Hey, Dad«, hörte ich Willer sagen. »Das ist Kirstin, die Frau, von der ich dir erzählt habe.«

»Hallo, David, hallo, Kirstin.«

Ich grüßte überrumpelt und sah ungläubig zu dem Mann neben mir. War er noch bei Trost? Wollte er mich jetzt allen Ernstes seinem Vater vorstellen?

»Wo ist Djadi?«

»Im Garten. Er verteilt das Laub, das ich zusammengeharkt habe, wieder auf dem Rasen.« Die Kamera wackelte, anscheinend war Davids Vater aufgestanden und ging durch das Haus. Dann richtete er die Sicht auf den Garten. Ein kleiner dunkelhäutiger Junge warf vergnügt Laub in die Luft. »Ich glaube, es geht ihm gut«, erklang Papa Willers Stimme.

Mir stiegen Tränen in die Augen. Ich presste die Hand auf den Mund, um ein Schluchzen zu unterdrücken.

»Danke Dad, ich ruf dich später noch mal an.« Er klappte den Laptop zu. »Kirstin …« Er reichte mir ein Taschentuch. »Ich war zu unsicher, welche Rolle Sie in dieser Sache spielen, sonst hätte ich es Ihnen vielleicht schon eher gesagt. Als ich erfuhr, dass die Bande nach Salim sucht, habe ich Djadi sofort aus dem Krankenhaus geholt.«

»Wusste Salim …?«

Willer schüttelte bedauernd den Kopf. »Niemand weiß davon.«

»Was …« Ich musste mich räuspern. »Was passiert jetzt mit ihm?«

»Wir suchen seine Mutter. Meine Eltern haben sehr gute Beziehungen zu verschiedenen Hilfsorganisationen. Wir werden versuchen, sie nach Deutschland zu bringen und für die beiden ein Aufenthaltsrecht zu bekommen.«

Djadi lebte. Es ging ihm gut. »Ich brauche jetzt ganz dringend eine Pause.«

+++

In den nächsten Tagen war ich mehrfach zu Befragungen im LKA und bei der Staatsanwaltschaft gewesen. Auch Gio und Kevin hatten eine Vorladung zur Zeugenvernehmung erhalten. Der Polizeiapparat lief auf Hochtouren. Es wurde ein Fall von gigantischem Ausmaß. Die Schweizer Polizei wurde eingebunden, Michelle Bertani verhaftet. Die Kriminaltechniker konnten Spuren sicherstellen, die eine Tatbeteiligung von Brüska und Cojocar an der Ermordung der obdachlosen Raki und an dem Überfall auf Salim nachwiesen.

Mehrere Polizeibeamte, ein Richter und Staatsanwalt Johann Kerrer, die allesamt auf Fabians Fotos identifiziert werden konnten, wurden suspendiert, interne Ermittlungen wurden eingeleitet, ein Untersuchungsausschuss sollte gebildet werden. Es gab weitere Verhaftungen und eine bundesweite Durchsuchungsaktion bei den Kunden der »pict.to« war in Planung.

Dominik hatte den Virus so programmiert, dass alle Informationen, die sein Programm sammelte, direkt an das LKA geschickt wurden. Danach war er verschwunden. Er hatte sich nicht verabschiedet. Artjom Sokolows Wohnung blieb ein Rätsel für alle.

26

Zehn Tage waren vergangen. Da ich bisher die einzige Zeugin war, die zu einer Aussage bereit war, befanden sowohl David als auch Gio mich als gefährdet – ein seltener Moment, in dem sich die beiden Männer einig waren. Gio übernahm den Personenschutz, und ich blieb bei ihm, statt in meine Wohnung zurückzukehren.

Ein Klopfen am Nachmittag störte meinen Müßiggang. Ich vermutete, es sei Dominik. Wer sonst hätte sich unten an der Firmenzentrale vorbeischleichen können? Ich musste lächeln. Anscheinend hatte er endlich gelernt, nicht einfach eine Wohnung zu betreten, in der ich mich aufhielt. Auch wenn Dominik und ich getrennte Wege gehen würden, konnte ich mich nun wenigstens noch bei ihm bedanken. Er hatte mir immerhin das Leben gerettet. Ich öffnete die Tür.

Mein Lächeln entgleiste. »David?«

»Ich komme in Frieden«, scherzte er, als er mein überraschtes Gesicht sah.

Gio hätte ihn nicht heraufgelassen, wenn es nicht so wäre.

»Darf ich reinkommen?«

Zögernd ließ ich ihn in den Flur. Die Tür blieb offen.

»Ich war bei Fabian. Ich soll Sie grüßen und Ihnen ausrichten, dass die Murmeln noch an ihrem Platz seien.« Er wartete, auf eine Erklärung hoffend.

Ich grinste. »Geht's ihm gut?«

»Den Umständen entsprechend. Aber er ist bereit, als Kronzeuge auszusagen. Ich dachte, es freut Sie, das zu hören.«

»Ja«, erwiderte ich erleichtert. Meine Aussage vor Gericht war viel zu unbedeutend, um die Bande auf lange Zeit festzunageln. Aber Fabian besaß brisantes Insiderwissen.

»Wir haben ihn an einen geheimen Ort gebracht, um ihn zu schützen. Er hat noch mehr Bildmaterial und Mitschnitte von Gesprächen zwischen ihm, Fischer und Sokolow. Wir haben also gute Chancen auf eine Verurteilung.« Er sah mir prüfend ins Gesicht. »Seinen Sinneswandel haben wir nicht zufällig Ihnen zu verdanken?«

»Ich war nicht wieder bei ihm.«

Ich hatte ein langes Telefonat mit Fabians Schwester geführt. Ich hatte ihr nicht verschwiegen, was geschehen und in welche Geschichte ihr Bruder verwickelt war, und sie gebeten, mit ihm zu reden. Ich schickte ihr einen stillen Dank.

Willer schlug die Hände zusammen. »Ja, das war es eigentlich schon …«

Wir standen unschlüssig voreinander, als wäre noch nicht alles gesagt.

»Warum sind Sie vor zehn Tagen nicht gleich mit einem Durchsuchungsbeschluss gekommen?«, fragte ich.

»Ich wollte Ihnen die Chance lassen, mit uns zu kooperieren.«

Sein Plan hatte funktioniert.

»Ich habe Friedrich zur Rede gestellt, nachdem Sie mir von diesem ominösen Treffen in der Dönerbude erzählt haben. Wissen Sie was?« Willer schüttelte bei der Erinnerung den Kopf. »Er wusste, dass ich Kontakt zu Fabian hatte, und hielt mich für korrupt. Mich!«

»Den coolen, guten Cop«, flachste ich.

»Ja.« Meine Beschreibung gefiel ihm.

Wieder entstand eine Pause zwischen uns.

»Kirstin ...« Er neigte den Kopf leicht zu Seite. »Dürfte ich Sie vielleicht noch einmal auf ein paar Tapas einladen? Nicht heute, aber irgendwann demnächst?«

Oha. Ich zog die Nase kraus. »Ich bevorzuge eigentlich die italienische Küche.«

»Das war zumindest kein endgültiges Nein.«

»Kommt drauf an, was Sie mit der Einladung bezwecken.«

»Sagen wir: Informantenpflege?«

Neutraler Boden. Ich hob unbestimmt die Schultern.

»Ach, ich hab noch ...« Er tastete sein Sakko ab, zog eine Brieftasche hervor und streckte mir eine Visitenkarte entgegen. »Rufen Sie da mal an, die suchen gute Leute.«

»NoSpy – IT-Sicherheitslösungen.« Ich hob den Blick wieder zu ihm. »Danke.«

»Keine Ursache.« Er beugte sich zu mir und küsste mich auf die Wange. »Pass gut auf dich auf.«

Ich war zu perplex, um ihm eine Ohrfeige zu geben, starrte ihm stattdessen verwirrt hinterher. Als ich unten die Haustür hörte, wandte ich mich ab und ging in die Küche. Ich trat ans Fenster, wartete, bis das Durcheinander in mir nachließ. Was ist das mit dir und Willer?, gingen mir Gios Worte durch den Kopf. Ich schloss die Augen, horchte in mich hinein. Es war so viel geschehen.

»Kirstin?«, hörte ich Gios Stimme hinter mir. »Alles in Ordnung?«

»Ja.« Ich wandte mich um.

»Der Türalarm ging los. Du hast die Wohnungstür nicht geschlossen«, erklärte er seine Anwesenheit. Er sah mich besorgt an. Durch das enge Shirt ließ sich sein trainierter Körper erahnen. Er war rasiert, die dunklen Ringe unter seinen Augen waren verschwunden, die Haare ein wenig zerzaust. Er lehnte sich mit verschränkten Armen gegen die Zarge. »Wirklich alles okay?«

Mir gefiel sein liebevoller aufmerksamer Blick. »Ja.«

Er schien nicht ganz überzeugt. »Und worüber denkst du nach?«

Ich nagte nervös an meiner Lippe. »Gilt dein Angebot noch?«

»Welches?«

»Gab es mehrere?«

»Eine ganze Liste: Buchhalterin in meiner Firma, mein Auto zu Schrott zu fahren, bei mir einzuziehen ...«

»Das Letzte.«

»Das ...« Er stockte, stieß überrascht die Luft aus. »Wieso ... so plötzlich ...?«

Die letzten Wochen hatten gezeigt, dass er zu mir stand, egal, was in meinem Leben geschah. Was sollte noch passieren, damit ich mir endlich erlaubte, meine Gefühle für ihn zuzulassen?

»Ich bin arbeitslos und will nicht unter der Brücke schlafen.«

Er hob die Augenbrauen. »Ein einfaches ›Ich liebe dich‹ wäre auch ein guter Grund.«

Mein Herz schlug mir bis zum Hals. Ich schluckte. »Okay, ja.«

»Okay, ja?« Er schüttelte nachsichtig grinsend den Kopf und trat dicht vor mich. »Sag es«, raunte er mir zärtlich ins Ohr. Er legte eine Hand an meine Wange, strich mit dem Daumen über die Haut. Ein wohliger Schauer durchzog meinen Körper, entfachte ein nervöses Kribbeln in meinem Bauch. Ich sah die grünen Sprenkel in seinen braunen Augen frech glitzern. Sein Blick ging direkt in mein Herz.

»Ich liebe dich«, wisperte ich, etwas ungeübt, vielleicht auch ängstlich. Aber es war gut. Es war richtig.

Er küsste mich sanft. »Wir gehen harten Zeiten entgegen, das ist dir klar, oder?«

»Warum?«

»Weil ich nie aufhören werde, dich beschützen zu wollen.«

Ich schlang die Arme um seinen Hals. »Vielleicht wird mein Leben jetzt ja endlich etwas ruhiger.«

Eine utopische Hoffnung, wenn man sich einer Organisation wie »Georg Zake« angeschlossen hatte …

Buchhinweise

Der erste Fall für Kirstin Schwarz

Kirstin Schwarz will Rache. Die Tochter ihrer Pflegeeltern wurde Opfer einer tödlichen Vergewaltigung. Dann kommen die Täter ungeschoren davon. Ihr Glaube an die Justiz ist zutiefst erschüttert. Kirstin hat nur noch ein Ziel: die Verantwortlichen eigenhändig zur Strecke zu bringen. Doch der Anschlag misslingt und unversehens gerät die Rächerin ins Fadenkreuz eines übermächtigen Gegners. In letzter Sekunde kann Giorgio Paradi sie retten. Giorgio ist smart, durchsetzungsfähig, gutaussehend – und Boss einer geheimen Organisation. Sie bietet Kirstin Unterstützung bei ihrem Rachefeldzug an. Doch wer steckt eigentlich hinter Giorgios Organisation? Und welchen Preis muss Kirstin für die Hilfe zahlen? Nur eines ist sicher: Es gibt kein Zurück.

Buchhinweise

Vielleicht hätte sie doch irgendetwas lernen sollen. Dann müsste sich Jenny ihren Lebensunterhalt nicht in der blöden Bäckerei im Europa-Center verdienen. Vor allem wäre ihr dann der Chef vom Wachdienst nicht hinterhergelaufen – und wäre noch am Leben. Die Fragerei der Polizei bliebe Jenny auch erspart und die Besuche dieses lästigen Kommissars erst recht. Aber so ein langweiliges, ordentliches Leben liegt einfach nicht in ihren Genen.

Pleiten, Pech und Leichen. Ein Saarland-Krimi

Elke Schwab

12,99 € | 978-3-95400-385-3

Buchhinweise

Am Morgen nach einer rauschenden Party liegt der Wiesbadener Stadtrat und Umweltdezernent Erwin Stumpf mit eingeschlagenem Schädel in seinem Arbeitszimmer. Von der Tatwaffe, einer wertvollen Statue, fehlt jede Spur. Ein Raubmord? Oder sollten Stumpfs Pläne für einen Windpark und die radikale Ökologisierung der Wiesbadener Stadtwerke die Energieriesen zu sehr provoziert haben? Eine harte Nuss für Martin Sandor und sein Team vom K11.

Windige Geschäfte. Ein Wiesbaden-Krimi

Kerstin Hamann

12,99 € | 978-3-95400-324-2

Weitere Krimis und Romane finden Sie unter:

www.sutton-belletristik.de